POLARIS

Derek B. Miller

Ein
seltsamer
Ort
zum Sterben

Roman   Aus dem Englischen von Olaf Roth

ROWOHLT POLARIS

Das Buch erschien zuerst in Norwegen unter dem Titel «Et merkelig sted å dø» bei Cappelen Damm, Oslo.
Die deutsche Ausgabe wurde nach dem englischen Originalmanuskript übersetzt.

Deutsche Erstausgabe   Veröffentlicht im Rowohlt Taschenbuch Verlag, Reinbek bei Hamburg, Juni 2013   Copyright © 2013 by Rowohlt Verlag GmbH, Reinbek bei Hamburg   «Norwegian by Night» Copyright © 2010 by Derek B. Miller «Et merkelig sted å dø» Copyright © 2011 by Cappelen Damm AS   Redaktion Jan Valk   Umschlaggestaltung any.way, Barbara Hanke/Cordula Schmidt   (Illustration: Ruth Botzenhardt)   Innentypografie Daniel Sauthoff   Satz Foundry Wilson PostScript (InDesign) bei Pinkuin Satz und Datentechnik, Berlin   Druck und Bindung CPI – Clausen & Bosse, Leck   Printed in Germany   ISBN 978 3 499 23086 8

TEIL I   DER 59.
BREITENGRAD

E S ist Sommer, ein strahlend heller Tag. Sheldon Horowitz
thront auf einem klappbaren Regiestuhl hoch über der Pick-
nickdecke und außer Reichweite des Essens in einem schatti-
gen Eckchen des Osloer Frogner Parks. Auf dem Pappteller
in seinem Schoß liegt ein angenagtes Kotelett-Sandwich,
das ihm nicht schmeckt. Mit dem rechten Zeigefinger spielt
er mit den Kondenstropfen auf seiner Bierflasche, an der er
ein paarmal genippt, dann aber das Interesse verloren hat.
Seine Füße pendeln hin und her wie die eines Schuljungen,
aber jetzt, mit zweiundachtzig, pendeln sie langsamer. Der
Bogen, den sie beschreiben, ist kleiner. Rhea und Lars gegenüber würde er das nicht zugeben – niemals, natürlich nicht –,
aber Sheldon fragt sich die ganze Zeit, was zum Teufel er
hier macht und was er dagegen unternehmen kann, bevor er
irgendwann aufhört, sich das zu fragen.

Sheldon sitzt eine Armeslänge entfernt von seiner Enkelin Rhea und ihrem neuen Ehemann Lars, der gerade einen
tiefen Zug aus seiner Bierflasche nimmt und so fröhlich, so
freundlich und überschwänglich wirkt, dass Sheldon ihm
am liebsten den Hotdog aus der Hand reißen und in die
Nase stopfen würde. Rhea, die heute seltsam blass aussieht,
würde dies vermutlich schlecht aufnehmen und Sheldon
zu weiteren *Integrationsfördernden Ausflügen* verdonnern
(«damit du dich einlebst»), und wäre die Welt tatsächlich

gerecht, würde Sheldon so etwas nicht zugemutet werden, ebenso wenig wie Lars das Hotdog-Manöver. Aber Rhea hatte ja die tolle Idee gehabt, von New York nach Norwegen zu ziehen, und Sheldon – verwitwet, alt, ungeduldig, knurrig – las damals in Lars' Miene eine Spur von Schadenfreude hinein.

Nichts von alldem war gerecht.

«Weißt du, weshalb Hotdogs Hotdogs heißen?», sagt Sheldon laut und mit gebieterischer Pose. Hätte er einen Gehstock, er würde ihn jetzt schwingen, aber so weit ist es mit ihm noch nicht gekommen.

Lars schaut aufmerksam zu ihm auf, während Rhea einen genervten Seufzer ausstößt.

«Erster Weltkrieg. Wir waren böse auf die Deutschen und haben sie bestraft, indem wir uns neue Bezeichnungen für ihr Essen ausgedacht haben. Na ja, besser als der Krieg gegen den Terror. Wir sind böse auf die Terroristen und bestrafen die Franzosen, indem wir unser eigenes Essen umbenennen.»

«Wie meinst du das?», fragt Lars.

Sheldon sieht, wie Rhea ihrem Mann aufs Bein tippt, die Augenbrauen hochzieht und ihm mit grimmigem Blick zu verstehen gibt, Anstachelungen zu dieser Art von Tiraden doch bitte zu unterlassen, diese Ermutigung zum Abschweifen in die Vergangenheit. Alles, was zu der heiß diskutierten Altersdemenz beitragen könnte.

Sheldon hätte das nicht mitbekommen dürfen, tut es aber doch und redet sich in Rage.

«Freedom fries! Ich rede von den Freiheitsfritten. Au revoir, Pommes frites, hello Freedom fries! Diesen Schwachsinn hat doch tatsächlich der Kongress ausgeheckt! Und da hält meine Enkelin mich für denjenigen, der den Verstand verliert. Lass dir mal eins gesagt sein, junge Dame: Nicht bei mir ist eine Schraube locker, bei den anderen rappelt's im Karton!»

Sheldon lässt den Blick über den Park schweifen. Hier lassen sich keine wildfremden Menschen treiben, wie man das aus jeder beliebigen amerikanischen Großstadt kennt, jene Art von Leuten, die einem nicht nur persönlich, sondern die sich auch untereinander fremd sind. Er ist hier unter lauter hochgewachsenen, gleich aussehenden, lächelnden Gutmenschen, die sich alle kennen und dieselben generationenübergreifenden Klamotten tragen. Und sosehr er sich auch bemüht, er findet einfach keinen Draht zu ihnen.

Rhea. Der Name einer Titanin. Tochter des Uranus und der Gaia, Himmel und Erde, Frau des Chronos, Göttermutter. Zeus *himself* nährte sich an ihren Brüsten, und sie gebar die heute bekannte Welt. Sheldons Sohn Saul – lang schon unter der Erde – nannte sie so, um sie über die Banalität zu erheben, die sein Leben in Vietnam bestimmt hatte, 73/74. Er war für einen Monat nach Hause gekommen, um sich von seinem Einsatz bei der Riverine Force zu erholen, dann aber zu einer zweiten Tour aufgebrochen. Es war im September. Die Fronturlauber waren auf dem Hudson und in den Berkshires unterwegs. Mabel zufolge – auch sie bereits verschieden, damals aber in diese Dinge eingeweiht – schliefen Saul und seine Freundin während dieser Zeit nur ein einziges Mal miteinander, und dabei wurde Rhea gezeugt. Am nächsten Morgen hatte Saul ein Gespräch mit Sheldon, das beide für immer veränderte, und dann ging er wieder nach Vietnam, wo eine Sprengfalle ihm zwei Monate nach seiner Landung die Beine wegfetzte, als er gerade im Rahmen einer routinemäßigen Rettungsaktion auf der Suche nach einem abgeschossenen Piloten war. Saul verblutete im Boot auf dem Weg ins Lazarett.

«Gib ihr den Namen *Rhea*», schrieb Saul in seinem letzten Brief aus Saigon, als Saigon noch Saigon und Saul noch Saul war. Vielleicht war ihm ja eingefallen, was er in der Schule über Mythologie gelernt hatte, und sie trug ihren Namen ganz zu Recht. Vielleicht hatte er sich auch in die dem Untergang geweihte Figur aus Stanisław Lems Buch verliebt, das er unter der Wolldecke las, während die anderen Soldaten in den Schlaf gesunken waren.

Es bedurfte eines polnischen Autors, um diesen amerikanischen Juden zu inspirieren, der seine Tochter nach einem griechischen Titanenspross benannte und schließlich von einer vietnamesischen Mine getötet wurde, weil er seinen Vater hatte zufriedenstellen wollen, einen ehemaligen Marine und Scharfschützen im Koreakrieg, der mit Sicherheit auch jetzt noch, in der Wildnis Skandinaviens, von Nordkoreanern verfolgt wird, selbst hier, im Grün des Frogner Parks an einem sonnigen Julitag, wo so wenig Zeit bleibt, um all das zu büßen, was er getan hat.

Rhea. Hier bedeutet es nichts. Es ist das schwedische Wort für Schlussverkauf. So leicht ist der ganze Zauber dahin.

«Papa?», fragt Rhea. So nennt sie ihren Großvater.

«Was?»

«Und, was sagst du?»

«Wozu?»

«Du weißt schon. Die Gegend. Die Umgebung. Hier ziehen wir hin, wenn wir unser Haus in Tøyen verkauft haben. Ist natürlich nicht ganz mit Gramercy Park zu vergleichen, schon klar.»

Sheldon antwortet nicht, daher zieht sie die Augenbrauen hoch und hebt die Hände. «Oslo», hilft sie ihm auf die Sprünge. «Norwegen. Das Licht. Dieses Leben hier.»

«Dieses Leben hier? Ich soll dir sagen, was ich von diesem Leben halte?»

Lars schweigt. Sheldon schaut zu ihm hinüber, hofft auf Unterstützung, doch Lars ist abwesend.

Trotz Blickkontakt kommt es in diesem Augenblick zu keiner Aktivierung seiner mentalen Fähigkeiten. Lars ist gefesselt von der ihm fremden kulturellen Performance zwischen Großvater und Enkelin. Ein Duell in Worten, für das er schlecht gerüstet ist und das man besser nicht unterbricht.

Und doch ist da auch Mitleid. Auf seinem Gesicht zeichnet sich einer der wenigen allen Menschen weltweit verständlichen Ausdrücke ab. Er lautet: *Ich hab hier nur eingeheiratet, also lasst mich in Ruhe mit eurem Kram.* Das kommt Sheldon sogar ein wenig vertraut vor. Zugleich ist es aber auch typisch norwegisch. Eine vollkommen wertfreie Haltung, die ihm sofort auf die Nerven geht.

Sheldon schaut wieder zu Rhea hinüber, zu dieser Frau, die zu heiraten Lars gelungen ist. Ihr Haar ist rabenschwarz und zu einem seidigen Pferdeschwanz zusammengebunden. Ihre blauen Augen blitzen wie das Japanische Meer vor der Schlacht.

Sheldon findet, dass ihr Blick seit der Schwangerschaft tiefgründiger geworden ist.

Dieses Leben? Wenn er jetzt die Hand nach ihrem Gesicht ausstreckte, mit den Fingern über ihre Wangenknochen führe und ihr mit dem Daumen die von einem heftigen Windstoß hervorgelockte Träne abwischte, würde er bestimmt in Schluchzen ausbrechen, sie an sich drücken und ihren Kopf an seine Schulter pressen. In Rhea wächst *neues* Leben. Allein darauf kommt es an.

Sie wartet auf eine Antwort auf ihre Frage, aber die bleibt aus. Er starrt sie an. Hat er die Frage bereits vergessen? Sie wirkt enttäuscht.

Die Sonne geht erst nach zehn unter. Überall sind Kinder, und die Leute sind früh von der Arbeit hergekommen, um den vor ihnen liegenden Sommer zu genießen, als Ausgleich für die Dunkelheit der Wintermonate. Eltern kaufen belegte Brote und verfüttern sie in kleinen Stückchen an ihre Kinder, während Väter Plastikfläschchen zu teuren Kinderwagen mit exotischen Namen bringen.

Quinny. Stokke. Bugaboo. Peg Perego. Maxi-Cosi.

Dieses Leben? Sie sollte eigentlich wissen, dass dieses Leben das Produkt so vieler Tode ist. Mario. Bill. Ihre Großmutter Mabel, die gerade erst vor acht Monaten gestorben ist und damit Sheldons Umzug hierher eingeleitet hat.

Was durch Sauls Tod eingeleitet wurde, lässt sich nicht so leicht berechnen.

Mabels Beerdigung fand in New York statt. Sie stammten aus unterschiedlichen Ecken des Landes – er aus Neuengland, sie aus Chicago –, und lebten in der Stadt zunächst als Besucher, dann als Bewohner und nach vielen Jahren wohl als New Yorker. Nach dem Gottesdienst und dem anschließenden Empfang ging Sheldon allein zu einem Coffeeshop bei ihnen um die Ecke im Gramercy-Viertel. Es war mitten am Nachmittag. Die Mittagessenszeit war vorbei. Die Trauernden waren auseinandergegangen. Sheldon hätte nun sieben Tage Schiwe sitzen sollen, seiner toten Frau zu Ehren, und sich von seinen Angehörigen umhegen, versorgen und Gesellschaft leisten lassen, so wie das Brauch war. Stattdessen saß er in der Coffee and Tea Bar am Irving Place 71 in der Nähe der 19. Straße, aß ein Blaubeer-Muffin und schlürfte schwarzen Kaffee. Rhea war mit dem Flugzeug zur Beerdigung angereist, ohne Lars, und hatte mitbekommen, dass er sich davongestohlen hatte. Sie fand ihn ein paar Blocks weiter und setzte sich ihm gegenüber hin.

Sie trug einen eleganten schwarzen Hosenanzug, das Haar fiel ihr auf die Schultern. Sie war zweiunddreißig Jahre alt und hatte einen entschlossenen Blick aufgesetzt. Sheldon dachte, sie wolle ihm Vorwürfe machen, weil er sich vor der Schiwe drückte. Als sie dann mit der Sprache rausrückte, spuckte er beinahe eine Blaubeere quer über den Tisch.

«Komm mit uns nach Norwegen.»

«Du kannst mich mal», sagte Sheldon.

«Ich mein's ernst.»

«Ich auch.»

«Die Gegend heißt Frogner. Es ist wunderschön dort. Im Haus gibt es eine Einliegerwohnung mit separatem Eingang. Du wärst dort vollkommen selbständig. Wir sind noch nicht eingezogen, aber im Winter wird es so weit sein.»

«Du solltest sie an Trolle vermieten. Es gibt da doch Trolle, richtig? Oder war das Island?»

«Wir möchten sie nicht vermieten. Es ist ein komisches Gefühl, wenn man weiß, dass ständig Fremde unter deinen Füßen herumlaufen.»

«Das kommt daher, dass ihr keine Kinder habt. Ihr werdet euch an das Gefühl gewöhnen.»

«Ich finde, du solltest zu uns kommen. Was hält dich hier denn noch?»

«Abgesehen von Blaubeer-Muffins?»

«Ja.»

«Man fragt sich, wie viel mehr man noch brauchen soll in meinem Alter.»

«Du solltest dir das wirklich überlegen.»

«Was habe ich denn da drüben verloren? Ich bin Amerikaner. Jude. Zweiundachtzig. Witwer in Rente. Ein ehemaliger Marine. Ein Uhrenreparateur. Ich brauche eine Stunde, um zu pinkeln. Gibt es da drüben einen Club für Leute wie mich, von dem ich noch nichts weiß?»

«Ich möchte nicht, dass du einsam stirbst.»

«Jetzt hör aber auf, Rhea.»

«Ich bin schwanger. Es ist noch ziemlich früh, aber es ist so.»

Da nahm Sheldon, an diesem Tag aller Tage, ihre Hand, berührte sie mit den Lippen, schloss die Augen und versuchte, neues Leben in ihrem Puls zu erspüren.

Rhea und Lars wohnten bereits seit fast einem Jahr in Oslo, als Mabel starb und Sheldon sich entschloss, zu ihnen zu ziehen. Lars hatte eine gute Stelle als Spieleentwickler, und sie fasste allmählich als Architektin Fuß. Ihr Diplom von der Cooper Union erwies sich als hilfreich, und da die Bevölkerung Oslos zunehmend in Ferienhäuser und Immobilien im Umland investierte, beschloss sie zu bleiben.

Lars war, wie zu erwarten, überglücklich und konstruktiv und über die Maßen optimistisch ob ihrer Bereitschaft, sich anzupassen und der Herde anzuschließen. Norweger laichen nämlich von Natur aus am liebsten in ihren angestammten Gewässern. Und so wird Oslo von Norwegern bevölkert, die mit einer Schattenpopulation entwurzelter Seelen verheiratet sind, welche allesamt den Blick von Touristen aufgesetzt haben, die man wie Kinder durchs Wachsfigurenmuseum führt.

Mit Unterstützung seiner Eltern hatte Lars 1992 eine hübsche doppelstöckige Wohnung mit drei Schlafzimmern in Tøyen gekauft, die mittlerweile beinahe dreieinhalb Millionen Kronen wert war. Ein nettes Sümmchen für einen Stadtteil, der Sheldon wie die Bronx vorkam. Zusammen hatten sie fünfhunderttausend Kronen angespart, und wenn sie eine Hypothek aufnahmen – eine Hypothek, ja, aber keine riesengroße –, konnten sie sich das Haus mit den drei Schlafzimmern in Frogner leisten, was Sheldons Ansicht nach eher dem Central Park West entsprach. Tøyen war eine etwas miefige Gegend, und Lars und Rhea waren es leid, vergeblich darauf zu warten, dass es schicker würde. Es kamen immer mehr Menschen aus Pakistan und vom Balkan. Somalis hatten den Park des Viertels in Beschlag genommen, um dort ausgiebig Khat zu kauen, der Gemeinderat hatte schlauerweise eine Ausgabestelle für Methadon in dem Shoppingcenter auf der anderen Seite der Straße eingerichtet, was die Junkies anlockte. Wer Geld hatte, zog in andere Viertel, die Schulen wurden schlechter, und die ganze Zeit über versuchten Rhea und Lars ihm weiszumachen, dass das ein «Viertel mit Charakter» sei. Doch Sheldon sah nichts als Gefahren.

Zum Glück gab es immerhin keine Nordkoreaner, diese kleinen schlitzäugigen Halunken. Falls es welche gab, würden sie auffallen. Einen Nordkoreaner in Norwegen zu verstecken ist schwierig. Einen in New York zu verstecken ist so, als würde man einen Baum im Wald verstecken. Sie sind an jeder Straßenecke zu finden, verkaufen Blumen oder führen

Lebensmittelgeschäfte. Ihre kleinen Knopfaugen starren dir hinterher, während du die Straße entlanggehst, und dann telegraphieren sie gleich nach Pjöngjang, um deine Koordinaten durchzugeben.

Sie hatten ihn seit 1952 auf dem Schirm, ganz sicher. Wenn man zwölf Männer namens Kim von einer Ufermauer in Incheon weggeputzt hat, kann man kaum auf Vergeben und Vergessen hoffen. Nicht bei den Koreanern. Sie haben die Geduld der Chinesen, kombiniert mit einem italienisch anmutenden Hang zur *vendetta*. Und sie können sich anpassen. Oh, Sheldon brauchte Jahre, um zu lernen, wie man sie erkannte, ihre Anwesenheit erspürte, ihnen aus dem Weg ging, sie austrickste.

Hier war das anders. Hier fielen sie auf, und zwar extrem. Jeder einzelne koreanische Halunke. Jeder gehirngewaschene Irre, der wiederum unter Beobachtung des nächsten gehirngewaschenen Irren stand, für den Fall, dass der erste einen Anfall von selbständigem Denken erlitt.

«Hört mal gut zu, ihr Bastarde!», würde er ihnen am liebsten zurufen. «Ihr habt den Krieg angefangen! Und wenn ihr das kapiert habt, ist mal eine saftige Entschuldigung fällig!»

Dabei ist Sheldon nach wie vor der Meinung, irregeleitete Menschen seien nicht verantwortlich für ihre Taten.

Mabel verstand nie, was er gegen Koreaner hatte, sie sagte, er würde sich da in etwas hineinsteigern, auch sein Arzt wäre dieser Meinung, und dass er allmählich zur Vernunft kommen und einsehen müsse, dass er niemals ein romantischer Scharfschütze war, sondern ein langweiliger Angestellter in Pusan, den mit Sicherheit kein einziger Koreaner verfolgte.

Er habe nie jemanden erschossen. Habe nie aus Wut zum Gewehr gegriffen.

Ein paar Monate vor ihrem Tod schnitt sie das Thema wieder an.

«Du wirst allmählich senil, Donny.»

«Werde ich nicht.»

«Du veränderst dich. Das sehe ich.»

«Du bist schwer krank, Mabel. Klar, dass mich das mitnimmt! Außerdem behauptest du das schon seit 1976. Vielleicht bin es ja gar nicht ich, der sich verändert, sondern du bist es. Womöglich wirst du langsam immun gegen meinen Charme.»

«Das war doch kein Vorwurf. Sie nennen es jetzt Demenz. Du bist über achtzig. Rhea hat mir erzählt, über fünfundzwanzig Prozent von uns kriegen Alzheimer. Das ist etwas, worüber wir reden müssen.»

«Ist es nicht!»

«Du musst mehr Fisch essen.»

«Muss ich nicht!»

Rückblickend war das eine ziemlich kindische Antwort gewesen, aber es war auch ein bewährtes Totschlagargument.

Seine Erinnerungen wurden mit dem Alter einfach immer lebendiger. Die Zeit verstrich auf eine neue Art. Wenn man keine Zukunft mehr hat, besinnt sich der Geist auf sich selbst. Das war keine Demenz. Es war die einzige rationale Antwort auf das Unvermeidliche.

Und ganz davon abgesehen: Was verursachte denn solche Erinnerungen überhaupt?

Anfang September 1952 war er in Korea verloren gegangen. Als Folge einiger Ereignisse, die nur damals einen Sinn ergaben, wurde er an der Küste von dem australischen Schiff HMAS *Bataan* aufgegriffen, das zur Task Force 91 gehörte und die Aufgabe hatte, mit einer Blockade den amerikanischen Truppen den Rücken zu decken, die am Strand landeten und unter denen sich auch Sheldon hätte befinden sollen. Aber das war nicht der Fall, denn schließlich war er ja auf der *Bataan*. Sheldon, der damals Donny genannt wurde, hätte bei der Kampfeinheit des Fünften Marineregiments sein sollen, die am Red Beach landete, doch irgendwie kam er im Zuge seiner Verlegung abhanden, denn Armeen kommt immer etwas abhanden.

Er war zu jung zum Kämpfen gewesen, als der Zweite Weltkrieg ausbrach. Als fünf Jahre später die Sache mit Korea begann, war ihm gleich klar, dass er diesen Krieg nicht auch noch verpassen würde, und verpflichtete sich sofort, nur um sich schließlich – in der Stunde der Wahrheit – in Gesellschaft einer Horde australischer Hinterwäldler wiederzufinden, die sich weigerten, ihm eines ihrer Rettungsboote zu leihen, mit dem er an Land übersetzen und Leute erschießen wollte, wie es seine Aufgabe war.

«Sorry, Mate. Brauchen wir vielleicht. Haben nur vier. Kleines Schiff, große Kanonen und überall Kugeln in der Luft. Verstehst du doch, oder?»

Also beschloss er, es sich ohne Erlaubnis von seinen Gastgebern zu borgen – er weigerte sich, das Wort «stehlen» zu benutzen. Er musste zugeben, dass sie ja irgendwo recht hatten, während eines heftigen Angriffs ihre Notausrüstung behalten zu wollen, aber manchmal haben Menschen ganz unterschiedliche Bedürfnisse, und da muss man eben eine klare Entscheidung treffen.

Donny Horowitz war damals vierundzwanzig. Er war bei klarem Verstand, hatte eine ruhige Hand und war als Jude in seiner Soldatenehre enorm leicht zu verletzen. Die Armee musste ihm nur die richtige Rolle zuweisen und ihn mit der richtigen Aufgabe betrauen. Die Rolle war Scharfschütze. Die Aufgabe war Incheon.

Incheon war eine taktische Herausforderung. Seit etwa anderthalb Monaten hatten sich die Nordkoreaner am Busan-Perimeter abgearbeitet, und Douglas MacArthur entschied nun, dass es Zeit wäre, sie durch die Einnahme der westlichen Hafenstadt Incheon an der seitlichen Flanke anzugreifen. Doch die Strände von Incheon waren ungeeignet und die Uferbereiche so seicht, dass eine Invasion nur bei Flut möglich war.

Das Bombardement durch die Schiffe hatte zwei Tage angedauert und Incheons Verteidigung geschwächt. Es gab keinen Mann hier, dem nicht das Stichwort D-Day eingefallen wäre. Keinen Mann, der nicht an das dachte, was in der Normandie am Omaha Beach passiert war, als die amerikanischen Bomber ihr Ziel verfehlten und die Panzer bei der Landung im Meer versanken und den Amerikanern keinen Schutz am Strand bieten konnten: keine Deckung, keine Feuerkraft, keine Bombentrichter, die sich als Schützengräben benutzen ließen.

Donny wollte verdammt sein, wenn er bei dieser Invasion hier nicht ganz vorne mitmischte.

An jenem Morgen, während das Dritte und Fünfte Marineregiment mit Panzerladungsschiffen – kurz LST – Green Beach ansteuerten, um M26-Pershing-Tanks an Land abzusetzen, ließ Donny inmitten des Rauchs und Artilleriefeuers und der wild im Getöse umherfliegenden Vögel das Rettungsboot seitlich an der *Bataan* zu Wasser, kletterte mit seinem Gewehr hinein und ruderte, das Gesicht der Landseite zugewandt, auf das Artilleriefeuer zu.

Am Red Beach verteidigten die Nordkoreaner eine hohe

Ufermauer, welche die Südkoreaner mit Leitern zu stürmen versuchten. Oben auf der Mauer stand eine Reihe Scharfschützen und versuchte, die Amerikaner, Südkoreaner und alles, was unter UN-Flagge kämpfte, abzuräumen. Geschosse zischten über ihre Köpfe hinweg. Die Koreaner feuerten die grünen Leuchtspurgeschosse ihrer chinesischen Verbündeten ab, die sich mit den roten der Alliierten kreuzten.

Sie fingen an, auf Donny zu schießen. Die Kugeln kamen erst langsam näher und zischten dann an ihm vorbei, durchfrästen Gischt aufpeitschend die Wasseroberfläche oder durchlöcherten das Ruderboot.

Sheldon fragte sich oft, was die Koreaner, diese abergläubische Bande, wohl dachten, als sie einen einzelnen Soldaten sahen, der aufs Wasser starrte, vom Rot, Grün, Orange und Gelb des Gefechts beleuchtet, das sich auf dem Wasser und in den Morgenwolken reflektierte. Ein kleiner blauäugiger Teufel, der immun gegen ihre Verteidigungskünste war.

Donnys Boot wurde von einer Salve erwischt. Vier Kugeln durchschlugen den Bug. Wasser drang ein und umspülte seine Stiefel. Die Marines hatten bereits den Strand erreicht und näherten sich der Ufermauer. Grüne Leuchtspurgeschosse zischten mitten in sein Regiment.

So dicht am Ziel angekommen, beschloss Sheldon, der ein schlechter Schwimmer war, keine vierhundert Meter vom Ufer entfernt und mit den Füßen im nassen Grab stehend, seine Munition einzusetzen, *verdammt noch mal*, bevor er zusammen mit ihr unterging.

Er hatte so weiche Hände für einen Jungen. Er war nur eins siebzig groß und hatte nie harte körperliche Arbeit verrichten oder schwere Gegenstände tragen müssen. Er zählte im Schusterladen seines Vaters die Zahlenreihen zusammen und träumte davon, einen Ball für die Red Sox weit ins linke Feld und über das Green Monster zu schlagen. Als er zum ersten Mal die Unterseite von Mabels Brüsten berührte – unter ihrem Pulli während eines Bogart-Films mit Audrey Hepburn –, meinte sie, seine Finger wären so weich, dass sie sich anfühlten wie Mädchenhände. Dieses Geständnis erregte ihn stärker als jeder Film, den er jemals gesehen hatte.

Als er in die Armee eintrat, beschloss man, dass er sich gut zum Scharfschützen eignete. Ausgeglichen. Ruhig. Clever. Dünn, aber ausdauernd. Voller Wut, zugleich aber ausgestattet mit der Fähigkeit, sie durch Vernunft zu bändigen. Ausgeprägtes taktiles Feingefühl.

Man stellt sich Gewehre als brutale Werkzeuge vor, die von kräftig gebauten Männern benutzt werden. Doch die Kunst des Schießens erfordert höchstes Feingefühl. Die Berührung eines Liebhabers oder Uhrmachers. Es gibt eine intime Beziehung zwischen Finger und Abzug. Höchste Atemkontrolle ist nötig. Jeder Muskel wird eingesetzt, um völlige Regungslosigkeit zu erzeugen. Die Richtung des Windes an den Wangen findet ihre Entsprechung im Anheben des Gewehrlaufs, sanft wie der Dampf, der an einem Winternachmittag von einem warmen Blaubeerkuchen aufsteigt.

Und jetzt, die Füße im Wasser, hielt Donny den Blick auf die weit hinten in Nebel und Rauch flimmernden Zielobjekte auf der Mauer gerichtet. Das Artilleriefeuer störte ihn nicht. Das Wasser in seinen Schuhen war nur eine Empfindung, bedeutungslos. Der verwirrte Vogel, der vor lauter Lärm und Rauch gegen seinen Oberschenkel flog, war nur ein Gefühl. Er war ganz in sich gekehrt, und bis heute denkt er an eine bestimmte Musik, wenn er sich an diesen Moment erinnert. Was er hörte, und auch jetzt in seinen Erinnerungen hört er es, war die unbegleitete Cello-Suite Nr. 1 in G-Dur von Bach.

In diesem Augenblick tiefster Ruhe und vollkommenen Friedens verlor er die Wut seiner Jugend. Durch die Musik, den Rauch, durch das Wasser fiel der Hass auf die Nazis von ihm ab.

Und da, in jenem Augenblick der Gnade, tötete Donny.

Aus dem Lauf eines ungewöhnlich gerade schießenden .30 Kaliber M1C Garand verfeuerte Sheldon in weniger als dreißig Sekunden drei Magazine mit panzerbrechender 168er-Grain-Munition. Er tötete zwölf Männer, fegte sie von der 350 Meter weit entfernten hohen Ufermauer und ermöglichte damit deren Erstürmung durch die Marines, ohne dass einer von seinen Leuten zu Schaden gekommen wäre. Nur er selbst trug eine oberflächliche Fleischwunde am linken Bein davon.

Es war eine winzige Geste, als würde man einen Kiesel in einen Teich werfen und so das Abbild des Nachthimmels stören.

Mabel erzählte er davon natürlich erst viel, viel später. So spät, dass sie ihm die Geschichte nicht abnahm. Sie hatten einen Sohn, um den sie sich kümmern mussten, und Heldentum war für Sheldon Privatsache. Er sagte, er sei als Logistikoffizier tätig gewesen, viel weiter im Süden, wo es sicherer war. Die Wunde? Die hatte er sich zugezogen, als er mal unachtsam die Tür zu einem Geräteschuppen aufgestoßen hatte und auf einen Rechen getreten war. Er zog es ins Lächerliche: *Der Klügere gibt eben nach.*

Für seinen Beitrag zur Invasion bekam Sheldon die Navy

Commendation Medal und das Purple Heart. Wo waren die bloß abgeblieben? Er hatte ein Uhrmacher- und Antiquitätengeschäft. Sie konnten überall sein. In irgendeiner Schublade oder Kiste. Er konnte sie nirgends finden. Den einzigen Beweis, dass er noch alle Tassen im Schrank hatte. Und jetzt war der Laden weg. Das Zeug verkauft. Was er so sorgfältig zusammengetragen hatte, war in alle Winde zerstreut. Sie würden, wieder in Umlauf gebracht, von Sammlern zu neuen Sammlungen vereint und dann wieder zerstreut werden, wenn ihre neuen Besitzer zu Staub zerfielen.

«Dieses Leben.» Was für eine Frage! In diesem Leben verwandelte sich mein Körper in einen vertrockneten Ast, wo ich doch früher einmal ein starker Stamm gewesen bin. Ich gehe durch fremde Straßen mit arabischen Süßwarenläden und Lampengeschäften, steige über Trambahnschienen und starre die plumpen, stummen protestantischen Fassaden an. Ich muss an die satten Wiesen und üppigen Buchenwälder Neuenglands denken – draußen vor dem Fenster meines Kinderzimmers –, wie sie sonst nur in verwunschenen Königreichen wachsen. Meine Eltern, in meiner Nähe.

In diesem Leben schleppe ich mich als alter Mann dahin, wo ich früher über Zweifel und Widersprüche einfach hinwegflog.

In diesem Leben sind meine Erinnerungen der Rauch, an dem ich ersticke und der mir in den Augen brennt.

In diesem Leben erinnere ich mich an jenen Hunger, der niemals wiederkehren wird. Als ich einst der Liebhaber mit den blauesten Augen war, die sie je gesehen hatte. Blauer als die von Paul Newman. Dunkler als die von Frank Sinatra.

Dieses Leben! Dieses Leben geht zu Ende ohne irgendeine Erklärung oder Entschuldigung, und jede Regung meiner Seele oder jeder Lichtstrahl, der durch eine Wolke fällt, könnte das Ende bedeuten.

Dieses Leben war ein plötzlicher, tragischer Traum. Er packte mich in den frühen Morgenstunden eines Samstagmorgens, kurz bevor der Sonnenaufgang im Spiegel ihres Toilettentisches zu strahlen begann und mich sprachlos zurückließ, während die Welt in Weiß aufging.

Und selbst wenn sie es tatsächlich wissen wollen, wer könnte es ihnen erzählen?

Z U   einer vollkommen unchristlichen Zeit steht Sheldon nackt im Badezimmer ihrer Wohnung in Tøyen. Rhea und Lars sind aus irgendeinem Grund ausgegangen. Wortlos haben sie das Haus mitten in der Nacht verlassen und sind schon seit Stunden fort.

Das Licht ist aus, es ist dunkel. Er stützt sich mit einer Hand an den kalten Fliesen über der Toilette ab und zielt mit der anderen Hand, so gut es geht. Er wartet, bis seine Prostata sich beiseiteschiebt, damit er endlich ungestört Wasser lassen und sich dann wieder rasch ins Bett verziehen kann, wo er hingehört. Das verringert die Gefahr, sich nach einem plötzlichen Herztod noch immer mit dem Penis in der Hand von ein paar zwanzigjährigen Sanis auf dem Boden auffinden lassen zu müssen, die mit großen Augen seine Beschneidung und sein Pech zur Kenntnis nehmen.

Es liegt nicht nur am Alter, dass alles langsamer geht. Ein Mann und eine Frau streiten oben in der Wohnung in irgendeiner Balkansprache mit all ihrem Gezische und Gepolter. Könnte Albanisch sein. Vielleicht auch nicht. Er hat keine Ahnung. Es klingt bösartig, antisemitisch, kommunistisch, bäuerlich, faschistisch und korrupt, alles zugleich. Jedes Phonem, jede Verschleifung und Intonation klingt bitter. Der Streit ist laut, und alles, was unverständlich darin mitschwingt, verursacht eine Art urtümliche Abwehrhaltung seiner Eingeweide.

Sheldon klopft ein paarmal kraftlos gegen die Wand.

Er muss an eine Kritzelei in der Männerlatrine während der Grundausbildung denken: «Alte Scharfschützen sterben nicht, sie bleiben immer geladen.»

Sheldon schlurft zurück ins Bett, zieht sich die Daunendecke über die Schultern und lauscht, wie das Gekeife der Frau in Schluchzen übergeht. Schließlich versinkt er in einem oberflächlichen Schlaf.

Als er aufwacht, ist – wie erwartet – Sonntag. Licht strömt herein. An der Tür steht ein großer Mann, der eindeutig kein Koreaner ist.

«Hey, Sheldon? Hi! Ich bin's, Lars. Guten Morgen!»

Sheldon reibt sich das Gesicht und sieht auf die Uhr. Es ist kurz nach sieben.

«Hallo, Lars.»

«Hast du gut geschlafen?»

«Wo zum Teufel habt ihr beide gesteckt?»

«Erklären wir dir gleich beim Frühstück.»

«Euer Nachbar ist ein Faschist vom Balkan.»

«Ach wirklich?»

Sheldon starrt finster vor sich hin.

«Wir hauen gerade Eier in die Pfanne. Kommst du?»

«Ihr habt es auch gehört, ja? Es war keine Halluzination?»

«Komm, lass uns frühstücken.»

Die Wohnung befindet sich in einer kleinen Seitenstraße der Sars' gate in der Nähe des Tøyenparken. Es ist ein Backsteingebäude mit breiten, naturbelassenen Dielenböden. Auf

Sheldon wirkt es ein wenig wie ein New Yorker Loft, weil Lars' Vater die Wand zwischen Küche und Wohnzimmer und die zwischen Wohnzimmer und Esszimmer rausgerissen hat, um einen weiten, offenen hellen Raum zu schaffen. Von dem jetzt zusammengelegten Hauptraum geht ein riesiges Schlafzimmer ab, und am Fuß einer kurzen Treppe liegt ein weiteres, kleineres, in dem Sheldon haust.

Unfähig, dem Tag noch länger aus dem Weg zu gehen, steht er auf, schlüpft in einen Morgenmantel und Pantoffeln und schlurft ins Wohnzimmer, das im frühen Morgenlicht glüht wie im Schein einer Verhörlampe. Sheldon kennt das, und er ist gewappnet. Das norwegische Sommerlicht ist daran schuld. Die Lösung ist eine Fliegerbrille mit goldumrandeten Gläsern, die er aus der Tasche zieht und aufsetzt.

Nachdem er jetzt etwas sieht, geht er auf den Frühstückstisch zu, auf dem Ziegenkäse, eine Reihe von Produkten aus getrocknetem Schweinefleisch, Orangensaft, etwas gehackte Leber, Lachs, Butter und ein frischgebackenes Brot stehen, das sie gerade im 7-Eleven um die Ecke geholt haben.

Rhea trägt ein verwaschenes Paar Levi's, eine dünne seidige Bluse von H&M und hat das Haar zusammengebunden. Sie ist barfuß und hat kein Make-up aufgelegt. An der Spüle lehnend, umklammert sie eine Tasse mit heißem Milchkaffee.

«Morgen, Papa!»

Rhea ist mit Sheldons Morgen-Look vertraut. Sie kennt auch seinen üblichen Gruß.

«Kaffee!»

Rhea reicht ihm einen.

Sie sieht, dass unterhalb von Sheldons kastanienbraunem Morgenmantel haarlose, bleiche Beine hervorragen, die aber immer noch eine gewisse Form und Muskeln besitzen. Er schrumpft eindeutig zusammen, ist aber noch schlank und hat eine gute Haltung. Dadurch wirkt er größer, als er ist. Er schlurft durch die Gegend, schimpft und kommandiert herum, aber seine Schultern sind noch nicht eingefallen, und seine Hände zittern nicht, wenn er den Kaffeebecher mit dem Penthouse-Schriftzug hält – den Bestellschein auf der Rückseite des Magazins hat er, dem Aussehen des Mädchens nach zu schließen, bereits in den Siebzigern abgeschickt.

Sie hat ihn angefleht, diesen Becher auszurangieren. Keine Chance.

An jedem Ort außerhalb der Wohnung wäre Sheldon in diesem Aufzug verhaftet worden. Die eigentliche Frage ist jedoch, weshalb Lars sich darauf eingelassen hat, diese orientierungslose Kreatur, die Rhea so sehr liebt, bei sich aufzunehmen.

Doch genau hierin liegt bereits die Antwort. Sie betet Lars geradezu an – vor allem wegen seiner Herzlichkeit, seines trockenen Humors und seiner Ausgeglichenheit –, und sie weiß, dass er sie ebenfalls anbetet. Er hat eine wandelbare Männlichkeit, die sich öffentlichen Blicken entzieht, aber in privatem Umfeld zum Ausbruch kommt wie ein brauner Knuddelbär, der auf einmal zum Raubtier wird.

Rhea schreibt das seiner Erziehung zu, nicht allein seinem Charakter. Das norwegische Volk scheint gelernt zu haben, unkontrollierte männliche Gewalt zu zügeln und in eine soziale Balance zu bringen, ihre rauen Ecken und Kanten im öffentlichen Raum auszublenden und dennoch Momente der Intensität und Kraft zuzulassen. Lars ist ein sanfter Mensch, aber er ist auch ein Jäger. Schon als Junge hat sein Vater ihn mit zur Rentierjagd genommen. Sie haben Rentierfleisch für ein ganzes Jahr in der Kühltruhe. Rhea hat es versucht, aber sie kann sich ihn einfach nicht dabei vorstellen, wie er den Abzug drückt, einem Tier das Fell abzieht, seine Beute ausnimmt. Doch genau das tut er.

Dennoch ist Lars mehr als nur ein Produkt seiner Umwelt. Seine Freundlichkeit ist von einer Tiefe, die Rhea – wie sie ahnt – nicht teilt. Sie verfügt nicht über diese versöhnliche Ader. Ihre Gefühle, ihr Geist, ihr Selbst sind stärker gespannt, viel stärker in einen ständigen Dialog auf der Suche nach Bedeutung, Zweck und Ausdruck verflochten. Ein Zwang, sich zu artikulieren und zu erklären, die Welt zu verstehen – wenn auch nur für sich selbst.

Den Dingen ihren Lauf zu lassen, einfach so weiterzumachen, erst mal nichts zu sagen: das ist nicht ihre Art.

Das ist Lars' Art. Er gibt sich mit den Menschen zufrieden, so, wie sie sich ihm zeigen. Was ihn ausmacht, ist nicht ein endloser Strom von Worten, Ideen und Ausbrüchen, sondern seine allumfassende Fähigkeit, dem, was auf ihn zukommt, gelassen entgegenzusehen. Es klar einzuschätzen. Er sagt, was gesagt werden muss, und damit hat es sich. Was für Rhea einen Willensakt darstellt, ist für Lars ein Prozess des Lebens.

Sie hatten sich Kinder gewünscht. Allerdings erst seit kurzem. Rhea brauchte Zeit, um ihren Platz zu finden. Um herauszufinden, ob sie ihre amerikanische Seele der norwegischen Matrix aufpfropfen könne. Als ihr dann die Pille ausging, holte sie sich einfach kein neues Rezept mehr. Sie kann sich noch an den Tag erinnern. Es war ein Samstag im Dezember, kurz vor Weihnachten, aber schon nach Chanukka. Es muss an einem der dunkelsten Tage des Jahres gewesen sein, doch in ihrer Wohnung verbreiteten ein Weihnachtsbaum und eine Menora warmen Glanz. Zum Spaß zählten sie sinnliche Erinnerungen an Weihnachtsfeste der Vergangenheit auf.

Nelken. Zimt. Tannenduft. Marzipan.

«Nein, kein Marzipan.»

«Bei uns sind die Marzipanriegel riesig», sagte Lars, «und mit Schokolade umhüllt.»

«Wer ist dran?»

«Du.»

Glocken. Kerzen. Apfelkuchen. Äpfel. Skiwachs …

«Wirklich? Skiwachs? Hier auch. Das ist ja spannend!»

«Ich verarsch dich gerade, Lars.»

«Oh.»

Drei Wörter hintereinander. Manchmal auch vier. Genauso viel hatten sie gemeinsam. Eine solide Basis für ein Kind.

Rhea nippt an ihrem Milchkaffee und schaut zu Lars hinüber, der die Titelseite der *Aftenposten* liest. Irgendwas über die Unabhängigkeit des Kosovo von Serbien vor ein paar Monaten. Irgendwas über Brad Pitt. Irgendwas über kohlenhydratarme Ernährung.

Nein, sie hat Lars nicht erzählt, dass sie versucht, schwanger zu werden. Irgendwie war es nicht notwendig. Als wisse er Bescheid. Oder als müsse er es nicht wissen, weil sie doch verheiratet sind. Was in New York mit großem Tamtam begrüßt worden wäre, beschränkte sich hier auf eine Umarmung und seine Finger, die ihr durchs Haar fuhren und es schließlich umfassten.

Während Lars die Zeitung wie ein normaler Mensch liest, hält Sheldon einen Bogen gegen das Licht, als suche er nach Wasserzeichen. Rhea ist wie immer nicht klar, was das zu bedeuten hat. Ob er wie ein Kind um Aufmerksamkeit buhlt, ob das einfach nur ein altersbedingtes Verhalten ist oder ob er gerade einer Tätigkeit nachgeht, die auf den ersten Blick vielleicht kindisch und senil wirkt, aber eigentlich vollkommen logisch ist. Wenn die drei Faktoren zusammenkommen – seine Persönlichkeit, seine augenblickliche Situation, sein Verstand –, ist es unmöglich, sie voneinander zu unterscheiden. Es ist Sheldons dritte Woche in Norwegen. Sie wollten, dass er hierherkam. Sich in seinem neuen Leben einrichtete. Ihnen allen war klar, dass es dann kein Zurück mehr geben würde. Sheldon war zu alt, die Wohnung in Gramercy war verkauft, er hätte nirgendwo mehr hingehen können.

«Vergiss es. Ich werde nicht anbeißen», sagt sie.

«Hm?»

Lars und Sheldon heben beide die Zeitung ein Stück an – der eine, um sich zu verstecken, der andere, um zu provozieren.

«Ich sagte, ich werde nicht anbeißen, du Spinner. Ich will überhaupt nicht wissen, weshalb du das Zeitungspapier nach dem Da-Vinci-Code absuchst.»

«Norwegisch klingt wie rückwärts gesprochenes Englisch. Ich will rausfinden, ob es sich auch so liest. Das kann ich überprüfen, indem ich die Zeitung gegen das Licht halte und den Artikel auf der anderen Seite lese. Aber die Wörter auf dieser Seite der Zeitung versperren mir die Sicht auf die andere Seite, daher kann ich es doch nicht mit Sicherheit sagen.»

«Das Wetter wird wieder schön», murmelt Lars.

«Ich finde, wir sollten rausgehen. Papa, was hältst du von einem Spaziergang?»

«Oh, na sicher, das würde denen so passen, nicht?»

«Den Koreanern?»

«Du hast das mit einem Unterton gesagt. Ich habe das schon mitgekriegt.»

Rhea stellt ihre leere Tasse in die Spüle und lässt sich kaltes Wasser über die Finger laufen. Sie wischt sie an der Jeans ab.

«Wir müssen dir was sagen.»

«Sagt es mir hier.»

«Ich möchte lieber nach draußen.»

«Ich aber nicht. Mir gefällt es hier. In der Nähe des Essens. Das ganze Schweinefleisch. Es braucht mich.»

«Wir könnten durch die Hintertür verschwinden.»

Bei diesen Worten lassen beide die Zeitung sinken.

«Es gibt hier einen Hinterausgang?», fragt Sheldon.

«Für Fahrräder. Das wissen nicht viele Leute. Ist ein *Geheimnis*.»

«Gut zu wissen!»

«Kleinigkeiten wie diese können einem das Leben retten.»

«Du machst dich über mich lustig, ich weiß. Du machst dich über mich lustig, aber das ist mir egal. Ich bin noch ganz auf der Höhe. Ich hab noch alle Tassen im Schrank, bin verdammt helle und hab noch einiges auf dem Kasten. Und ich bin über achtzig. Das ist doch was!»

«Also, gehen wir jetzt raus?»

«Was ist mit euren Nachbarn los?», fragt Sheldon unvermittelt.

«Wie meinst du das?»

«Klingt, als ob der Faschist seine Frau schlägt.»

«Wir haben schon öfter mal die Polizei gerufen.»

«Also habt ihr es auch gehört!»

«Ja.»

«Habt ihr ein Gewehr? Lars, hast du ein Gewehr?»

«Nicht hier.»

«Aber du besitzt ein Gewehr, ja? Ich meine, du rennst nicht nackt durch den Wald, mit fliegendem Blondhaar, und presst das Rentier an deine blanke männliche Brust, bis es aufgibt, richtig? Kein blutiger Bartflaum am Kinn? Breites Grinsen? Da ist ein Gewehr im Spiel, oder?»

«Ja, oben im Sommerhaus. Moses und Aaron. Sie sind in einem Verschlag bei der Sauna. Eins ist kaputt.»

«Du hast jüdische Gewehre?»

Lars lächelt. «Ach so, nein. Eine Winchester und eine Remington. Sie sind nach den zwei Kanonen in Drøbak benannt, die das deutsche Schiff im Krieg zum Sinken brachten. Im Fjord.»

«Norwegen hat jüdische Kanonen für die Nazijagd?»

«So habe ich das ehrlich gesagt noch nie betrachtet.»

Sheldon zieht die Brauen hoch und breitet die Handflächen aus, als wolle er fragen, was man denn sonst von zwei Kanonen namens Moses und Aron halten soll, die in Norwegen ein Nazischiff versenkten.

Lars lenkt ein. «Ja, Norwegen hat jüdische Kanonen für die Nazijagd.»

«Aber Moses und Aron sind nicht hier.»

«Genau. Sie sind im Sommerhaus.»

«Das ist okay. Bestimmt können wir einen Messerkampf gewinnen. Was versteht die Balkanmafia im Vergleich zu uns dreien schon von Messerkämpfen?»

«Das Ferienhaus ist in der Nähe der schwedischen Grenze, weißt du. Der norwegische Widerstand war dort aktiv. Wir nannten sie die Jungs in den Wäldern. Mein Vater hat gesehen, wie mein Großvater sie hinten an der Sauna versteckte.

Sie machten sich Büroklammern ans Revers. Es war ein Akt der Auflehnung gegen die Besatzung.»

Sheldon nickt. «Ganz schön tollkühn, diese Operation Büroklammer. Aber am Ende hat das den Nazis wohl das Genick gebrochen, wie? Wer könnte auch eine derartige Provokation aushalten?»

«Papa», zischte Rhea, «ich glaube, du solltest mal duschen gehen, farblich zueinander passende Kleidung anziehen – vielleicht sogar Unterhosen –, und dann können wir durch den Hintereingang nach draußen gehen.»

Sheldon wechselt das Thema.

«Weißt du, weshalb ich diese Uhr hier trage?»

«Damit du sagen kannst, wie spät es ist?», erwidert Rhea und lässt sich auf das Ablenkungsmanöver ein.

«Nein, das ist vielleicht der Grund, weshalb ich *generell* eine Uhr trage. Meine Frage zielt darauf ab, weshalb ich *genau diese* Uhr trage. Ich habe immer eine mit dem Herzen deines Vaters darin getragen. Was das heißt, erkläre ich dir eines Tages. Aber dann habe ich beschlossen – wegen deiner Neuigkeit und meines Umzugs ins Land des Ewigen Eises –, es mal ein bisschen krachen zu lassen und mir eine neue zuzulegen. Und weißt du, was ich mir gekauft habe? Nein, keine Omega. Keine Rolex. Ich sage es dir: Eine *J. S. Watch and Company.*

Noch nie gehört? Ich bis dahin auch nicht. Hab ich zufällig aufgeschnappt. Die Firma sitzt in Island. Zwischen alter und neuer Welt. Vier Jungs am Fuß eines Vulkans mitten im Atlantik, die versuchen, Geld zu machen, indem sie exquisite wunderschöne Uhren fabrizieren, weil sie Uhren lieben. Weil sie verstanden haben, dass Uhrmachen ein bejahender, kreativer Akt ist, der Technik und Schönheit vereint, als Antwort auf eine gnadenlose Struktur aus Funktionalität und Form. Wie das Leben selbst, als Antwort auf den Tod. Außerdem ist das ein echter Hingucker! Schau sie dir an!»

«Raus. Wir gehen raus.»

«Ich hab keinen Haustürschlüssel. Ich bin nicht autonom.»

«Wir lassen dir einen nachmachen. Was noch?»

«Als dein Vater klein war, hat er irgendwann beschlossen, keine zueinander passende Kleidung mehr zu tragen. Es war ein kleiner rebellischer Akt gegenüber seinem Vater, dem alten Unterdrücker. Also kauften wir ihm nur noch Levi's-Jeans, die nach einem Stamm Israels benannt sind und wunderbarerweise zu allem passen. Batik, Karos, Streifen, Camouflage. Eine Levi's ist einfach unverwüstlich. Damit hab ich deinem Vater ein Schnippchen geschlagen. Zum Dank bekamen wir schließlich ein Kind ohne jegliches Gespür für Mode.»

«Ich glaube, das Frühstück ist beendet.»

«Er ist in dem Buch drin, weißt du.»

«Ich weiß, Papa.»

«Und deine Großmutter auch.»

«Ich weiß.»

«Und jede Menge wütender Europäer.»

«Aha.»

«Und ein Hund.»

«Klar.»

Das Buch. «Das Buch» war Sheldons einziger Nachweis, es zu etwas gebracht zu haben. 1955, noch immer ein wenig orientierungslos nach dem Krieg und auch nicht groß auf der Suche nach irgendetwas, begeisterte er sich plötzlich für die Idee, Fotograf zu werden, und siehe da, er wurde einer, und zwar ein bekannter. Lange vor dem Hype um Coffee-Table-Books beschloss Sheldon, auf Reisen zu gehen und Porträts zu machen. Obwohl er sehr geschickt war im Umgang mit der Kamera, mangelte es ihm an guten Umgangsformen, was insofern ein Problem darstellte, als Porträtfotografie ohne die Einwilligung der Modelle schwierig ist.

Gerechtigkeitshalber muss allerdings gesagt werden, dass er aus dieser Not eine Tugend machte, indem er sich einfach auf *unwillige Modelle* spezialisierte. Was ihm ohnehin entgegenkam. Am Ende hieß der Arbeitstitel des Projekts «Fotos von widerwilligen Modellen».

1956 hatte Sheldon genau sechshundertdreizehn Fotos aus zwölf Städten in fünf Kontinenten zusammen, allesamt von Leuten, die eine Stinkwut auf ihn hatten. Zweihundert schafften es ins Buch. Der Rest blieb in Kartons, die er versteckt aufbewahrte und die niemand zu sehen bekam. Erst als Saul einmal das Gespräch darauf brachte, setzten Mutmaßungen ein, es müsse noch mehr Fotos geben. Doch Sheldon hielt sie unter Verschluss.

In dem Buch schrien Frauen, schüttelten Männer drohend die Faust, wurden Kinder hysterisch, fletschten sogar Hunde die Zähne mitten im Sprung. In seinem speziellen unverblümten Sarkasmus hieß das Buch – das einen sehr raffinierten Verlag und ein ziemlich großes Publikum fand – einfach nur «Was?!»

In einem kurzen Interview mit Harper's wurde er gefragt, wie er die Leute so sehr zur Weißglut gebracht habe.

«Ich habe getan, was mir gerade so einfiel», hatte er erwidert. «Ich zog Leute an den Haaren, trickste Kinder aus, triezte Hunde, schlug jemandem die Eiswaffel aus der Hand, fuhr alten Leuten über den Mund, ging, ohne zu zahlen, schnappte Taxis weg, spielte den Klugscheißer, machte mich mit dem Gepäck anderer Leute auf den Weg, beleidigte Ehefrauen oder beleidigte Kellner, drängelte mich in der Schlange vor, gab falsche Bestellungen auf, schnippte Hüte vom Kopf und hielt für niemanden den Fahrstuhl an. Es war das beste Jahr meines Lebens!»

Saul war auf Seite eins, als Zweijähriger. Sheldon hatte ihm gerade seine Süßigkeiten weggeschnappt und dann auch noch ein Foto mit Blitz geschossen, was das Fass zum Überlaufen brachte. Mabel geriet darüber so außer sich, dass sie sich einen Ehrenplatz auf Seite zwei sicherte.

In Rheas Wohnzimmer steht ein Exemplar des Buches. Sie hat es Lars gezeigt. Ihrem gemeinsamen Lieblingsfoto dient Doisneaus «Kuss vor dem Rathaus» als Vorlage, das kurz zuvor im *Life*-Magazin abgedruckt worden war. Sheldon hatte das Kultpotenzial des Fotos erahnt, das einen zeitlosen Moment in einer Zeit allgemeinen Umbruchs einfängt. In Sheldons Version werden die beiden Liebenden an einem Kuss gehindert. Sie klammern sich an das eiserne Geländer einer Brücke, und die Frau schleudert eine Weinflasche in Richtung Kamera (also eigentlich in Richtung Sheldon). Es war ein herrlicher Tag, daher hatte er eine niedrige Blende verwendet, um große Tiefenschärfe zu erzeugen und so das meiste der Szene im Fokus zu halten. Das Schwarzweißfoto – eine wunderbare Bildkomposition – fing nicht nur das zornige Gesicht der Frau ein (sie hat die Hand noch vom Wurf ausgestreckt, ihr Gesicht ist verzerrt, der Körper leicht über das Geländer gebeugt, als wolle sie sich selbst auf die Kamera stürzen), sondern auch den Jahrgang der fliegenden Flasche (ein 1948er Château Beychevelle, St. Julien, Bordeaux). Es war wirklich ein wundervolles Foto. 1994, als Doisneau zugab, dass sein

Foto gestellt war (weil das Mädchen darauf vierzig Jahre später Geld dafür verlangte und ihm eine Klage androhte, wodurch der Fotograf zu dem Eingeständnis gezwungen wurde, dass er den Kuss gekauft hatte, und der Zauber des Augenblicks dahin war), flippte Sheldon völlig aus und erklärte sich selbst zum Originalgenie.

«Das Original war ein Fake, und das Fake war ein Original!» 1995 wurde sein eigenes Foto wiederveröffentlicht, verschaffte ihm eine Woche lang Berühmtheit und den Vorwand, sich bei Familienzusammenkünften aufzuführen wie die Axt im Walde. An so etwas hatte Sheldon immer unermessliches Vergnügen.

«Zieh dich an. Wir gehen jetzt spazieren», sagt Rhea.

«Geht ihr schon mal vor. Ich komme nach.»

Lars schaut Rhea an, die seinen Blick wissend erwidert.

«Papa, wir wollen dir etwas über gestern Nacht erzählen. Komm mit.»

Sheldon sieht zu Lars hinüber, der mit Unschuldsmiene einen Dillhering auf einer Scheibe Roggenbrot platziert.

«Ihr wollt nicht, dass ich allein rausgehe. Ihr wollt mich überwachen. Deshalb wollt ihr mir auch dieses Handy aufdrängen. Aber ich weigere mich.»

«Wir sind gern in deiner Gesellschaft.»

«Deine Großmutter hatte es besser drauf, mich zu manipulieren als ihr beiden. Solange ihr euch nicht ein bisschen mehr anstrengt, werde ich nicht nachgeben.»

«Okay, na schön, ich gehe jetzt nach draußen. Wer kommt mit?»

Lars hebt die Hand.

«Lars! Großartig! Sonst noch jemand?» Sie lässt den Blick durch den Raum schweifen. «Sonst niemand?»

«Ich habe etwas vor», sagt Sheldon.

«Zum Beispiel?»

«Private Dinge.»

«Das glaube ich dir nicht.»

«Und jetzt?»

«Es ist ein schöner Tag, und ich möchte, dass du ein bisschen an die frische Luft kommst.»

«Wusstest du, dass ich acht Kameras verbraucht habe, während ich an dem Buch arbeitete? Sechs wurden von den Modellen zerstört – die von Mario war die erste, die kaputtging –, eine ließ ich in den Hudson fallen, und eine wurde tatsächlich von einem Hund gefressen. Fand ich großartig, dass der Hund der Kamera die Schuld gab und nicht mir. Das Foto der Schnauze von innen ist auf Seite siebenunddreißig. Und da der Hund selbst auf den Auslöser gedrückt hat, habe ich natürlich ihn beim Copyright angegeben.»

«Worauf willst du hinaus?»

«Lustig, dass du immer glaubst, ich will auf etwas hinaus.»

Sie stöhnt genervt. Sheldon lächelt. Lars sagt, er werde sich schon mal anziehen. Das Frühstück ist vorbei.

Rhea ist mit Sheldon allein.

«Was ist los mit dir? Ich habe dir gesagt, ich möchte dir gern etwas erzählen.»

«Geh mit deinem Mann spazieren. Fahrt ins Ferienhaus. Liebt euch auf einem Bärenfell. Esst getrocknetes Elchfleisch. Trinkt *akevitt*, der ein paarmal über den Äquator geschippert ist. Jetzt, wo du einen netten Jungen gefunden hast und er dich liebt, wirst du hübsche Babys bekommen. Ich bin da, wenn ihr wieder zurückkommt.»

«Manchmal habe ich das Gefühl, in dir steckt außer dir

noch jemand anders, und dann glaube ich wieder ... dass nur du dadrin bist.»

«Nun geht schon und zieht euch an. Ich spüle mal eben meine Tasse.»

Rhea steht noch immer mit verschränkten Armen da. Sie schaut Sheldon an, als müsse sie etwas entscheiden. Und dann, mit leiser Stimme, der ein Hauch Verärgerung beigemischt ist, sagt sie: «Ich hatte eine Fehlgeburt.»

Ihr Großvater sagt erst einmal lange Zeit gar nichts. Sein Gesicht verliert jeden Ausdruck, er sinkt in sich zusammen, und einen Augenblick lang sieht er ganz klein und kümmerlich aus und unglaublich alt. Eine furchtbare Müdigkeit zieht ihm die Mundwinkel herab, wirft die Stirn in Falten. Sofort bedauert sie, es ihm geradeheraus erzählt zu haben. Sie hätte sich daran halten sollen, was sie mit Lars vereinbart hatte. Es ihm schonend beizubringen. Erst mal die Vorarbeit zu leisten.

Sheldon steht da, ohne etwas zu sagen, und wickelt sich in seinen Morgenmantel. Und dann, als wären die Tränen schon die ganze Zeit da gewesen, geht er in sein Zimmer und weint hemmungslos.

Stunden später, um zwei Uhr nachmittags, ist er allein in der Wohnung. Dass Rhea und Lars ohne ihn rausgehen sollten, hat er beim zweiten Mal ganz anders gesagt. Er hat ihnen klargemacht, dass er allein sein muss, da sind sie schließlich gegangen.

Er hat allmählich seine Fassung zurückgewonnen und liegt nun in Jeans, einem weißen Button-down-Hemd und Arbeiterstiefeln bequem auf dem Sofa, ein Buch von Danielle Steel in der Hand, als das Geschrei wieder losgeht.

Wie häusliche Auseinandersetzungen klingen, weiß er gut. Erst das immer wieder von neuem aufwallende Gebrüll, dann die Eskalation, das Türenschlagen, zuletzt Schläge und heftiges Schluchzen. Aber das hier ist anders. Das klingt nicht so wie sonst. Es gibt kein Hin und Her zwischen den Beteiligten. Der Mann hat angefangen zu schreien und nicht mehr aufgehört. Die Frau hat diesmal keinen Mucks von sich gegeben.

Die muss doch da oben sein, denkt Sheldon.

Es gibt nicht die Pausen wie bei einem Telefongespräch. Die Tiraden der wütenden Männerstimme reißen nicht ab, sie klingen ganz nah.

Es spielt überhaupt keine Rolle, dass Sheldon kein Wort versteht – die Botschaft ist eindeutig. Er hat genug Erfahrung mit Menschen, mit dem Ausmaß, das Wut annehmen kann, um zu wissen, was da los ist. In dieser Stimme liegen Grausamkeit und Bösartigkeit. Es ist mehr als ein Streit. Es ist ein Kampf.

Dann hört er einen lauten Knall.

Sheldon sitzt kerzengerade auf dem Sofa, sein Buch hat er sinken lassen. Er ist hellwach, seine Stirn ist gerunzelt.

Nein, das war kein Schuss. Das Geräusch war nicht schneidend genug. Er weiß, wie sich Schüsse anhören, hat sie oft genug gehört, in echt und in seinen Träumen. Vermutlich ist eine Tür ins Schloss gefallen. Und dann hört er Schritte, schnell und gleichmäßig. Die Frau wahrscheinlich. Eine wuchtige Frau oder eine, die Stiefel anhat oder etwas Schweres trägt. Sie kommt die Treppe hinunter. Erst die halbe Etage, dann eine kurze Pause auf dem Absatz, schließlich die zweite Treppenhälfte.

Sie braucht genauso lange, um durchs Treppenhaus

herunterzukommen, wie Sheldon, um an die Wohnungstür zu laufen und durchs Guckloch hinauszulinsen.

Da ist sie. Ihretwegen hat es oben diesen Krach gegeben. Durch die Fischaugenlinse sieht Sheldon eine junge Frau um die dreißig, direkt vor seiner Tür. Sie steht so dicht davor, dass er sie nur von der Hüfte aufwärts erkennen kann, aber das reicht, um sie einzuordnen. Sie hat ein dunkles T-Shirt unter einer billigen braunen Lederjacke an. Sie trägt kitschigen Modeschmuck und hat die Haare mit einer Unmenge von Schaumfestiger gestylt, der es daran hindert, den Gesetzen der Schwerkraft zu gehorchen.

Alles an ihr schreit: *Balkan*. Sheldon kann nur raten, was für ein Leben sie führt, und doch deutet alles darauf hin, dass sie hier in Oslo völlig fehl am Platz ist. Wahrscheinlich eine Asylbewerberin. Vielleicht kommt sie aus Serbien, dem Kosovo oder aus Albanien. Vielleicht auch Rumänin. Wer weiß?

Seine erste Regung ist Mitleid. Nicht für die Person, die sie ist, sondern für die Umstände, denen sie ausgeliefert ist.

Das Gefühl dauert an, bis es durch eine Erinnerung verwandelt wird.

Das haben sie mit uns auch gemacht, denkt er, während er durch das Guckloch schaut. Dann verschwindet das Mitleid und macht der Entrüstung Platz, die ständig unter der Oberfläche lauert, immer bereit hervorzuschießen.

Die Europäer. Fast alle von ihnen, irgendwann mal. Sie schauten durch ihre Spione, und draußen rannten Nachbarn vorbei, die Kinder an die Brust gepresst, während bewaffnete Verbrecher sie durchs Gebäude jagten. Kleine fischige Augen, die durch konkave Linsen lugten und anderen bei der Flucht zuschauten. Voller Furcht, voller Mitleid hinter dem Glas oder auch mordlüstern und schadenfroh.

Alle waren in Sicherheit, weil sie etwas nicht waren.

Zum Beispiel keine Juden.

Die Frau dreht den Kopf hin und her. Sucht nach etwas.

Wonach? Wonach sucht sie?

Der Kampf hat nur ein Stockwerk über ihm stattgefunden. Das Monster da oben könnte in zwei Sekunden hier unten sein. Warum zögert sie? Worauf wartet sie? Was dauert denn da so lang?

Oben hört man, wie jemand herumfuhrwerkt. Das Monster schmeißt Sachen umher, sucht nach etwas. Es durchforstet auch die hinterste Ecke. Jeden Augenblick wird es innehalten, sich auf sie stürzen und die Herausgabe fordern.

«Renn doch, du dummes Ding!», murmelt Sheldon. «Lauf raus, lauf zur Polizei und dreh dich nicht um. Er wird dich umbringen!»

Und dann hört man als Echo einen zweiten Knall. Wie vorhin. Es ist die Tür, die gegen die Wand dahinter schlägt.

«Renn, du dummes Ding!», ruft Sheldon. «Warum stehst du denn da rum?»

Einem Impuls folgend, dreht Sheldon den Kopf zum Fenster. Draußen auf der Straße steht ein weißer Mercedes. Drinnen sitzen Männer in billigen Lederjacken und rauchen Zigaretten. Sie versperren ihr den Weg nach draußen.

Das ist der Grund.

Ruhig, langsam, aber ohne zu zögern, öffnet Sheldon die Tür.

Was er da sieht, hat er nicht erwartet.

Die Frau presst eine hässliche pinkfarbene Schatulle von der Größe eines Schuhkartons an sich. Und sie ist nicht allein. An ihrem Bauch schmiegt sich ein kleiner Junge, vielleicht sieben oder acht Jahre alt. Er ist zu Tode erschrocken, das sieht man. Er trägt eine grüne Wachsjacke, seine Füße stecken in blauen Gummistiefeln mit von Hand aufgemalten gelben Paddington-Bären. Seine beigefarbene Cordhose ist ordentlich hineingestopft.

Die Schritte von oben hallen auf der Treppe wider. Eine Stimme brüllt einen Namen. Vera vielleicht? Laura? Clara? Jedenfalls etwas Zweisilbiges. Ein heiseres Bellen. Ein keuchender Husten.

Sheldon winkt sie herein, den Finger auf die Lippen gepresst.

Vera schaut die Treppe hinauf, dann hinaus auf die Straße. Sie sieht Sheldon nicht an. Fragt sich nicht, was er wohl vorhat, und gibt ihm auch keine Chance, es sich anders zu überlegen, indem sie ihm in die Augen schaut, um sich Klarheit zu verschaffen. Sie schiebt den kleinen Jungen vor sich in die Wohnung hinein.

Sheldon schließt ganz, ganz leise die Tür. Die Frau mit ihren breiten slawischen Wangenknochen schaut ihn voll Entsetzen an. Sie kauern sich mit dem Rücken zur Tür hin und warten, dass das Monster vorbeigeht.

Erneut legt er den Finger auf die Lippen. «Pssst», macht er.

Jetzt braucht er nicht mehr durch den Spion zu schauen. Er ist keiner der Leute mehr, die er eigentlich hasst. Und während er da so sitzt neben den beiden, stellt er sich vor, er stünde mitten auf einem Fußballfeld mit einem Megaphon, umgeben von den Greisen Europas, und brüllte: «Was war daran jetzt so schwer?»

Doch nach außen ist er schweigsam. Diszipliniert. Ruhig. Ein alter Soldat.

«Wenn du dich an einen Mann ranschleichst, um ihn zu erstechen», hatte sein Ausbilder vor sechzig Jahren erklärt, «darfst du ihn nicht anstarren. Die Leute merken, wenn man sie von hinten anstarrt. Ich weiß nicht, warum, ich weiß es nicht. Schau ihnen einfach nicht auf den Kopf. Schau ihnen auf die Füße, geh nah ran und stich zu. Den Kopf nach vorn halten, nicht nach hinten. Lass den Mann niemals merken, dass du da bist. Wenn du ihn töten willst, dann tu's auch. Fang nicht an, mit ihm zu verhandeln. Höchstwahrscheinlich wird er sich nämlich nicht überzeugen lassen.»

Damit hatte Sheldon nie Probleme. Niemals zog er das Unwägbare in Erwägung, stellte er seine Mission in Frage, zweifelte er an seiner Funktion. Bevor er seiner Truppe abhandenkam und an Bord der HMAS *Bataan* landete, wurde er eines Nachts von Mario de Luca wach gerüttelt. Mario stammte aus San Francisco, seine Eltern waren aus der Toscana. Ursprünglich wollten sie Weinberge nördlich der Stadt kaufen, aber irgendwie schaffte es sein Vater nie, San Francisco zu verlassen, und so wurde Mario eingezogen. Während Donny tiefblaue Augen und goldblondes Haar hatte, war Mario dunkel wie ein sizilianischer Fischer. Außerdem sprach er, als hätte man ihm eine Art Wahrheitsserum injiziert.

«Donny? Donny, bist du wach?»

Donny antwortete nicht.

«Bist du wach?»

So ging es mehrere Minuten lang.

«Donny?»

«Ja, Mario, inzwischen bin ich wach», sagte er schließlich.

«Donny, ich pack diese Invasion nicht. Ich pack diesen Krieg nicht. Ich weiß nicht, was wir tun sollen. Was machen wir hier?»

Donny trug einen Flanellpyjama, der nicht aus Armeebeständen stammte. Er sagte: «Du gehst von Bord. Du schießt auf Koreaner. Du gehst wieder an Bord. Was ist daran so verwirrend?»

«Der mittlere Teil», erläuterte Marco. «Obwohl, jetzt, wo ich darüber nachdenke – der erste Teil auch.»

«Was ist mit dem dritten Teil?»

«Nein, der Teil ist kein Problem.»

«Und warum die beiden ersten?»

«Meine Motivation. Was für eine Motivation soll ich haben?»

«Die schießen auf dich.»

«Und warum tun die das?»

«Du schießt auf sie.»

«Und wenn ich nicht auf sie schieße?»

«Die schießen trotzdem auf dich, weil andere Leute auf sie schießen und sie keinen Unterschied machen. Und du möchtest, dass sie aufhören, deswegen schießt du zurück.»

«Und wenn ich sie bitte, es nicht zu tun?»

«Sie sind zu weit weg. Außerdem sprechen sie Koreanisch.»

«Dann muss ich also näher ran und brauche einen Übersetzer?»

«Richtig. Geht aber nicht.»

«Weil sie auf mich schießen.»

«Das ist das Problem.»

«Aber das ist absurd!»

«Ja, stimmt.»

«Das kann nicht wahr sein!»

«Die meisten Dinge sind zugleich wahr und absurd.»

«Das ist auch absurd.»

«Und?»

«Vielleicht stimmt das ja auch. Herrgott, Donny. Ich werde kein Auge zumachen heute Nacht!»

Schließlich flüsterte Donny: «Wenn du nicht schlafen gehst, gibt es kein Morgen. Und das ist dann ganz allein deine Schuld.»

Die Füße des Monsters kommen vor der Tür zum Stehen. Was gerade noch trampelnde, stampfende Schritte waren, ist jetzt nur noch leises Schlurfen. Der Verfolger dreht sich jetzt nach rechts und links, sucht nach den beiden, als könnten sie sich in einem Schatten oder unter einem Lichtstrahl verstecken. Draußen schlägt eine Autotür zu. Dann noch eine. Schließlich eine dritte. Ein rascher Wortwechsel auf Serbisch oder Albanisch oder etwas in der Art. Worum es geht, kann man sich leicht vorstellen.

«Wo sind sie hin?»

«Ich dachte, sie wären bei dir?»

«Sie müssen zur Vordertür raus sein.»

«Ich hab nichts gesehen.»

Und weil sie Amateure sind, Idioten, fallen sie übereinander her und verlieren ihre eigentliche Aufgabe aus den Augen.

«Nur weil du immer rauchen musst und wieder über dieses Flittchen geredet hast!»

«Es war dein Job, sie runterzubringen. Ich sollte nur warten.»

Und so weiter.

Ein Laut, und sie sind alle verloren. Ein fröhliches Quietschen des Jungen, der alles für ein Spiel hält, oder ein Wimmern, weil ihm in dieser unbeweglichen Stellung etwas wehtut. Oder einfach ein Angstschrei. Nichts ist so menschlich wie ein Angstschrei.

Sheldon schaut zu ihm hinab. Der Junge sitzt mit dem Rücken zur Tür wie er selbst und hat die Knie angewinkelt. Er hat die Arme um die Knie geschlungen und schaut zu Boden, in einer Geste der Unterwerfung und Einsamkeit. Sheldon begreift sofort, dass dies für den Jungen eine vertraute Position ist. Er wird still sein. Das hat er in seiner Welt des Schreckens bereits gelernt.

Dann hört das Gezanke auf. Die Türen des Mercedes öffnen und schließen sich, der starke Motor startet. Gleich darauf fährt der Wagen los.

Sheldon seufzt. Er reibt sich das Gesicht mit den Händen, um den Blutfluss wieder in Gang zu bringen, und massiert sich dann kräftig die Kopfhaut. Er hat sich sein Gehirn immer wie den flüssigen Eisenkern der Erde vorgestellt. Grau und schwer, ständig in Bewegung, seine eigene Schwerkraft erzeugend und sorgfältig auf den Halswirbeln balancierend, so als würde die Erde auf dem Rücken einer Schildkröte im Kosmos balancieren.

Ereignisse wie dieses führen leicht dazu, dass der Eisenfluss ins Stocken gerät oder sogar die Flussrichtung wechselt, wodurch es dann zu einer Eiszeit kommen kann. Eine kleine Massage kann da Abhilfe schaffen.

Diesmal ist ihm eiskalt, überall.

Er schaut zu seinen Gefährten hinüber, die noch immer in Embryostellung auf dem Fußboden seiner Wohnung kauern. Die Frau sieht noch teigiger und plumper aus als vorhin durch den Türspion. Die dünne Lederjacke ist noch dünner. Das nuttige T-Shirt ist noch nuttiger. Mit jeder Faser verrät es die Unterschichten-Immigrantin vom Balkan. Den Mann vor der Tür hat er nicht gesehen. Er stellt ihn sich nur fett und schwitzend vor, in einem Adidas-Trainingsanzug chinesischer Fabrikation, mit weißen Streifen an Armen und Beinen. Seine Kollegen, die wie er aus dem Mund stinken, haben wahrscheinlich schwarze, aufgeknöpfte Hemden unter schlechtsitzenden Fake-Designer-Jacketts aus Polyester an.

All das ist so entsetzlich vorhersehbar. Alles außer den aufgemalten Paddington-Bären auf den hellblauen Gummistiefeln des Jungen. Die hat jemand voller Liebe und Phantasie draufgemalt. Sheldon möchte in diesem Augenblick seltsamerweise daran glauben, dass die käsige Nutte neben ihm sie gemalt hat.

Das Auto ist weggefahren, und da sagt Sheldon zu dem Jungen: «Das sind hübsche Stiefel.»

Der Junge hebt den Kopf von der Armbeuge und sieht zu ihm auf. Er versteht ihn nicht. Sheldon ist nicht sicher, ob es nur die Bemerkung ist, die er nicht versteht, weil sie so unvermittelt kam, oder die komplette Sprache. Es gibt schließlich keinen guten Grund zu glauben, er müsse Englisch können, außer der Tatsache, dass heutzutage jedermann Englisch spricht.

Also ehrlich. Warum sollte man etwas anderes sprechen? Das ist Sturheit, nichts anderes.

Dann fällt ihm ein, dass der Junge eine sanfte, ermutigende Männerstimme vielleicht als etwas absolut Ungewöhnliches empfindet. Er lebt in einer Welt gewaltbereiter Männer, wie so viele kleine Jungen. Bei diesem Gedanken kann er nicht umhin, es nochmals zu versuchen.

«Hübsche Bären», sagt Sheldon, deutet auf die Bären und reckt den Daumen in die Höhe.

Der Junge schaut auf seine Stiefel und dreht ein Bein einwärts, um sie sich selber anschauen zu können. Er versteht nicht, was Sheldon sagt, aber er weiß, worüber er spricht. Er erwidert Sheldons Blick, ohne zu lächeln, und vergräbt sein Gesicht dann wieder in der Armbeuge.

Währenddessen ist die Frau aufgestanden und hat begonnen zu reden. Sie spricht schnell. In ihrem Ton liegt Dankbarkeit und Zutrauen und etwas Entschuldigendes, was in Anbetracht der Umstände auch angemessen erscheint. Die Worte selbst sind ein ziemliches Kauderwelsch, aber zum Glück spricht Sheldon Englisch, was überall auf der Welt verstanden wird.

«Keine Ursache. Ja. Ja-ha. Schauen Sie, ich bin alt, also hören Sie auf mich. Verlassen Sie Ihren Mann. Er ist ein Nazi.»

Sie fährt fort mit ihrem Gebrabbel. Schon wenn man sie ansieht, packt einen die Verzweiflung. Sie hat den Akzent einer russischen Prostituierten. Dasselbe nasale Selbstbewusstsein. Dasselbe Verschleifen der Worte. Keine Sekunde hält sie inne, um ihre Gedanken zu sammeln oder sich einen Satz zurechtzulegen. Nur Gebildete nehmen sich Zeit, um nach Worten zu suchen – sie haben genügend, um sie unter Umständen falsch zu verwenden.

Sheldon rappelt sich auf und klopft sich den Staub von der Hose. Er hebt die Hände. «Ich verstehe nicht. Ich verstehe nicht. Ich bin mir gar nicht sicher, ob ich es überhaupt wissen will. Gehen Sie einfach zur Polizei und kaufen Sie dem Jungen einen Milchshake.»

Sie ist nicht zu bremsen.

«Milchshake», sagt Sheldon. «Polizei.»

Sheldon entscheidet, dass sie Vera heißt. Sheldon sieht zu, wie Vera auf den Jungen eingestikuliert und nickt. Gestikuliert und nickt. Gestikuliert und nickt. Sie legt die Hände wie zum Gebet zusammen. Sie bekreuzigt sich, was Sheldon zum ersten Mal die Augenbrauen hochziehen lässt.

«Gut. Warum bleiben Sie nicht einfach, trinken eine Tasse Tee und warten ein Stündchen ab, bis das alles vorüber ist? Warten ist klug. Er könnte zurückkommen. Sie wollen nicht zurück in die Wohnung. Glauben Sie mir das.»

Er überlegt einen Augenblick. Es gab da dieses Wort, das sie im ukrainischen Teil Brooklyns immer sagten. Genau. *«Chai.»* Russisch für ‹Tee›. Er gibt schlürfende Geräusche von sich und sagt es erneut. Um absolut sicherzugehen, dass er auch verstanden wird, spreizt er den kleinen Finger und macht verführerische Schlürfgeräusche.

«Tee. Nazi. Milchshake. Polizei. Kapiert?»

Vera reagiert nicht auf Sheldons Pantomime. Voller Verzweiflung wirft Sheldon die Hände empor. Genauso gut könnte man versuchen, eine Pflanze zu überreden, sich zu bewegen.

Während Vera redet und der Junge dasitzt, hört Sheldon ein Brummen. Das vertraute, wenn auch entfernte Tuckern eines deutschen Dieselmotors, der langsam um eine Ecke ganz in der Nähe biegt.

«Sie kommen zurück. Wir müssen raus. Jetzt. Sie sind vielleicht doch nicht ganz so hirnlos, wie sie wirken. Los jetzt. Los, los, los, los, los.» Er wedelt mit den Händen, und als das Auto stehen bleibt und die Wagentür aufgeht, beschließt er, dass jetzt Schluss mit lustig ist.

Ächzend beugt er sich zu dem Jungen hinab und hebt ihn hoch, schiebt ihm die Hand unter den Hintern wie einem Säugling. Er ist nicht kräftig genug, um mit einem freien Arm Vera am Ärmel zu zupfen und sie zu sich zu ziehen. Er braucht seine ganze Kraft für den Jungen. Ihm bleibt nichts als seine Überredungskunst. Und mit der ist es nicht allzu weit her.

«Paschalusta», sagt er. *Bitte.*

Es ist das einzige genuin russische Wort, das er kennt.

Er geht mit dem Jungen zu den drei Stufen, die zu seiner Einliegerwohnung hinabführen.

Ein heftiges Klopfen an der Tür.

«Paschalusta», sagt er.

Sie redet weiter. Sie erklärt ihm irgendetwas ganz Wichtiges. Er wird daraus nicht schlau und trifft dann die Art von Entscheidung, die ein Soldat trifft, voll schlichter, unwiderlegbarer Logik.

«Ich verstehe dich nicht und werde es auch nie. An der Wohnungstür ist ein gewalttätiger Mann. Daher verlasse ich die Wohnung durch die Hintertür. Ich nehme den Jungen mit. Wenn du mitkommst, umso besser für dich. Wenn nicht, läuft die Sache ohne dich. Auf geht's!»

Sheldon stapft hinunter in sein Schlafzimmer, vorbei am Badezimmer und dem Wandschrank zu seiner Rechten. Unter dem Bücherregal hängt ein Perserteppich, und darunter ist der «geheime» Fahrradeingang, der Sheldon schon seit drei Wochen bekannt ist – nicht erst seit heute Morgen. Allerdings wollte er nicht zugeben, dass er ihn gleich am Tag seines Einzugs entdeckt hatte.

Du kannst sagen, was du willst, es ist immer gut zu wissen, wie man wieder rauskommt – aus Gebäuden wie aus Situationen.

Mit dem Ellbogen schiebt er den Teppich beiseite und betrachtet die Tür dahinter.

«Gut, da wären wir. Wir gehen jetzt. Und zwar sofort.»

Das Klopfen oben hat sich von einem energischen Pochen

zu einem Frontalangriff auf die Vordertür gewandelt. Das Monster versucht einzudringen. Es tritt mit seinen Stiefeln. Hämmert auf die Stelle, an der ein dünner Riegel die fünfzig Jahre alte Holztür mit der Wand verbindet.

Es wird nicht mehr lange dauern.

Dummerweise ist die Tür, die Sheldon da vor sich hat, ebenfalls abgeschlossen, und er wird sie nicht öffnen können, solange er den Jungen im Arm hält.

«Komm her, du verrücktes Huhn. Mach die mal auf. Mach sie auf, Gottverdammt!»

Aber sie schließt sie nicht auf. Sie hat sich unter seinem Bett verkrochen.

Versteckt sie sich dort? Sheldon muss den Jungen absetzen, um das Schloss zu öffnen. Wenn er das tut, wird der Junge zu seiner Mutter rennen.

Genau in dem Augenblick wird die Tür eingetreten.

Sie knallt gegen die Wand. Obwohl er die Vordertür aus seiner Position nicht sehen kann, hört er, wie das Holz splittert und etwas Metallisches scheppernd zu Boden fällt.

Sheldons nächster Gedanke: Konzentration.

«Panik ist der eigentliche Feind», sagte Sergeant O'Callihan 1951. «Panik ist nicht dasselbe wie Angst. Jeder hat Angst. Es ist ein überlebenswichtiger Instinkt. Sie sagt dir, da stimmt was nicht, pass auf. Panik ist, wenn die Angst sagt, jetzt übernehm ich mal das Ruder. Sie reduziert dich auf ein völlig durchgeknalltes Etwas. Wenn du beim Schwimmen Panik schiebst, ertrinkst du. Wenn du auf dem Schlachtfeld Panik schiebst, wirst du erschossen. Ein panischer Scharfschütze verrät sein Versteck, verfehlt sein Ziel und vermasselt seinen Auftrag. Dein Vater wird dich hassen, deine Mutter dich ignorieren, und Frauen auf dem ganzen Erdball werden das Aroma des Versagers, das aus allen Poren deines Körpers dringt, zehn Meilen gegen den Wind wittern. Also, Gefreiter Horowitz! Was lernen wir daraus?»

«Warten Sie 'ne Sekunde. Es liegt mir auf der Zunge.»

Sheldon konzentriert sich auf das Schloss. Da ist eine Türkette, die er beiseiteschiebt. Dann ist da ein Riegel, den er öffnet. Und eine Klinke, die er herunterdrückt, indem er sich mit seinem Gewicht langsam darüberbeugt, in der Hoffnung, dass die Angeln nicht quietschen.

Die Stufen, die zu Sheldons Wohnung führen, sind von der Küche aus nicht sofort sichtbar. Vom Wohnzimmer hat das Monster Zugang zu zwei Schlafzimmern, die es erst durchsuchen kann, bevor es zu den Stufen gelangt.

Es ist nur noch eine Frage von Sekunden.

Sheldon packt den Jungen bei den Schultern, und just in diesem Moment kriecht die Mutter unter dem Bett hervor. Einen Augenblick lang stehen alle drei schweigend da und schauen einander an. Pause vor dem letzten Gefecht.

Stille breitet sich aus.

Vera steht im Türrahmen vor den drei Stufen. Sie wird umflutet von norwegischem Sommerlicht, und in diesem gesegneten Augenblick sieht sie aus wie eine Heilige auf einem Renaissancegemälde. Zutiefst verehrungswürdig. Unsterblich.

Und dann hören sie schwere Schritte.

Vera hört sie. Langsam und ruhig weitet sie die Augen, schiebt ihren Jungen zu Sheldon hinüber, formuliert tonlos etwas, das Sheldon nicht begreift, und dreht sich dann um. Bevor die Beine des Monsters die Stufen herabsteigen können, läuft Vera entschlossen in den Wohnbereich hoch und wirft sich mit voller Wucht gegen den Mann.

Der Junge macht einen zögerlichen Schritt nach vorn, doch Sheldon packt ihn. Mit seiner freien Hand versucht er nochmals, die Hintertür zu öffnen. Noch immer will sie nicht aufgehen. Sie sitzen in der Falle.

Sheldon lässt den Teppich los, der in seine Position zurückfällt. Er öffnet die Tür zum Wandschrank, schiebt den Jungen hinein und legt den Finger auf die Lippen. Sein Blick ist so streng und der Junge so starr vor Schrecken, dass kein Laut zwischen ihnen gewechselt wird.

Dann Schreie, das Ringen zweier Körper, ein Sturz, heftige Gewalt.

Er sollte sein Versteck verlassen. Den Schürhaken am Kamin packen, ihn mit der ganzen Wucht der Gerechtigkeit schwingen und die Spitze in den Hirnstamm des Monsters treiben, um dann aufrecht stehen zu bleiben, während der leblose Körper auf dem Boden aufschlägt.

Aber er tut es nicht.

Er zieht die Schranktür mit dem Finger an der Innenkante so nah wie möglich heran.

Als er hört, wie jemand im Todeskampf nach Luft ringt, beginnt es im Wandschrank auf einmal stark nach Urin zu riechen. Er zieht den Jungen an seine Brust, presst die Lippen auf seinen Kopf und hält ihm die Ohren zu.

«Es tut mir leid. Es tut mir so leid. Das ist alles, was ich tun kann. Es tut mir so leid.»

S E I T etwas über achtzehn Jahren ist Sigrid Ødegård nun schon bei der Osloer Polizei. Sie kam zum *Politidistrikt*, nachdem sie das Aufbaustudium in Kriminologie an der Universität Oslo abgeschlossen hatte. Ihr Vater hatte sie davon überzeugt, in die Stadt zu gehen, anstatt oben im Norden weiterzustudieren, denn seiner Ansicht nach gab es in Oslo mehr geeignete Männer.

Wie es so oft der Fall ist, sowohl in der Polizeiarbeit als auch im Leben, erwies sich die Theorie ihres Vaters als ebenso richtig wie irrelevant.

«Aber Papa, es geht doch um die Frage, wie viele Männer sich für mich interessieren, nicht nur um die Anzahl verfügbarer Männer», antwortete Sigrid 1989 ihrem verwitweten Vater, bevor sie nach Oslo ging.

Ihr Vater war ein Bauer vom Land. Obwohl er nie in den Genuss einer höheren Schulbildung gekommen war, hatte er etwas für Zahlen übrig, denn sie eigneten sich hervorragend, um das Leben auf dem Bauernhof zu organisieren. Er las auch gerne Bücher zum Thema Geschichte. Als Student hätte er sich nicht bezeichnet, denn er hatte ja keinen Lehrer, aber er liebte es zu lesen, interessierte sich für untergegangene Welten und hatte ein gutes Gedächtnis. Auch hatte er ein feines Gespür für die Gesetze der Vernunft, und er und Sigrid fanden dort Zuflucht, wenn ihre Gefühle zu zart waren.

«Wenn dein Argument stichhaltig ist», hatte er ihr bei einem ruhigen Abendessen, bestehend aus gebratenem Lachs, Kartoffeln und einer Flasche Bier geantwortet, «dann ist es überhaupt keine Frage der Verhältnismäßigkeit, sondern der Wahrscheinlichkeit. Wie groß ist die Wahrscheinlichkeit, dass es da einen Mann gibt, dem deine Attraktivität und Offenheit ins Auge springen? Trotzdem, ich bleibe bei meiner Überzeugung, dass ein solcher Mann in der großen Stadt leichter zu finden ist.»

«So groß ist die Stadt gar nicht», sagte Sigrid.

Ihr Vater löste Schicht um Schicht des rosafarbenen Fischfilets, um zu sehen, ob es gut durchgebraten war. Es zerfiel beinahe von selbst.

«Die größte, die wir haben», gab er zu bedenken.

«Na ja, schon ...», murmelte sie und streckte die Hand nach der Butter aus.

Sigrids älterer Bruder war nach Amerika gegangen, nachdem man ihm einen Job als Verkäufer von Landmaschinen angeboten hatte. Es war ein gutes Angebot, und ihr Vater bestand darauf, dass er es annahm. Obwohl sie Kontakt hatten, besuchte Sigrids Bruder sie so gut wie nie. Sie beide waren jetzt die Familie. Sie und die Tiere.

«Mit der Stadt gebe ich dir recht, aber da sind immer noch zwei Probleme», sagte sie.

«Ach ja?»

«Erstens bin ich nicht hübsch. Ich bin ganz normal. Und zweitens ist es so gut wie unmöglich herauszufinden, ob ein norwegischer Mann Interesse hat.»

Das wusste sie dank empirischer Beobachtungen und Vergleiche.

Sie hatte nämlich mal einen Briten namens Mike kennengelernt. Mikes Annäherungsversuche waren so entgegenkommend, dass es am Ende nicht an seinem Verhalten lag, dass es nicht dazu kam, wozu es kommen sollte, sondern am Alkoholpegel.

Sie hatte außerdem einen Deutschen kennengelernt, der lieb, herzlich und klug war und dessen einziger Fehler darin bestand, Deutscher zu sein. Das war unfair, und sie wusste es auch und hatte ein schlechtes Gewissen deshalb, aber Sigrid wollte einfach nicht jedes zweite Weihnachten in Hannover verbringen. Der Ehrlichkeit halber muss gesagt sein, dass es ihm genauso ging.

Norwegische Männer dagegen waren problematisch, selbst für norwegische Frauen, die immerhin die größte Veranlassung hatten, ihren Verhaltenscode zu knacken, und sei es nur, weil sie ihre Nachbarn waren.

Sie erklärte es ihm. «Sie sind höflich. Zum Teil sogar geistreich. Sie ziehen sich, egal wie alt sie sind, wie Teenager an und sagen nie etwas Romantisches, außer vielleicht wenn sie versuchen, dir sturzbetrunken eine Liebeserklärung zu machen.»

«Dann mach sie sturzbetrunken.»

«Ich glaube nicht, dass das der erste Schritt zu einer ernsthaften Beziehung sein sollte, Papa.»

«Die Dinge können nicht andauern, wenn sie gar nicht erst beginnen. Wenn die Sache erst einmal läuft, kannst du dir immer noch Gedanken über ihren Fortbestand machen.»

Sigrid zog eine Schnute, und ihr Vater ließ die Schultern sinken.

«Kind. So schwer ist das alles gar nicht. Du suchst nach dem Mann, der in deiner Gegenwart angestrengt auf seine Schuhspitzen starrt. Die Art von Mann, dem die Sprache versagte, wenn er je den Mut aufbrächte, dich anzusprechen. So jemanden suchst du. Und glaub mir: Der wird dich lieben und im Streit immer nachgeben. Auf lange Sicht ist das der Schlüssel zur Langlebigkeit einer Beziehung, worauf du es offensichtlich abgesehen hast.»

Sigrid lächelte. «Weißt du, Papa, in Oslo reden sie halt mehr.»

«Na ja», sagte er. «Die Welt ist schon ein kniffliger Ort!»

Ihr Vater leerte sein zweites Bier und lehnte sich mit einer schweren hölzernen Pfeife zurück, die er mit erfahrener Hand und einem langen Streichholz entzündete.

«Und?», sagte er dann. «Was willst du nach der Uni machen?»

Sigrid strahlte.

«Ich werde mich der Verbrechensbekämpfung widmen.»

Sigrid Ødegårds Vater nickte zustimmend. «Das ist mein Mädchen.»

Da sie das besonders interessierte, hatte Sigrid sich auf organisiertes Verbrechen spezialisiert. Traditionellerweise waren damit Drogen, Waffen und Menschenhandel und ein bisschen Wirtschafts- und Unternehmenskriminalität gemeint – obwohl die Osloer Polizeibehörde für diese Art von «gehobenem» Verbrechen schmerzlich unterbesetzt war. Als sie angefangen hatte, waren die organisierten Verbrecher unorganisierter als heute. Früher hatten sie noch nichts mit globalen kriminellen Netzwerken und Terrorismus zu tun. Erst seit einigen Jahren, seit Europas Grenzen aufweichten und auf dem Balkan, im Mittleren Osten und in Afghanistan Kriege tobten, bekam das einheimische organisierte Verbrechen Ähnlichkeit mit den amerikanischen Serien, die sie oft allein am frühen Abend nach der Arbeit schaute.

Sigrid, Anfang vierzig, war vor kurzem zum *Politiførstebetjent*, also zur Hauptkommissarin ihres Reviers, befördert worden, nachdem sie sich von der Polizistin über das Amt des Wachtmeisters zur Kommissarin hochgearbeitet hatte. Sie war politisch einigermaßen unbedarft und hatte kein großes Interesse an dieser Position, doch sie bot immerhin eine Gelegenheit, ein breiteres Spektrum an Kriminalität in dieser Stadt überblicken und die Entwicklungen von einer höheren Warte aus betrachten zu können. Sie war fest davon überzeugt, dass ihr Job ihre letzte Station darstellte, und dankbar, dass sie ihr Potenzial ohne übermäßige Anstrengung oder Frustration ausgeschöpft hatte.

Ab jetzt, dachte Sigrid, werde ich meinen Job machen, als Sachverständige dienen und helfen, wo immer ich kann.

Als Sachverständige wurde sie von einem Stab fähiger, ihr ergebener Männer aus ihrer Einheit unterstützt, die begriffen, dass sie an seltsamen Vorkommnissen Gefallen fand. Gemeinsam sorgten sie dafür, ihr die bemerkenswertesten Vorfälle anzutragen, und niemand war darin eifriger als Petter Hansen. Petter, sechsunddreißig Jahre alt und immer noch bartlos, erspähte Eigentümliches mit dem geübten Auge eines Antiquitätensammlers.

Seine Aufgabe war im Verlauf der letzten Jahre einfacher geworden, denn Oslo war nun nicht mehr die stille, ereignislose Stadt von einst. Inzwischen gab es Vergewaltigungen, Diebstähle, bewaffnete Überfälle, heftige häusliche Auseinandersetzungen und eine zunehmende Schar jüngerer Menschen, die der Polizei keinen Respekt mehr entgegenbrachten. Neue Immigrationswellen aus Afrika und Osteuropa und aus muslimischen Ländern noch weiter östlich sorgten für neue soziale Spannungen in der Stadt, der nach wie vor die politische Reife mangelte, angemessen damit umzugehen. Die Liberalen propagierten grenzenlose Toleranz, und die Konservativen waren rassistisch oder fremdenfeindlich. Die Debatten gründeten auf den diversesten philosophischen Überzeugungen, niemals aber auf pragmatischen Erwägungen, und so wurde auch keine Antwort auf die eigentliche Frage gegeben, die heute unsere gesamte westliche Zivilisation heimsucht, nämlich: *Wie tolerant müssen wir der Intoleranz gegenüber sein?*

Sigrid legt ihr angeknabbertes Sandwich auf die braune Papiertüte, in der sie es bis zum Abend aufbewahrt hat, und sieht auf, als Petter mit einem Lächeln auf ihren Schreibtisch zukommt, was nur bedeuten kann, dass er einen weiteren geheimen Schatz geborgen hat.

«Hi», sagt sie.

«Hi», sagt er.

«Was gefunden?»

«Ja.»

«Schön für dich.»

«Etwas Grässliches.»

«Okay.»

«Aber irgendwie anders.»

«Fang mit dem Grässlichen an.»

«Ein Mordfall. Eine Frau in den Dreißigern in Tøyen. Erst erwürgt, dann erstochen. Den Tatort haben wir bereits gesichert. Wir fangen jetzt mit der Spurensicherung an.»

«Wann ist das passiert?»

«Ich habe den Anruf vor zwanzig Minuten bekommen.

Wir waren zu fünft dort. Jemand im Haus hat einen Streit gehört und uns gerufen.»

«Verstehe. Und was ist anders?»

«Das hier», sagt Petter und reicht Sigrid einen Zettel. Es stand etwas in Englisch darauf. Zumindest in einer Art Englisch. Sie liest es sorgfältig. Und dann noch einmal.

«Weißt du, was das bedeutet?»

«Nein. Aber da sind einige Schreibfehler.»

«Genau.»

«Wir haben die Wohnungseigentümer angerufen. Die Frau, die getötet wurde, hat nicht darin gewohnt. Sie wohnte mit ihrem Sohn eine Etage höher. Der Sohn ist verschwunden. Der Wohnungseigentümer ist Lars Bjørnsson.»

«Kennen wir ihn?»

«Er entwickelt Videospiele. Phantastisch!»

«Du bist sechsunddreißig, Petter.»

«Es sind aber sehr anspruchsvolle Videospiele.»

«Verstehe.»

«Er ist in Raum 4. Sie sind gleich hergekommen. Lars' Frau sagt, ihr Großvater sei aus der Wohnung verschwunden.»

«Wohnt der auch dort?»

«Ja. Ein Amerikaner. Rentner.»

«Verstehe. Sind die beiden verdächtig?»

«Na, du weißt ja. Wir müssen herausfinden, wo sie zu der Zeit waren, aber ich glaub's eigentlich nicht.» Petter lässt die Lippen schmatzen und sagt dann: «So, gehen wir jetzt?»

Sigrid schaut an ihrer babyblauen Bluse hinab, um zu sehen, ob da etwas von ihrem Sandwich hängen geblieben ist. Befriedigt steht sie auf und folgt Petter den Gang entlang, vorbei an der Übersichtstafel, auf der der genaue Aufenthaltsort sämtlicher Polizisten und Fahrzeuge in der Stadt angezeigt wird, und an der Kaffeemaschine, die schon so lange kaputt ist, dass jemand (wahrscheinlich Stina) Blumen in die Glaskanne gepflanzt hat. Jetzt wird die Kanne regelmäßig gegossen.

In Verhörraum 4 steht ein runder Holztisch mit fünf Bürostühlen. Es gibt keinen Einwegspiegel, und die Stühle werden während der Befragung nicht quietschend über den Boden geschoben. Stattdessen gibt es eine Schachtel mit Kleenextüchern und ein paar Flaschen Mineralwasser. Das Fenster an der einen Wand ist geschlossen, aber nicht vergittert. An der gegenüberliegenden Wand hängt ein Poster, das für die norwegische Rentierpolizei wirbt. Eine Frau auf einem Schneemobil spricht mit zwei Sámi-Hirten. Sigrid stellt sich insgeheim immer vor, dass die Frau die beiden nach dem Weg fragt.

Am Tisch sitzen ein Mann und eine Frau. Der Mann ist Norweger, die Frau nicht. Er ist groß und blond und hat einen jungenhaften Gesichtsausdruck. Sie hat schwarzes Haar und ungewöhnlich tiefblaue Augen. Beide schauen ernst drein.

Sie blicken auf, als Sigrid, gefolgt von Petter, den Raum betritt.

Die beiden Polizeibeamten setzen sich an den Tisch. «Das hier ist Chefinspektor Østergård», sagt Petter auf Englisch.

«Angeblich liegt in meiner Wohnung eine Tote», meint Rhea, ebenfalls auf Englisch.

«Ja», sagt Sigrid. «So etwas interessiert uns eben.»

«Passiert das öfter hier?»

«Nein. Eher selten.»

«Es scheint Sie nicht sehr zu überraschen», sagt Rhea.

«Ach ja, nun, ist ja im Augenblick nicht so wichtig, oder? Also. Petter hat Ihnen davon erzählt. Kannten Sie das Opfer?»

Lars und Rhea nicken beide.

Sigrid fällt auf, dass es immer die Frau ist, die antwortet.

«Sie wohnte mit ihrem Sohn über uns. Hat nicht viel geredet. Ich glaube, sie kommt aus Osteuropa oder so. Sie hat sich oft gestritten. Mit einem Mann.»

«Was für einem Mann?»

«Ich weiß nicht. Aber er war in letzter Zeit oft bei ihr. Sie sprachen dieselbe Sprache. Er hörte sich sehr gewalttätig an.»

Sigrid und Petter machen sich Notizen. Außerdem läuft ein Diktiergerät.

«Was hatte sie in Ihrer Wohnung zu suchen?»

«Ich habe keine Ahnung.»

«Die Tür wurde eingetreten», sagte Petter.

«Hm, das finde ich interessant», sagt Sigrid. «Eine zierliche Frau wie sie. Hat sie wahrscheinlich kaum allein gemacht, oder?»

Petter schüttelt den Kopf. «Die Trittspuren von großen Männerstiefeln sind über die ganze Tür verteilt.»

«Sie war also in Ihrer Wohnung, als diese abgeschlossen war. Hatte sie einen Schlüssel?»

«Nein», sagt Rhea.

«Schließen Sie für gewöhnlich ab, wenn Sie weggehen?»

«Ja, aber mein Großvater war da. Sheldon Horowitz.»

«Aha», macht Sigrid. «Möchten Sie darüber sprechen?»

Also beginnt Rhea zu sprechen und erzählt ihr etwas, das sie noch nie gehört hat. Sie spricht über ihren Großvater, der verschwunden ist. Sie spricht über New York City in den dreißiger Jahren, als Sheldon ein kleiner Junge war. Sie erwähnt E. B. Whites Erinnerungen an die Stadt. Den drohenden Krieg und den kleinen Sheldon, der die älteren Jungs in den Kampf ziehen sah, während er zurückbleiben musste, weil er noch zu klein war. Wie viele der Älteren nie mehr zurückkamen. Sie erzählt von Mabel und wie er um sie warb. Wie er von der Marine eingezogen wurde und in Pusan in einem Büro arbeitete, obwohl er da in letzter Zeit etwas anderes behauptet.

Wie Sheldon und Mabel ihren Sohn Saul bekamen und wie Saul endlose Stunden in Sheldons Antiquitäten- und Uhrmacherladen zubrachte und lernte, wie man alles zwischen 1810 und 1940 Entstandene mit einem Schraubenzieher auseinandernahm und anschließend zusammensetzte, damit es wieder wie geschmiert lief.

Sie erzählt davon, wie ihr Vater Saul in Vietnam starb. Wie alle Freunde Sheldons nach und nach an Altersschwäche starben, wie Mabel starb, wie das Gewicht der Welt und ihre geistige Last ihn niederdrückten und wie dieser Umzug an die nördliche Grenze westlicher Zivilisation ihr eigener gescheiterter Versuch war, einen letzten gemeinsamen Moment vor dem Ende zu genießen. Sie redet von seinen Ängsten. Nun ist das Unvorstellbare in ihrem eigenen Zuhause geschehen, und ihr Großvater ist verschwunden.

Rhea hat überlegt und voller Zuneigung gesprochen. Sie hat mit leisem Entsetzen von dem gesprochen, was sie gerade durchlebt. Sie hat in Wellen der Einsicht und Menschlichkeit gesprochen.

«Also, verstehen Sie das?», fragt sie am Ende.

Sigrid hat tatsächlich aufmerksam zugehört. Daher antwortet sie sehr genau.

«Ein 82-jähriger dementer amerikanischer Scharfschütze wird angeblich von koreanischen Killern in Norwegen verfolgt, nachdem er Zeuge eines Mordes wurde. Vielleicht aber auch schon vorher.»

Rhea zieht die Brauen zusammen. «So habe ich es nicht gesagt.»

«Ist mir etwas entgangen?», fragt Sigrid und wirft einen Blick auf ihre Notizen.

«Also ... Er ist Jude.»

Sigrid nickt und schreibt es in ihre Notizen. Dann sieht sie auf.

«Na ja ...», sagt Rhea, «dieser Teil ist wichtig. Es ist sozusagen der Rahmen für all das Übrige. Es ist nicht nur eine Tatsache. Es ist nicht so, als würde er einen blauen Mantel tragen und keinen braunen. Es ist ein entscheidendes Detail.»

«Inwiefern?»

«Na ja», sagt Rhea erneut und versucht, Worte zu finden, die das Wesentliche ausdrücken. «Es bedeutet, na ja ... er ist Jude. Nicht irgendein armer Irrer. Verstehen Sie? Er ist Jude. Er heißt Sheldon Horowitz. Hören Sie es heraus? Seine ganze Geschichte liegt gleichsam in diesem Namen. Er ist ein alter Mann in einem fremden Land, der vermisst wird. Er ist dement. Er muss etwas gesehen haben. Irgendetwas ist passiert.»

Nichts von dem, was Rhea gesagt hat, ergibt einen Sinn für Sigrid, die dieses neue, unzweifelhaft heikle Thema verwirrt. Über Juden weiß sie wenig. Es gibt nur etwa tausend Juden in ganz Norwegen. Schon sein Name klingt ganz fremd.

Dennoch findet Sigrid es gut, dass Rhea versucht, etwas, das sie für so grundsätzlich hält, dass es keiner Erklärung bedarf, mit ihr zu teilen. Doch nun, als sie es zum ersten Mal erklären muss, ist sie frustriert und gerät ins Stocken. Obwohl sie noch darüber mit Petter sprechen muss, spürt sie bereits jetzt, dass die Frau und ihr Mann keine Verdächtigen sind.

Rhea kann der Polizistin gegenüber am Tisch am Gesicht ablesen, wie fremd Norwegern die jüdische Existenz ist, und auf einmal fühlt sie sich schrecklich schuldig, weil sie ihren Großvater hierhergebracht hat.

Dabei hatte ja Sheldon das Thema selbst einmal angeschnitten, an irgendeinem Morgen während irgendeines Ausbruchs beim Frühstück, wild mit seinem Becher herumfuchtelnd. Was dazu geführt hatte, dass die Geschichte der Juden in Norwegen vor ihrem geistigen Auge für immer mit Bildern von nackten Penthouse-Schönheiten in Airbrushtechnik verschmolzen sein würde.

Nicht dass Sheldon sich nicht diebisch darüber gefreut hätte, wenn er das wüsste.

«Eintausend Juden!», hatte Sheldon ausgerufen. «Das habe ich im Lonely Planet gelesen! Fünf Millionen Menschen und eintausend Juden. Die Norweger wissen gar nicht, was ein Jude ist. Sie glauben nur zu wissen, was ein Jude *nicht* ist.»

Was Sheldon dann sagte, wühlte sie auf, weil er es in Anwesenheit von Lars sagte, der mit einer Jüdin verheiratet war, die sehr viel für Sheldon empfindet. Als Lars sie danach ansah, blickte sie zu Boden.

«Juden, das hat man den Norwegern beigebracht, sind nicht gierig, heuchlerisch, schwach, bleich, heimtückisch, verschwörerisch, impotent, wollüstig oder verlogen. Sie haben keine Hakennase, knochigen Finger oder triebhaften Gelüste. Sie sind nicht durchtrieben oder evolutionstechnisch gesehen den nordischen Blonden untergeordnet und hecken auch keine Pläne zur Erlangung der Weltherrschaft aus», sagte Sheldon. «Man hat ihnen das eingetrichtert, damit sie zu netten Liberalen heranwachsen können, denen man die schlimme alte Nazipropaganda aus den Ohren gespült hat. Das Dumme daran ist nur, dass diese Art von Beschreibung nicht dazu führt, dass man nach draußen rennt und sofort mit einem von ihnen ein Date haben möchte.

So kommt es, dass alles, was ihnen bei dem Wort ‹Jude› einfällt – und dabei sind wir doch seit dreitausend Jahren hier oder zumindest irgendwo –, der Holocaust und das israelisch-palästinensische Fiasko ist. Blöderweise ist nirgendwo in dieser verwickelten und arg vereinfachten Geschichte ein Plätzchen für Sheldon Horowitz oder für eine grüblerische kleine Sirene wie dich. Nirgendwo finden sich da dreitausend Jahre Geschichte, Philosophie, Theater, Kunst, Gelehrsamkeit, Schriftstellerei, gedrechselte Reden, Sex und punktgenauer, unvergleichlicher Humor, verdammt noch mal!

Keine Sorge», fügte er dann an Lars gerichtet hinzu, «genau denselben Kram hat man den anderen Europäern auch erzählt.»

Was ihm als Nächstes durch den Kopf gegangen war, hatte er still für sich behalten. Schaut euch die Friedhöfe an Frankreichs Nordküste an, dachte er und stellte den Becher auf dem Tisch ab. Seht euch die Gräber von Juden an, die an euren Stränden anlandeten. Dort, in der erdrückenden Stille Europas, das die Musik des jüdischen Denkens vergeudet hat. Wo wir eure Opfer waren. Schaut genau hin, denn wir kamen aus Amerika, wo wir zu fünfhunderttausend als Söhne Davids unterm Sternenbanner gegen die Apokalypse der westlichen Zivilisation kämpften.

Atme sie tief ein, diese Lektion, Europa: Während du uns gemordet hast, haben wir dich befreit.

Sheldon selbst war nicht in diesen Krieg gezogen. Er war zu jung dafür.

«Was ich sagen wollte», beginnt Rhea an Sigrid gewandt, «ist, dass er ein alter, bemerkenswerter Mann ist, der am Ende eines langen, harten Lebens ein wenig aus der Bahn geraten und jetzt verschwunden ist.»

Sigrid nickt. Lars und Petter schweigen weiterhin. Sigrid wirft erneut einen Blick auf ihre Notizen und sagt dann: «Ich würde gern noch einmal auf seine Demenz zu sprechen kommen.»

«Gut, okay.»

Sigrid bemerkt eine Veränderung auf Lars' Gesicht, kann sie aber nicht einordnen.

«Meine Großmutter ist vor kurzem gestorben», erklärt Rhea. «Seitdem ist Sheldon verwirrt. Sie standen einander ungewöhnlich nahe. Bevor sie starb, sagte sie mir, er leide an Demenz. Sie bat mich, auf ihn aufzupassen und mich auf den neuesten Stand zu bringen.»

«Das war in New York.»

«Genau. Ich erkundigte mich beim National Institute of Health über die Symptome.»

Bei diesen Worten kicherte Lars zum ersten Mal hörbar.

«Was denn?»

«Du musst zugeben, dass dein Großvater jedes dieser Symptome entkräften kann.»

Das Gespräch, auf das Lars sich da bezieht, hatte drei Wochen zuvor im Freien vor dem Westbahnhof in der Nähe der Aker Brygge im Osloer Hafen stattgefunden. Sie hatten bei Pascal's gesessen, wo es ausgezeichneten Kuchen und Eis zu Phantasiepreisen gibt, das in lächerlichen Plastikbechern serviert wird. Ein riesiger Ozeandampfer hatte an der Akershus-Festung angelegt, und ein Strom großer Menschen mit Kameras und Riesenhunger kam auf sie zugetrieben.

Als er die hungrigen Touristen sah, legte Sheldon schützend die Hand um seinen 12-Dollar-Eisbecher.

«Papa, alles, was ich sagen will, ist, dass es fünf Symptome gibt und wir aufmerksam sein sollten.» Sie las von einem Zettel ab, mit der verständnisvollsten und hilfsbereitesten Stimme, zu der sie fähig war: «Erstens, ständig dieselben Fragen zu wiederholen. Zweitens, sich an vertrauten Orten nicht mehr auszukennen. Drittens, unfähig zu sein, Anweisungen zu befolgen. Viertens, Zeit, Leute und Orte zu verwechseln, und fünftens, persönliche Sicherheit, Hygiene und Ernährung zu vernachlässigen.»

Es war Samstagvormittag, und der Frühling ging gerade in die endlosen exzessiven norwegischen Sommertage über.

Sheldon hörte zu und nickte. Dann fuhr er mit zwei Fingern seitlich an seinem Bierglas entlang und sammelte die Kondenstropfen ein. Er schloss die Augen und benetzte mit den kühlen Tropfen die Lider.

«Hast du das schon mal gemacht? Fühlt sich großartig an.»

«Papa.»

«Was?»

«Warum bestellst du dir immer Bier, wenn du es eh nie trinkst?»

«Ich mag die Farbe», sagte er, die Augen fest geschlossen.

«Hast du eine Ahnung, was ich gerade gesagt habe?»

«Yep.»

«Erinnerst du dich an die Frage?»

Das war eine Provokation für ihn. Sheldon wandte sich zu Lars um, der aufmerksam zuhörte. «Pass gut auf:

Erstens. Leute dazu zu bringen, ihre eigenen Fragen zu wiederholen, zwingt sie zu der Überlegung, was sie da eigentlich fragen. Wenn man nicht gewillt ist, eine Frage dreimal zu stellen, möchte man auch nicht wirklich eine Antwort haben. Zweitens, *du* hast mich doch nach Norwegen gebracht. Hier kenne ich mich definitiv nicht aus. Ich kann mich also gar nicht an vertrauten Orten verlaufen, sondern einfach nur verlaufen. Drittens, ich spreche kein Norwegisch, also kann ich auch keine Anweisungen befolgen. Viertens, ich kenne keinen halbwegs vernünftigen, kritisch reflektierenden Menschen, der – bei genauerer Betrachtung – Zeit, Menschen und Orte nicht höchst verwirrend fände. Was bitte verwirrt uns mehr als Zeit, Menschen, Orte? Und nun zum dreiteiligen Finale. Ich habe keine Ahnung, was es heißt, die eigene Sicherheit zu vernachlässigen. Gemessen woran? Unter welchen Bedingungen? Beurteilt von wem? Ich bin mit dem Gesicht voran bei Sonnenaufgang auf dem Gelben Meer in einen Kugelhagel gepaddelt. War das nachlässig? Ich habe eine Frau geheiratet und bin bis zum Ende ihres Lebens bei ihr geblieben. Nennst du das Sicherheitsdenken? Und was Hygiene angeht – ich putze mir die Zähne und dusche jeden Tag. Der Einzige, der mich einen Dreckskerl nennen würde, ist jemand, der findet, dass ich hier nicht hingehöre und wahrscheinlich ein Antisemit ist, und die können mich mal. Und Ernährung? Ich bin zweiundachtzig und *noch am Leben.* – Wie war ich, Lars?»

«Besser hätte ich es nicht sagen können, Sheldon.»

Rhea erinnert sich an die Geschichte. «Er war klar im Kopf», sagt sie zu Lars, während sie von Sigrid gemustert wird. «Er ist hochintelligent. Er wollte es uns zeigen.»

Lars zuckt die Schultern. «Also, auf mich hat es Eindruck gemacht.»

«Okay, vielleicht ist es nicht wirklich Demenz. Aber er ist

eigenartig. Sehr, sehr eigenartig. Und er spricht ständig mit den Toten.»

Noch während sie das sagt, wird ihr klar, dass sie Zweifel hat. Was auch immer da in seinem überlasteten Hirn vor sich geht, es ist kompliziert. Es kommt und geht. Sie weiß ja, dass es Sheldon nicht gutgeht. Dass Mabels Tod ihn total aus den Angeln gehoben hat. Dass er den Boden unter den Füßen verloren hat. Aber mehr kann sie dazu nicht sagen.

Sigrid hat aufmerksam zugehört: «Sie glauben nicht, dass er dement ist», sagt sie zu Lars.

Lars trommelt leise mit den Fingern auf den Tisch. Er möchte Rhea nicht in die Parade fahren. Zumindest nicht in der Öffentlichkeit. Und nicht wenn es um ihre Familie geht. Aber er spürt, hier muss er etwas sagen. Zuvor fragt er sich allerdings, ob er Rhea eine goldene Brücke bauen kann, damit sie beide zum gleichen Schluss kommen. Dann könnte sie wieder übernehmen.

«Rhea hat ihm heute Morgen etwas erzählt. Etwas, das ihm nahegegangen ist.»

Sigrid schaut Rhea an und wartet.

«Ich hatte gestern Nacht eine Fehlgeburt. Ich wurde wieder aus dem Krankenhaus entlassen. Ich war erst im dritten Monat. Heute Morgen habe ich es Großvater erzählt.»

Darauf antwortet diesmal Petter. «Das tut mir leid», sagt er.

Rhea nickt. Sie möchte nicht im Mittelpunkt stehen.

«Wir waren darauf vorbereitet», sagt Lars. «Aber Sheldon war es wohl nicht.»

Da Rhea weiter schweigt, fährt er fort:

«Ich glaube kaum, dass es Demenz ist. Sheldon hat alle Menschen überlebt, die er kannte, einschließlich seines eigenen Sohnes und seiner Ehefrau. Ich glaube, er kam wegen des Babys nach Norwegen. Wegen der Hoffnung, dass das Leben auch nach ihm weitergeht. Doch dann starb das Baby.»

«Was, glauben Sie, ist es dann?», fragt Sigrid.

«Eine Art Schuld, vermute ich. Vermutlich wird er von Schuldgefühlen geplagt, weil er überlebt hat. Zunächst einmal seinen Sohn Saul, Rheas Vater. Dann wohl einige ältere Freunde aus dem Zweiten Weltkrieg. Seinen Cousin Abe. Den Holocaust. Leute in Korea. Seine Ehefrau. Dieses Baby. Ich glaube, er kann nicht noch mehr Schuld auf sich laden. Sogar was die Koreaner angeht. Ich weiß, möglicherweise war er selbst gar nicht in Kampfhandlungen verwickelt, aber ich denke doch. Ich glaube nicht, dass es einfach irgendwelche Koreaner sind. Ich glaube, er sieht die Menschen, die er getötet hat, und kommt nicht damit klar. Obwohl es im Krieg war.»

Rhea ist anderer Meinung. «Mein Großvater fühlt sich nicht schuldig, weil er den Holocaust überlebt hat, glauben Sie mir. Allenfalls fühlt er sich schuldig, weil er nicht eine falsche Altersangabe gemacht und gegen die Nazis gekämpft hat.»

«Er war vierzehn, als Amerika in den Krieg eintrat. Er war noch ein Kind.»

«Warst du dabei?»

Sigrid schreibt sich das in ihr Notizbuch, neben anderen Beobachtungen zu Rhea und Lars und dem Zeitpunkt des Verschwindens.

Jetzt steht im Grunde nur noch eines auf der Tagesordnung.

«Was halten Sie davon?», fragt Sigrid und reicht Rhea die am Ort des Verbrechens entstandene Notiz.

Der Zettel liegt leicht in Rheas Hand, während sie ihn immer wieder durchliest.

«Das ist von meinem Großvater.»

«Und was, glauben Sie, steht da?»

«Es ist nicht so wichtig, was da steht. Wichtiger ist, was es bedeutet.»

«Ja. Okay.»

«Und genau deshalb sind Lars und ich uns nicht so ganz einig, was Sheldon nun genau hat.»

Sigrid nimmt den Zettel wieder an sich und liest ihn, so gut sie kann, vor, ohne zu wissen, dass hier auf einen bestimmten Akzent angespielt wird:

Nehm an, ich geh mal raus und sondier das Terrain, sonst adoptiern die mich noch und sievilisieren mich, und das hass ich. Hatt ich schon.

Die Flussratten vom 59. Breitengrad.

«So», sagt Sigrid. «Das steht also drauf. Und was bedeutet das?»

«Tja», sagt Rhea. «Ich habe keine Ahnung.»

4. KAPITEL

S H E L D O N hat den Angriff auf seinen Sohn in Vietnam nicht mit eigenen Augen gesehen. Aber er stellte ihn sich vor, immer, immer wieder. Er erschien zuverlässig in seinen Träumen, Nacht um Nacht um Nacht. Mabel rüttelte ihn dann wach. «Du hast geträumt», sagte sie. «Nein. Es war kein Traum.» – «Dann eben ein Albtraum. Es war ein Albtraum.» – «Nein, auch nicht. Es ist, als wäre ich dabei gewesen. Im Boot mit ihm. Auf dem Mekong, als er auf Patrouille war. Auf einem Nebenfluss, nachts. Ich kann den Kaffee schmecken. Meine Füße kribbeln.»

Mabel war fünfundvierzig. Bis auf ihren Ehering und eine dünne Halskette aus Weißgold mit einem winzigen Diamantenanhänger daran schlief sie nackt. Sie hatte sie aus dem Verlobungsring schmieden lassen, den Sheldon ihr 1951 geschenkt hatte, und legte sie niemals ab.

Mabel hatte kein Problem damit, mitten in der Nacht aufzuwachen. Die Panikattacken ihres Mannes störten sie nicht. Fünfundzwanzig Jahre zuvor hatte Saul sie immer wach gehalten, denn als Baby plagten ihn oft Koliken. Seitdem brauchte sie nicht mehr viel Schlaf. Seitdem Saul gestorben war, spielte es keine Rolle mehr.

Sheldons Traum begann in einer Sommernacht in New York, 1975. Saul war bereits unter der Erde. Mabel lag auf dem weißen Laken ausgestreckt. Sie war zierlich, aber kurvenreich und liebte es, ihren Körper zu dehnen, indem sie die Fußspitzen mit den Fingern berührte, bis alles kribbelte. Sie hielt die Position, bis sie einen Krampf bekam, und ließ dann los ...

So lagen sie im Dunkeln, beide wach.

Donny lag ebenfalls nackt auf dem weißen Laken. Es war ein glühend heißer Sommer. Sie hatten keine Klimaanlage. Ein antiker Ventilator, der aussah, als sei er noch zu Kolonialzeiten aus Kenia importiert worden, drehte sich langsam an der Decke und drückte die heiße Luft nach unten.

Mabel knipste die Nachttischlampe an.

Das Gespräch hatte noch nicht stattgefunden. Donny hatte noch nicht die Frage gestellt, die ihn umtrieb. Er war, zumindest bis heute Abend, bereit gewesen, so weiterzumachen wie bisher. Am Morgen aufwachen, in den Uhrmacherladen gehen, eine Lupe aufsetzen und eine Spiralfeder ersetzen, ein Zahnrädchen ölen, eine Unruhwelle austauschen oder einfach eine neue Krone einsetzen. Ein Sandwich essen. Nach Hause kommen. Über dies und jenes reden. Eine Zeitung lesen. Eine Pfeife rauchen. Einen Drink nehmen. Schlafen gehen. Tag für Tag. Der Zeit in aller Ruhe erlauben zu vergehen, während er die Instrumente reparierte, mit denen sie gemessen wurde.

Doch jene Sommernacht im Jahr 1975 war anders. Schwer zu sagen, warum. Vielleicht lag es an der Temperatur. Der Art, wie die Hitze in seinem imaginären Vietnam ihm auf die Lower East Side in New York folgte und wie der Schweiß aus dem Dschungel seine Bettlaken durchtränkte.

Vielleicht war in ihm drin einfach nicht mehr genügend

Platz für seine innere Welt, und sie drängte ohne Rücksicht auf Konsequenzen nach draußen.

Als sie seine Hand nahm und seufzte, stellte Donny die Frage aller Fragen.

«Warum bist du noch bei mir? Warum hast du mich nicht verlassen?»

Soweit er sich erinnern kann, war seine Stimme ruhig. Gelassen. Aufrichtig. Sie kam aus einem unterirdischen Reservoir der Menschlichkeit, das leise und reglos in unserer kollektiven Seele haust.

Es entstand eine lange Pause. Er blickte Mabels lackierte Zehen an, die sie abwinkelte. Sie hatte einen wunderschönen Spann.

«Weißt du, woran ich gerade gedacht habe?», fragte sie.

«Woran?»

«An die beiden Raumschiffe, die einander in dieser unendlichen Leere gefunden haben.»

«Ich weiß nicht, wovon du sprichst.»

Sie wandte ihm den Kopf zu und runzelte die Stirn. «Schaust du nie Nachrichten?»

«Ich war ziemlich beschäftigt.»

«Die *Apollo* und das russische Raumschiff. Die *Sojus*. Vor zwei Tagen haben sie angedockt. In dem großen Schweigen dort draußen haben sie sich verbunden. Ich frage mich, was das wohl für ein Geräusch macht. Wenn man so dahinschwebt. Schwerelos. Und dann hört man plötzlich, wie Metall auf die Hülle des Raumschiffs stößt. Der Feind streckt die Hand aus. Man greift mit dem Handschuh danach. Überstanden, endlich. Das hat mich an etwas von früher erinnert, an ein Gefühl. Ich weiß nicht, wie man so etwas nennt. Es war wie ein ... so als würde man einen bestimmten Geruch wahrnehmen, und plötzlich stürmt die Welt von damals auf dich ein, die Zeit löst sich auf, und du bist wieder dort. Wie würdest du diesen Zustand nennen?»

«Hoffnung.»

«Du hättest Nachrichten schauen sollen.»

«Ich weiß nicht, ob das jetzt eine Antwort ist oder nicht.»

«Ich bin immer noch bei dir, Sheldon. Spielt es eine Rolle, weshalb?»

«Ja.»

«Warum?»

«Ich muss wissen, wie zerbrechlich das alles ist.»

«Es geht hier nicht um Wissenschaft, Donny.»

«Ich arbeite gerade an einem schwierigen Fall. Im Laden. Eine Omega Speedmaster. Direkt unter der Hammerfeder sitzt eine zerbrochene Schraube. Ich muss die ganze Uhr zerlegen, um da ranzukommen, und ich bin mir nicht einmal sicher, ob es mir gelingen wird, sie wieder zusammenzubauen. Spezialanfertigungen von Uhrwerken sind ja immer etwas knifflig. Jedenfalls ist es dieselbe Uhr, die deine Astronauten da draußen tragen.»

«Ist das ein Zufall?»

«Es ist eine beliebte Uhr. Ich hatte selber eine, dann wollte Saul sie haben. Ich weiß nicht, wo sie geblieben ist.»

«Schade. Ich liebe Zufälle.»

«Gibst du mir die Schuld?»

«Gibst du dir selbst die Schuld?»

«Ja. Auf der ganzen Linie. Ich habe ihn mit Geschichten aus dem Krieg großgezogen. Habe ihm erzählt, ein Mann muss für sein Land kämpfen. Habe ihn ermutigt, sich freiwillig zu melden. Juden dürfen Russland nicht verlassen. Sie geben ihre Papiere ab, um emigrieren zu können, und werden auf die schwarze Liste gesetzt. Sie werden *refusniks* genannt. Sie leben wie nervöse Ratten. Wir leben wie Menschen. Weil wir nämlich Amerikaner sind. Und Amerika ist im Kriegszustand. Also, Johnny, geh und schnapp dir ein Gewehr – das habe ich zu ihm gesagt.»

«Ja, das hast du erzählt.»

«Sie rauchen Dope und hören sich Schallplatten an. Wir sind heute alle ein Haufen Lass-uns-die-Welt-verändern-Liberaler, habe ich zu ihm gesagt.»

«Das hast du schon erzählt. Darüber brauchen wir nicht mehr zu reden.»

«Ich musste meinem Kind doch Ideale einpflanzen.»

«Ich weiß.»

«Ich weiß noch, wie Harry James sein unfassbares Double-High-C gespielt hat, in der Carnegie Hall, 1938. Mit dem Benny Goodman Orchestra. Niemand wusste, ob Jazz etwas taugt, ob die Musiker tatsächlich seriös genug waren, um einer Carnegie Hall würdig zu sein. Und dann diese Trompete. Die ganze Stadt flippte aus. Meinst du, dass heute auch nur eine einzige Note im ganzen Land zu hören wäre? Heutzutage zertrümmern sie ihre Gitarren auf der Bühne. Mein Sohn hätte Musiker werden können. Und ich schicke ihn stattdessen in den Krieg.»

«Es lag nicht in seinem Naturell.»

Sheldon schüttelte den Kopf.

«Wenn er weinte und wir ihn hochnahmen, hatten wir Bedenken, dass er niemals selbständig würde. Was zum Teufel haben wir uns da gedacht?»

«Ich bleibe bei dir, Sheldon. Ich finde, es reicht jetzt. Okay?»

«Ja. Okay.»

Und damit hatte es sich. Das war das letzte Mal, dass sie darüber sprachen. Wenn es da noch mehr zu sagen gab, dann nahm sie es mit ins Grab.

Kurz bevor die Polizei kommt, gelingt ihnen die Flucht.

Sheldon öffnete vorsichtig die Schranktür und lauscht angestrengt. Er lauscht mehrere Minuten. Lauscht, ob er das Knirschen von Glas auf der Treppe hört. Das Geräusch von Türen, die sich öffnen und wieder schließen. Er weiß, sie sind schutzlos, wenn man sie entdeckt, aber dagegen kann er nichts tun.

Es war ein langer, schrecklicher Kampf. Der Junge hatte sein Gesicht an Sheldons Brust verborgen. Als es dann vorbei war, spürte Sheldon, wie ihn eine Welle der Scham und des Bedauerns überflutete, so mächtig und zwingend wie in den Jahren nach Sauls Tod. Jede andere Wendung der Ereignisse – sei es, dass er ihnen gar nicht aufgemacht oder sie nicht so lange am Eingang festgehalten hätte, sei es, dass er die Polizei gerufen oder sonst etwas getan hätte –, all das hätte in Sheldons Vorstellung dazu geführt, dass die arme Frau noch am Leben wäre, um ihren süßen kleinen Sohn aufzuziehen. Es ist, als ob er sie selbst umgebracht hätte.

Jetzt öffnet er die Schranktür ganz und blickt sich im Zimmer um. Alles unberührt. Das Monster ist nicht bis hierher vorgedrungen.

Sheldon reißt den Teppich herunter, der die Hintertür verdeckt, und fummelt an dem Schloss herum. Er rüttelt daran, drückt dagegen, hebt sie an, bis es ihm endlich gelingt, sie weit genug aufzustoßen, dass sie beide hindurchschlüpfen können. Die Tür macht einen Riesenkrach und ist schwer. Irgendetwas Massives lehnt von außen gegen die Tür. Er hätte sie nicht aufgekriegt, ohne gehört zu werden. Ein schwacher Trost.

Flüsternd, um ihn nicht zu erschrecken, sagt Sheldon zu dem Jungen: «Bleib mal kurz hier. Ich geh raus, um zu schauen, ob die Luft rein ist, dann können wir verschwinden. Weil wir nämlich nicht durchs Wohnzimmer gehen wollen.»

Sheldon schlüpft hinaus auf die schmale Straße hinter dem Gebäude. Eine Mülltonne hatte die Tür verstellt. Die Türen waren ziemlich verrostet. Beides zusammen hätte sie töten können.

Sheldon geht ein paar Meter nach links und biegt in eine Seitenstraße ein, in der die Sonne scheint und Paare flanieren. Alles hier ist ruhig, sicher und ereignislos. Was in der Wohnung passiert ist, hat keinen Einfluss auf die Welt ringsum. *Jeder lebt für sich allein.*

Als Sheldon gerade wieder kehrtmachen will, um den Jungen zu holen, fährt langsam ein weißer Mercedes vorbei. Es ist derselbe Mercedes, den er durchs Fenster gesehen hat. Auf dem Fahrersitz, nach vorn starrend, ein Mann in einer schwarzen Lederjacke mit goldenen Ketten um den Hals. Neben ihm sitzt ein weiterer Kerl.

Der Beifahrer und Sheldon blicken sich an, als das Auto vorbeigleitet.

Auf seinem Gesicht ist kein Zeichen des Erkennens auszumachen. Er hat Sheldon noch nie zuvor gesehen. Hat keinen Grund zu der Vermutung, dass der alte Mann mehr als ein zufälliger Passant in der Nähe eines Mordes sein könnte.

Doch da gibt es eine Verbindung. Da war etwas zwischen ihnen. Sheldon spürt es sofort.

Als das Auto vorbeifährt, murmelt Sheldon ganz leise,

damit die Worte ausgesprochen wurden, obwohl niemand da ist, um sie zu hören:

Du wirst ihn nicht bekommen. So wahr Gott mein Zeuge ist, du wirst ihn nicht bekommen.

Drinnen kritzelt er eine Nachricht. Die Worte fließen ganz von selbst, als hätte er eine göttliche Eingebung. Rhea wird sie verstehen. Sie wird die Anspielung begreifen. Sie wird wissen, wohin er geht. Was das Ganze bedeutet.

Er legt den Zettel neben die Fotos auf seinem Nachttisch, schiebt ihn unter das Marineabzeichen. Den Gedanken, die Uhrzeit dazuzuschreiben, verwirft er.

Nachdem sie die Wohnung durch die Hintertür verlassen haben, brauchen Sheldon und der Junge nicht lange ziellos herumzulaufen, bis sie einen sicheren, öffentlichen Platz finden, an dem sie nur mit geringer Wahrscheinlichkeit gefunden werden. Wie zahlreiche andere Norweger bummeln sie zum Botanischen Garten hinüber und verstecken sich in der Schönheit des Tages. Nur dass sie keine Norweger sind.

Sie sitzen auf einer Parkbank, nachdem er dem Jungen ein Eis gekauft hat, und Sheldon sieht auf die Armbanduhr, damit er genau weiß, zu welchem Zeitpunkt ihm die Ideen ausgegangen sind.

14:42 Uhr. Ein komplett beliebiger Zeitpunkt.

Ein Streifenwagen fährt hinter ihnen vorbei, mit Blaulicht und Sirene. Gleich darauf folgt ein zweiter. Er weiß sofort: Sie haben sie gefunden. Bald werden sie den Zettel entdecken.

«Ich glaube, wir sollten uns einige Zeit in einer Höhle verkriechen, Junge, wie Huckleberry Finn. Kennst du die Geschichte? Von Huckleberry Finn? Er ist einen Fluss hinaufgefahren, nachdem er einen Streit mit seinem Vater hatte. Fingierte seinen eigenen Tod. Hat sich mit einem weggelaufenen Sklaven namens Jim angefreundet. Ein bisschen so wie du und ich, sofern ein alter Jude und ein kleiner als Paddington-Bär verkleideter Albaner einen einigermaßen vernünftigen Ersatz für die Originalbesetzung darstellen. Allerdings müssen wir dafür irgendwo untertauchen. Unsere eigene Version von Jackson's Island. Und wir müssen auch stromaufwärts fahren. Nach Norden, Richtung Freiheit. Blöd ist nur, dass ich hier nicht in meinem Element bin. Ich weiß nicht, ob ich dir eine große Hilfe sein kann. Ich kann dich nicht einfach irgendwo abgeben. Ich kann dich nicht der Polizei übergeben und hoffen, dass dich die Norweger nicht wieder zurück zu dem Monster aus der Wohnung über uns bringen. Woher sollte ich wissen, wer das ist? Das Einzige, was ich weiß, ist, dass es nicht deine Schuld ist. Und das genügt mir fürs Erste. Ich bin also auf deiner Seite, klar?»

Der Junge knabbert schweigend am Rest seiner Eiswaffel und schaut auf seine Gummistiefel.

«Du wirst einen Namen brauchen. Wie heißt du?»

Die Paddington-Bären baumeln hin und her.

«Ich bin Donny.» Er deutet auf sich selbst. «Donny. Du kannst es mit ‹Mr. Horowitz› versuchen, aber ich fürchte, da kommst du nicht weit. Donny. Ich bin Donny.»

Er wartet.

«Augenkontakt wär jetzt gar nicht so schlecht.»

Er wartet erneut. Noch eine Polizeistreife fährt mit lautem Sirenengeheul vorbei.

Sie sitzen auf einer Bank beim Zoologischen Museum. Plüschiges Gras, Bäume in voller Blüte. Lilien wuchern unter Büschen hervor, und Kinder, viele im Alter des Jungen, gleiten auf seltsamen Turnschuhen vorbei, die Rollen in den Absätzen zu haben scheinen.

Eine dunkle Wolke schiebt sich vor die Sonne, bringt Kühle und tausend Schatten.

Sheldon spricht weiter für sie beide. Schweigsamkeit ist nicht so seine Stärke.

«Mein Sohn hieß Saul. Nach dem ersten König Israels. Das war vor dreitausend Jahren. Saul hatte ein schweres Leben. Und es war eine schwere Zeit. Die Philister hatten die Bundeslade gestohlen, den Leuten ging's schlecht, und Saul musste Ordnung schaffen. Ist ihm gelungen, auch wenn's nicht lange gehalten hat. Er hatte viele Fehler, kein Zweifel. Aber er hatte auch seine Stärken. Mit am liebsten mag ich die Geschichte, wie Saul das Leben von Agag verschonte. Das war der König der Amalekiter. Sauls Heer besiegte sie, und wie Samuel, den ich übrigens nicht mag, schreibt, sollte Saul Agag töten, weil dies der Wille Gottes war. Aber Saul schenkte ihm das Leben.

Ich sehe diese Männer, Männer wie Saul, wie Abraham. Sie hören Gottes rachsüchtige Stimme, der befiehlt, Sodom und Gomorrha zu zerstören, den besiegten König zu töten. Doch diese Männer stehen zwischen Gott und dem, was er zerstören will, und weigern sich. Und da frage ich mich selbst erstaunt: Wer gibt ihnen diese Gedanken ein, was richtig und was falsch ist, wenn nicht Gott selbst? Es ist, als habe sie irgendwann ein Urwissen durchströmt – ein derart tiefreichendes Wissen, dass nicht einmal Gott sich in seinem Zorn daran erinnert. Unerschütterliche Wahrheiten, auf denen jüdische Männer wie auf festem Boden standen, um unbeirrt gen Himmel zu blicken. Was für Wahrheiten waren das? Wo sind diese Männer hin?

Ich stelle mir Abraham vor, wie er auf einem Hügel steht, einem rötlichen Hügel, oberhalb von Gomorrha, während sich die Wolken bedrohlich zusammenballen, und er streckt die Hand zum Himmel und ruft: ‹Wirst du diese Stadt zerstören, wenn es noch einhundert Gerechte darin gibt?› Und in diesem Augenblick, obwohl er vollkommen erschöpft ist, steht er den ewigen Mächten gegenüber und hat die höchste Ebene des Menschseins erreicht. Dieser eine Mensch. Er steht da mit seinen schmutzigen Füßen, ein schmuddeliges Gewand im heißen Wind, der ihn anweht. Verwirrt. Allein. Traurig. Von Gott verraten. In dem Augenblick wird er zur Stimme hinter der Stimme. Zum Stellvertreter aller Menschen. ‹Ist Gott gerecht?›, fragt er sich. In dem Moment begreift die Menschheit, was Bewusstsein ist.

Gott hat uns vielleicht den Atem eingegeben. Aber erst als wir ihn gebrauchten, um Gott zu korrigieren, wurden wir zu Menschen. Wurden, für was für eine kurze Zeitspanne auch immer, zu dem, was wir sein können. Nahmen unseren Platz im Universum ein. Wurden zu Kindern der Nacht.

Und dann beschloss Saul – mein Saul –, nach Vietnam zu gehen, weil sein Vater in Korea gewesen war, und sein Vater ging nach Korea, weil er nicht nach Deutschland gegangen war. Und Saul ist dort gestorben. Wegen mir. Ich hatte ihn ermutigt. Ich glaube, ich habe meinen Jungen im Namen einer moralischen Streitfrage umgebracht. Aber recht besehen war ich natürlich kein Abraham. Kein Saul. Und Gott gebot mir nicht Einhalt.»

Soweit er sich erinnern kann, sieht ihn der Junge zum ersten Mal an. Daher lächelt er. Es ist jenes Lächeln, zu dem nur alte Leute fähig sind. Jenes Lächeln, dem die Bedeutung des Augenblicks wichtiger ist als seine Realität.

Der Junge lächelt nicht zurück. Also lächelt Sheldon für sie beide.

«Dann war da noch der andere Saul – Rabbi Saul von Tarsus. Ein Römer. Der gerne mal vom Pferd fiel. Er hat die frühen Christen verfolgt, behauptet ihr Gois, bis er auf der Straße nach Damaskus eine Erscheinung hatte, eine Vision. Und so wurde Saulus zum Paulus. Und Paulus wurde zu einem Heiligen der Kirche. Und war fortan ein guter Mann.

Du hast nicht vermutet, dass ich dieses ganze Zeug weiß, was? Doch, ich weiß es, es fragt bloß niemand danach. Zum Glück habe ich ein reiches Innenleben. Und jetzt habe ich dich.

Wie wäre es, wenn ich dich Paul nenne? Ein verwandelter Junge? Hingefallen und wiederaufstanden? Der Christ als Wiedergeburt des gefallenen Juden. Wäre dir das unangenehm? Das wäre mein kleiner Privatscherz. Das sind ja immer die besten.

Na gut. Komm, verstecken wir uns im Kino.»

Es fällt Sheldon schwer, sich daran zu erinnern, wann er zum letzten Mal die klebrige Hand eines kleinen Jungen in seiner eigenen Hand hielt. Die dicklichen Fingerchen und der leichte und doch zielgerichtete Druck. Das Vertrauen und die Verantwortung.

Rhea und Lars stehen schweigend vor der Polizeiwache. Sie können überallhin gehen, müssen aber ständig erreichbar sein. Lars sieht den Autos beim Vorbeifahren zu. Rhea beißt sich ein Stück Haut von den Lippen, nimmt es in die Finger und schnippt es in die leichte Brise. Beide stehen ein paar Minuten einfach so da. Schließlich sagt Lars etwas.

«So, und jetzt?»

«Ich weiß es nicht», sagt sie.

«Wir könnten mit dem Fahrrad durch die Stadt fahren und nach ihm Ausschau halten», schlägt Lars vor.

«Ich fasse es nicht, dass er kein Handy hat.»

«Er wollte keins. Wir würden ihm damit nur nachspionieren.»

«Und wir haben das durchgehen lassen.»

«Nur weil er das Haus nie verlassen hat.»

«Jetzt hat er es verlassen», sagt Rhea.

Noch ein paar Autos fahren vorbei, eine dicke Wolke zieht am Himmel vorüber, eine plötzliche Kühle. Es ist eine Erinnerung daran, wie groß die Entfernung ist, die sie zurückgelegt haben. Wie weit weg von zu Hause sie sind.

«Ja, das hat er», sagt Lars. «Das hat er allerdings.»

E S ärgert Sheldon ungemein, dass Kinos in Oslo Platzkarten ausgeben.

«Glaubt ihr, wir können das nicht selbst entscheiden? Dass man uns überwachen muss? Uns Anweisungen geben?»

Das sagt er zu dem unschuldigen Mädchen hinterm Kassentresen.

Sie runzelt ihre pickelige Stirn.

«Ist es dort, wo Sie herkommen, anders?»

«Jawohl. Wer zuerst kommt, mahlt zuerst. *Survival of the fittest*. Das Gesetz des Dschungels. Wo Wettbewerb zu Kreativität führt und Konflikte zu Genieblitzen. Im Land der Freiheit sitzen wir, wo wir wollen. Wir sitzen, wo wir *können*.»

Sheldon schnappt sich sein Ticket und geht grummelnd weg. Er grummelt über die Temperatur des Popcorns, die Entfernung zwischen den Toiletten und dem Kinosaal, die Staffelung der Sitze und die Durchschnittsgröße des durchschnittlichen Norwegers, die weit über dem Durchschnitt liegt.

Gerade als er zu grummeln aufhört – in dem kurzen Augenblick, in dem er Luft holt –, holt der Mord ihn ein und nimmt ihn in Beschlag.

Mit dem Problem ist er auf einer höheren Ebene gut vertraut. Hier blitzt es nur kurz auf. Die Geschichte selbst droht beständig, sich seiner zu bemächtigen und ihn unter ihrem

Gewicht zu begraben. Das ist keine Demenz. Das ist *Sterblichkeit.*

Die Stille ist der Feind. Sie reißt die Mauer der Zerstreuung ein, wenn man sie lässt.

Juden wissen das, denkt er. Deshalb hören sie niemals zu reden auf. Bei all dem, was wir durchgemacht haben – sobald wir auch nur eine Sekunde innehalten, sind wir erledigt.

Zu Paul gewandt, sagt er: «Ich weiß nichts über diesen Film, außer dass er zwei Stunden dauert, und danach werden wir dir die teuerste Pizza der Welt bei Pepe's kaufen und im Hotel Continental die Nacht über königlich entspannen. Es ist in der Nähe des Nationaltheaters. Ich bin mir sicher, dass das Grand Hotel ausgebucht ist, deshalb nehmen wir das Continental. Es ist der letzte Ort, an dem sie nach uns suchen werden, weil ich für gewöhnlich nicht dort herumgeistere. Ich finde aber, wir haben heute Nacht ein wenig Ruhe verdient.»

Dann ist der Vorfilm zu Ende, und der Hauptfilm beginnt. Es geht um ein Raumschiff, das unterwegs zur Sonne ist, um die Welt zu retten. Der Film beginnt mit phantastischen Szenen, gleitet dann aber in Richtung Horror ab, in Richtung Tod.

Sheldon schließt die Augen.

Präsident Carter war gerade nicht mehr im Amt, als 1980 die freigelassenen Geiseln aus dem Iran zurückkehrten. Am Tag von Ronald Reagans Vereidigung stiegen von Teheran aus die Flugzeuge mit jenen Amerikanern an Bord auf, die hundertvierundvierzig Tage in Gefangenschaft hinter sich hatten. Die Kameras filmten Reagan, wie er im Nieselregen den Amtseid ablegte – seine Frau trug Rot unter einem grauen Himmel.

Doch das eigentliche Drama fand im Flugzeug statt, als diese Leute weinten, redeten und sich sorgten, alles sei nur ein Täuschungsmanöver und sie würden im Kreis herumgeflogen, in einem weiteren Akt der Grausamkeit. So wie Sheldon es wahrnahm, als er die Fernsehbilder sah, lag der Hauch der Geschichte nicht über Reagans selbstbewusster Rede, sondern über dem einsamen, nachdenklichen Blick Jimmy Carters, als er, nun nicht mehr Präsident, auf der Landebahn stand. Der Hauch der Geschichte wehte über Leute wie ihn und Mabel und Bill Harmon hinweg, über seinen Kollegen aus dem Pfandhaus einen Block von seiner Wohnung in New York entfernt.

Mabel las in jenen Tagen die Zeitung. Sie bildete sich eine Meinung am Ende jedes Artikels und gestattete ihnen dann, sich wieder zu verflüchtigen wie das Wasser in einem vertrockneten Tümpel. Sie untersagte Sheldon, im Haus über Politik zu diskutieren, woran ihm im Übrigen gar nicht gelegen war. Saul war 1980 erst seit sechs Jahren tot – was, so ist das mit der Zeit, nicht einmal ein Augenblick war.

Die Stadt erschien ihnen still, nutzlos. Eine endlose Folge vorbeizischender gelber Taxis. Schwarze Laken aus dichtem Regen. Die Palette der Grüntöne von einem Bauernmarkt. Ein rotes Steak zum Abendessen. Dann wieder Schlaf. Die einzige Bewegung kam von den Uhren in Sheldons Laden.

Das Uhren- und Antiquitätengeschäft lag in Gramercy, in einer Seitenstraße der südlichen Park Avenue. Zufällige Passanten übersahen die Tür mit den dicken Eisenstäben leicht, die sich zu der kleinen Werkstatt im vorderen Bereich und dem sich daran anschließenden größeren Verkaufsraum öffnete.

In den frühen Achtzigern hatte Sheldons Geschäft mit

einem aus Japan kommenden Phänomen namens «Digital-uhr» zu kämpfen. Die Dinger bestanden aus extrem wenigen beweglichen Teilen und liefen bemerkenswert genau, regten unerklärlicherweise die Phantasie der Leute an und waren billig. Und das Schlimmste: Das war ein Wegwerfartikel. Die Schweizer Uhrenindustrie war in Aufruhr, und alle, deren Lebensunterhalt von ihr abhing, genauso. Waren früher Männer und Frauen jedweder sozialen Schicht wegen kleinerer Reparaturen in Sheldons Laden gekommen oder um Teile ölen oder eine neue Dichtung einbauen zu lassen, so hatte er es jetzt nur noch mit den Oldtimern zu tun. Die Qualität der Uhren nahm jetzt stetig zu, da die Leute die billigen Uhren einfach wegwarfen und nur noch die guten reparieren ließen. Es gab also weniger Kunden, die Arbeit war komplizierter, aber die Einnahmen blieben unverändert. Das Jahrzehnt wurde immer stiller und belangloser.

Drei Türen die Straße rechts runter befand sich Bill Harmons Leihhaus. Bill war ebenfalls in den Fünfzigern, ein Amerikaner irischer Abstammung mit einer weißen Haartolle über seinem knallroten Gesicht. Er und Sheldon schickten Kunden von einem zum anderen, als wären es Pingpongbälle.

«Nicht bei mir. Versuchen Sie mal Bills Laden. Er kauft Elektrowerkzeug.»

«Nein, nein. Mit dieser edlen goldenen Armbanduhr gehen Sie mal besser zu Donny. Ich kenn mich mit so was überhaupt nicht aus!»

«Das ist eine Nikon. Was soll ich mit einer Nikon? Gehen Sie zu Bill.»

«Gehen Sie zu Donny.»

«Gehen Sie zu Bill.»

«Hier, Donny, schau dir das mal an», sagte Bill eines Tages. Er reichte Sheldon eine bemerkenswert flache goldene Uhr mit Armband aus Echtleder von Patek Philippe. «Der Typ meinte, die hätte er in Havanna gekauft, bevor die Roten kamen. Wollte sie mir verkaufen. Ich hab ihn zu dir geschickt, aber ...»

«Ich war spät dran.»

«Du warst spät dran. Und da hab ich sie gekauft.»

Sheldon trug eine Lederschürze und ein weißes Hemd und hatte die Lesebrille oben auf die Stirn geschoben. Er sah ein wenig mitgenommen aus, und in seinen blauen Augen schimmerte der Widerschein des Nachmittags. Nicht, dass Bill das aufgefallen wäre. Bill hatte kein Gespür für Dramatik, für das Vergängliche, das Übersinnliche. Für Bill gab es nichts Magisches. Was schade war, denn so, wie Sheldon die Sache sah, besaß Bill einen der magischsten Läden in New York – von seinem eigenen abgesehen –, und niemand hatte dies besser gewusst als sein Sohn.

Zu Sauls kindlichem Vergnügen war Bills Laden genauso groß wie der von Sheldon. Die identische Größe war es wohl, die Saul veranlasste, sich auch dort ganz heimisch zu fühlen. Bill, der geschieden war und kinderlos, gefiel dies sehr.

Bei seinem Vater musste Saul ein paar Stufen hinabsteigen, um den Laden durch eine vergitterte Tür zu betreten. Links war die Reparaturwerkstatt. Sheldon hatte einen großen Holztresen, und an der Wand dahinter waren Tausende – vielleicht Millionen – von winzig kleinen Regalen, jedes einzelne kleiner als ein Kästchen mit Karteikarten in einer Bibliothek, und auf jedem stand eine Nummer. Das Licht war gut hier drin, und Saul beobachtete die Leute, die hier aus und ein gingen, sie waren alle sehr nett zu seinem Vater.

Bei Bill gab es ein riesiges Schaufenster, damit die Leute hereinsehen und all die seltsamen Dinge in der Auslage betrachten konnten. Einmal lehnte dort ein Wikingerschild mit Fell auf der Vorderseite. Dann wiederum waren Rock'em-Sock'em-Kampfroboter von Mattel ausgestellt, eine antike Pistole aus dem Wilden Westen, eine kaputte Schreibmaschine, ein Brieföffner aus Frankreich, eine Amphore mit Fischen als Griffen und ein von goldenen Blättern umrankter Spiegel.

Bill trug keine Lederschürze wie Sheldon und auch keine Uhrmacherlupe, sodass im Vergleich immer noch etwas Besonderes an seinem Vater war. Der Schurz war ausgebleicht und zerknittert und eindeutig von Rittern getragen worden, als sie gegen Drachen kämpften. Saul wusste das, weil Sheldon es ihm erzählt hatte. Sheldon legte eigentlich nicht besonders viel Wert darauf, wie ein *horlogeur* aus der Alten Welt auszusehen, aber er musste zugeben, dass Schürzen ungemein praktisch waren, wenn ihm ein winziges Bauteil einer Uhr herunterfiel. Dank der Schürze hörte er, wenn die Teilchen auf das Leder purzelten, was ihn eben darauf hinwies, dass ihm wieder einmal etwas heruntergefallen war. Es war außerdem sehr praktisch, wie leicht man die Teilchen aus den Falten der Schürze klauben konnte. Und obwohl sie ursprünglich einem Flickschuster gehört hatte, war sie definitiv auch für einen Uhrmacher geeignet und hatte zudem noch dieses magische Drachenkampf-Potenzial. Was dazu führte, dass er sie gerne anzog und umso zögerlicher wieder ablegte.

Als Bill an jenem Morgen hereinkam, hatte Sheldon eine Thermoskanne mit Kaffee auf der Werkbank stehen und setzte behutsam eine Unruhfeder in eine neue Ollech & Wajs-Taucheruhr ein.

«Gratuliere», sagte Sheldon. «Jetzt hast du eine Armbanduhr.»

«Was machst du gerade?», fragte Bill.

«Etwas, das ich schon seit langem mal machen wollte.»

«Was denn?»

«Das würdest du doch nicht verstehen.»

«Weil es kompliziert ist, was? Technisch? Das würde ich nicht begreifen.» Bill schüttelte den Kopf und pfiff durch die Zähne. «Ihr Juden. Ihr seid so schlau. Es gibt nichts, worauf ihr euch nicht versteht.»

Sheldon ließ sich nicht provozieren. «Mal ein Fettnäpfchen auszulassen scheint nicht so dein Ding zu sein.»

«Dann erzähl mir doch, was du da machst, Einstein.»

Sheldon nahm die Lupe vom Auge und legte sie rechts von sich auf den Tisch. Er deutete auf das Uhrengehäuse zu seiner Linken.

«Die gehörte Saul. Die haben sie seiner Leiche abgenommen und mir zusammen mit seiner persönlichen Habe geschickt.»

«Und jetzt reparierst du sie.»

«Nein, ich möchte sie nicht reparieren. Ich tue etwas anderes. Hast du schon mal was von Elinvar gehört?»

«Nein.»

«Das ist eine Metalllegierung, die unglaublich widerstandsfähig gegen Temperaturschwankungen ist. Das Wort kommt vom Französischen *elasticité invariable*, was zu Elinvar verkürzt wurde. Es wird für die Unruh einer mechanischen Uhr verwendet.»

«Wertvoll?»

«Nein. Das ist nur Eisen, Nickel und Chrom, aber man kann eine Menge nützlicher Dinge damit anstellen. Die

Unruh ist ein sehr delikates Teil. Sie windet sich und windet sich. Wenn du eine Uhr aufziehst, spulst du die Unruh auf. Beim Abspulen beginnen sich die Teile der Uhr infolge der Anspannung zu bewegen und bringen das Ding zum Ticken. Die Unruhfeder ist das Herz einer Uhr.

Allerdings gibt es nur wenige Firmen, die das Zeug herstellen; die meisten Unruhfedern stammen deshalb aus denselben wenigen Gießereien. Es ist, als hätten die Herzen alle ein und denselben Ursprung. So, als hätte jede Uhr eine Seele und wäre mit jeder anderen verbunden, weil sie alle dieselbe Heimat haben.

Sauls Uhr ist eine einfache Ollech & Wajs. Hab ich in einer Zeitschrift bestellt. Nichts Besonderes. Schicke Leute tragen so was nicht. Arbeiter schon. Soldaten. Eine solide Sache. Ich mag sie. Daher habe ich eine neue gekauft, und ich nehme jetzt die Unruhfeder aus Sauls alter Uhr heraus und pflanze das alte Herz in die neue ein. Und wenn ich jetzt so den Tag über auf die Uhr sehe oder irgendeine Entscheidung treffe, dann bin ich mit ihm verbunden. Dadurch fühle ich mich ihm näher.»

«Klingt gut, Donny.»

«So ist das jedenfalls.»

«Und worin besteht der Unterschied zum Auswechseln einer Batterie?»

Sheldon rieb sich das Gesicht. «Und du fragst dich, weshalb du nie eine Frau abkriegst!»

«Versteh ich nicht.»

«Kann ich mir denken!»

«Was kostet die neue?»

«So ungefähr fünfunddreißig Mäuse. Früher lagen sie so bei siebzehn.»

«Schau her, rate mal, was ich für diese goldene Uhr gezahlt habe.»

«Wie viel?»

«Komm schon, Donny. Frag so, als würde es dich interessieren.»

Sheldon machte eine einladende Geste und sagte im selben gelangweilten Tonfall: «Wie viel?»

«Klingt schon besser. Achthundert.»

«Achthundert was? Dollar? Mein Gott, Bill. Für eine Uhr? Du wirst das Ding nie und nimmer verkaufen können!»

«Ich werde sie auch gar nicht verkaufen. Es ist eine Investition. Ich werde Dutzende von diesen Dingern kaufen, sie in einen Safe packen, und in zwanzig Jahren, wenn wir diese Läden hier verkaufen, werden sie Tausende wert sein! Wir setzen uns zur Ruhe. Kaufen uns ein Plätzchen in Long Island. Bestellen uns Playboy-Bunnies bis unters Dach und trinken Champagner.»

Der Holzstuhl, auf dem Sheldon hin und her wippte, knarrte.

«Was machen wir denn mit Bunnies, wenn wir in unseren Siebzigern sind?», wollte Sheldon wissen. «Staunen, wie gut sie Drinks servieren können?»

«Merk dir meine Worte, Donny. Bei dem Tempo, mit dem sich die Wissenschaft entwickelt, werden sie bis dahin eine Pille erfunden haben oder eine Spritze, die uns wieder abgehen lässt wie 'ne Rakete. Erst vor zehn Jahren sind wir auf dem Mond gelandet. Das ist der Traum eines jeden jungen Mannes. Wenn dieselben Wissenschaftler unser Alter erreicht haben, werden sie sich mehr um die Dinge in ihrer unmittelbaren Nähe kümmern. Sie werden nicht mehr dorthin fahren, wo niemand vor ihnen war. Sie werden dorthin wollen, wo jeder

Mann vor ihnen hingegangen ist. Und weißt du, weshalb? Weil es dort *schön* ist.»

«Was ist mit unseren Frauen?»

«Unsere Frauen ...», sagte Bill, der die Frage ernst nahm, «also ich werde ja nicht heiraten, und wenn es so weit ist ... wird Mabel froh sein, dass du ein Hobby hast!»

Sheldon beugt sich vor und zieht die Schublade seiner Werkbank auf. «Du bist ein Visionär, Bill. Das muss ich dir lassen. Ein lüsterner, verschwenderischer Visionär.»

Sheldon nimmt ein kleines Kästchen heraus und reicht es Bill.

«Was ist das?», fragt Bill.

«Ich möchte, dass du das bei dir aufbewahrst. Es einfach irgendwo hinsteckst. Verkaufe es nicht!»

«Was ist da drin?»

«Ein paar Abzeichen, die habe ich bekommen, als ich aus Korea zurückkam.»

Bill nimmt das Kästchen, ohne es zu öffnen.

«Warum soll ich sie nehmen?»

«Ich möchte nicht, dass meine Frau sie findet. Oder Rhea. Sie wird größer, läuft herum und beginnt Fragen zu stellen.»

«Du bist es doch, der ihr Sprechen beigebracht hat.»

«Hätte ich nur die Folgen geahnt!»

Bill sieht sich in dem Trödelladen um. «Kannst du sie nicht hier irgendwo aufbewahren? Hier in diesem Chaos findet sie doch keiner.»

«Mach dich mal nützlich.»

«Wann möchtest du sie zurückhaben?»

«Vielleicht möchte ich das gar nicht.»

«Hat es wirklich was mit deinen Mädels zu tun?»

«Zum Teil. Wenn du es unbedingt wissen willst, ich

möchte nicht daran erinnert werden, dass ich sie Saul gezeigt habe. Und während ich da an der Uhr herumbastle, kann ich es nicht ertragen, sie so nahe bei mir zu haben. Mach es einfach, weil ich dich darum bitte. Reicht das nicht?»

«Doch, das reicht.»

«Gut.»

Bill steht mit dem Kästchen in den Händen da und sieht zu, wie Sheldon die Arbeit wiederaufnimmt. Nach ein paar Minuten schaut Sheldon ihn an.

«Was ist los mit dir heute?»

«Ich bin tot.»

«Was hast du jetzt wieder angestellt?»

«Ich bin tot. Richtig tot. Weißt du das nicht mehr? Es geschah im November während der Wahlen. Betrunkener Fahrer. Es hat dich schwer mitgenommen. Wahrscheinlich trifft es dich immer noch hart. Ich bin dein erster Toter seit Saul. Deshalb beschäftigst du dich mit deinen Uhren da.»

«Ich tue das wegen meinem Jungen.»

«Ja, sicher. Aber mein Tod ist der Grund, warum du es jetzt gerade tust.»

«Dann ist das also nicht nur eine Erinnerung.»

«Doch.»

«Nicht dieser Teil. Liegt doch nahe, meine ich. Ich kann mich nicht daran erinnern, eine Unterhaltung mit einem Geist geführt zu haben. Ich bilde mir das hier doch ein!»

«Ehrlich gesagt, nein. Es ist vermutlich keine richtige Erinnerung. Es ist eher eine Art Vision oder so etwas. Keiner von uns beiden ist hier. Du bist im Kino, mit dem kleinen Ausländer, den du in Island unter deine Fittiche genommen hast.»

«Norwegen.»

«Egal.»

«Du klingst gar nicht wie Bill.»

«Für wen hältst du mich dann?»

«Ich mag diese Frage nicht.»

Eine kleine Glocke über der Tür verkündet die Ankunft eines Kunden.

«Ich finde, wir sollten hier jetzt mal zu Potte kommen.»

«Was geschah an jenem Morgen?», fragt Bill.

«Über welchen Morgen reden wir hier?»

«Den mit dem kleinen Balkanjungen. Warum hast du dich im Schrank versteckt? Warum bist du der Frau nicht zu Hilfe gekommen?»

«Ich bin zweiundachtzig. Was mir noch an Kraft bleibt, wollte ich mir für den Jungen aufsparen. Leben besteht aus Entscheidungen. Ich weiß, wie man Entscheidungen trifft.»

«Und jetzt?»

«Stromabwärts geht's von alleine. Frag mich, wenn ich dort bin.»

Ein junger Mann, auf dessen Namensschild ‹Jonas› steht, beugt sich mit freundlichem Gesichtsausdruck über Sheldon. Er sagt etwas auf Norwegisch.

«Was?»

Auf Englisch wiederholt Jonas: «Ich glaube, Sie sind eingeschlafen. Der Film ist vorbei, Sir.»

«Wo ist der Junge?»

Die Lichter sind an, und der Abspann ist vorüber.

Mit leicht schmerzendem Rücken geht Sheldon über den roten Teppich hinaus in den Vorraum und findet Paul mit einer weiteren Eiswaffel – vermutlich ein Geschenk der Leute an der Theke.

«Ich habe nach dir gesucht», sagt Sheldon.

Paul lächelt nicht, als er Sheldon sieht. Er ist kein biss-chen zugänglicher geworden, seit sie einander kennenge-lernt haben.

Sheldon streckt die Hand aus.

Paul rührt sich nicht.

Also legt Sheldon dem Jungen sanft die Hand auf die Schulter.

«Lass uns rausgehen. Dir was anderes zum Anziehen besorgen. Du kannst diese Hosen nicht mehr tragen. Ich hätte dir schon längst neue kaufen sollen. Ich war nicht bei Sinnen. Aber jetzt bin ich es.»

Petter klopft Sigrid sachte auf die Schulter, um ihre Auf-merksamkeit von dem Computerbildschirm abzulenken. «Im Wandschrank ist Urin.»

Es ist beinahe acht Uhr abends, und die Sonne steht noch hoch am Himmel. Im Büro sind es noch fast dreißig Grad. Eine Klimaanlage gibt es nicht. Früher war das auch nicht nötig, aber mittlerweile macht ihnen die globale Erwär-mung ziemlich zu schaffen.

Im Unterschied zu den meisten Männern im Büro – das jetzt vor Betriebsamkeit nur so brummt – hat Sigrid den obersten Knopf ihrer Uniform nicht geöffnet. Sie hätte das Recht dazu, und das Büro legt Wert auf flache Hierarchien, aber aus Gründen, die sie nicht vollständig erklären kann, lässt sie es lieber sein.

«Eindeutig frischer Urin. Vor ein paar Stunden war er noch feucht.»

«Bist du sicher, dass es nicht einer der Polizisten war?»

«Wir vergleichen ihn mit der DNA der toten Frau. Aber es ist vermutlich nicht ihr eigener, denn ihre Hose war nicht feucht. Ich frage mich, ob es vielleicht von dem verschwundenen Jungen stammt.»

«Der sich im Schrank versteckt hat und zuhören musste, wie seine eigene Mutter ermordet wurde? Eine entsetzliche Vorstellung!»

Petter sagt nichts.

«Wie lange braucht der Test?»

«Normalerweise? Sechs Monate.»

«Und in diesem besonderen Fall?»

«Bis morgen früh. Ich denke, Inga wird bis tief in die Nacht im Labor bleiben. Sie hat gerade mit ihrem Freund Schluss gemacht. Wahrscheinlich hat sie nichts gegen eine Ablenkung, und ich habe sechs Gesetze gebrochen, als ich sie bat, diesen Fall vorzuziehen.»

«Hat sie nicht einen Hund?»

«Eine Katze.»

«Victor?»

«Caesar.»

«Schön. Das ist ja gut für uns.»

«Gehst du an den Tatort?», fragt Petter.

«Kann ich mich nicht auf deine Arbeit verlassen?»

Petter zieht die Lippen kraus.

«Ja, irgendwann schon», sagt Sigrid dann. «Ich lasse mir den Namen der Frau von ihrem Vermieter geben und den des Mannes, der dies wahrscheinlich getan hat. Ich dachte mir, ich würde erst den Verbrecher schnappen und mir dann über den Rest Gedanken machen.»

«Wir gehen danach zu Pepe's, Pizza essen.»

«Wonach?», fragt Sigrid.

«Es ist ein schöner Abend. Lass uns einen trinken gehen.»

«Ich bin nicht in Stimmung.»

«Ich habe noch nie eine ermordete Frau gesehen», kontert Petter.

Sigrid sieht nicht vom Bildschirm auf. In strengem Tonfall sagt sie: «Immer noch nicht.»

Sheldon checkt an der Hotelrezeption ein. «Ihr Name, bitte?», fragt die Frau.

Mit einem Akzent, den weder er selbst noch die schwedische Frau hinter dem Tresen einordnen kann, sagt er: «C. K. Dexter Haven.»

«C. K. Dexter Haven», wiederholt sie.

«Esquire», fügt er hinzu. Er sieht nach unten und sagt dann: «Und sein Enkel. Paul. Paul Haven.»

«Darf ich Ihre Pässe haben, bitte?»

Sheldon wendet sich an Paul und sagt: «Sie möchte unsere Pässe haben. Die, auf denen unsere Namen stehen.»

Er schaut die Rezeptionistin wieder an. «Gnädiges Fräulein, ich habe eine gute und eine schlechte Nachricht für Sie. Die schlechte ist, dass man uns das Gepäck gestohlen hat – einschließlich der Pässe –, und zwar vor weniger als einer Stunde, als wir in dem komischen Zug saßen, der vom Flughafen hierherfährt. Es war eine derart traumatisierende Erfahrung, dass mein Junge sich in die Hosen gepinkelt hat. Das sage ich Ihnen aber im Vertrauen – ich möchte ihn nicht in Verlegenheit bringen, selbst in seinem zarten Alter nicht. Die gute Nachricht ist, dass mein Büro Ihnen das Ganze vor unserer Abreise gefaxt hat, Sie haben also glücklicherweise Kopien. Ach, und könnten Sie mir wohl noch zwei davon machen? Ich brauche sie für den Polizeibericht morgen früh und für die Botschaft, damit sie uns neue ausstellen können, für unsere traurige Rückreise.»

Einen Augenblick lang sagt niemand etwas.

Als die schlanke, attraktive und stilbewusst gekleidete Frau den Mund aufmacht, um etwas zu sagen, hebt C. K. Dexter Haven die Hand und sagt: «Sie brauchen es nicht gleich zu erledigen. Danke für das Angebot. Wir haben einen ziemlich langen und anstrengenden Tag hinter uns, sodass ich es in Anbetracht meines Alters – stolze zweiundachtzig – für das Beste halte, wenn wir die Angelegenheit morgen früh regeln. Recht wäre mir allerdings, wenn wir schon einmal das Finanzielle regeln könnten, damit das erledigt wäre. Außerdem würde ich gern einen Ihrer Liftboys bitten, meinem Enkel in einem Geschäft in der Umgebung ein paar neue Kleidungsstücke zu kaufen. Socken, Turnschuhe, Hosen, Unterwäsche, ein Hemd und eine hübsche Jacke für einen Waldspaziergang. Setzen Sie die Rechnung aufs Zimmer und bringen Sie die Sachen so schnell wie möglich zu uns rauf.»

Die Frau versucht etwas zu sagen. Sie macht die Art von Gesten, die man im Repertoire hat, wenn man etwas zu einer Unterhaltung beisteuern möchte. Die eine oder andere Handbewegung. Ein gelegentliches Öffnen des Mundes. Ein Zusammenkneifen und Aufreißen der Augen mit dem einstudierten seitlichen Neigen des Kopfes zum Zeichen des Mitgefühls. Aber solche Feinheiten sind bei Sheldon vergebliche Liebesmüh – ebenso gut könnte man auf einen Elefanten einflüstern.

«Mr. Haven, es tut mir leid, aber ...»

«Natürlich. Tut mir ja auch leid. Da mir auch die Medikamente gestohlen wurden, mit denen ich die Nebenwirkungen meiner Krebserkrankung bekämpfe, bin ich heilfroh, dass mir das in einem Land geschehen ist, dessen Bewohner so unglaublich zuvorkommend sind. Das sagen wir drüben in Amerika immer: Die Norweger sind die nettesten Leute überhaupt. Sollte ich lebendigen Leibes wieder nach Hause gelangen, werde ich das so weitergeben. Und wenn ich sterbe, ohne mein Heimatland wiedergesehen zu haben, dann wird es der Junge für mich ausrichten.»

Es war ein hübsches Zimmer.

Sheldon findet einen Sender, auf dem Zeichentrickfilme auf Norwegisch laufen. Paul setzt sich wortlos auf das Bett, eine Flasche Cola in der Hand, und schaut zu, wie Tom Jerry jagt. Sheldon setzt sich neben ihn und tut dasselbe.

«Ich hatte mal eine Idee für Fernsehwerbung», sagt Sheldon dann. «Stell dir Folgendes vor: Zuerst zeigt die Kamera ein Weizenfeld mit Wildblumen darin, alles in goldenen Farbtönen. Man hört das Summen von Insekten. Die Hitze ist regelrecht spürbar. Nächste Einstellung: die sich kräuselnde Oberfläche eines Teichs. Eine traumgleiche Patina auf dem Wasser. Dann ein Platscher! Ein Hund ist in den Teich gesprungen. Die Kamera fängt ihn ein, wie er ruhig, aber entschlossen von links nach rechts schwimmt. Dann kommt auf der rechten Seite eine Colaflasche ins Bild, die im Wasser treibt. Der Hund – ein Golden Retriever – packt die Flasche mit der Schnauze, schnauft und prustet, während er wieder zurückschwimmt. Er klettert aus dem Wasser, schüttelt sich, rennt einen Steg entlang, auf dem ein Junge auf dem Rücken liegt und unter den sich langsam weiterziehenden Wolken döst. Ohne hinzusehen, nimmt der Junge die Flasche und schleudert sie zurück in den Teich. Dann, als der Hund wieder in den Teich springt, erscheinen folgende Worte auf dem Schirm: *Coca-Cola. Summertime.*

So was geht dir nahe! Da kannst du nichts gegen tun! Es packt dich und schlägt eine Saite tief in deinem Innern an!

Doch was stellst du mit so einer Idee an? Nichts. Du schickst sie ein, sie klauen sie dir. Und leider habe ich immer noch keine eigene Limonadenfirma.»

Paul sagt nichts. Er hat kein einziges Wort gesagt, seit sie einander begegnet sind. Er hat noch nicht einmal gelächelt.

Aber ein Kind weiß nicht, wie es mit Schweigen umgehen soll. Weiß nichts von der Notwendigkeit, Komödie und Tragödie so eng wie nur menschenmöglich zusammenzuhalten – so nahe, wie Pathos und Worte es eben zulassen –, um so zu versuchen, die Stimmen der Toten zum Schweigen zu bringen. Er ist nur ein kleiner Junge. Die Stille des Entsetzens hüllt ihn ein, dort, wo Worte scheitern und jede Äußerung von der Wirklichkeit abperlt wie ein Regentropfen von der Oberfläche eines Blattes. Er ist nicht alt genug, um sich mit Spielen abzulenken, ist noch nicht in der Lage, Trost im Dialog und im Drama zu finden. Er ist schutzlos. Seine Mutter ist tot. Und deshalb wird Sheldon niemals von seiner Seite weichen.

«Gott schuf die Erde, und er sah, dass es gut war», sagt Sheldon laut. «Schön. Aber wann hat er zum letzten Mal draufgeguckt?», fragt er, während Tom Jerry über den Bildschirm hetzt.

«Okay, ich weiß, was du dir denkst. Du denkst dir, nun, als er draufgeguckt hat, war das noch vor der Sintflut. Bevor Großväterchen Noah seine Arche schnitzte. Doch das ist schon 'ne Weile her. Gott hat alles ausradiert, nur die Arche nicht. Ich finde, er könnte das Ganze mal wieder einer kritischen Prüfung unterziehen. Und uns nicht unbedingt mit derselben unreifen Reaktion abspeisen – wie ein Kind, das eine misslungene Zeichnung zerknüllt und so tut, als wäre das alles nie passiert – und Noah einfach mit einer Frage zurücklassen. Also mit der Frage ‹Warum ich?›. Und da Noah sie nicht beantworten konnte, griff er zur Flasche. Ich persönlich würde mir wünschen, Gott würde eine Entwicklung durchmachen. Mal ein bisschen reifen. Mal Verantwortung übernehmen. Mal seine Schuld eingestehen. Mal öffentlich zugeben, dass er uns vernachlässigt hat. Das Dumme ist bloß: Gott ist allein. Keiner gibt ihm mal 'nen Schubs. Holt ihn zurück auf den Boden. Keine Mrs. Gott. Ich bin nicht der Erste, der so denkt, vermute ich.

Weil du ja der heilige Paulus und ein Theologe und Philosoph und wahrscheinlich der interessanteste Mensch der Geschichte bist, könntest du jetzt sagen: Es ist Gott unmöglich, etwas zu ändern, denn woher soll er wissen, was er falsch gemacht hat? Beinhaltet Allwissenheit auch die Fähigkeit zur Selbsterkenntnis? Da er doch der Ursprung von allem ist, kann er da überhaupt seine eigenen Handlungen wegleugnen und verurteilen? Woran misst er sich? Was ist sein Maßstab, wenn nicht er selbst?

Aber ich habe da eine Antwort, nett, dass du gefragt hast. Die Antwort liegt in der biblischen Geschichte von der Masturbation. Ich würde das dir gegenüber nicht erwähnen, vor allem weil du noch so klein bist, aber da du kein Englisch verstehst und heute schon Schlimmeres durchgemacht hast, kommt es darauf auch nicht mehr an.

Onan. Wir erinnern uns: Das war der, der seinen Samen auf die Erde fallen ließ. Der Ur-Wichser. Doch was geschah da eigentlich? Onan hatte einen Bruder, und sein Bruder und dessen Frau konnten keine Kinder bekommen. Aus irgendeinem Grund beschließt Gott, dass die Familie ein Kind braucht, und daher – wie es damals Brauch war, als Leute ersetzbar zu sein schienen – befiehlt Gott Onan, ins Zelt seines

Bruders zu gehen und seine Schwägerin zu *schtupsen*. Onan aber findet das nicht richtig. Er geht in das Zelt, fängt aber – da er glaubt, Gott könne nicht in Zelte hineinsehen – an zu masturbieren. Lässt seinen Samen also auf die Erde fallen. Als er wieder herauskommt, erzählt er Gott, die Tat sei vollbracht, und zieht von dannen. Gott, wieder mal typisch, wird böse auf Onan. Die Lehre, die unsere judäo-christlichen Gelehrten daraus ziehen, ist, dass Gott Masturbation verabscheut und wir die Finger von unserem Schniedel lassen sollen. Aber ich stelle mir folgende Frage: Woher kam Onan der Gedanke, dass Anweisungen Gottes unmoralisch sein könnten? Dass es so etwas wie Moral gab, einen Code, der von einem Ort tief im Inneren der menschlichen Seele stammt – dort, wo unsere Einzigartigkeit, unsere Sterblichkeit verankert sind – und der bereits Richtig und Falsch mit solcher Klarheit voneinander geschieden hat, dass er die mächtigste Autorität überhaupt in Frage stellen und seinen eigenen Kurs einschlagen konnte?

Daher lautet die eigentliche Frage: Warum konnte ich nicht etwas davon meinem eigenen Sohn in die Brust pflanzen, damit er den Mut gehabt hätte, aufzustehen und mir mein eigenes Versagen vorzuhalten und sich zu weigern, in einen nutzlosen Krieg zu ziehen, der ihn umbrachte? Dann hätte er mich nämlich überlebt. Warum konnte ich meinem Sohn nicht mehr von diesem … was auch immer geben?»

Dann sieht Sheldon Paul an, der weiterhin auf den Bildschirm starrt.

«So, und jetzt komm her und lass dir mal die Gummistiefel ausziehen.»

6. KAPITEL

NACHDEM Rhea und Lars das Polizeirevier verlassen hatten, waren sie stundenlang auf gut Glück durch die Stadt gefahren, auf der Suche nach Sheldon. Sie durchkämmten die Viertel in der Nähe des Zentrums und fuhren die wichtigsten Straßen ab. Karl Johans gate. Kristian IVs gate. Wergelandsveien beim neuen Literaturhaus. Den Hegdehaugsveien hinauf, dann auf den Bogstadveien und durch Majorstuen. Wieder zurück zum Frogner Park, durch Frogner und über Vika bis runter zum Hafen. Dann verlegten sie sich auf spezifische Orte. Keine Spur von Sheldon in der Synagoge. Keine Spur von Sheldon in der Oben-ohne-Bar, die den ganzen Tag geöffnet hatte. Keine Spur von Sheldon in den Buchläden.

Lars hatte vorgeschlagen, in der Innenstadt zu übernachten. Irgendwo, wo's schön war. Teuer. Vielleicht im Grand Hotel?

Doch das Grand Hotel hatte keine Zimmer mehr frei gehabt, und da zogen sie weiter ins nahegelegene Continental.

Lars schlief tief und fest. Er war erschöpft.

Rhea starrte an die Decke, tausend Bilder in ihrem Kopf.

Jetzt ist es Morgen geworden, und sie sitzen im Hotelrestaurant. Das Frühstück im Continental ist gut, aber Rhea hat keinen Hunger. Sie taucht einen Finger in den heißen

Tee und legt ihn auf den Rand des Wasserglases. Mit der einen Hand hält sie es von unten, mit der anderen fährt sie den Glasrand entlang, bis ein dunkler Ton anhebt, wie der Klagelaut eines verirrten Babywals.

«Wenn ich das machen würde, bekäme ich Ärger!», sagt Lars.

«Tut mir leid.»

«Wie hast du geschlafen?»

«Ich wäre lieber zu Hause.»

«Nein, das wärst du nicht.»

«Wie sollen wir jemals zurück? Wo wir wissen, dass eine Frau in unserer Wohnung ermordet wurde. Wie lange können wir im Hotel bleiben?»

«Es gibt Leute, die haben schlimmere Probleme.»

«Das stimmt. Und es wäre ungehörig, das zu thematisieren, wenn sie jetzt hier wären. Aber das sind sie nicht, also lass uns reden.»

Lars lächelt, und zum ersten Mal seit dem Einchecken lächelt Rhea auch.

«Manchmal hörst du dich an wie dein Großvater. Vor allem wenn er gar nicht da ist.»

«Er hat mich großgezogen.»

«Machst du dir Sorgen?»

«Ich bin zu geschockt, um mir Sorgen zu machen.»

«Wir müssen nicht im Hotel bleiben. Wir können ins Sommerhaus fahren. Ich kann mir ein paar Tage freinehmen.»

«Ich hab nichts außer einer Zahnbürste dabei.»

«Ein paar Sachen haben wir ja dort. Wir können uns besorgen, was wir brauchen, bevor wir losfahren.»

«Dürfen wir denn wegfahren?»

«Ich rufe Sigrid Ødegård an und sage ihr, wo wir zu finden sind. Es sei denn, sie bezahlen uns die Hotelrechnung.»

«Es steht heute in der Zeitung, weißt du. Ich habe ein Foto von unserem Haus auf der Titelseite gesehen.»

Lars trinkt schwarzen Kaffee und isst Toast und ein Ei. Er trägt ein weißes, kurzärmeliges Hemd, das über seine schicken Jeans hängt, und Lederschuhe.

«Wie kannst du nur was essen?», fragt sie.

«Es ist Frühstückszeit.»

«Geht dir all das nicht irgendwie nahe? Reißt es dich nicht aus allem heraus?»

Lars setzt die Kaffeetasse ab und trommelt ein paarmal auf den Tisch. «Ich versuche, nicht daran zu denken. Ich versuche nur daran zu denken, was jetzt zu tun ist.»

«Wie bei einem Videospiel.»

«Das ist weder fair noch nett.»

«Bei dir klingt es wie eine Wahlmöglichkeit. Geht dir das nicht unter die Haut? Ich bin vollkommen fertig. Mein Großvater trägt diese ganzen feindseligen Bilder mit sich herum. Diese ganze aufgestaute Wut. Ich weiß noch, als ich klein war, sah er mich immer mit so einer Liebe und Zärtlichkeit an, aber dann, auf einmal, wurde er ganz zornig. Nicht wegen mir. Er war eigentlich nie richtig böse auf mich. Aber genervt. Er war die ganze Zeit genervt. Er warf die Hände in die Luft und fragte mich, was ich mir gedacht hatte. ‹Wie kommst du darauf, dass das eine gute Idee ist?›, fragte er immer.

Er hat mit der Welt selbst gehadert. Als ich älter wurde, sagte er immer, mir in die Augen zu schauen sei für ihn ein Beweis für die unendliche Tiefe des Menschseins und alles, was verloren geht, wenn ein Mensch aus unserer Mitte gerissen wird. Und dann fiel ihm die Art von Leuten ein, die einem

Kind ins Gesicht schauen und ihm im nächsten Augenblick körperlich wehtun, und er fing an, darüber nachzudenken, was wir anderen dagegen tun könnten.

Und dann redete er über den Holocaust. Über die Nazis, die Kindern in den Kopf schossen, nur um zu beweisen, dass sie keine Waschlappen voller Mitgefühl waren, sondern tatsächlich Übermenschen, wie Hitler behauptet hatte. Sie banden Familien mit Klaviersaiten zusammen, warfen sie in die Donau und erschossen nur Einzelne, damit der Rest ertrank. Sie vergasten sie. Warfen sie in Gräben und schütteten sie, noch während einige lebten, mit Kalk zu ...»

«Hör auf», flüsterte Lars.

«Du willst, dass *ich* aufhöre?», schreit sie und haut auf den Tisch.

Sheldon wacht auf. Er rasiert sich nicht und nimmt auch kein Bad. Stattdessen geht er als Erstes zur Tür, vor der die *Aftenposten* liegt. Er kann sie nicht lesen, aber er sucht nach etwas Bestimmtem und findet es auch.

Es ist das Bild eines Mietshauses, der Eingang mit Absperrband verklebt. Eine Gruppe Menschen steht davor. Die Frau ist also wirklich tot. Es ist, als würde das reale Erleben durch die Bestätigung der Welt noch einmal so real. Vielleicht ist dies aber auch nur eine Facette der Demenz, die Mabel ihm verbissen attestiert hat.

Du brauchst Beweise.

Schön. Beweise. Finde ich. Kann ich jetzt gehen?

«Ich habe nicht einmal einen Krankenwagen gerufen», sagt er laut. «Was für ein Untier bin ich bloß? Wie konnte ich das vergessen? Wäre sie noch am Leben, wenn ich gekämpft hätte? Wenn ich wenigstens um Hilfe gerufen hätte?»

Und dann ist da der Junge. Der gerade in die Toilette pinkelt. Der über den Rand zu zielen versucht, ohne eine Sauerei zu veranstalten. Der die Spülung betätigt und dann den Wasserhahn aufdreht. Der seine kleinen Hände unterm Wasserstrahl wäscht, wie seine Mutter es ihm beigebracht hat, und den Hahn dann zudreht, so fest er kann, und sich die Hände an einem frischen Handtuch abtrocknet, um dann aus dem Badezimmer zu kommen, während er sich den Gürtel zuschnallt.

Aus dem Artikel erfährt er, dass ihr Name Senka war, nicht Vera. Soweit er das beurteilen kann, wird der Junge nicht erwähnt. Wenn dem so ist, dann ist da jemand sehr vorsichtig hinsichtlich der Art, wie diese Geschichte erzählt wird.

Sheldon duscht, rasiert sich und zieht ihnen beiden frische Kleidung an, die von der Rezeption heraufgebracht wurde. Er schaut unters Bett, ins Badezimmer, in die Schubladen und in die Ritzen der Betten und der Sessel, um ganz sicher zu sein, dass nichts zurückbleibt, woran man sie identifizieren könnte. Seit 1955 hat er nicht mehr die Zeche geprellt, und das will geübt sein. Er möchte nichts falsch machen, wenn die Folgen so weitreichend sein könnten.

Als er die Vorbereitungen zur Flucht getroffen hat, setzt er sich auf die Bettkante und überlegt. Er denkt langsam und konzentriert nach.

Wenn die Polizei von der toten Frau wusste, dann wusste sie auch Bescheid über den Jungen. Und da Sheldon letzte Nacht nicht nach Hause kam, ist Rhea mittlerweile wahrscheinlich ausgetickt.

Sheldon fällt plötzlich ein, dass Rhea womöglich in der Wohnung auf die Leiche der Frau gestoßen ist. Dass sie denken könnte, man habe auch ihn umgebracht. Einen Tag nach ihrer Fehlgeburt.

«Dieses Leben hier? Ich soll dir sagen, was ich von diesem Leben halte?»

Er hält die Zeitung in Händen und schaut auf das Gebäude. Sie werden Jagd auf den Mörder machen, und wahrscheinlich auch auf den Jungen. Sie werden nach ihm suchen, aus irgendeinem Grund. Und wenn der Mörder hinter dem Jungen her ist, werden sie jedes Flugzeug, jeden Zug oder Bus überprüfen und die Stadt abriegeln.

«Es ist wie in der Navy», sagt er laut. «Man kontrolliert die strategischen Punkte wie Gibraltar, den Bosporus, Panama oder den Suezkanal. Hat man diese Punkte unter Kontrolle, wartet man einfach, bis der Feind zu einem kommt. Und genau das werden sie tun. Genau das würde auch ich tun. Die Norweger sind vielleicht nicht die Entschlussfreudigsten, aber es sind keine Idioten. Sie werden darauf warten, dass wir in die Falle gehen.»

Sheldon sieht zu Paul hinüber, der einen Zeichentrickfilm auf Norwegisch guckt.

«Ich weiß, was du denkst – ich sollte dich zurückbringen, dich abgeben. Aber was ist, wenn sie das Monster nicht verdächtigen? Was passiert, wenn sie dich in seine Obhut geben? Wenn sie mich für einen verrückten alten Mann halten, dessen Aussage keinen Pfifferling wert ist? Und sein Gesicht habe ich sowieso nie gesehen. Ich wette, Rhea hat denen schon erzählt, dass ich plemplem bin. Und was dann?

Ich werde dich nicht zurückbringen, bevor sie ihn nicht geschnappt haben. Okay? So, und wie kommen wir jetzt hier raus?»

Sheldon stellt sich die Stadt vor, so wie er sie kennt. Er

malt sie sich als Kristall mit einem wilden smaragdgrünen Wald in der Mitte aus, der von kleinen blauen Bächen durchzogen ist. Er stellt sich Flugzeuge, Züge, Taxis und Autos vor. Er denkt sich die Polizei und das Monster hinzu, die auf jeder Seite der Kristallstadt sitzen und hineinstarren. Und nach dem alten Mann und dem kleinen Jungen suchen.

«Der Fluss», sagt er schließlich und meint den Oslo-Fjord.

Sheldon lässt die Zeitung sinken, reibt sich das Gesicht.

«Ich möchte nicht auf dem Fluss fahren.»

Beim Frühstück nimmt Lars die Serviette vom Schoß und legt sie neben seinem Teller auf den Tisch. Er lehnt sich ein wenig zurück. Rhea lässt das Kinn in die Handflächen sinken. Lange Zeit sagen sie nichts.

«Was hätten wir heute getan?», fragt Rhea schließlich.

«Du meinst, wenn all dies nicht passiert wäre?»

«Erzähl mir eine Geschichte.»

Als sie klein war und bei ihren Großeltern in Manhattan lebte, träumte sie von Neuengland, so wie Sheldon es ihr beschrieben hatte. Die Hügel der Berkshires hoben und senkten sich wie Wellen, auf denen feuchte Herbstblätter schwammen. Ein riesiges Puppenhaus trieb auf dem Blättermeer. Drinnen schlitterten die Blaubeerpfannkuchen auf dem Frühstückstisch hin und her. Als die Pfannkuchen auf Sheldons Seite ankamen, nahm er einen Bissen und schob sie zu Rheas Ende hinüber, wo sie wiederum abbiss. Mabel saß zwischen ihnen und versuchte, frischgepressten Apfelmost in eine Karaffe zu füllen, ohne etwas zu verschütten.

Auch der Teddybär hinter ihr auf der Truhe wippte und rutschte hin und her, seine blaue Krawatte flatterte wie ein Schmetterling.

Beim Frühstück im Puppenhaus erzählten sie sich Geschichten.

Das Sommerhaus war jetzt ihr Puppenhaus; Hedmark, das waren ihre Berkshires. Und so entwickelt sich das Leben, und unsere Träume werden auf ganz andere Art wahr, als wir je vermutet hätten.

Lars liefert ihr die Bilder. Er erzählt ihr Geschichten in ihrem Puppenhaus. Im Sommer liegen sie im Gras und im Winter unter der Bettecke. Zusammen fliegen sie durch Welten, die zugleich wunderbar und traurig sind.

Heute Morgen – der Morgen des zweiten Tags – möchte er irgendwo anders sein.

Lars erzählt also. Er beschreibt einen schönen Tag in dem Buchladen mit der Terrasse bei der Aker Brygge, den Sommerschlussverkauf am Bogstadveien, ein Eis irgendwo an einer Ecke der Grünerløkka und Zimtschnecken in der Apent Bakeri gegenüber vom neuen Literaturhaus in der Nähe des Königlichen Palastes. Rhea folgt der umständlichen Route im Geiste und stellt sich vor, dass sie einen Kinderwagen schiebt.

In dem Kinderwagen liegt ihr Baby, es ist zwischen drei und vier Monate alt. Sie schaut hinein. Es ist ein Junge, er schläft. Er schaukelt hin und her, während der Wagen durch die Straßen der Stadt geschoben wird. Er wacht nicht auf, wenn die Räder von der Straße auf dem Bürgersteig holpern. Das ist Teil des Rhythmus dieser Stadt, und er kam hier zur Welt. Hier, so weit weg von ihrem Zuhause. Er ist von hier und wird doch nie hierhergehören.

Während sie Lars zuhört, bevölkert sie die Stadt mit bekannten und unbekannten Gesichtern. Sie passt den Kleidungsstil an die jeweilige Umgebung an. Sie muss daran denken, wie Sheldon die Stadt immer in Bezug zu New York gesetzt hat.

«Frogner ist der Central Park», sagte er dann. «Grünerløkka ist Brooklyn. Tøyen ist die Bronx. Gamlebyen ist Queens. Und diese Halbinsel – wie heißt die gleich?»

«Bygdøy.»

«Das ist Long Island.»

«Was ist mit Staten Island?»

«Was soll damit sein?»

Der Junge heißt Daniel. Sie kommen an einem Spielzeugladen vorbei, und sie blickt ins Schaufenster. Auf einmal sieht sie Sheldon im Laden stehen, ein blutiges Messer in der Hand.

«Komm, lass uns bezahlen und ins Sommerhaus fahren», sagt Rhea ganz plötzlich.

Draußen vor dem Fenster, in einem weißen Mercedes gegenüber vom Hotel, lässt Enver die Finger auf dem schwarzen Kunststoffbezug des Lenkrads zu einer Melodie tanzen, die außerhalb des Wagens niemand hört. Sein Zeigefinger ist vom permanenten Rauchen jugoslawischer Zigaretten ganz gelb. Er hört die CD eines Sängers mit dunkler, kratziger Stimme, der auf eine Zigeunergitarre eindrischt.

Der Motor ist abgeschaltet. Die Kühlerhaube knackt im Sonnenschein.

Die Frau, die er in dem Gebäude beobachtet, hat das Kinn auf die Hände gestützt, und der Mann hat sich auf dem Stuhl ausgestreckt. Über eine Stunde sitzen sie schon da an diesem heißen Morgen, während die Sonne in Envers wettergegerbtes Gesicht scheint. Die Sonne geht hier nicht nur spät unter, sie geht auch früh auf.

Er setzt eine Fliegerbrille mit Goldrand auf und atmet tief ein.

Bald wird sein Exil hier ein Ende haben. Nach dem Krieg – als der Kosovo noch serbisch war – ist er aus seinem Heimatland geflohen. Er wurde gesucht und verfolgt. Aber jetzt stehen die Dinge anders. Der Kosovo hat seine Unabhängigkeit erklärt. Er wurde von Staaten auf der ganzen Welt anerkannt. Und dort ist Enver kein gesuchter Kriegsverbrecher. Dorthin, in diesen neuen Staat, mit neuen Gesetzen, neuen Regeln und einem neuen Gedächtnis, wird er als stiller Held zurückkehren. Ja, der neue Staat hat sämtliche Insignien einer modernen Regierung. Natürlich wird es ein guter Staat sein. Er wird in Übereinstimmung mit allen internationalen Gesetzen und Vereinbarungen regiert werden. Er wird dankbar sein für die Unterstützung der freundlichen Nationen, die sein Existenzrecht anerkannt haben. Aber er wird auch gewieft sein und weise. Er wird sich zuerst an seine eigenen Leute erinnern. Er wird Enver und seine Kameraden beschützen. Wird sie in die Arme schließen. Wird lernen, seine Taten von damals auf die Art und Weise zu feiern, wie dies alle Staaten mit ihren Soldaten tun.

Bevor es so weit ist, muss aber in diesem nordischen Land noch etwas erledigt werden. Und vor allem muss er den Jungen finden.

Die Unabhängigkeit des Kosovo hätte eine Zeit allgemeinen Jubels sein sollen – mit Tanzen, Saufgelagen, Sex –, die Kompensation für ein Jahrzehnt des Kampfes in der UÇK gegen den serbischen Abschaum. Seine Waffenbrüder haben in allen möglichen gottverlassenen Ländern gelebt, im Verborgenen wie Ratten, die das Licht scheuen. Wenn man für ein Land kämpft, das keine eigene Regierung hat, gibt es niemanden, der Partei für einen ergreift. Aber jetzt ist der Kosovo frei. Und die Regierung weiß, wer dabei geholfen hat, ihn zu befreien. Und sie wird zu den heimkehrenden Söhnen gut sein.

Enver war im März 98 dort, als Adem Jasharis Haus zum zweiten Mal von der Polizei durchsucht wurde. Er rammte selbst ein Messer in den weichen Teil zwischen den Rippen eines bulligen Polizisten, der eine ärmellose Kampfweste trug, und starrte auf ihn hinab, als das Leben aus seinem Körper wich, sah zu, wie die letzte Gefühlsregung sich auf dem Gesicht seines Opfers abzeichnete.

Hass. Es ist immer Hass. Niemals Reue. Niemals das Bedauern, dass das Leben endet oder dass die Schönheit vergänglich ist.

Wenn er Traurigkeit sähe – die Traurigkeit wegen all dem, was noch ungetan, ungelebt, unerfühlt ist –, vielleicht könnte er dann etwas Neues erblicken in diesem Sommer im Asyl. Doch es geschieht nie. Du schlitzt einen Menschen auf, und alles, was herauskommt, ist der Hass, der in ihm wohnt. Er tropft vom Messer herab und rechtfertigt den Mord.

Er wischt sich mit einem weißen Taschentuch über die Stirn. Sie haben mir nichts davon gesagt, dass es hier so heiß sein würde, denkt er.

Während des Kriegs versuchten die Serben, ihn, seine Familie, seinen Clan, seine albanischen Landsleute aus dem Land zu vertreiben – der Westen nannte es «ethnische Säuberung». Doch als die NATO anfing, Bomben abzuwerfen, und die KFOR-Soldaten einmarschierten, wendete sich das Blatt. Enver und seine Männer lernten rasch. Sie übten nicht beliebig Rache. Sie hatten es auf die Familienmitglieder jener Männer abgesehen, die ihnen das angetan hatten. Als der Krieg dann beendet war, blieb noch manche Rechnung offen.

Der Tag, der ihn nach Oslo brachte, hatte in Gracko begonnen. Die serbischen Jungen und Männer arbeiteten auf den Feldern. Es herrschte eine brütende Hitze. Enver lag an einem giftiggrauen Bach; das Gewehr auf die Faust gestützt, blickte er durch die Kimme an dem langen Lauf entlang. Die Fliegen auf seinen Haaren und seinem Gesicht kitzelten ihn. Es war schwierig, den Bauern durch das eingekerbte Blechteil im Visier zu behalten.

Seine anderen Männer, insgesamt zwölf, waren im Wald am Feldrand. Enver hatte das Ziel ausgesucht. Es war seine Mission. Das Töten würde beginnen, sobald er abgedrückt hatte.

Und das tat er auch. Doch der Bauer fiel nicht zu Boden. Stattdessen drehte sich der Mann nach links um und suchte nach dem Ursprung der kleinen Explosion. Vielleicht der Vergaser eines Autos? Eine Hacke, die auf einen im Boden eingegrabenen Ziegel gestoßen war? Alles, nur nicht das, was es tatsächlich war. Denn der Krieg war doch vorbei, oder?

Dann fiel der Bauer hin, ein anderer Schuss hatte ihn erwischt – ihn unvermutet getötet in einem Augenblick der Verwirrung. Vielleicht galt sein letzter Gedanke dem Frieden, in dem er lebte, und der Sicherheit seiner Familie. Das hoffte Enver zumindest. Denn im Leben nach dem Tod würde er sich für diese letzten Momente schämen. Und vielleicht wäre dies das erste Mal, dass er Scham empfand. Vielleicht würde er dank dieses Gefühls begreifen, was er und sein Volk anderen in diesem Leben angetan hatten.

Enver war ein schlechter Schütze. Seine Opfer starben, eines ums andere, durch die Hände anderer Männer seines

Teams, was ihn zunehmend wütend machte. Er schien unfähig, richtig zu zielen. Seine Landsleute würden irgendwann anfangen, sich darüber zu beklagen, dass er seine Pflichten nicht erfüllte, dass er nichts zur Ehre des Volkes beitrug. Sie würden heimlich seine Männlichkeit in Zweifel ziehen – über sein Unvermögen spotten, im Namen seines Volkes Rache zu nehmen an diesen Räubern.

Wegen der Fliegen. Weil ihn die verdammten Fliegen abgelenkt hatten.

Als er keine Kugeln mehr hatte, ließ er das Gewehr fallen und rannte auf das Feld hinaus, um irgendjemanden mit bloßen Händen zu töten.

Es war trocken. Seine Füße schlugen auf dem rissigen Boden auf, im Takt zu seinem pochenden Herzen. Ein Junge, vielleicht vierzehn, stand wie ein erstarrtes Reh da und klammerte sich an einen Rechen, als Enver auf ihn losging. Der Junge war vor Schreck wie gelähmt. Er pinkelte in sein linkes Hosenbein wie ein kleines Kind. Doch bevor Enver bei ihm war und ihm die Kehle aufschlitzen konnte, schlug dem Jungen eine Kugel in den Hals, Blut spritzte auf das goldene Feld.

Der Junge stürzte zu Boden, er rief nach seiner Mutter, als Enver sich den Rechen schnappte und auf das Bauernhaus zurannte.

Sie hatten kein Recht, sich zu beklagen, diese Serben, schließlich hatten sie ihm dasselbe in Vushtrri angetan. Sie waren für das, was hier geschah, selbst verantwortlich. Wut entsteht nicht aus sich selbst heraus. Sie ist das Produkt des Verhaltens anderer. Wir alle müssen uns darauf gefasst machen zu ernten, was wir säen. Diese Bauern – diese Mörder – waren Vollidioten, dass sie es nicht getan hatten. Und jetzt, in seinem unendlichen Ratschluss, berief Gott sie zu sich.

Vushtrri. Auch Envers Familie hatte sich auf dem eigenen Land abgerackert. Es war ein Tag wie jeder andere gewesen, ein Tag wie dieser hier. Das tägliche Leben bestand aus lauter Details: ein bisschen Durst, eine Blase an der Hand, ein mit halbem Ohr gehörter schlechter Witz, eine störrische Wurzel, die sich nicht aus dem Boden lösen ließ. Die Serben kamen in Uniform, sie gingen langsam. Sie hatten keine Eile. Sie waren in dienstlicher Mission hier. Um sie auszumerzen. Um sie wie Ratten aus dem Garten Eden zu vertreiben.

Envers Familie war umstellt.

Sie vergewaltigten seine Schwester. Sie schnitten ihr die Ohren ab. Sie stachen ihr ein Auge aus. So würde sie weiterleben müssen. Enver war nur ein Junge. Er hatte sich im Schrank versteckt und mit anhören müssen, wie draußen seine Schwester schrie, selbst zu verängstigt, um einzugreifen. Als er in die Küche spähte, um zu sehen, was passiert war, hörte er jemanden lachen. Bis zum heutigen Tag ist er sicher, dass es der Teufel war.

Und hier waren sie nun, die Mörder, Jahre später. Die Folterknechte. Die Familien dieser Leute hatten Wasser aus Feldflaschen getrunken, und ihre Frauen brachten ihnen mittags kaltes Bier, um die Hitze zu lindern. Diese Mörder. Diese Parasiten. Die so taten, als würden auch sie menschliche Gefühle kennen. Doch sie waren leer. Seelenlos. Ohne einen Glauben oder ein Gewissen.

Enver ließ den verwundeten Jungen liegen und begann zu rennen, hinein ins Bauernhaus. Der Wasserhahn war noch aufgedreht. Draußen hörte er das Poff-poff-poff kleinkalibriger Gewehre und ein paar gedämpfte Schreie. Aber hier drinnen war es unglaublich ruhig.

Sie verstecken sich.

Selbst ein leeres Haus macht ein Geräusch. Man kann es atmen hören. Aber dieses hier hielt den Atem an.

Er legte den Rechen hin und nahm ein breites Messer von der Anrichte. Er versuchte, seinen Herzschlag zu kontrollieren.

«Kommt raus. Stellt euch eurem Schicksal», rief er.

Er ging ins Wohnzimmer. Der Fernseher lief, ein Film aus dem Westen, auf Serbisch synchronisiert. Ein schwarzer Amerikaner mit einem Gewehr rannte eine Straße entlang, er verfolgte einen Dieb. Die Stadt war New York. Der Dieb hielt eine grellrote Handtasche an sich gepresst und sprintete zwischen einer Reihe Autos hindurch.

«Kommt raus!», brüllte Enver. Und vielleicht war seine Stimme tatsächlich furchterregend, denn aus dem Schrank drang ein erstickter Schrei.

Wenn da ein Gewehr ist und mich eine Kugel töten sollte, nun gut. Zumindest bin ich dann gestorben, als ich meine Toten ehrte.

In Erwartung seines letzten Atemzugs öffnete er die Schranktür und blickte ins Dunkel.

Draußen ging das Töten gnadenlos weiter. Seine Leute schlossen ihren eisernen Zirkel um den Hof, wie andere es bei seinem eigenen Dorf getan hatten. Heckenschützen waren an drei verschiedenen Ecken postiert und stellten sicher, dass niemand aus dem immer kleiner werdenden Radius entkam.

Es dauerte, bis seine Augen sich an das matte Grau und die vereinzelten goldenen Tupfer im Schrank gewöhnten. Doch als sie es dann taten, war es, als hätte Gott selbst sie ihm dort hingelegt.

Eine Frau Anfang zwanzig mit einem geblümten Rock und ohne Schuhe. Und neben ihr, an den Hals ihrer Schwester geschmiegt, ein weiches kleines Mädchen. Vielleicht zwölf Jahre alt.

Es war eindeutig ein Geschenk. Eine Gelegenheit zur Rache, aber auch zur Demonstration seiner moralischen Überlegenheit, all dies in ein und derselben schlichten Geste. In dieser Gabe lag etwas ungemein Reines, seine kosmische Ausgewogenheit brachte ihn beinahe zum Weinen.

Er wandte sich an die Ältere.

«Raus da! Runter auf alle viere, und mach dich für mich fertig. Sonst schlitze ich ihr die Kehle auf und nehm dich dann trotzdem.»

Er erinnert sich an das Gefühl, wie er ihre Hüften mit den Händen hielt, das Auf und Ab des geblümten Rocks auf ihrem Rücken, die Geräusche der Furcht, des Schmerzes und der Lust. Und als der Augenblick kam, sah er zum Himmel und schrie – wobei er nicht ganz sicher war, ob das ein Sakrileg bedeutete –, Gott sei wahrhaftig groß.

Es war vorbei. Und doch gehen diese Augenblicke nicht einfach zu Ende. Sie verstreichen nicht unbemerkt und werden abgetrieben ins Hinterland des Gedächtnisses, wo sie – wie so vieles – von der Gegenwart und Versprechungen einer erträumten Zukunft ausgelöscht werden. Manchmal überleben sie. Und wachsen. Und die Vergangenheit reift, bis sie sich der Welt bemächtigt und eine neue Wirklichkeit hervorbringt, die uns beherrscht und bezwingt, uns dazu nötigt, uns mit uns selbst und allem, was wir getan haben, auseinanderzusetzen. Als Enver nämlich erfuhr, dass das Mädchen, Senka, schwanger geworden und in die nordischen Länder geflohen war, um sich dort aus Scham zu verstecken, war er unvorbereitet auf die Gefühle, die ihn überkamen, und auf das helle Licht, das plötzlich auf alles herabschien, ohne

Schatten zu werfen, in denen man sich vor dieser neuen, von ihm selbst erschaffenen Welt hätte verstecken können.

Nun war Enver Vater.

Er öffnet die Augen und stellt fest, dass er eingedöst ist wie ein alter Mann. Erneut sucht er vergeblich nach einer Zigarette, die er sich zwischen die Finger oder in den Mundwinkel klemmen kann, dort, wo sie hingehört. Er wischt sich das Gesicht mit einem Papiertaschentuch ab, von dem Fetzchen an seiner Schläfe und der Sonnenbrille hängen bleiben.

Die beiden im Hotel unterschreiben irgendetwas und sind im Begriff zu gehen. Verwirrt schüttelt Enver den Kopf. In dem Haus, in dem Senka und er gestern ihre Auseinandersetzung hatten, standen zwei Namen auf dem Briefkasten, sie leben also zusammen. Wenn sie so lange zusammen sind, dass sie schon einen Briefkasten teilen – vielleicht sogar verheiratet –, wie kann es sein, dass sie sich noch so viel zu erzählen haben? Hat dieser Mann keine Freunde, denen er sich anvertrauen kann, anstatt seine Zeit mit diesem Mädchen zu verbringen?

Stundenlang?

Was für ein seltsamer Ort, dieses Norwegen. Was für seltsame Leute.

Die CD ist zu Ende, und er schaltet das Radio ein. Er schaut auf sein Handy, keine neuen SMS. Im Radio läuft jetzt amerikanischer Rock 'n' Roll aus den 1950ern, und er lässt die Musik an. Er fummelt am Rückspiegel und fragt sich, ob er heute wohl noch mal Zeit haben wird, etwas zu essen. Das Frühstück hat er ausgelassen, und jetzt, wo er diese beiden beschatten muss, um den alten Mann, den Kadri in der kleinen Gasse gesehen hat, zu finden, fürchtet er, keine Gelegenheit mehr zu bekommen, es nachzuholen.

Vielleicht ein Eis. Das wäre köstlich. Erdbeere. Oder Minze. Sie haben gute Minze hier. Eins im Hörnchen. Oder im Becher.

Nein, im Hörnchen.

Sein Blick fällt auf einen 7-Eleven. Die haben Eis. Kein besonders gutes Eis allerdings. Vielleicht lieber doch nicht. Aber sie haben *Lollipop*, das ist eiskalt und fruchtig. Das wäre jetzt genau das Richtige. Wenn nicht viele Leute an der Kasse standen, würde er in ... schätzungsweise vier Minuten wieder hier sein.

Aber selbst das wäre zu lang. Da kann man nichts machen, sie kommen gerade aus dem Hotel, zwei seltsame hartschalige Koffer im Schlepptau. Sie haben Lederjacken an und tragen Helme. Dann biegen sie um die Ecke, Enver kann sie noch sehen, und besteigen eine riesige Off-Road-Maschine, was Enver sofort beunruhigt. Es ist sehr schwer, Leute auf Motorrädern zu beschatten. Selbst wenn sie nicht wissen, dass sie verfolgt werden, winden sie sich durch den Verkehr, fahren an der Ampel vor und biegen urplötzlich in Straßen ab, die im Wald verschwinden.

Der Norweger nimmt sein Handy aus der Jacke, telefoniert kurz und steckt es wieder ein.

Sein weißer Mercedes fällt bestimmt auf. Niemand fährt hier einen weißen Mercedes. Seine Freunde haben ihm den besorgt. Wie dämlich. Wenn du Fremde einspannst, kommen sie unweigerlich mit ihren eigenen Ideen an.

Die korrekte Antwort auf dieses Problem wäre ein Audi A 6 Kombi in Silber gewesen, das am wenigsten verdächtige Auto in Oslo. Herdenweise tuckern sie durch die Stadt. Er hätte in einem von ihnen sitzen können. Tut er aber nicht. Er sitzt in einem weißen Gangster-Mercedes, ohne Klimaanlage und mit nur einer CD, und verfolgt ein BMW-Motorrad, das sich jetzt in den Verkehr einreiht und nach Osten fährt.

Er startet die CD von neuem. Unwillkürlich muss Enver lächeln.

Zumindest hat die Jagd begonnen.

7. KAPITEL

DIE BMW GS 1200 braust dahin, und der Boxster-Motor dröhnt sanft. Rhea blickt über Lars' rechte Schulter, während das Motorrad entspannt mit fünfundsechzig Kilometern pro Stunde an der neuen Oper vorbeizieht, die weiß und eckig vor der Kulisse des blauen Fjords schimmert, und Oslos Stadtzentrum hinter sich lässt.

Sie öffnet die Reißverschlüsse ihrer Lederjacke ein wenig, um mehr vom warmen Fahrtwind reinzulassen.

Flussratten vom 59. Breitengrad.

Das war nicht einfach nur so dahingeschrieben. Es konnte nur eins bedeuten – nämlich dass Sheldon am Glomma-Fluss nach Norden und Osten in Richtung Hinterland unterwegs war, dort, wo das Sommerhaus lag und darin zwei Gewehre, von deren Existenz er erst gestern erfahren hatte.

Noch im Continental hatte Lars die Sache auf den Punkt gebracht.

«Wenn wir uns getäuscht haben, sind wir in vier, fünf Stunden zurück und können weiter nach ihm suchen, obwohl ich nicht sicher bin, was das für einen Nutzen haben könnte, wahrscheinlich sollten wir dort oben bleiben, weil wir ohnehin nicht nach Hause können. Wenn wir allerdings recht haben, sind wir vor ihm da, ich kann die Gewehre besser sichern, und wir können auf ihn warten. Je nachdem, was wir für besser halten, können wir ihn dabehalten, ins Krankenhaus bringen oder vielleicht sogar zur Polizei.»

Rhea knetete an ihren Motorradhandschuhen herum.

«Die Gewehre sind gar nicht gesichert?»

«Doch, schon, aber er kommt da ran.»

«Woher weißt du das?»

«Er war Uhrmacher», sagte Lars achselzuckend. «Bestimmt weiß er, wie man ein Schloss knackt. Meinst du nicht?»

«Das ist ja nicht sehr ermutigend.»

«War er wirklich Scharfschütze in Korea?», fragte Lars, nachdem sie kurz geschwiegen hatten.

Rhea schüttelte den Kopf. «Ich glaube nicht. Meine Großmutter sagte mir, er hätte angefangen, das zu erzählen, nachdem mein Vater umgekommen war. Sie war der Meinung, dass es sich um eine Art Phantasievorstellung handelt.»

«Wollte er Rache?»

«Nein. Er gab sich immer selbst die Schuld. Da war niemand, an dem er sich hätte rächen können.»

Dann waren sie aufs Motorrad gestiegen und losgefahren.

Es dauerte mehr als zwei Stunden, um nach Kongsvinger und die kleine Stadt dahinter zu gelangen, draußen in den Wäldern an der schwedischen Grenze, weit außerhalb von Sheldons Horizont.

«Alles fing an, als du zu uns gezogen bist», hatte Rheas Großmutter gesagt. «Da war bei ihm zum ersten Mal eine Schraube locker. Dann kam eine weitere hinzu, und schließlich waren sämtliche Schrauben locker. Aber er hat sich wacker gehalten.» Mabel behauptete nie, Rhea sei schuld daran, dass es schlimmer wurde. Aber sie sagte, es habe etwa um diese Zeit begonnen.

Sie war erst zwei, damals im Juli 1976 während der Zweihundertjahrfeier, als Amerika sich selbst bejubelte. Das kleine Mädchen mit den großen, erschrockenen Augen hatte nur ein einohriges Häschen bei sich, als es den Großeltern übergeben wurde. Sie waren beinahe wie Fremde.

Ihre Mutter? Weg. Eines Tages kam sie einfach nicht zurück. Saul war seit über einem Jahr tot. Sie trank, schrie ständig herum, und dann verschwand sie, als die Leute draußen anfingen, die Flaggen zu hissen. Es war einfach mehr, als sie ertragen konnte.

Sheldon und Mabel hatten beide versucht, sie während der Schwangerschaft zu unterstützen. Ihre eigenen Eltern hatten sie nicht gewollt, und sie brauchte ganz klar Hilfe. Bedauerlicherweise – für sie selbst, für das Kind, für alle – ließ sie niemanden an sich heran. Sie kannten sie nicht gut genug, um zu wissen, weshalb. In ihr war eine Wut, die bereits vor Saul und ihrer misslichen Lage da gewesen war, daran hatten sie keinen Zweifel. Warum er sie anziehend fand, konnten sie nie begreifen. Gut, ganz unattraktiv war sie nicht, aber wie Mabel spekulierte, wollte Saul in erster Hinsicht verschwinden, und die einzige Möglichkeit, dies zu tun, ohne allein zu sein, bestand darin, eine Frau zu finden, die unfähig war, ihn zu verstehen.

Doch letztlich spielte das alles keine Rolle. Das Einzige, was zählte, war das Kind.

Rhea fragte ihren Großvater, wo ihre Mutter hingegangen sei. Da war sie schon etwas älter. Fünf. Sie waren im Laden, und sie hatte einen Messingsextanten in der Hand, den sie in einer violetten Kiste gefunden hatte. Sheldon hatte gerade intensiv an etwas Kleinem, Kompliziertem gearbeitet.

Als sie die Frage stellte, war er eine Sekunde lang abgelenkt gewesen.

Er legte das, was er gerade in Händen hielt, weg und sagte: «Deine Mutter. Deine Mutter, deine Mutter, deine Mutter ... bekam eines Tages Flügel und wurde zur Prinzessin des Drachenvolkes.»

Da er ja nun geantwortet hatte, setzte er die Lupe wieder auf und begann weiterzuarbeiten.

Rhea zupfte an seiner Lederschürze.

«Was?»

«Können wir sie suchen gehen?»

«Nein.»

«Warum nicht?»

«Bist du nicht gerne bei uns?»

Rhea wusste nicht, was sie darauf antworten sollte. Sie war nicht sicher, ob es mit ihrer Frage zu tun hatte oder nicht.

Sheldon sah zerknirscht ein, dass Rhea nicht lockerlassen würde.

«Hast du Flügel?», fragte er.

Rhea runzelte die Stirn und versuchte, über ihre Schulter zu gucken, schaffte es aber nicht.

«Dreh dich um.»

Rhea drehte sich um. Sheldon hob ihr Kleid an und legte ihre rote Unterhose und ihren bleichen Rücken bloß, dann ließ er es wieder sinken.

«Keine Flügel. Dann wird das wohl nichts. Tut mir leid. Vielleicht irgendwann mal.»

«Wachsen mir eines Tages Flügel?»

«Schau, ich weiß es nicht. Ich weiß nicht, weshalb manche Menschen plötzlich auf und davon sind. Aber es geschieht. Eines Tages wachsen einigen von ihnen Flügel, und weg sind sie.» Als er sah, was sie für ein Gesicht machte, fügte er hinzu: «Mach dir keine Sorgen. Mir wachsen keine Flügel. Ich bin ein flugunfähiger Vogel.»

Ihre ersten Erinnerungen stammten aus der Zeit, als sie fünf war. 1976, als sie einzog, lag zu weit zurück. Damals war sie zu jung. Sie konnte sich nicht an die Flaggen erinnern. An die Banner überall. Die Bands, die auf der Straße spielten. Die Reden der Politiker. Die neugeprägten Münzen und Spielzeugtrommeln. Es war zwei Jahre nach der Beinahe-Amtsenthebung eines Präsidenten, kurz nach dem Scheitern eines fünfundzwanzigjährigen Kriegs, inmitten von Auseinandersetzungen um die Bürgerrechte, angesichts der Konfrontation mit einer erstarkten Sowjetunion, einer im Schwinden begriffenen Wirtschaft, einer Ölkrise, einer orientierungslosen intellektuellen Klasse und eines Films über einen menschenfressenden Riesenhai. Amerika feierte sein Bestehen, während dieses kleine Mädchen an der Schwelle zu einem neuen Leben stand, auf einen neuen Kurs gebracht wurde und für immer im Schatten der Toten und Verschwundenen leben sollte.

Im Schein des Feuerwerks und unter einer Kampfjetformation wurde Rhea, die schon längst hätte im Bett sein sollen, auf dem Parkplatz einer *Sears*-Filiale von Mitarbeitern des Sozialamts ihren Großeltern übergeben – Daumen im Mund, Häschen im Schlepptau. Sie war schon zwei Tage allein gewesen, als die Nachbarn feststellten, dass das heulende Kind von niemandem getröstet wurde, und zum Telefon griffen.

Mabel packte sie auf den Rücksitz des geborgten Chevy-Kombis und ließ mit einem Klicken die Schnalle des breiten Gurts einrasten. Rhea blickte zu den Explosionen am Himmel hinauf, zu den erst grünen, dann roten, dann orange Wolken.

Doch daran konnte sie sich überhaupt nicht erinnern. Mabel hatte es ihr erzählt. Genau wie sie ihr von Sheldons Aussetzern und seiner Zeit als Scharfschütze in Korea erzählt hatte.

«Ich erinnere mich an unser Gespräch. Wir brachten dich nach Hause, steckten dich in ein paar von Sauls alten Babysachen, weil das alles war, was wir hatten, und dein Großvater sagte: ‹So. Wir haben das Erste umgebracht, aber Gott gibt uns jetzt eine zweite Chance, alles richtig zu machen. Ich frage mich, ob wir wohl einen Preis bekommen, wenn dieses hier es bis zum Erwachsenenalter schafft.› Wie entsetzlich, so etwas zu sagen! Es auch nur zu denken. Nur ein Verrückter konnte einen derartigen Satz aussprechen. Kurze Zeit später begann er, sich Geschichten über den Krieg auszudenken. Demenz war die einzige Erklärung, die ich mir vorstellen konnte.»

Rhea sitzt hinten auf dem Motorrad und macht sich Gedanken. Sie fragt sich, ab welchem Moment Extravaganz in Exzentrik umschlägt. Wann Genie in Wahnsinn mündet. Wann Vernunft – wem eigentlich? – Platz macht. Irrsinn ist lediglich das Fehlen von Sinn. Es ist kein Modus an sich. Es ist alles, nur nicht sinnvoll. Und mehr wissen wir nicht darüber. Wir haben nicht einmal ein richtiges Wort dafür.

Sie weiß, was Sheldon sagen würde, und muss unwillkürlich lächeln. «Geistige Gesundheit? Möchtest du wirklich wissen, was das ist? Es ist die zähflüssige Ablenkungssuppe, in die wir eintauchen, um uns darüber hinwegzutäuschen, dass wir eines Tages den Löffel abgeben müssen. Jede Meinung, jeder Geschmack, jede Bestellung von süßem statt von scharfem Senf ist nur ein Mittel, dich davon abzuhalten, daran zu denken. Unsere Fähigkeit, uns abzulenken, bezeichnen sie als ‹geistige Gesundheit›. Und wenn du dann am Ende angelangt bist und nicht mehr weißt, ob du eigentlich lieber süßen oder scharfen Senf magst, heißt es, du wirst verrückt. Aber darum geht es gar nicht. Was da tatsächlich passiert, ist Folgendes. In diesen raren Augenblicken geistiger Klarheit, wenn dein Hirn zwischen süß und scharf hin- und herwandert wie bei einem Tennismatch im Schnellvorlauf, und du auf einmal merkst, dass du ganz konzentriert bist. Und da geschieht es: Du blickst direkt übers Netz auf all die anderen Leute, die versuchen, sich zwischen süßem und scharfem Senf zu entscheiden und ... da! Auf dem Sitz direkt am Centrecourt: der Tod! Er war schon die ganze Zeit über da! Senf links, Senf rechts, überall Zerstreuung und der Tod direkt vor dir! Das haut dich um wie ein schwappender Kübel voll Zwiebelsuppe.»

Das Gelände wird wilder. Die Bäume haben immer dickere Stämme, während der nach Kiefern, Ahorn und Birken duftende Wind das blaue Wasser des Fjords vergessen lässt, der im Hintergrund allmählich verschwindet. Lars lenkt die Maschine auf eine Nebenstraße, um den großen Sattelschleppern und ängstlichen Fahrern aus der Stadt zu entgehen. Sie klettern über Hügelketten und lehnen sich in die gewundenen Täler. Die 1200-Kubikzentimeter-Maschine beschleunigt und donnert mit der Wucht eines Kaltblüters davon.

Es ist etwas Schreckliches, das ihnen da passiert ist, denkt Lars und schaltet in den vierten Gang. Sheldon wird vermisst, und eine Frau wurde in ihrer Wohnung ermordet. Doch Lars glaubt daran, dass der Mörder gefunden wird, dass Sheldon gefunden wird und dass keine echte Gefahr besteht. Sigrid Ødergård hatte es erklärt. Das waren häusliche Streitigkeiten, die in Gewalt ausarteten und in eine Katastrophe mündeten. Und so entsetzlich es auch war, Rhea musste begreifen, dass es kein willkürlicher Akt der Grausamkeit gewesen ist und sie zu keinem Zeitpunkt in Gefahr geschwebt hatten. Man muss bei so was nicht gleich an Krieg, Völkermord oder die ganze historische Last denken, die sie beinahe zärtlich mit sich herumträgt, dass er sich manchmal fragt, ob sie ... in einem anderen Leben ... selbst dabei war. Sie hat eine unglaubliche Fähigkeit, diese Welten zu beschreiben.

Die Art, auf die Juden Geschichte bezeugten, fand Lars schon immer irgendwie beunruhigend. Sie redeten so, als wären sie live dabei gewesen. Seit Ägypten. Seit Anbeginn der westlichen Zivilisation, als die Morgendämmerung von Jerusalem und Athen aus den Westen erleuchtete, Rom einhüllte und alles, was von dem Imperium übrig bleiben sollte. Sie haben die westlichen Stämme und Reiche erstarken und untergehen sehen – von den Babyloniern über die Gallier bis zu den spanischen Mauren, den Habsburgern und Osmanen – und blieben als Einzige übrig. Sie haben alles miterlebt. Und wir anderen, wir warten auf ein Urteil, das nach wie vor erst über uns kommen wird.

Die Straße verengt sich wieder, und Lars schaltet runter in den zweiten Gang, bringt die Drehzahl auf viertausend und hält die Maschine selbst auf dem Sand am Rand der Straße ruhig, mühelos und leicht zurückgelehnt.

Ja, die Fehlgeburt, das war scheußlich. Aber niemand hat Schuld daran. Rhea war gesund, ernährte sich gut, rührte keinen Tropfen Wein an und hielt sich von Thunfisch und Blauschimmelkäse fern. Es hat einfach nicht sollen sein. Und sie hat es wesentlich besser verkraftet, als er gedacht hätte. Andererseits gab es da gewisse Momente der Verstörtheit. Vielleicht kennt er sie doch nicht so gut, wie er dachte.

Doch ist es falsch, den Augenblick zu genießen? Ihre warmen, in Leder gehüllten Schenkel zu spüren, die sich an ihn drängen? Sie sind nicht mehr zusammen mit der Maschine raus, seit sie erfahren haben, dass ein Baby unterwegs ist. Es hatte ihn seine gesamte Überredungskraft gekostet, selbst wieder fahren zu dürfen. Nein, nicht bei Nacht. Niemals nach einem Bier. Ich versuche, nicht bei Regen zu fahren. Ich werde die Lkw-Fahrer nicht anbrüllen und dazu ermutigen, mich zu zermalmen.

Ich werde mich nicht einmal von Schweden provozieren lassen.

Trotzdem ist es ein schönes Gefühl, sie jetzt hierzuhaben. Trotz allem. Inmitten des unerwarteten Chaos. Und darum geht es doch schließlich bei einer guten Ehe, oder? Ist das nicht überhaupt der Sinn des Lebens?

Jetzt ist da nur noch Wald. Die Straße hier sollte gar nicht existieren. Um die Jahrhundertwende war es ein Feldweg, er führte durch ein breites Flusstal und in eine Wildnis, die von den nördlichsten Wanderern der menschlichen Rasse bewohnt wurde. Erst nach dem Krieg wurde er asphaltiert. Von hier aus erstreckt sich Norwegen endlos in Richtung Norden. Hier oben, außerhalb der Stadt, fängt das wahre Skandinavien an. Die Finnen kamen durch diese Schneise herunter, und einige von ihnen ließen sich nieder. Auch aus Schweden kommen neue Bewohner rüber. Die nordischen Stämme marschieren wie Nomaden aneinander vorbei, die Weite der nördlichsten Außenposten liegt offen vor ihnen in ihrer Weite und Wildheit.

Lars fährt jetzt noch langsamer und biegt auf den kleinen Trampelpfad ab, auf dem er sich im Winter mit Langlaufskiern bewegt. Den Wagen stellt er dann am Straßenrand ab, ein Batterieladegerät und einen Benzinkanister im Kofferraum, alles unverschlossen für den Fall, dass eine arme Seele, einschließlich seiner selbst, eine Zuflucht braucht. In seinen Albträumen sind seine Finger taubgefroren, dass er es nicht bis ins Auto schafft, um die Heizdecke anzuwerfen.

Knirschend rollt die Maschine über den Kies und dann die gewundene kleine Zufahrt hoch, die gleich darauf in eine weite, sanft ansteigende Wiese übergeht, auf deren Scheitel sich deutlich und klar das rechteckige rote Haus vor dem blauen Himmel abzeichnet.

Lars gibt ein wenig Gas, um übers Gras zu kommen, und spürt, dass sie beide dasselbe denken. Dann spricht sie es aus, und er hört sie gedämpft durch die Karbonfasern seines Helms.

«Er ist nicht hier.»

Sie können es nicht wissen, aber es muss so sein. Er hält auf der linken Seite des Hauses neben einigen hohen Gräsern und dem Wassersammelbecken an und schaltet den Motor aus.

Das Gebläse schnurrt und kommt dann zum Stillstand.

Lars hat den Helm abgesetzt, geht auf die Eingangstür zu und drückt probehalber die Klinke herunter. Es ist abgeschlossen. Er presst sein Gesicht an die Scheibe und blickt in die rustikale Stube und die aufgeräumte Küche. Alles ist an seinem Platz. Die Kaffeemühle steht dort, wo er sie abgestellt hat. Die Propangasflasche ist noch immer nicht mit dem Kochfeld verbunden. Das Schneidebrett ist unbenutzt. Die vier Stühle um den kleinen Holztisch sind alle unter die

Platte geschoben, im Wartestand. Selbst das Transistorradio mit der Kurbel steht oben auf dem Schrank.

Auf dem Weg zurück zum Motorrad sieht er, dass der Wasserstand im Sammelbecken niedrig ist. Es hat seit einiger Zeit nicht mehr geregnet. Das Grün des Grases um die Stallungen ist in der Sonnenglut zu Senfgelb verblichen. Lars geht ums Haus herum, vorbei an den Äxten, Hacken und Rechen, legt die Hand wieder auf die Scheibe und schaut hinein. Noch immer nichts: Bücher und Zeitschriften, Puzzles und Brettspiele, Öllampen und Decken, ein Armvoll trockenes Holz zum Anheizen. Die blau-weißen Teller und Tassen auf dem Bord an der Nordwand und die Kissen auf der Fensterbank – alles unberührt.

Nur wenig hat sich im Lauf des letzten Jahrhunderts in dem Holzhaus verändert, abgesehen von dem Reservegenerator und einigen Geräten, die zur Kommunikation dienen. Genau so mögen sein Vater und er diese Hütte. Während Rhea, ganz auf New York geeicht, die Gemütlichkeit geradezu kitschig fand, hat sie inzwischen die Stille hier lieben und die Geräusche verstehen gelernt. Mittlerweile sieht sie die Hütte nicht mehr nur als ein sentimentales Relikt, sondern als Zufluchtsort in einem immer aufdringlicher werdenden Universum.

Sie könnten die Nacht hier verbringen. Es ist bereits nach vier, und die Sonne steht hoch am Himmel. Möglicherweise ist Sheldon unterwegs hierher. Das würde sogar einen Sinn ergeben. Von Oslo aus kann man mit dem Zug und dem Bus nach Glåmlia fahren; findig wie er war, würde er vermutlich dort, wo die Straße endet und der Feldweg beginnt, per Anhalter weiterzufahren versuchen. Er kennt die Adresse nicht, aber er weiß, dass es das rote Haus am Ende der Stallungen ist. Es gibt nur das eine. Und jeder weiß, wem es gehört. Hierherzugelangen wäre kein Problem.

Es sei denn, sie hat recht. Es sei denn, er verliert die Orientierung und landet in Trondheim oder sonst wo. Oder wird von der Polizei aufgegriffen. Oder es ist ihm bereits etwas zugestoßen.

Lars kommt wieder ums Haus herum und sieht, dass Rhea etliche Meter vom Motorrad entfernt steht und über die Wiesen in den Wald starrt. Sie hat noch immer ihre Montur an und den Helm unter den Arm geklemmt. Das schwarze Haar hängt lang herab, und sie verharrt reglos wie eine Statue.

Als Lars hinter sie tritt, sieht er, wie Rhea stumm die Hand von ihrem Bein nimmt und sie spreizt, um ihn zum Schweigen zu ermahnen.

Dann hebt sie just diese Hand, deutet auf den Wald und dreht sich um. Ihre Stimme ist ganz leise.

«Ich glaube, da ist jemand.»

« E R S T einmal schauen wir zu», sagt Sheldon ruhig. «Wir beobachten, was sie so tun. Wie sie sich bewegen. Was sie anhaben. Wir imitieren ihr Verhalten, damit wir uns anpassen und zu einem von ihnen werden können. Auf die Art verschmelzen wir mit ihrer Kultur und werden zu Einheimischen. Erst dann», sagt er zu Paul und setzt das Fernglas an die Augen, «machen wir den ersten Schritt.»

Sheldon und Paul hocken an der Ecke der Akershus-Festung am Fjord neben einer kopfsteingepflasterten Straße im Gras und schauen zu, wie einige außergewöhnlich fette Leute aus einem *Carnival*-Kreuzfahrtschiff strömen. Sie quellen über die Gangway wie Tran aus einem verwundeten Weißwal, werden in die Straße unterhalb der Festung geschwemmt und versickern dann am Rathaus und der Aker Brygge in der Stadt.

«Schau mal, dort. Bei dem großen Segelschiff, der Christian Radich. Sieh sie dir an. Diese kleinen Boote. Vielleicht so ein Dreieinhalbmeterboot mit Außenbordmotor. Sieht aus, als wäre das da jahrelang nicht mehr bewegt worden.»

Sheldon setzt das Fernglas ab und blättert in seinem Lonely Planet, der sich als unglaublich praktisch erwiesen hat, um sich in der Stadt zurechtzufinden und herauszubekommen, wonach er sucht.

Hätte er so was für Nordkorea gehabt, er hätte sich bei seinen Suchexpeditionen nicht so quälen müssen.

«Wir werden uns den Fettärschen anpassen, werden uns eines der Boote da leihen, und dann fahren wir nach Süden. Ich würde ja nach Norden fahren, aber dann bräuchten wir ein Auto.»

Sheldon setzt sich auf und schaut, was Paul anhat. Er sieht noch immer aus wie Paddington der Bär ohne den roten Hut.

«Wir brauchen eine Verkleidung. Los. Der Landgang da wird nicht ewig dauern. Uns bleiben etwa fünfzehn Minuten, um uns das Boot zu schnappen, während die Fetten uns Deckung geben.»

Mit Paul an der Hand schlägt Sheldon den stadtauswärts führenden Weg ein, vorbei an historischen Kanonen bis zur Ecke der Festung, wo sie auf einem schmalen Weg zu einem gedrungenen steinernen Turm und weiter zum Hafen gelangen.

Am Kai biegen sie nach rechts ab und schlendern ungezwungen auf das Kreuzfahrschiff zu, wo die farbigen Tupfer sich zu kleinen Gruppen zusammengeballt haben, die in Richtung Norden auf Sheldons vorgebliches Ziel zuströmen.

«Pass gut auf», sagt er zu Paul.

Als sie auf eine besonders große und abgelenkte Touristengruppe stoßen, rempelt Sheldon einen von ihnen an und zieht wie nebenbei – mit ungewohnter Gewandtheit – eine dünne orangefarbene Goretex-Jacke aus dem offenen Rucksack. Anstatt sie zu verstecken, streift er sie sofort über, trotz des milden Wetters.

«Man versteckt sich vor aller Augen. Da kommen sie nie drauf», sagt er zu Paul. «Und jetzt dort hinüber zum Pier.»

Sheldon und Paul schwimmen mit dem Strom der Landgänger wie Blätter, die auf dem Wasser treiben. Er redet auf Paul ein, während sie zusammen mit den anderen dahinschlurfen.

«Warum vergleichen die Leute immer die Größe eines heranwachsenden Fötus mit Nahrungsmitteln? ‹Er ist so groß wie eine Limabohne. Wie eine Erbse. Wie eine Kirsche. Wie eine Banane.› Ich find das irgendwie gruselig. Du nicht auch?»

Paul schaut beim Gehen auf seine Füße. Vor weniger als vierundzwanzig Stunden hat der Kleine sich im Schrank versteckt. Sheldon ist das durchaus bewusst. Er weiß nur schlicht und ergreifend nicht, wie er damit umgehen soll.

«Nie heißt es: ‹Er hat die Größe eines kleinen Geldbeutels› oder: ‹Er ist so lang wie ein Parkticket.› Sie denken ans Essen, bevor du bis drei zählen kannst. Da drüben – sieh mal. Da drüben. Das ist unser Ziel. Wir müssen bloß ganz wichtig dreinschauen.»

Sheldon und Paul schlendern an einem Dreimaster mit Stahlrumpf vorüber und setzen sich dann von dem bunten Haufen der Leute ab. Wie Sträflinge schlüpfen sie am Hafenamt vorbei und gelangen über ein paar Stufen zu einem kleinen Dock. Rechts schaukelt ein leeres Polizeiboot auf dem ruhigen Wasser, direkt vor dem Boot, das Sheldon zu seinem erkoren hat.

Früher muss es im Rot, Weiß und Blau der norwegischen Flagge geleuchtet haben, aber inzwischen sieht der kleine Kahn heruntergekommen und müde aus. Auf Sheldon wirkt es wie ein leicht überdimensionales Rettungsboot mit kleinem Außenbordmotor am Heck, das direkt über die Pinne gesteuert wird.

Er schaut auf das Boot und dann kopfschüttelnd zu Paul hinab.

«Juden dürfen keine Krustentiere essen, wusstest du das? Das war wohl seine Art, uns zu zeigen, dass wir keine Seefahrer sind. Na gut, dann wollen wir mal, wenn's denn sein muss.»

Sheldon greift nach einer Leine und zieht das kleine Boot so nah heran, dass sie einsteigen können. Vorsichtig stellt er das eine Bein hinein und streckt dann die Hände nach Paul aus.

«Komm schon. Es ist okay.»

Paul macht keinen Schritt nach vorn.

«Ehrlich, ich war schon mal in einem Boot. Und das hatte nicht mal 'nen Motor. Ich kann das. Ehrlich. Kein Problem. Überhaupt keins. Mehr oder weniger.»

Was kleine Kinder antrieb und in ihnen vorging, war Sheldon schon immer ein wenig schleierhaft gewesen. Als Saul noch klein war, noch nicht einmal zwei Jahre alt, sprang er aus dem Kinderwagen und rannte wie ein kleiner Betrunkener auf die Kinderschaukel zu.

Geh-da, geh-da, rief er dann immer.

«Du möchtest dahin? Gern. Warum nicht.»

Dann hob er Saul auf die Schaukel, worauf Saul auf der Stelle in Tränen ausbrach und heftig zu strampeln begann.

«Es war nicht mein Einfall. Das war deine Idee! Ich bin nur ein menschlicher Gabelstapler! Ich heb dich hoch und setz dich ab. Du sagst, du willst hoch, ich setz dich auf die Schaukel. Jetzt wieder runter? Na gut.»

Und damit setzte er Saul wieder auf die Erde, was diesen noch wütender machte. Es war diese Art von Benehmen, die Sheldon dem schlechten weiblichen Einfluss zuschrieb.

Wie kam es, dass Paul erst nicht reinwollte und gleich darauf dann doch?

Wer weiß. Deshalb.

Als sie endlich in dem Motorboot sitzen, macht sich Sheldon rasch an die Arbeit. Zum letzten Mal hat er im Training für Korea einen Außenbordmotor kurzgeschlossen. Damals machte es eine Menge Spaß und war Bestandteil der unerwarteten Lektionen, die seine Gruppe erhielt, es gehörte zum «Geländetraining». Der geistige Unterbau kam von seinem Ausbildungsunteroffizier, wie es generell bei Weisheiten ja oft der Fall ist.

Wir können euch nicht mit einem Gewehr in der Hand aus dem Flugzeug schubsen, euch dann zwanzig Meilen durch feindliches Terrain marschieren lassen, wobei ihr den Kommunistenschweinen und den Wildtieren der Gegend aus dem Weg gehen müsst, nur damit ihr am Ende feststellt, ihr habt den Haustürschlüssel vergessen. Daher bringen wir euch bei, wie man ohne Schlüssel im Leben zurechtkommt. Lektion 1 beginnt mit einem Hammer ...

Lektion 10 (oder so) beinhaltete etwas raffiniertere Techniken, etwa wie man relevante Teile im Antriebskopf eines Motors ausfindig machte oder was man mit dem Hauptkabelstrang machen musste, um den Anlasser direkt von der Batterie aus zu betätigen. Es war kein großes Kunststück, solange es sich um einen einfachen Motor handelte. Und zum Glück war dies hier der Fall.

Sheldon überprüft den Benzinstand, indem er einen kleinen Schlauch von der Ansaugpumpe bis zu einem Plastiktank an Deck verfolgt. Außen am Tank sind Markierungsstriche. Es sind etwa zehn Liter drin. Es ist ein kleiner Viertakter – was ihm eine größere Reichweite verleiht als den älteren

Zweitaktern –, Sheldon schätzt, dass sie damit vier oder fünf Stunden schaffen, was ausreichend Zeit ist. Wo genau sie da landen, kann er nicht sagen, aber das spielt erst mal keine Rolle.

Als Sheldon gerade überprüft, ob die Zündkerzen intakt sind, geht ein Polizist die Stufen zum Pier herunter und kommt direkt auf sie zu.

Sheldon nimmt die Plastikplane von dem Zwanzig-PS-Motor, der Polizist geht weiter, ohne ihnen einen Blick zuzuwerfen.

«Ich weiß, was du gerade denkst», sagt er zu Paul, während er das Boot startklar macht. «Sehen wir nicht verdächtig aus? Tatsache ist: Nein, sehen wir nicht. Wann hast du zuletzt von einem Zweiundachtzigjährigen mit einer grellorangen Windjacke gehört, der ein Boot klaut, das direkt neben der Polizei festgemacht ist? Noch nie, eben. Es ist undenkbar! Und so kommst du auf diesem Planeten über die Runden. Tu das Unvorstellbare vor aller Augen. Die Leute werden denken, das *muss* etwas anderes sein.»

Als der Motor knatternd und spuckend startet, bindet Sheldon die Halteleine los und wirft sie auf den Pier.

«So was in New York zu machen ist allerdings schwieriger. Kommt bestimmt irgend so 'n Klugscheißer und erzählt dir, wie du den Motor zum Laufen bringst, oder fragt dich, wie du es findest, dass die Yankees gegen die Red Sox verloren haben. Willst du wissen, was ich dann antworten würde? Großartig! Denn die Yankees verdienen 'ne Niederlage. Hoffen wir nur, dass uns keiner was auf Norwegisch fragt.»

Sheldon dreht die Pinne hart Backbord und drückt sanft aufs Gas, worauf sich das Boot vom Dock weg- auf den

Oslofjord zubewegt. Er schippert mit ihrem kleinen Gefährt um den Stahlrumpf der Christian Radich und dann hinaus in den tiefen blauen Sund, Oslo und das wenige, was er über dieses seltsame Land weiß, weit hinter sich lassend.

TEIL II   FLUSSRATTEN

A U F dem Wasser war Sheldon bislang nur in seiner Phantasie gewesen. Es begann mit Visionen, die er Mabel 1975 beschrieb. Ihre Quelle war sehr anschaulich, wenn auch zum Glück ganz schlicht: ein Brief von Herman Williams, einem von Sauls Kameraden aus dem Boot, der bei ihm war, als er verwundet wurde. Er schilderte die Umstände von Sauls Tod.

Seine Visionen speisten sich also aus Tatsachen, aber sie waren viel umfangreicher und detaillierter als die Tatsachen, die er kannte. Sie waren schrecklich und lebendig und richtiggehend alles beherrschend und unerbittlich, als Rhea 1976 bei ihnen einzog.

In dieser Vision patrouillierte Sheldon auf dem Mekong-Delta gemeinsam mit Saul, Herman Williams, Ritchie Jameson, Trevor Evans und dem Captain – einem Mann, den sie «den Mönch» nannten.

Alles begann mit einer Art offenherzigem Optimismus.

Sheldon war im Auftrag von Reuters dabei. Seine frühen Fotobände hatten genau diesen In-die-Fresse-Realismus, den sie damals brauchten. Dass er selbst im Krieg gewesen war, verlieh ihm Glaubwürdigkeit bei den jüngeren Männern. Und das war unverzichtbar, wenn er ihren Beitrag zum Krieg hautnah dokumentieren wollte. Sheldon war in den Vierzigern und, obwohl er nicht übermäßig durchtrainiert war, nach wie vor schlank und wendig. Der Anruf kam spätabends, als er gerade Johnnie Carson guckte. Carson interviewte Dick Cavett, und Mabel und er kringelten sich vor Lachen wegen des großartigen Timings und der schlagfertigen Antworten der beiden.

«Hier ist Reuters. Wir brauchen Sie hier. Sind Sie dabei?»

«Meine Taschen sind seit der Tet-Offensive gepackt.»

«Guter Mann. Abreise morgen früh?»

«Morgen? Warum denn warten? Wie wär's mit jetzt gleich?»

Innerhalb einer Stunde wurde er nach Saigon gebracht, wo er in drei Minuten auf einem Elefanten zu Sauls Lager ritt, nepalesische Sherpas trugen sein Gepäck. Der diensthabende Colonel zeigte Sheldon den erhobenen Daumen, und Donny zwinkerte zurück. Es war gut, zurück im Glied zu sein, draußen bei den Männern. Wie jung sie jetzt waren! Nicht wie zu seiner Zeit. War er jemals selbst so jung gewesen? Natürlich nicht. In Korea kämpften Männer, aber nicht irgendwelche. Männer, die einen besseren Musikgeschmack hatten.

Alle Männer stimmten ein «Hoo-ah!» an, als der alte Marine die Kaserne betrat. Ungeachtet ihres Dienstgrads salutierten ausnahmslos alle, und er erwiderte ihre Ehrbezeugung. Natürlich nur dieses eine Mal. Respekt für die alte Garde. Sie wussten, er war einer von ihnen und nicht irgend so ein Volltrottel von der *Stars and Stripes*, der vorbeischaute, um ein paar Schnappschüsse zu schießen, damit sie anschließend ein bisschen Propagandasoße drüberkippen konnten. Und er war auch kein Hippie, der davon träumte, Jane Fonda den Arsch abzuknutschen. Nein, nein: Dies hier war ein richtiger Kerl, der ein paar Fotos vom Leben auf dem Fluss schießen würde. Wo die Insekten groß genug waren, um kleine vietnamesische Kinder im Flug zu rauben, die

Luft noch dicker war als die Anspannung der Männer und die einzige Regel darin bestand, dass man die Toten nicht essen durfte.

Donny schwang seinen Seesack auf das obere Stockbett und hievte sich rauf. Er brauchte eine ordentliche Mütze Schlaf, denn morgen würde er mit seinem Sohn auf Patrouille gehen. Und er wollte seinem Sohn keine Schande machen.

Vor dem Einschlummern flüsterte er: «Hey, Herman? Noch wach?»

«Klar, Donny. Was'n los?»

«Warum nennen alle den Captain ‹den Mönch›?»

«Ach so. Das meinst du. Er will nicht hier sein.»

«Wer will das schon.»

«Nee, bei ihm is das anders. Er will *wirklich* nicht hier sein.»

Der Oslofjord plätschert leise unter dem Rumpf des Motorboots, und die zwanzig PS schippern sie ruhig nach Südwesten. Sheldon sitzt auf der weißen Plastikbank nahe am Heck, die Hand auf der Pinne. Er hat die gestohlene Goretex-Jacke an und die Piloten-Sonnenbrille aufgesetzt, die er in der Tasche entdeckt hat. Paul sitzt auf der dritten Bank, vorne am Bug. Sheldon fragt sich, ob der Junge überhaupt schon mal in einem Boot gesessen hat.

Im Lonely Planet gibt es eine Karte des Oslofjords, die Sheldon zum Navigieren benutzt. Anstatt den breiteren Kanal nach Norden zu nehmen, wo die dänischen Fähren und Kreuzschiffe fahren, die ihr Bötchen vermutlich versenken würden, wählt er die Route über den Sund zwischen den Inseln Hovedøya und Bleikøya und dann zwischen Lindøya und Gressholmen. Er kann nur hoffen, dass die Norweger keine übertrieben nervöse Küstenwache haben, die auf die Idee kommen könnte, irgendwelche Fragen zu stellen.

Ihr Boot ist nicht das einzige, das diese Sommerroute nach Süden fährt. Da sind Ketschen, Kayaks und Katamarane; Jollen, Flachboote und sogar kleine Segelboote. Menschen winken Sheldon und Paul zu. Sheldon winkt zurück und genießt ihre wunderbar beruhigende Anonymität.

Die meisten der kleineren Freizeitboote scheinen auf Nesoddtangen an der Spitze einer mächtigen Halbinsel zuzusteuern, um dann in Richtung Süden weiterzufahren. Langsam und gleichmäßig manövrieren sie so dicht wie möglich an der Küste. Sheldon folgt ihnen wie Treibholz. Er, das Boot und der Junge tuckern über das Wasser, fort von den Schrecknissen des gestrigen Tags, hinein in eine blaugrüne Welt, die nichts davon weiß, wer sie sind oder woher sie kommen.

Im sanften Wind, inmitten der glitzernden Wellen, geht Sheldons und Pauls Flucht vonstatten. Als die Anspannung der Stadt zusammen mit Oper und Rathaus verschwindet, kehrt die Stille wieder und mit ihr die unbeachteten Schreie des vorigen Morgens und all der Morgen davor.

Aus dem Schrank heraus hatte Sheldon gehört, wie sie nach Luft schnappte. Er hatte gehört, wie sie erwürgt wurde, wie sie um sich schlug im Überlebenskampf. Er hatte den Hass gehört, der sich der Hände des Mörders bemächtigt hatte. Er stellte sich vor, wie ihre Augen sich weiteten, als ihr das Grauen bewusst wurde, als sie erkannte, dass sie ihm nicht entkommen konnte.

Als er Paul zusieht, wie er über den Bug gebeugt das Wasser berührt, das friedlich unter ihnen hinweggleitet, fragt er sich, was der Junge sich wohl vorgestellt hat, als die qualvollen Laute seiner Mutter im Todeskampf plötzlich verstummten. Er hofft, dass der Junge keine so blühende Phantasie hat wie er selbst, die unweigerlich zu jener Fahrt stromaufwärts in Vietnam zurückkehrt.

«Das ist die Altersdemenz, Donny», sagte Mabel.

Sie verstand das nicht. Sie hatte andere Anker, die sie im Gleichgewicht hielten. Aber er wollte es ihr trotzdem beweisen.

«Was soll verrückt daran sein, wenn einen die Vergangenheit immer wieder einholt, so kurz vorm Ende? Ist das nicht einfach der letzte Akt der Vernunft, die sich verbissen bemüht, jenen Schritt ins Dunkel zu begreifen? Der letzte Versuch, die Zusammenhänge zu verstehen, bis dann zu guter Letzt alles entwirrt wird? Ist das so verrückt?»

«Wir sollten drei bis vier Stunden für die Hin- und Rückfahrt brauchen», sagte Herman zu seiner Mannschaft. «Eine F4 ist ungefähr sieben Kilometer von hier abgeschossen worden, und das HQ glaubt, der Pilot habe noch abspringen können. Also lasst uns seinen kleinen faltigen Arsch retten, bevor er irgendwelchen Mist baut.»

Der Mönch blieb wie üblich stumm, während die anderen Männer das Boot mit Vorräten beluden. Es regnete, und jeder hatte noch einen leichten Kater von dem dreitägigen Besäufnis zu Ehren Sauls, der sich der Navy für eine zweite Tour angeschlossen hatte und wieder mit an Bord war.

Saul redete nicht viel mit seinem Vater. Nur Alltägliches. «Reich mir mal das Tau», oder: «Kann ich eine Zigarette haben?» Manchmal: «Und, wie läuft's?» Sheldon machte das nichts aus. Er beobachtete das, was die Jungs taten, so sorgfältig wie möglich. Er wollte nicht im Weg stehen. Aber in seiner Vision – in seiner Erinnerung an jenen Ort, an dem er niemals gewesen ist – war er getrieben von dem Gedanken, bloß keinen Moment zu verpassen. Er spürte jenen Drang, den vielleicht sämtliche Juden teilten, alles zu dokumentieren. Alles zu erinnern. Auch den letzten Sonnenstrahl festzuhalten und dafür zu sorgen, dass andere erfuhren, dass er gesehen worden war. Das, was einst existierte und nun vergangen ist.

Der Mönch war ein vorsichtiger Lotse. Sheldon fotografierte seine Hände auf dem Steuerrad und schoss ein Porträt vom Mönch, als die Sonne über seine Schulter schien, und alles, was man von seinem Gesicht und Körper sah, war eine dunkle Silhouette vor dem Fluss.

Es lag etwas Düsteres in seinem Gebaren. Ein verborgener Schmerz. Als führe er irgendetwas im Schilde. Durch seine Linse erspürte Sheldon das alles.

Dann fotografierte er Hermans schlanke, zartgliedrige Finger, die zum Reparieren einer Uhr hätten angeleitet werden können, wären sie alle auf einem anderen Planeten geboren worden.

Er sah Trevor zu, der sein Gewehr so sorgfältig reinigte, als handele es sich um eine von einem Großvater geerbte Jagdflinte.

Er fotografierte Ritchie und sein Lächeln und fragte sich, weshalb Menschen so oft ihrem eigenen Namen ähnelten.

Er war glücklich auf dem Boot. Seit Sheldon 1975 begonnen hatte, sich auf diese Trips zu begeben, machte er sich selten Sorgen um Saul, obwohl er doch das Ende der Geschichte kannte. Er betrachtete seinen Sohn nicht mit dem traurigen Blick eines Vaters oder auch eines Kriegskameraden. Er fuhr einfach mit. Nahm alles in sich auf. War da. Badete in der Wärme der Kameradschaft und des Lebens.

Es machte ihm Freude, seinem Sohn zuzusehen, der nun ein richtiger Mann war. Das hatte er doch gewollt, rief Sheldon sich selbst in Erinnerung. Das stimmte doch, oder? Sein Sohn sollte doch ein richtiger Mann werden, ein amerikanischer Soldat.

Die F4-Phantom war von einem Flugabwehrkörper sowjetischer Bauart abgeschossen worden. Der Pilot hatte, wie jeder wusste, absolut keine Schuld daran. Aber Piloten hatten es nun mal einfach, wie auch jeder wusste. Sie saßen in ihren klimatisierten Zelten, feilten sich die kostbaren Nägel, schlürften Tonic Water, spielten Gin Rommee und holten sich einen auf neue, noch unbefleckte Magazine runter. Wenn dann die Essensglocke ertönte, warfen sie sich in ihre schicken Uniformen, die alle Mädels in Ohnmacht fallen ließen, bestiegen das Cockpit ihrer glänzenden Maschine – die irgendein Lakai gerade für sie auf Hochglanz poliert hatte – und warfen dann fünfzehn Minuten lang Napalm auf irgendwelche Bauern, ihr Vieh, ihre Felder und was sonst noch alles ab. Dann, wenn ihre Daumen allmählich müde wurden, flogen sie zurück zur Basis, wischten sich vor den Kameras der Pressefotografen einen Schweißtropfen von der Stirn und nahmen dann ihre so rüde unterbrochene Kartenpartie wieder auf, während Rote-Kreuz-Häschen namens Heather oder Nicky ihnen die erschöpften Schultern massierten und den Erzählungen ihrer Heldentaten lauschten.

Und weil das so war, gestanden ihnen die Jungs auf den Booten keinerlei Fehler zu. Es war ihnen scheißegal, ob diese Boden-Luft-Rakete nun das beste wärmesuchende Flugobjekt war, das die Kommunisten je zustande gebracht hatten, oder nicht und dass ein tieffliegendes Flugzeug nur 1,7 Sekunden Zeit hatte, um zu reagieren, bevor es die Hälfte seines Rumpfs verlor. Es war ihnen schlichtweg egal, ob es abgeschossen wurde oder nicht. Der Pilot steckte ganz schön tief in der Scheiße, und dieses Wissen bereitete jedem einzelnen Mann auf dem Boot diebische Freude.

Das große Kunststück bei einer Suchaktion bestand darin, das abgeschossene Flugzeug vor den Vietcong zu finden. Die Vietcong waren mordlüsterne Arschlöcher, aber es war nun mal ihr Land, und sie kannten das Gelände einfach verdammt gut. Wurde ein Flugzeug abgeschossen, rasten sie auf kürzestem Weg direkt zum Absturzort. Die Jungs am Fluss mussten sich erst mal einen Weg bahnen.

Das war die Aufgabe des Mönchs als Skipper. Während sie am Ufer herumwuselten, gab es nicht viel mehr zu tun, als mit der M-60 im Wald Schießübungen zu machen und sich an Witze und Mädchen zu erinnern, mit denen sie sicherlich niemals Sex haben würden. Zumindest nicht persönlich.

Der Regen prasselte beständig herab, während das Boot einen etwa zwanzig Meter breiten Fahrdamm befuhr. Einheimische Boote glitten vorbei, während die Männer ihre Gewehrläufe auf sie richteten, doch keines hielt an, und niemand würdigte sie auch nur eines Blickes.

Trevor saß hinter dem Mönch und wirkte, wie Sheldon fand, seltsam angespannt, als würde er jeden Augenblick aufspringen und ... Es ließ sich nur schwer erahnen, was geschehen würde. Würde er über Bord springen? Den Mönch angreifen?

Sheldon saß weit hinten im Boot und machte Fotos. Lichtete den Wald ab. Versuchte, das Gelände zu verstehen, die Männer, diesen Krieg. Er war so anders als Korea. In Korea griffen die Kommunisten den Süden mit sowjetischer Unterstützung an, und die Vereinten Nationen beschlossen eine Resolution, während der sowjetische Botschafter gerade mal zur Toilette war, daher war die Vorgehensweise ziemlich eindeutig. Hier sah die Sache weit weniger eindeutig aus. Wobei der entscheidende Unterschied darin bestand, dass die Südkoreaner uns im Land haben wollten. Hier war das nicht unbedingt so.

Nach dreistündigem Patrouillieren hielt das Boot bei einem kleinen Pier an. Der Mönch rührte sich nicht. Er warf Saul lediglich einen Radioempfänger zu und sah Herman an. Ritchie, der höhergestellt war als beide, sagte daraufhin: «Witzy und Williams, ihr geht raus.»

So nannten sie nämlich Saul. «Witzy.» Weil «Horowitz» zu lang war und «Saul» zu altmodisch klang.

Warum diese beiden? Witzy und Williams? Weil es so gut klang, deshalb.

«Ich geh auch mit», sagte Sheldon. Niemand erwiderte etwas. Es war – zum ersten Mal auf diesem Trip –, als wäre Sheldon gar nicht anwesend.

Saul reichte Ritchie einen Brief, den er geschrieben hatte. «Schick den für mich ab, falls ich ins Gras beiße.»

Ritchie sagte: «Okay.» Mehr nicht, nur: «Okay.»

Saul betrat den Steg, seine M-16 in der einen, den Radioempfänger in der anderen Hand. Er sagte zu Ritchie: «Mein Mädchen ist schwanger. Damit liege ich vorne, oder?»

«Du solltest nach Hause fahren», erwiderte Ritchie unerwartet.

«Das sollte ich wohl», sagte Saul, und dann latschte er gemeinsam mit Williams den Steg entlang.

Sie gingen durch ein sehr kleines Dorf, das verlassen

schien. Vier strohgedeckte Häuser waren auf braunem, schlammigem Grund zusammengepfercht. Ein Fahrradreifen rostete im Regen. Ein Korb mit vergammeltem Gemüse lag umgekippt auf einem Tisch. Sheldon machte ein Foto und ging weiter. Saul bildete die Spitze ihres kleinen Trupps, gefolgt von William und dann Sheldon. Saul war ein guter Soldat. Er war aufmerksam, ließ sich nicht von Kleinigkeiten ablenken und hielt die Klappe. Aber er war eben auch Anfang zwanzig und ging daher nicht langsam genug, sah nicht sorgfältig genug hin und sprach nicht leise genug, wenn er doch mal den Mund aufmachte.

Als der Wald den Blick auf ein kleines Reisfeld freigab, zog Saul einen Kompass heraus, wartete, bis die Nadel sich beruhigt hatte, und deutete dann ein kleines Stück nach links. Er drehte sich um und blickte hinter sich, direkt an Sheldon vorbei, und machte sich ein Bild von dem Gelände, das sie auf dem Rückweg durchqueren mussten. Das war eine wertvolle Lektion, die Sheldon in Korea gelernt hatte. Wieder einmal hörte er die Stimme seines Ausbilders: «Der Grund, weshalb einem auf dem Rückweg nichts bekannt vorkommt, ist der, dass einem auch nichts bekannt ist! Ihr habt es nie vorher gesehen, richtig? Wenn ihr euch nicht umdreht, woher wollt ihr dann wissen, wonach ihr sucht? Hä? Du! Vollidiot! Wie lautet die Antwort!?»

An diesem Tag ging ein anderer Vollidiot voran. Aber es hätte auch Sheldon sein können, denn oft genug war er es gewesen. Als schließlich sein Tag kam in Incheon, war er froh über die Lektionen, die er gelernt hatte.

Sie rochen das Flugzeug, bevor sie es fanden. Die F4 war erst auf halbem Weg ihrer Abwurfmission unterwegs gewesen und daher mit einer Menge Benzin abgestürzt, das beim

Verbrennen einen anderen Geruch erzeugte als Napalm, Reisfelder, Vieh und Menschen. Herman zufolge erreichte es nur Stufe zwei auf dem «Würgometer», wohingegen verwesende Kinderleichen in der heißen Sonne neun erreichten. Die zehn war dem Geruch der Briefe von Bürokraten vorbehalten.

Saul konnte anhand des Geruchs nicht feststellen, welche Richtung sie einschlagen mussten. Doch kurz darauf fanden sie die ersten Teile des Flugzeugs am Boden. Zunächst kleine Splitter, wie Bolzen, und Stücke verbogenen Metalls, aber das reichte, um zu wissen, dass sie in die richtige Richtung gingen.

Sheldon sah auf die Uhr. Sie waren erst seit fünfzehn Minuten im Dschungel.

Saul führte sie zu einer kleinen Anhöhe rechter Hand. Das war eine gute Idee, denn so hatten sie einen besseren Überblick über das Gelände. Bevor sie oben waren, stieß Williams einen Pfiff aus und sagte: «Dort drüben. Seht mal da.»

Saul und Sheldon wandten sich nach links, und dort, ungefähr einen halben Kilometer entfernt auf leicht begehbarem Terrain, lagen große Bruchstücke der Maschine.

«Hat jemand den Scheißpiloten gesehen?»

Saul deutete nach links. «Das dort könnte der Fallschirm sein.»

«Gut. Lasst uns mal schauen, ob da noch was Rosafarbenes im Cockpit herumliegt», sagte Williams.

Als sie den Hügel hinab auf die Trümmer zugingen, entdeckte Sheldon eine seltsam unpassende Gestalt, die am Wegesrand an einem Baum lehnte. Saul ging direkt auf sie zu, als wäre sie gar nicht da. Als Williams näher kam, rief Sheldon: «Herman, rechts von dir, pass auf!»

«Oh, das ist nur Bill. Vergiss ihn einfach. Der Fucker taucht die ganze Zeit auf. Hilft einem allerdings auch nichts.»

Als Sheldon sie eingeholt hatte, sah er, dass es sich in der Tat um Bill Harmon handelte, seinen Freund aus New York. Bill trug eine schäbige Hose, College-Schuhe, ein blaues Buttondown-Hemd und ein Harris-Tweed-Sakko. Zwischen 1975 und 1980 ließ sich Bill noch nicht auf diesen Trips blicken. Erst nach seinem Tod tauchte er auf und mischte sich ein. Nur war Sheldon nicht sicher, ob Bill wirklich Bill war. Er sagte dieselben dummen Sachen, die Bill immer sagte, aber es fühlte sich nicht wie Bill an. Seine Präsenz war eindrücklicher und irgendwie jugendlicher zugleich. Im wirklichen Leben hatte Bill Sheldon niemals mit dem Gefühl der Verstörung zurückgelassen. Aber bei dem Bill aus seinen Träumen war das so.

«Was machst du hier, Bill?»

«Ich sammle Altertümer.»

«Was?»

«Die französischen Kolonialherren waren ewig hier. In Indochina gibt es einige großartige Schätze, die ich in meinem Laden für eine Unsumme verhökern kann.»

«Bist du betrunken?»

«Es ist zwei Uhr nachmittags, und wir sind in Vietnam. Natürlich bin ich betrunken. Magst du was?»

«Ich muss weiter. Wir müssen den Piloten finden.»

«Der Pilot ist tot», sagte Bill. «Sie haben ihm eine Kugel in den Kopf gejagt, bevor sein Fallschirm unten ankam. Ziemlich unsportlich. Es hat wirklich keinen Sinn weiterzugehen.»

«Dann sage ich den Jungs, dass wir wieder umkehren können.»

«Sie werden dir nicht glauben.»

«Warum? Bist du Wahrsager geworden, oder was?» Und ohne auf eine Antwort zu warten, rief Donny: «Hey, Williams – bleib mal stehen. Der Pilot ist tot. Wir sollten zurück zum Boot gehen.»

«Woher weißt du das?»

«Bill hat das gesagt. Er weiß es.»

«Du darfst dich nicht auf Bill verlassen, Donny.»

«Aber manchmal hat er recht!»

«Klar, aber wer kann schon sagen, wann? Außerdem hab ich hier nicht das Sagen.»

«Na, dann erzähl's eben Saul.»

«Gut.»

Und so erzählte Herman es Saul, und Saul zuckte nur mit den Achseln und ging weiter. Kurze Zeit später wurde er jedoch nachdenklich und blieb stehen. Zum ersten Mal auf dieser Reise drehte er sich um und wandte sich direkt an seinen Vater.

«Was machst du da, Dad?»

«Ich möchte, dass wir nach Hause fahren. Ich möchte, dass du erwachsen wirst.»

«Warum ist dir das nicht gleich eingefallen, als du mich überredet hast hierherzugehen?»

«Du hast recht, und es tut mir leid. Aber ich habe nie gesagt, du sollst noch einmal herkommen. Die zweite Tour, das war deine Idee.»

«Du scheinst dich nicht besonders genau an unser Gespräch zu erinnern, was?»

«Kann sein, dass ich was über Amerika gesagt hab. Dass wir jetzt im Krieg sind. Aber wenn das so war, meinte ich damit nicht, dass du zurückgehen sollst. Du hast deine Pflicht getan. Mehr als die meisten Menschen.»

«Es war deine Idee, dich mir anzuschließen. Ich kann nicht umkehren. Ich kann keinen Bericht schreiben, in dem steht, Bill Harmon sei im Dschungel aufgetaucht und habe ganz genau gewusst, wo der Pilot abgeblieben ist.»

«Du hattest Bill doch so gern.»

«Hab ich immer noch. Aber er ist ja wohl kaum eine zitierfähige Quelle, oder?»

«Das ist Wahnsinn!»

«Dein Wahnsinn. Also, was wird das jetzt? Willst du umkehren oder zusehen, wie wir die Sache hier zu Ende bringen?»

«Ich möchte bei dir bleiben.»

«Na, dann komm. Und halt den Mund. Es sind Vietcong hier in der Gegend.»

Also gingen sie weiter und ließen Bill stehen.

Scheinbar im Handumdrehen gelangten sie zu dem Flugzeug. Es war weder steil abgestürzt, noch hatte es eine kontrollierte Landung hinbekommen. Das Ding war mitten in der Luft getroffen worden und dann einfach heruntergeplumpst, wie ein Meteor.

Das Cockpit war einigermaßen intakt, der Zufall wollte es so. Sheldon schoss ein Foto.

Aus irgendeinem Impuls heraus sagte Saul: «Herman? Geh rein und check das Cockpit. Ich kümmere mich um den Fallschirm.»

Saul wandte sich daraufhin zu seinem Vater um und sagte: «Und? Kommst du mit, oder bleibst du hier?»

«Ich möchte bei dir sein.»

Saul wollte diesen verdammten Trottel von Piloten nach Hause bringen. Er wollte das tun, wozu man ihn hergeschickt hatte, das, wozu man ihn ausgebildet hatte, und das, was er auch selbst wollte. Denn kein Amerikaner sollte hier irgendwo auf einem asiatischen Komposthaufen im Dschungel verrotten. Er sollte zu Hause bei seiner Familie sein.

Der Fallschirm hing von einem sehr hohen Baum herunter, am Rand des sumpfigen Geländes, das Saul und Sheldon erst einmal durchqueren mussten. Der Pilot war ein Schwarzer, was sie beide überraschte. 1974 sah man nicht so viele schwarze Piloten. Und ganz wie Bill gesagt hatte, war der Pilot tot. Der arme Kerl hatte nicht einmal den Hauch einer Chance gehabt. Die Vietnamesen verstanden die Schwarzen nicht. Sie hatten vor dem Krieg noch nie einen zu Gesicht bekommen. Sie dachten, es handele sich um Weiße, die aus Gründen der Tarnung schwarz gefärbt waren. Es gab beglaubigte Fälle von Vietcong, die mit Stahlbürsten versuchten, den Schwarzen ihre Farbe abzukratzen.

«Okay, das wär's also. Gehen wir», sagte Sheldon.

«Wir müssen ihn da runterholen.»

«Nein, das müssen wir nicht.»

«Doch, müssen wir.»

«Nein, verdammt noch mal, müssen wir nicht!»

«Du hast Mario nach Hause gebracht. Du hast es seinen Eltern erzählt. Sein Vater hat dich umarmt und geschluchzt.»

«Ich war an einem sicheren Strand. Du bist allein im Dschungel. Dieser arme Mann hier ...»

«Komm schon. Hilf mir, ihn da loszumachen.»

«Saul, sei doch vernünftig. Die Vietcong wissen, dass du kommst, um den Piloten zu holen. Sie wissen es, und die Chancen stehen fifty-fifty, dass sie vor dir hier waren.»

«Warum erschießen sie mich dann nicht?»

«Weil ein Verletzter weggetragen werden muss, und auf

die Art setzen sie gleich zwei oder drei Mann außer Gefecht anstatt nur einen.»

«Warum fangen sie mich dann nicht?»

«Woher zum Teufel soll ich das wissen?»

Und dann wurde Saul wütend, und alles spitzte sich zu. «Dort hängt ein Schwarzer vom Baum. Ein Schwarzer, der ein amerikanischer Soldat ist. Wie könnte ich ihn da hängen lassen? Wie kann ich mich einfach umdrehen und gehen? Erklär mir, wie ich mich da einfach umdrehen und trotzdem dein Sohn bleiben kann.»

Genau in diesem kostbaren Augenblick wusste Sheldon nicht, was er sagen sollte.

Daher schwang sich Saul das Gewehr über die Schulter und begann den Baum hinaufzuklettern.

Als er hoch genug war, zog er sein Messer und schnitt die Schnüre und die Ballonseide ab. Die Füße des Piloten baumelten nur gut zwei Meter über dem Boden. Es war kein langer Sturz. Übelkeit überkam Sheldon, als der Mann zu Boden plumpste.

Beim Zusehen spürte er die ersten Wellen der Resignation aufsteigen. Er war so viele Male bei diesem Einsatz dabei gewesen, hatte dies so oft passieren sehen, das er sowohl wusste, wann das Grauen kam, als auch, wie es kam. Es würde bald geschehen. Gleich würde sich Saul den einzigen Pfad zu dem Flugzeug bahnen, und Herman würde ihm auf diesem Pfad entgegenkommen, nachdem er einige Landkarten und Dokumente verbrannt hatte, damit dem Feind keine strategischen Papiere in die Hände fielen.

Er wusste, was passieren würde. Und trotzdem war es in diesem Augenblick noch nicht geschehen. Er befand sich zwischen dem Wissen und der Realität dessen, was geschehen würde – genau wie Kassandra, kurz bevor sie den Verstand verlor. Es war tatsächlich ein kostbarer Augenblick. So kostbar, dass Sheldon ihn aufschob und sich gestattete, jede Nacht im Bewusstsein dessen, was geschehen würde, zu schlafen.

Während dieses Augenblicks – als Saul vom Baum sprang, sein Messer wegsteckte und die Erkennungsmarken des Piloten in die linke Brusttasche seines Hemds gleiten ließ – sah Sheldon zu, wie sein Sohn zum Mann wurde.

Es war kein großer Moment. Es gab keine Zeugen. Kein heroisches Beiwerk. Es war nur eine kleine Geste des Anstands und Respekts zwischen einem Mann und einem anderen, und doch lag für Sheldon darin die Möglichkeit einer besseren Welt begründet. Alles, was wir bis dahin erreicht hatten – so wenig das auch sein mochte –, konzentrierte sich in den unbezeugten und vergessenen Anstrengungen von Corporal Saul Horowitz, der die sterblichen Überreste von Lieutenant Eli Johnson barg.

Es gab also kurz vor dem Ende diesen Augenblick der Gnade.

Und in diesem Augenblick setzte Sheldon die Kamera ans Auge und schoss ein Bild von den beiden.

Das Geräusch des Auslösers gab den Anstoß dafür, dass die Zeit weiterlief. Sheldon sah zu, wie Saul auf den Stolperdraht trat, der die Explosion auslöste, bei der sein einziges Kind ums Leben kam. Er sah von einer Stelle neben dem Pfad direkt zu ihrer Linken aus zu.

Als es geschah, kam Herman hinter ihm auf Saul zugerannt.

Die Vietcong hatten die Bomben mit Nägeln, Kugellagern und – perverserweise – Patronenhülsen amerikanischer

Gewehre aus einem früheren Gefecht bestückt, die sie vom Boden aufgelesen hatten.

Der Schrott zerfetzte Saul die Beine, den Unterleib und den Bauch.

Bevor sich die Schmerzen auf seinem Gesicht abzeichneten, brach er zusammen, denn da gab es keine Knochen, Muskeln oder Gelenke mehr, die ihn aufrecht hielten. Lieutenant Johnsons Leiche glitt seitlich vom Weg zu Boden und sollte nicht von seinen Landsleuten geborgen werden. Nur seine «Hundemarke» gelangte, in Sauls Tasche, zurück in die USA, zu seinen Eltern, in den Sarg, in dem sie schließlich beerdigt wurde.

Herman schrie auf und brach beinahe augenblicklich in Tränen aus. Er packte Saul bei den Hemdaufschlägen und hievte ihn mit der Kraft des Entsetzens auf seinen Rücken, genau wie Saul Johnson und Donny Mario getragen hatten, so wie Männer einander seit jeher tragen.

Die Schießerei begann, als Herman zu rennen anfing.

Niemand schaute mehr zu Sheldon hinüber. Es beachtete ihn überhaupt keiner mehr. Sogar Bill war verschwunden.

Herman rannte einen vollen Kilometer durch den Urwald, in das winzige Dorf, zum Boot am Ufer. Ritchie bemannte die M-60 und ließ blindlings in den Wald schießen, um Deckung zu geben, aber er wusste nicht, ob da überhaupt jemand war.

Trevor saß noch immer aufrecht hinter dem Mönch.

Sobald sie an Bord waren, legte das Boot ab, und schon bald waren sie mitten auf dem Fluss.

Doch es war noch nicht vorbei.

Der Mönch wendete das Boot, um stromabwärts fahren und eine größere Distanz zwischen sie und das, was da womöglich in den Büschen hockte, zu bringen.

Herman rammte eine Morphinspritze in Sauls Hauptschlagader und klebte dann Verbandmull auf die Arterien am Oberschenkel.

Diese Erstversorgung hielt Saul noch drei Tage am Leben, während das Boot zurück zum Hafen fuhr, doch er erlangte das Bewusstsein nicht wieder.

Sheldon saß auf der Bank neben Trevor. Es gab nichts, was er für Saul hätte tun können – den Sohn, der einst aufrecht auf seinen Oberschenkeln stand und mit der Intensität eines Wissenschaftlers seine Nase erforschte und dann den Zeigefinger in die Freudentränen seines Vaters steckte.

Teilnahmslos sah er zu, wie das Boot um eine Ecke bog und auf eine Reihe hölzerner Flöße zusteuerte. Er riss die Augen auf, als Maschinengewehrfeuer, das von just diesen Flößen her kam, auf den Bootsrumpf niederprasselte.

Als die Kugeln auf sie einzuprasseln begannen, ließ der Mönch das Steuer los.

Trevor, der bereits aufgesprungen war, machte einen Satz nach vorn und packte es, hielt mit irrsinniger Geschwindigkeit auf das erste Floß zu.

Wie in Trance ging der Mönch zum Bug des Bootes, stellte sich aufs Vorschiff und streckte dann die Arme empor wie ein brasilianischer Klippenspringer oder ein segnender Jesus.

Ritchie metzelte eines der Flöße mit der M-60 nieder. Splitter und Blutfontänen schossen in einer kleinen Wolke hoch.

Herman kümmerte sich um Saul, Trevor steuerte das Boot, und der Mönch stand da, unberührt von dem Durcheinander und dem Lärm, während Saul verblutete.

Das war das letzte Bild, das Sheldon im Traum vor Augen stand. Es war auch das, mit dem er in jener Nacht erwachte, als es zum Gespräch mit Mabel kam und er die Frage stellte. Das, mit dem er noch immer jeden Morgen erwacht. Irgendwie ist ihm nie so richtig klargeworden, wie es dann weiterging. Er weiß, dass das Boot schließlich in Sicherheit gelangte. Saul wurde nach Saigon gebracht und starb dort im Krankenhaus. Der Brief wurde wie versprochen abgeschickt, und Rhea bekam ihren Namen. Trevor und Herman blieben bis zum Ende des Trips auf dem Boot und fuhren dann nach Hause.

Der Mönch wurde nie von einer Kugel getroffen. Doch eines Tages, in einem anderen Gefecht, stürzte er sich angeblich in den Fluss und tauchte nicht mehr auf.

10. KAPITEL

S I E nähern sich dem kleinen Ort Flaskebekk von der Hafenseite her, und Sheldon steuert so dicht wie möglich am Ufer entlang. Er hofft, dass die Küstenwache sich nicht besonders für ein kleines Boot interessiert, das in Ufernähe entlangschippert. Das Wetter bleibt stabil, und die Strömung ist nicht stark.

Natürlich hat er keine Ahnung, was sich unter der Oberfläche verbirgt, aber einer der großen Vorteile des kleinen Flachbodenbootes ist sein geringer Tiefgang. Es mag kein besonders seetüchtiges Boot sein, aber es ist leicht zu manövrieren.

Die Gewehre, die er braucht, heißen Moses und Aaron. Die Kanonen, nach denen sie benannt sind, befinden sich, wenn der Reiseführer recht hat, den Sheldon während der Fahrt durchblättert, in der Festung Oscarsborg auf einer nicht allzu weit entfernten Insel vor ihnen, Søndre Kaholmen. Offenbar schickten die Deutschen am 9. April 1940 ein 14 000-Tonnen-Kriegsschiff namens Blücher in den Oslofjord, um die Hauptstadt anzugreifen, den König gefangen zu nehmen und die nationalen Goldreserven zu stehlen. Obwohl die Festung Oscarsborg nur spärlich bemannt war und über bescheidene Verteidigungsmöglichkeiten verfügte, waren darin drei Kanonen Krupp'scher Fertigung mit einem Durchmesser von 28 Zentimetern namens Moses, Aaron und

Joshua und außerdem ein Kommandant, der die Herausforderung gern annahm.

Als das Schiff in der Nähe von Drøbak in den Sund einfuhr, beschossen Colonel Birger Eriksen und die wenigen Männer, die er kommandierte, die Blücher aus knapp zwei Kilometern mit Moses und Aaron. Sie gaben nur zwei Schüsse ab, aber die waren entscheidend. Der erste Schuss traf den Schiffsrumpf, setzte die deutschen Geschütze und Ölfässer in Brand, und der zweite setzte es schachmatt.

Während das Schiff lichterloh brannte, wurden die geheimen Torpedogeschütze gezündet, die das Schiff mit Mann und Maus aus nur fünfhundert Meter Entfernung zum Sinken brachten.

Es heißt, dank Oscarsborg habe die Regierung genügend Zeit gehabt, zu fliehen und sich im Widerstand gegen die nationalsozialistischen Invasoren zu organisieren, womit sich Norwegen offiziell auf die Seite der Alliierten schlug. Norwegen geriet bald unter die Herrschaft der Nazis, und ein Marionettenregime übernahm die Macht. Siebenhundertzweiundsiebzig norwegische Männer, Frauen und Kinder, die Juden waren, wurden von der norwegischen Polizei und den Deutschen umstellt und deportiert. Die meisten wurden nach Auschwitz verschleppt.

Vierunddreißig überlebten.

Nur wenige norwegische Polizisten wurden bestraft, einige blieben sogar im Amt, bis sie in Rente gingen. Der Holocaust selbst stand auch Jahrzehnte nach dem Krieg nicht auf den Lehrplänen der Unis. Es dauerte mehr als fünfzig Jahre, bis Norwegen ein Mahnmal errichtete, und ein paar weitere, bis das Zentrum für Holocaust- und Minderheitenstudien gegründet wurde.

Für das, was da geschehen war, fanden sich, wie es Sheldon schien, offenbar nur unbeteiligte Zeugen, keine Täter. Und wenn Norwegen sich einmal nicht ganz korrekt verhalten hatte, so wurde dies sogleich mit dem Hinweis auf seine Opferrolle beiseitegewischt.

«Die Frage ist», sagt Sheldon laut und blickt in Richtung Süden auf die Festung Oscarsborg, «ob wir genügend Benzin haben, um dort anzukommen.»

Der Tag schleppt sich dahin, die Sonne scheint gar nicht zu wandern. Niemals ist Sheldon das Verstreichen der Zeit so langsam vorgekommen. Die gesamte Strecke von Oslo bis nördlich von Drøbak beträgt weniger als siebzehn Meilen, aber Zeit und Entfernung auf dem Wasser sind eine Sache der Phantasie.

Sie fahren noch einmal vier Stunden, bis dem kleinen Motor schließlich das Benzin ausgeht.

Weitere vierzig Minuten treiben sie noch dahin, bis die steigende Flut sie schließlich sanft in einer kleinen felsigen Bucht, die von Nadelgehölz umstanden ist, an Land trägt.

Sheldon überlegt, wo die Sichtlinie vorbeifahrender Boote verläuft, und bindet seins dann an einer Stelle fest, wo es am wenigsten auffällt.

Wäre es aus Holz, er hätte es versenkt.

Hätte er die Kraft gehabt, er hätte es ganz ans Ufer gezogen und versteckt.

Wäre er jünger gewesen, hätte er dem Angreifer ein Messer ins Herz gerammt und die Mutter des kleinen Jungen gerettet.

Aber die Dinge sind nun einmal so, wie sie sind.

Sobald sie sicher an Land gegangen sind und alles aus dem Boot geräumt haben, wird Sheldon wieder munter.

«Sagst du denn nie etwas?», fragt er Paul. «Du kannst mich sogar schlagen, wenn dir danach ist. Das hätte ich nämlich verdient. Bestimmt. Ich hätte auf der Stelle die Polizei rufen sollen, als ich die Auseinandersetzung in der Wohnung über uns gehört habe. Aber ich dachte nicht einmal daran. Fiel mir einfach nicht ein. Ich stand zu sehr über den Dingen. Ich meinte, ich wüsste, was da vor sich ging und dass deine Mutter schon irgendwann die Treppen runtergerannt kommen und nach draußen stürzen würde, da hätten sich dann andere Leute um sie kümmern können. Ich habe die Tür auch nicht ihretwegen aufgemacht. Ich habe sie für mich aufgemacht. Aus Trotz. Um aller Welt zu beweisen, dass man das eben so macht. Zweiundachtzig Jahre alt, und noch immer bilde ich mir ein, dass ich ein Publikum habe bei dem, was ich tue. Ist das nicht unglaublich? Ich spiele für ein Publikum, das schon vor fünfzig Jahren gestorben ist. Ich hätte die Polizei rufen sollen, und mit etwas Glück wäre sie rechtzeitig da gewesen.»

Sheldon wirkt gebückt und erschöpft von der Bootsfahrt. Sein Rücken ist gekrümmt. Der Junge und er sind nun beinahe gleich groß, und Sheldon versucht, ihm in die Augen zu blicken.

«Ist es ein Zufall», fragt Sheldon, «dass wir, je älter wir werden, immer mehr wie ein Fragezeichen aussehen? Was ich sagen will, ist … es tut mir leid. Das Beste, was ich gebe, scheint niemals gut genug zu sein. Ich hatte ein paar ordentliche Momente. Allerdings nicht so übermäßig viele, wenn man bedenkt, wie viele Chancen ich hatte. Ich habe sogar Sauls Geburt verpasst.

Ich möchte dich noch nicht abgeben, verstehst du das? Was, wenn der Typ dein Vater ist? Er war in letzter Zeit ja ständig in eurer Wohnung, den Geräuschen nach zu schließen. Wahrscheinlich war er sehr oft bei euch. Ein Junge wie du wird ja nicht einfach von selbst stumm. Der hat dich bestimmt schon seit langem bedroht und eingeschüchtert. Wenn ich dich abgebe, kommt er am Ende an und ruft: ‹Mein Sohn, Sie haben meinen Sohn gefunden!› Ich kann dich doch nicht in die Klauen des Mörders deiner Mutter geben! Was für ein Freund würde denn so etwas tun?»

Paul hört ihm zu. Sheldon versteht nicht, weshalb.

«Hast du Hunger? Du bist bestimmt ganz ausgehungert. Komm, wir gehen uns mal 'n bisschen was zu essen borgen.»

Paul ergreift zwar nicht Sheldons Hand, folgt ihm aber. Sie gehen langsam, denn nach den langen Stunden im Boot tut Sheldon das Kreuz weh. Bei jedem Schritt schießt ein stechender Schmerz in sein linkes Bein, und er rückt den Tornister aus dem Boot gerade, den er über der Schulter trägt.

«Lassen wir es mal gut sein für heute. Wir gehen jetzt dorthin.»

Sheldon streckt die Rechte aus und deutet auf ein hübsches blaues Haus in Ufernähe. Sie gehen nach Süden, der Fjord liegt rechts von ihnen. Am Ufer gibt es einen privaten Anleger aus Metall für ein Boot, das nicht da ist.

Sheldon führt den Jungen an der Vorderseite des Hauses entlang und hält Ausschau nach Anzeichen für Leben. Es stehen keine Autos in der Zufahrt und nur wenige auf der Straße selbst. Das Haus wirkt verlassen.

Gemeinsam gehen sie ein weiteres Mal um das Haus herum, und Sheldon zeigt Paul, wie man die Hände zu einem Hohlraum formt und das Gesicht an die Scheibe presst. Paul tut es zwar nicht, aber Sheldon hat das Gefühl, dem Jungen dennoch etwas Brauchbares beigebracht zu haben.

Kein Licht brennt. Der Fernseher ist ausgeschaltet. Alles ist aufgeräumt und sauber.

Sheldon geht zur Hintertür, an die sich ein kleiner Garten anschließt, von dem aus ein Pfad hinunter zum Pier führt. Er presst sein Gesicht noch einmal gegen die Scheibe, sieht immer noch nichts Interessantes und beschließt, aufs Ganze zu gehen.

«So, damit wären wir wieder bei Lektion 1», sagt er zu Paul.

Er setzt den Tornister auf der hölzernen Veranda vor der Küche ab, zieht einen Hammer heraus und zertrümmert wortlos das Glasfeld neben dem Türgriff.

Er hält einen Augenblick inne, lauscht konzentriert und sagt dann: «Kein Alarm. Das ist hilfreich. Pass auf, wo du hintrittst. Überall Glas.»

In einem Eames-inspirierten Wohnraum mit wunderbaren schwedischen und amerikanischen Möbeln aus den Fünfzigern findet Sheldon einen Zeitschriftenständer mit Landkarten und den örtlichen Bus- und Zugfahrplänen, die er zusammenrafft und in die Küche schleppt, damit er sie anschauen kann, während das Wasser für Nudeln zu kochen beginnt.

Als er eine gute Übersichtskarte gefunden hat, faltet er sie vorsichtig auseinander, breitet sie auf dem Tisch aus und deutet mit der Spitze eines hölzernen Kochlöffels auf die Glomma, zeichnet die blaue mäandernde Linie ein paar Zentimeter in Richtung Kongsvinger nach.

«Da wollen wir hin. Ich war zwar noch nie dort, aber ich habe ein Foto auf der Kühlschranktür in Oslo gesehen. Ich bin mir ziemlich sicher, dass wir es finden werden.» Sheldon fährt mit dem Finger über die Karte. «Ich wusste gar nicht, dass dieses Land so viele Seen besitzt. Überall gibt es hier einen See!»

Als das Wasser kocht, gießt Sheldon ein wenig Wasser in ein IKEA-Glas und macht sich einen löslichen Kaffee. Er öffnet die Tür des Küchenschranks links von der Spüle, findet eine Packung Fusilli und lässt den Inhalt in den Topf prasseln. Er hat keine Ahnung, wie viel ein hungriges Kind essen kann, und ist neugierig, wie viel das wohl sein wird. Er findet eine Dose Tomaten, Salz und Pfeffer, etwas Knoblauchpulver und kombiniert alles mit feinem Sachverstand, wie ihn nur ein Großvater aufbringt, zu einer Pampe, wie sie nur ein Kind zu essen imstande ist.

Er gibt drei gehäufte Teelöffel Zucker in seinen Kaffee und kommt dann zurück zum Tisch, an dem Paul auf die Landkarten starrt.

«Da wollen wir hin», sagt Sheldon auf eine Stelle deutend, «aber die Frage ist, wie machen wir das? Ich werde zwar aus diesen Fahrplänen hier nicht schlau, aber immerhin wird mir klar, dass fast alle Busse von Drøbak nach Kongsvinger über Oslo fahren. Und ich möchte nicht nach Oslo fahren. Ich möchte Oslo umgehen. Oslo, da komme ich ja gerade her. Heißt also, wir sitzen wieder fest. Wir könnten per Anhalter fahren, aber ich halte das für alles andere als unauffällig, und die Wahrscheinlichkeit, dass eine Polizeistreife vorbeifährt und uns findet, ist höher, als mir lieb ist. Wir können immer noch kein Auto mieten. Ich nehme mal an, wir könnten uns eins ausborgen, aber lass uns das nur als letzte Möglichkeit in Betracht ziehen. Was ich sagen will, ist ... wir haben da 'ne ganz schöne Nuss zu knacken.»

Als das Abendessen serviert ist, beobachtet Sheldon, wie

Paul die Pasta in einer langen, ununterbrochenen, fließenden Bewegung verschlingt.

Am Ende dieses Abenteuers sind beide mit Tomatensoße bekleckert. Der Junge lächelt nicht. Dafür hat Sheldon das Gefühl, als wären Körper und Geist des Jungen zum ersten Mal seit dem Mord an seiner Mutter an ein und demselben Ort.

«Schön. Und jetzt wollen wir dich mal von diesen Klamotten befreien und ins Bett stecken.»

Sobald Paul gewaschen ist und seine Zähne geputzt sind – mit irgendeiner Zahnbürste aus dem Badezimmer –, suchen sie in dem Kinderschlafzimmer nach etwas zum Anziehen und finden ein langes weißes T-Shirt, das Paul als Nachthemd benutzen kann. Das Bett ist gemacht, eine dicke Wolldecke liegt obenauf, die Sheldon an die Hudson-Bay-Decken erinnert, die er als Kind im westlichen Massachusetts hatte, mit den breiten Streifen am Rand. Seine Mutter meinte, das zeige, wie viele Biberfelle dagegen eingetauscht wurden, aber er war sich da nicht so sicher. Dafür schienen es ihm zu viele zu sein.

Es durchzuckt ihn der Gedanke, dass er so viel Zeit damit verbracht hat, die Kindheit seines eigenen Sohnes zu erinnern, dass er seine eigene beinahe völlig vergessen hat. In seinem Alter kann es überwältigend und schmerzhaft sein, einem mit zu viel Nostalgie behafteten Gedanken nachzuhängen. Nicht dass er das gewollt hätte. In ihren letzten Jahren hatte Mabel aufgehört, Musik zu hören. Die Lieder aus ihrer Jugendzeit riefen ihr die Menschen und Empfindungen von damals in Erinnerung – Menschen, die sie nie mehr sehen würde, und Empfindungen, die sich nicht wiederholen ließen. Es war zu viel für sie. Manche Leute können mit diesen Dingen gut umgehen. Es gibt Leute unter uns, die nicht mehr zu gehen imstande sind, aber die Augen schließen und sich an eine Sommerwanderung über ein Feld erinnern können oder an das Gefühl von kühlem Gras unter den Füßen, und dann lächeln sie. Die nach wie vor den Mut besitzen, die Vergangenheit wohlwollend zu betrachten, sie wieder zum Leben zu erwecken und ihr eine Stimme in der Gegenwart zu verleihen. Mabel gehörte nicht zu diesen Leuten. Vielleicht fehlte ihr eben diese Art von Mut. Oder vielleicht war ihre Menschlichkeit so vollkommen, so allumfassend, dass sie von ihrer Fähigkeit, sich die entschwundene Liebe vorzustellen, erdrückt worden wäre. Diejenigen unter uns, die fähig sind, sich der verloren geglaubten Liebe zu stellen und sie nicht zu fürchten – die einem sterbenden Kind bis zum Ende Freude bereiten können, ohne sich aus Selbstschutz zurückzuziehen –, das sind unsere Helden. Nicht die Märtyrer. Es sind nie die Märtyrer.

Als der Junge im Bett liegt, drückt Sheldon die Nase ganz tief in die dicke Wolle und atmet so viel von der Vergangenheit ein, bis seine Lungen beinahe platzen.

Auf der Stelle schießen ihm Tränen in die Augen, und er hält inne. Er reißt sich zusammen und geht ins Badezimmer, um sich das Gesicht zu waschen. Im Spiegel erblickt er einen Mann, der ihm nicht sonderlich bekannt vorkommt. Und dafür ist er dankbar.

Auf dem Polizeirevier in Oslo lockert Sigrid den Krawattenknoten gerade so weit, dass das Blut wieder zu zirkulieren beginnt, aber nicht so weit, dass irgendwer meinen könnte, der Fall setze ihr zu. Ihr Team arbeitet hart, es ist spät, und alle sind müde. In den letzten zwölf Stunden hat sie mehr

Befehle und Anweisungen erteilt als in den letzten zwölf Wochen, und obwohl sie keineswegs erschöpft ist, käme ihr eine kleine Pause doch sehr gelegen.

Aus Solidarität und Pragmatismus hat sie in dem großen zentralen Raum Platz genommen, ihr Büro ist jetzt leer. Darin befindet sich nichts, was einen Nutzen für sie gehabt hätte, abgesehen vielleicht von ihrem Computer, aber sie kann sich genauso gut bei Lena einloggen, die sie zur Asylaufnahmebehörde geschickt hat, um aktenkundig gewordene Kumpels dieses ehemaligen UÇK-Typen zu befragen, den die Einwanderungsbehörde in ihrer unergründlichen, wohlwollenden Weisheit ins Land gelassen und sogar mit monatlichen, vom Steuerzahler finanzierten festen Bezügen ausgestattet hat, um ihm «dabei zu helfen, wieder auf eigenen Füßen zu stehen».

Ihr Gespräch mit dem Kollegen von der Immigrationsbehörde war angespannt und wenig zielführend verlaufen, und es hatte im Missklang geendet.

«Wenn sie bei uns ankommen, haben sie nichts», hatte der unverbesserliche Idealist am anderen Ende der Leitung gesagt. «Wie bitte sollen die Leute sich integrieren ohne ein bisschen Unterstützung?»

«Wir stecken sie in Ghettos am Stadtrand, wo sie sich zu Banden zusammenschließen. Inwieweit hilft das irgendwem weiter oder stärkt das Norwegen?»

«Das ist ja nur vorübergehend», hatte der Mann gekontert. «Abgesehen davon greifen unsere pschosozialen Maßnahmen am besten, wenn die Menschen in größeren Gruppen zusammenleben. Die Kosovaren haben einen schrecklichen Krieg mitgemacht, sie sind traumatisiert. Sie kennen doch die Bilder ja aus den Nachrichten.»

Sigrid seufzte. Alles, was die Leute von der Immigrationsbehörde verbockten, landete früher oder später auf ihrem Schreibtisch. Sie hatte die Theorie entwickelt, dass deshalb so viele ihrer Landsleute denselben gemeinschaftlichen, optimistischen und wohlwollenden Ansatz auf jedes beliebige Problem anwendeten, egal ob heimisch oder international, weil ihnen das half, sich stärker als Norweger zu fühlen. Vielleicht war es genau das, was sie erst zu Norwegern machte?

Es war nicht dieses zwanghafte Gut-sein-Wollen, das sie störte. Dafür hegte sie sogar Bewunderung. Nein, es war die Art, wie sie jedes Problem mit ein und derselben Haltung angingen, ohne über die Natur des Problems nachzudenken. Damit kam keiner weiter. Analyse und Schlussfolgerung müssen zusammenpassen, alles andere ist weltfremd und unrealistisch.

Ihr Vater – und, soweit sie das zu beurteilen vermochte, seine ganze Generation – war lange nicht in diesem Maße von der eigenen Guterzigkeit überzeugt. Das war eindeutig ein neuer Trend, der ihr ganz und gar nicht schmeckte.

«Wussten Sie, dass ein großer Teil des Heroins in Europa über den Balkan reinkommt? Eine Menge davon wiederum über den Kosovo?», hatte sie zu dem Integrationsfuzzi gesagt, denn sie konnte manchmal einfach nicht die Klappe halten. «Ihr habt ihnen nicht bei der Integration geholfen. Ihr habt einen neuen isolierten Knoten in diesem Netzwerk erschaffen.»

«Das ist Fanatismus», hatte der Mann tatsächlich gesagt.

«Nein, das ist eine Tatsache», hatte Sigrid geantwortet. Und weil das Gespräch eh zu nichts führte, verabschiedete sie sich knapp und legte auf.

Die Sonne steht inzwischen endlich unter dem Horizont, und sie knipst die Schreibtischlampe an. Mit einem *Plopp!* brennt der Glühfaden durch.

Enver Bardhosh Berisha, auch unter dem Namen Miftar Vishaj bekannt. Sigrid hält die Akte ins Dämmerlicht und lehnt sich weit in ihrem Stuhl zurück. Dieser Mann, dieser Mörder, ist hier. In Oslo. Es gibt eine Akte über ihn, aber es liegt nichts gegen ihn vor. Kein Haftbefehl. Kein Auslieferungsgesuch der Serben. Er ist hier mit Billigung der norwegischen Regierung, kauft sich vom Geld des Steuerzahlers Straßenbahnfahrscheine und Zigaretten. Das hätte sie nicht so sehr in Rage gebracht, wären all diese Tatsachen nicht so klar in der Akte dargelegt gewesen. Die Immigrationsbehörde wusste, dass er Mitglied der kosovarischen Befreiungsarmee wie auch der Todesschwadronen gewesen und dass er vor der serbischen Regierung auf der Flucht war. Irgendwie waren all diese Informationen zu seinen Gunsten verwendet worden, um ihm Asyl zu gewähren. Musste er nicht tatsächlich um sein Leben bangen? War nicht mittels eines neuen DNA-Tests nachgewiesen worden, dass er einen Sohn im Lande hatte und daher von Norwegens Bestrebungen profitieren durfte, Familien zusammenzuführen?

Warum haben die Serben nicht versucht, ihn zu schnappen? Sie kann nur spekulieren. Vielleicht haben sie es ja versucht, und sie weiß nur nichts darüber. Vielleicht planen sie, ihn still und heimlich umzulegen, Serbien hatte ja die Todesstrafe 2002 abgeschafft. Vielleicht sind sie froh, ihn los zu sein, und möchten, das Gras über die Sache wächst. Vielleicht wissen sie Bescheid über seine Familie und sind besorgt, dass ein Verfahren gegen ihn nur ihre eigenen Verbrechen in den Fokus internationaler Nachforschungen rücken könnte.

Es gibt so vieles, was durchs Raster fällt. Der Schleier einheitlicher Rechtsprechung wird stets von denjenigen zerrissen, die Realpolitik auf der internationalen Bühne praktizieren. Recht wird der Zweckdienlichkeit geopfert, je weiter wir uns von den Verbrechen und ihren Opfern entfernen. Und aus irgendeinem Grund ist er nun hier – kauft seine Untertassen bei Glassmagasinet und seine Wintersocken bei Anton Sport, so wie wir anderen auch.

Familie – was für ein nichtssagender Begriff. Sigrid nimmt die Akte der Frau zur Hand. Herkunft, Geburtstag, Schulbildung, Zeitpunkt der Immigration – all das ist jetzt an das neue Dokument angeheftet. Tag der Ermordung, Ort, Todesursache. Die Akte ist natürlich noch nicht geschlossen. Neue Informationen kommen die ganze Zeit über hinzu.

Es gibt eine Liste ihrer persönlichen Dinge. Alles bemerkenswert normal. Eine Pulsar-Armbanduhr. Ein wenig Modeschmuck von Arts and Crafts in Oslo. Kleidung. Ein kleiner Schlüssel – vielleicht für ein Tagebuch oder auch den Briefkasten. Ein entzückender kleiner Ring aus Weißgold mit einem einzigen blauen Saphir, vermutlich ein Geschenk oder ein Erinnerungsstück. Keine Ohrringe. Kein Geld.

Trotz der Betriebsamkeit und Energie in der Zentrale hört sie nur Stille, als sie sich vorstellt, wie Enver der Frau die Schlinge um den Hals legt und zuzieht, bis sie ihr Leben aushaucht.

«Wo ist meine Akte über den Jungen?», ruft sie laut.

Ein Beamter brüllt zurück, dass sie unterwegs zu ihr sei. Sigrid schüttelt den Kopf. Das sollte alles nicht so lange dauern.

«Wo sind meine Infos zu Horowitz?»

«Die alten Akten von den Marines sind noch nicht digitalisiert, aber die haben irgendeinen armen Kerl für uns mit der Taschenlampe ins Kellerarchiv geschickt.»

«Ich muss wissen, mit wem wir es hier eigentlich zu tun haben, okay?»

Ob nun als Scharfschütze oder als Schreibtischhengst, Sheldon Horowitz war ein ehemaliger Marine. Und da es sich hier um einen Mordfall handelte, in den auf die eine oder andere Weise ein ehemaliger Marine verwickelt war, hatte Sigrid ein Informationsgesuch über das Außenministerium weitergeleitet, schließlich waren die USA und Norwegen NATO-Alliierte. Zu ihrer Überraschung sprangen die Amerikaner voll darauf an.

Ihre Theorie ist, dass die Belegschaft in der wuchtigen, festungsartigen amerikanischen Botschaft in Oslo an der Henrik Ibsens gate sich langweilt. Klar, Norwegen ist in der NATO, und es gibt dort eine Menge Fisch, Öl und Gas. Aber sonst ...? Was haben die schon für ein Interesse an Norwegen?

«Wir sind bereits dran», sagte einer ihrer Beamten. «Es liegt nur noch keine Meldung vor.»

«Keine Nachrichten von den Flughäfen?»

«Nein», sagt ein anderer. «Keine von den Buslinien, den Zügen, den Taxis oder der zentralen Tourist-Info. Nichts von den Polizeistreifen. Nichts von der Fahrradpolizei. Nichts von dem Beobachtungsposten gegenüber dem Wohnhaus. Nichts von den Krankenhäusern.»

«Was ist mit der Enkelin?»

«Die sind im Sommerhaus in Glåmlia», erwidert ein weiterer Beamter. «Sie sind per Telefon erreichbar. Sie haben heute angerufen, wie wir es mit ihnen vereinbart hatten.»

«Vielleicht ist der alte Mann unterwegs zu ihnen», sagt Sigrid.

Keiner sagt etwas.

Wie?, fragen sie sich im Stillen.

Aber niemand spricht es aus.

«Die rufen uns doch an, oder?», meinte irgendwann einer der Kollegen. «Sie haben sich mit uns in Verbindung gesetzt, wie wir das mit ihnen ausgemacht haben.» Einige Leute nicken. Andere murmeln etwas.

«Ruft den örtlichen Polizeichef an, er soll morgen früh jemanden hinschicken. Sagt ihnen, es gäbe da ein Problem. Was ist mit den Autovermietungen?»

Es sind Faxe verschickt worden. Wir haben nichts herausgefunden.

Sigrid wäre froh, nichts in Händen zu haben, wenn da auch nichts zu erwarten wäre. Sie ist immer realistisch, was die Ergebnisse ihrer Untersuchungen angeht. Aber bei der Suche nach einem alten Mann, einem jüngeren Mann und einem kleinen Jungen in so einer kleinen Stadt muss doch etwas zu finden sein!

Das Gespräch mit dem Leiter der Immigrationsbehörde nagt an ihr. Keine Frage, dies ist nicht der richtige Zeitpunkt für derartige Gedanken, doch wie können die Behörden die Sicherheit des norwegischen Volkes und das Allgemeinwohl – also das Wohl der Bürger dieses Landes, die für ihre Demokratie gekämpft hatten – hintanstellen und das der Ausländer an erste Stelle setzen?

Und wie kann man es zulassen, dass die hehren Ideale ehrbarer Norweger einfach die Fakten ignorieren? Gute, handfeste Fakten? Wie können wir nur sechzig Jahre nach der Besatzung durch die Nazis so optimistisch sein? Sind wir bescheuert?

Vielleicht ist es auch eine Generationenfrage, was erklären würde, weshalb ältere Menschen eher für die konservativeren Parteien stimmen.

Was soll man da tun, außer zum *Vinmonopolet* zu gehen und sich was zu Trinken zu holen?

Sigrid ist kein politischer Mensch – außer wenn sie sich über Politiker ärgert –, doch mit einem Mal wird ihr bewusst, dass man auf zwei verschiedene Arten handeln kann. Auf der Basis von Überzeugungen und auf der von Beweisen. Und wenn die Wahl auf die Überzeugungen fällt, dann muss man Liberale und Konservative gleichermaßen mit jenen Leuten in einen Topf werfen, die mit dem Bauch und nicht mit dem Kopf regieren. Die einzige Entscheidung, die es da zu fällen gilt, ist, ob einem bei ihren Ansichten warm ums Herz wird oder nicht. Auf der anderen Seite gibt es dann diejenigen, die möchten, dass sich unsere Welt zum Guten verändert, und dies zu erreichen versuchen, indem sie den Tatsachen ins Auge sehen. Für Sigrid ist es kein bloßer Zufall, dass Ärzte und Ingenieure sich weniger in die Haare kriegen als Politiker.

Enver Bardhosh Berisha. UÇK. Wegen nachweisbarer Todesdrohungen in Serbien ins Land gelassen, hat außerdem einen Sohn in Norwegen.

UÇK. Die kosovarische Befreiungsarmee. Eine paramilitärische Organisation, die anfangs vom Westen und der NATO in ihrem Kampf gegen den Terror der serbischen Milizen unterstützt wurde, diese Unterstützung dann aber einbüßte, weil ihre Verwicklung in Drogengeschäfte, Exekutionen, Massenmord und andere Grausamkeiten jegliche moralische Glaubwürdigkeit in Frage stellte. Der Rest Europas war vollkommen verwirrt, und da sich Gut und Böse nun nicht mehr eindeutig unterscheiden ließen, haben wir einfach auf einen anderen Kanal umgeschaltet.

Sigrid legt die Akte auf den Tisch, reibt sich die Augen und ruft dann laut: «Meine Birne ist kaputt», was aus irgendeinem Grund ihr Team zum Lachen bringt. Daher sagt sie: «Ich brauche eine neue Birne!», und alle lachen nur noch lauter.

Typisch für militante Kämpfer ist, dass sie Ansehen genießen. Man arbeitet sich hoch und wird von den Leuten anerkannt. Wenn die Gruppe auseinanderbricht, verliert man das eine, das während des Aufstands wichtig war: den Respekt.

Würde ein Mann wie Enver – ein erfahrener Soldat, der Menschen umgebracht hat, der weder Familie noch Reichtümer besitzt und völlig wurzellos ist –, würde so einer sich plötzlich nicht mehr um seinen Ruf scheren, den Kampf aufgeben und in ein entlegenes skandinavisches Land flüchten, um ein friedlicher Familienmensch zu werden? Was für eine Art von Frau würde so einen Mann überhaupt wollen?

Sigrids Gedanken wandern von der Zentrale zu ihrem Vater am Küchentisch. Sie erinnert sich an ein Gespräch, in dem er ihr einmal etwas Wichtiges erklärt hatte, was sie seitdem nur unter großen Schwierigkeiten anderen hatte vermitteln können.

«Alles ist künstlich», hatte er mit ungewohntem Ernst verkündet.

«Du meinst, es ist alles bedeutungslos?»

«Nein», erwiderte er. «Das meine ich ganz und gar nicht.» Er machte eine sehr lange Pause, bevor er weitersprach. Ihr Vater war ein schlichter Mensch und hatte nichts übrig für rhetorische Pausen. Ihm war eher daran gelegen, präzise zu sein. Und das erforderte eben manchmal Zeit zum Nachdenken. Wenn andere in der Zwischenzeit die Geduld verloren, dann hatten sie eindeutig kein Interesse an der richtigen Antwort.

«Was ich sagen will», fuhr er fort, «ist, dass Gebäude, die Schreibtische, die großen Strukturen allesamt Produkte von Ideen sind. Von Bedeutung sind also gar nicht die Gebäude. Sondern die Ideen. Weil Gebäude prächtig und teuer sind, Ideen aber schwer zu greifen, lassen wir uns leicht von den Gebäuden blenden – darin liegt die Künstlichkeit. Sie lenken uns nämlich von den Ideen ab, die sie füllen. Menschen stehen auf den Stufen vor einem großen Gebäude und betreten es ehrfurchtsvoll. Warum? Ideen wissen nicht, wo sie ihren Ausdruck finden. Wenn ich Geschichtsbücher lese, dann lese ich darin nichts über die großen Gebäude; ich lese etwas über die Ideen von großen Reichen. Sie alle stellten ähnliche Fragen, kamen aber zu ganz unterschiedlichen Resultaten. Es ist eine Tatsache, dass wir beim Vergleich einzelner Welten feststellen, dass diese ganz unterschiedlich sind.

Der interessante Punkt dabei ist folgender: Damit diese Welten zusammenhalten, ist es notwendig, die Ideen zu teilen. Daher schaue ich mir gern an, welche Ideen weitergegeben werden. Wer ist daran beteiligt? Was denken diese Leute? Was ermöglicht diese Ideen? Was ist für sie offensichtlich, und was kann man sich unmöglich vorstellen? Was ist gestattet und was nicht?

Wenn du nicht bei den Ideen anfangen kannst, weil sie verborgen sind, fang bei denjenigen an, die mit den Leuten sprechen, um die Dinge zum Laufen zu bringen. Dabei zeichnen sich immer gewisse Muster ab. Wenn Dinge getan werden, dann liegt ihnen ein Muster zugrunde. Mit Sicherheit geht es hier um mehr als um ein einfaches Motiv. Es geht um die ... *Logik*, die das Gespräch zusammenhält.»

Sigrid hatte genickt und über das, was ihr Vater gesagt hatte, nachgegrübelt.

Nach einer Weile sagte sie: «Du sprichst mit den Tieren und lebst auf einem Bauernhof. Was soll ich nun davon halten?»

«Aha», hatte ihr Vater gesagt. «Aber welche Tiere? Und worüber unterhalten wir uns?»

11. KAPITEL

SHELDON träumte nicht von der Frau, die ermordet wurde. Zum ersten Mal, seit er sich erinnern konnte, träumte er auch nicht von seinem Sohn. Stattdessen träumte er von einem kleinen Jungen, der mit dem Rücken zu ihm saß und mit farbigen Bauklötzchen spielte. Immer höher türmte er sie auf, bis in schwindelerregende Höhe.

Sheldon schlief fest, weil er sich keine Sorgen machte, man könne ihn hier im Haus schnappen. Etwas Bahnbrechendes war irgendwann um die Schwelle zum neuen Jahrtausend geschehen, als er fünfundsiebzig Jahre alt wurde. Er hatte festgestellt, dass man ihm so ziemlich alles durchgehen ließ, weil die Leute ihn für einen verrückten alten Kauz hielten.

Nicht mein Haus? Sie machen wohl Scherze ...

Warum sich also Sorgen machen?

Da konzentrierte man sich doch lieber auf die echten Probleme, zum Beispiel wie man nach Glåmlia kam, ohne die öffentlichen Verkehrsmittel oder ein Taxi zu benutzen oder per Anhalter zu fahren.

Paul ist nur schwer wach zu kriegen, aber Sheldon weiß, dass er seit gestern Nacht um neun Uhr geschlafen hat, und acht Stunden müssen jedem reichen.

«Guten Morgen», sagt er, über das Bett gebeugt.

Als der Junge aufwacht, erkennt Sheldon, dass er – wie

jedes Kind – erst einmal orientierungslos ins Licht blinzelt. Als er endlich klar sieht und Sheldon erblickt, legt er wortlos den Arm um Sheldons Hals und hält ihn fest.

Es ist keine liebevolle Umarmung, sondern der Griff eines Ertrinkenden, der sich an Treibgut klammert.

«So», sagt Sheldon zu Paul, «antreten zum Zähneputzen, danach gibt's Frühstück. Wir sollten uns ein bisschen umsehen und nachdenken. Wir müssen ja nicht unbedingt zu dieser Hütte. Was gut ist, weil ich gar nicht so recht weiß, wie wir da hinkommen sollen. Wir könnten mit dem kleinen Boot da draußen bis Schweden fahren, wenn uns danach ist. Nur ist mir nicht danach. Ein Tag auf See reicht für einen alten Mann wie mich. Ich muss in der Nähe einer Toilette bleiben, verstehst du? Verstehst du nicht. Du pinkelst wie ein Rennpferd. Du bist so jung, du weißt nicht einmal, wie du einen Toilettensitz hochhalten sollst, der ständig zuklappt. Der Trick – und das sage ich dir, um dir einen Haufen unnötiger Versuche zu ersparen –, der Trick ist, dich seitlich an die Kloschüssel zu stellen und ihn mit dem Bein aufzuhalten. Oh, ich weiß, was du denkst. Du denkst, dass du das in null Komma nichts selbst herausgefunden hättest, schließlich bist du ein schlaues Kerlchen. Stimmt wahrscheinlich, aber nach wie vielen peinlichen Momenten? Und warte, bis du nach England kommst und feststellst, dass die im Badezimmer Teppichboden haben. Wenn das nicht die ekligste Blüte der westlichen Zivilisation ist! Ein Silvesterabend auf der Insel, und du gehst nie wieder barfuß. Worüber sprachen wir gerade?»

In der Küche plündert Sheldon die Schränke und macht ihnen ein Frühstück, das aus löslichem Kaffee, Kräutertee, Keksen mit Schokostückchen und gebratenen Fischstäbchen, Wasa-Knäckebrot und getrocknetem Elchfleisch besteht.

Zwischen den Gängen knabbert Sheldon Pistazien und pult sich die Reste mit einem Buttermesser aus den Zähnen.

«Lass uns mal die Schränke genauer inspizieren und sehen, ob wir was Brauchbares für dich zum Anziehen finden.»

Nach einem halbherzigen – zugegeben: männlichen – Versuch, die Küche sauber zu machen, führt Sheldon Paul in das große Schlafzimmer und fängt an, die Schränke zu durchforsten.

In einem Schrank aus Massivzeder mit Spiegeltüren finden sie Männer- und Frauenkleidung für die Übergangszeit. Es sind Kleidungsstücke für Leute um die fünfzig. Konservative Leute. Die sich ein Haus am Oslofjord leisten können und sich nicht die Mühe machen, es auch zu bewohnen. Leute, denen es nichts ausmacht, ein wenig von ihrem Reichtum abzugeben, wie Sheldon findet.

«Ich behaupte nicht, dass wir hier Robin Hood spielen oder so. Und ich will das hier auch gar nicht schönreden. Wir klauen denen ihre Klamotten. Das Boot, das war nur so leihweise. Die Klamotten, die behalten wir. Was ich damit sagen will, ist, dass dieser Typ hier wahrscheinlich auch mit einem Tweedjackett weniger auskommt. Außerdem hinterlasse ich ihm ja eine wunderbare orangefarbene Jacke, um die einen jeder beneiden würde.»

Sheldon behält seine eigene Hose an, packt sich aber saubere Unterwäsche und Socken ein. Er nimmt auch ein gestärktes weißes Hemd, das so aussieht, als hätte es mindestens ein Jahrzehnt darauf gewartet, wieder Beachtung zu finden. Es ist natürlich zu groß für ihn, aber er stopft es einfach tief in die Hose und zurrt den Gürtel fest.

Überraschenderweise findet Sheldon auf der Seite der Frau ganz oben im Regal eine blonde Perücke. Während sein erster Gedanke sofort Sex und den allzu gegenwärtigen – und schmerzlich unerreichbaren – Phantasien des Verkleidens gilt, kommt ihm beim erneuten Betrachten des Tweedjacketts und der alten Hemden ein neuer Gedanke. Der weniger fröhlich ist.

«Krebs», sagt er. «Das erklärt wohl, weshalb niemand hierherkommt. Jetzt, wo ich darüber nachdenke, fand ich das Elchfleisch doch ziemlich zäh.»

Paul streckt die Hände nach der Perücke aus. Sheldon sieht sie an, dann den Jungen und reicht sie ihm. Paul berührt das blonde Haar und inspiziert vorsichtig die Locken. Er dreht sie um und sieht das Maschenwerk des künstlichen Skalps. Sheldon nimmt sie ihm sanft aus der Hand und setzt sie sich selbst auf.

Paul reißt die Augen auf. Er schaut ein bisschen, als ob ihm die Maskerade Spaß machen würde. Obwohl dies vielleicht auch nur die Wunschvorstellung eines alten Mannes ist, der so etwas glauben muss.

«Okay, jetzt bist du dran.»

Sheldon nimmt die Perücke ab und pflanzt sie auf Pauls Kopf. Er schließt die Schranktür und deutet auf den Paul im Spiegel.

Paul blickt ihn durch den Spiegel an.

«Huck Finn hat auch Frauenkleider angezogen, als er auf Jackson's Island die Lage sondierte. Es gibt eine lange literarische Tradition von Jungs, die sich als Frauen verkleiden, wenn es mal nicht so rundläuft, also denk dir nichts dabei. Übrigens, wo ich dich so in dem langen weißen Hemd sehe, kommt mir eine Idee.»

Aus den Schrankfächern der Frau holt Sheldon einen dünnen braunen Ledergürtel und legt ihn Paul um die Taille.

«Wir brauchen eine Kopfbedeckung. Vielleicht eine Wollmütze oder so etwas. Oh! Das da. Da oben. Genau das Richtige.» Sheldon nimmt eine braune Mütze herunter und setzt
sie auf Pauls perückenverziertes Haupt.

«Gut so, gut so, allmählich wird das ja! Du musst mir noch
mal die Mütze geben. Jetzt brauche ich einen Kleiderbügel
und etwas Alufolie. Zurück in die Küche.»

Ganz aufgekratzt vom Kaffee mit Zucker, läuft Sheldon
in die Küche, reißt Schranktüren auf und schließt sie wieder. Wie durch göttliche Vorsehung fällt ihm aus einem der
Fächer über dem Kühlschrank Alufolie entgegen. Sheldon
greift summend nach einer Papierrolle und zupft und zerrt
daran. Das Papier schlängelt sich zu einem Haufen zusammen. «Hilf mir!», sagt er zu Paul und reicht ihm einen Armvoll Papier.

Als hätte er auf seinen Einsatz gewartet, tritt Paul hinter
Sheldon und zieht und zieht, als würde er ein riesiges Segel
hissen. Erst als das ganze Papier abgerollt ist, gibt sich Sheldon zufrieden.

«So. Jetzt haben wir etwas, womit wir arbeiten können.»

Sheldon nimmt die Röhre aus festem Karton, den Draht-
kleiderbügel und die Wollmütze und macht sich an die
Arbeit. Der Küchentisch dient als Labor. Er schneidet die
Papproöhre mit einem Steakmesser in der Mitte durch, dann
macht er sich an den Kleiderbügel. Sheldon zuckt zusammen,
als er den Stich der Arthritis in seinen Fingergelenken spürt,
schafft es aber, den Bügel gerade zu biegen und dann zu
einem riesigen, kurvenreichen «W» zu formen. Er zwinkert
Paul zu, während er die Wollmütze erst auf der einen, dann
auf der anderen Seite des Bügels einfädelt. Er zupft die Mütze
zurecht, bis der gebogene Draht Widderhörner bildet. Dann

steckt er die Kartonröhren auf die Hörner und umwickelt beide sehr locker mit Alufolie.

Das Ergebnis ist so etwas wie «Wikinger im Weltraum».

Befriedigt stülpt Sheldon die Konstruktion Paul über und zieht ihn dann zum Spiegel, damit er sich selbst betrachten kann. Mit dem Ausdruck von jemandem, der einer Schwangeren ein Motorrad zu verkaufen versucht, grinst Sheldon Paul im Spiegel an.

«Paul, der Wikinger! Paul, das vollständig verkleidete albanische Kind, das nicht mit einem alten Zausel auf der Flucht durchs norwegische Hinterland ist! Na, was meinst du?

Oh, halt, warte! Noch etwas. Was ist ein Wikinger – ein *viking*, wie die Norweger sagen – ohne Streitaxt oder etwas ähnlich Zerstörerisches? Wenn ich das Parteiprogramm der Republikaner dahätte ... aber so ... Ach, nehmen wir eben einen Holzlöffel!»

In der Küche findet Sheldon einen hübschen abgenutzten Kochlöffel und steckt ihn Paul in den Ledergürtel.

Dann tritt er einen Schritt zurück und begutachtet das Ganze.

«Eins fehlt noch.» Mit diesen Worten zeichnet Sheldon mit einem Filzstift, den er vorhin in einer der Küchenschubladen entdeckt hatte, ein altes Symbol auf Pauls Wikingerbrust.

Sheldon ist zufrieden mit sich.

Paul, von dem wohl ungewohnten Gefühl beseelt, zur Abwechslung einmal wichtig zu sein, wirkt gar nicht mehr wie ein heimlich an Bord geschmuggelter Paddington. Er geht ins Elternschlafzimmer, um vor dem Spiegel zu posieren.

Sheldon nutzt die kleine Pause in seinem Kinderbeaufsichtigungsprogramm, um seine Feldflasche aufzufüllen, ein paar Cracker und den Rest des Elchfleischs einzupacken.

Er lässt die Hintertür offen stehen und geht nach draußen, hinunter zum Pier, um nach dem Boot zu schauen, das sie sich in Oslo ausgeborgt haben. Die Sonne steht bereits hoch über dem Horizont, obwohl es erst acht Uhr morgens ist. Die Morgenluft ist frisch, aber das ist nur der Hinweis auf ein Hoch mit konstant gutem Wetter. Er könnte ohne Probleme den Fernseher einschalten und den Wetterbericht gucken, befürchtet aber, dass womöglich der Mord in den Nachrichten erwähnt wird. Jeder Moment, in dem Paul nicht das Gesicht seiner Mutter sieht oder ein wenig Ruhe oder Ablenkung von der Realität da draußen hat, ist ein Segen, den Sheldon nicht aufs Spiel setzen möchte.

Mit den Händen auf den Hüften geht Sheldon zum Pier hinaus und lässt den Blick zu der Stelle schweifen, an der er gestern Abend das Boot vertäut hat. Es ist ein schöner Fleck, leicht schattig, kaum einzusehen. Die Art von Ort, an dem man sich auf einer Decke zum Picknick mit dem oder der Liebsten niederlassen und Steine ins Wasser werfen würde. All das kann er jetzt sehr gut überblicken, denn das Boot versperrt nicht mehr die Sicht.

Huch?

Kann sein, dass ein paar Teenager es sich ausgeliehen haben oder dass es vielleicht sogar abgetrieben ist. Egal, warum – das Ergebnis bleibt gleich. Sie haben nun eine Option weniger.

«Umso besser», sagt Sheldon leise, als er sich endlich vom Wasser abwendet.

Vom Pier aus entdeckt der alte Kundschafter-Scharfschütze etwas, das seinen Adleraugen bislang entgangen war, nämlich zwei breite Reifenspuren, die vom Uferrand zur Rückseite der Garage neben dem Haus führen.

Da er schließlich nichts Besseres zu tun hat, folgt Sheldon den Spuren. Die Garage sieht aus wie eine kleine amerikanische Scheune, nur dass sie nicht rot, sondern in demselben Hellblau gestrichen ist wie das einsame Haus, das dem Paar mit der krebskranken Frau gehört.

Die Garagentüren sind weiß gestrichen, in Augenhöhe sind Fenster eingelassen. Sheldon stellt sich wieder so hin wie gestern Abend mit Paul und presst die Nase gegen die Scheibe, um hineinzuspähen. Auch auf der gegenüberliegenden Seite gibt es Fenster, aber von dort dringt kein Licht in den schummrigen Raum. Das Einzige, was er sagen kann, ist, dass irgendetwas Langes, Wuchtiges den dunklen Raum ausfüllt.

Sheldon drückt die Klinke herunter, muss aber zu seiner Überraschung feststellen, dass abgeschlossen ist.

Dies ruft ihm Lektion Nr. 2 seines Ausbilders in Erinnerung.

Wenn du keinen Hammer zur Hand hast, suche nach dem Schlüssel.

Es gab wirklich nichts, was zu banal gewesen wäre, um nicht Eingang in den Unterricht des United States Marine Corps zu finden.

In der Küche, wo er den Filzstift gefunden hat, lag auch ein Schlüsselbund, jeder Schlüssel ist mit einem Etikett versehen. Natürlich alles auf Norwegisch, aber das ist egal, denn wie es der Zufall will, passt einer in das Vorhängeschloss an der Garagentür zur Straße hin.

Ohne großen Optimismus nimmt Sheldon das Schloss ab und hängt es geöffnet wieder in seinen Bügel zurück, dann lässt er die Tür mit einer dramatischen Geste aufschwingen, deren einziger Zweck darin besteht, ihm ein gutes Gefühl zu vermitteln.

Was er drinnen sieht, weckt in ihm zum ersten Mal, seitdem Rhea von ihrer Fehlgeburt erzählt hat, die Lust zu lachen.

Er lässt die Türen zur Garage offen stehen und schlurft zurück ins Wohnzimmer, wo er die untere Hälfte des Wikingers unter dem betagten dreisitzigen Sofa hervorragen sieht. Sheldon wendet sich an den Allerwertesten des Jungen:

«Was machste denn da unterm Sofa?»

Als der Junge Sheldons Stimme hört, beginnt er rückwärtszukrabbeln. Sobald er vollständig hervorgekrochen ist, dreht er sich um. Er hält einen sehr großen Ball aus Staub und Haaren in die Höhe.

Sheldon zieht einen geschwungenen dänischen Sessel heran und setzt sich. Erst betrachtet er den Jungen, dann diese Wollmaus da, die er wie eine Trophäe emporreckt.

«Das ist eine sehr beeindruckende haarige Kugel, die du da hast.»

Paul betrachtet sie nun auch.

«Weißt du, das ist ein gutes Zeichen. Nehme ich an. Bevor Huck und Jim zu ihrer Reise aufbrachen, hatte Jim auch so eine Haarkugel. Seine konnte sprechen, wenn man eine Münze drunterlegte. Ich hab allerdings keinen Nickel. Und die hier spricht wahrscheinlich sowieso Norwegisch. Ich glaube, wir sollten jetzt gehen.»

Sheldon nimmt einen Kopfkissenbezug aus dem Schlafzimmer und setzt die Haarkugel darauf. Er legt die vier Enden übereinander und bindet sie zusammen. Aus dem Wandschrank im Flur holt er einen Plastikbesen und schraubt den

Stiel ab. Den steckt er durch den zusammengeknoteten Kissenbezug und legt das ganze Ding auf Pauls Schulter.

«Jetzt bist du ein norwegisch-albanischer Haarkugel-Landstreicher-Wikinger. Wetten, dass du das heute beim Aufwachen noch nicht wusstest?»

Sie rüsten sich mit ihren Gummistiefeln, waschen das Geschirr ab, räumen es weg, ziehen die Betten ab und werfen die Wäsche in einem großen Haufen auf den Boden. Zum Schluss betätigen sie noch einmal die Toilettenspülung. Sheldon schnippt ein paarmal mit den Fingern, Zeit zum Aufbruch. Er schultert seinen Tornister und rückt den Gurt zurecht, damit er besser auf seinen schmalen Schultern liegt, und schreitet dann zusammen mit Paul hinaus ins Licht, um ihm seine besondere Entdeckung zu zeigen.

«Komm, komm, komm. Jetzt bleib stehen. Und rühr dich nicht vom Fleck, okay?»

Es ist nicht okay, und Paul hat keine Ahnung, wovon Sheldon redet, aber mit seinem gehörnten Helm steht er in Habachtstellung da, während Sheldon in der Garage verschwindet.

Lange Zeit herrscht Stille. Paul schaut zum Fjord hinunter, wo wunderschöne Segelboote über die Oberfläche der kalten, salzigen See gleiten. Wo Möwen die Luft durchschneiden, hoch und frei am Morgenhimmel. Wo …

Ein donnerndes Gerumpel reißt den Jungen aus seinen Gedanken, und er weicht einen Schritt zurück.

Rauch dringt aus der offenen Tür. Die Fenster zittern, die Vögel fliegen auf. Aus der Dunkelheit taucht Sheldon Horowitz auf einem riesigen gelben Traktor thronend auf und zieht ein Schlauchboot auf einem zweirädrigen Anhänger mit der norwegischen Flagge am Heck hinter sich her.

«Flussratten!», ruft er laut und wedelt mit seiner Land-
karte über dem Kopf. «Lasst die Reise beginnen!»

Rings um sie ist die Welt lebendig und in voller Blüte. Die
Straße windet sich in sanften Kurven, und die Wildnis ist so
nahe, dass man sie greifen kann. Birken und Fichten mischen
sich mit Buchen und Kiefern. Vögel, die die langen Sommertage genießen, schmettern voll Leidenschaft ihre Lieder, die
durchs schimmernde Blattwerk dringen, und flöten hoch auf
den sanft schaukelnden Baumwipfeln.

Pauls gummibeschuhte Füße tapsen in dem Schlauchboot hin und her, während er seinen Kochlöffel vorbeifah-
renden Autos hinterherschwenkt. Er benimmt sich fast wie
ein normaler kleiner Junge.

Sheldon schaltet ungefähr ein Dutzend Mal in den falschen Gang, bis er – zumindest grob – heraushat, wie das
Ding funktioniert. Irgendwann läuft es, er tuckert mit etwa
zwanzig Kilometern pro Stunde dahin, immer schön gerade-
aus, und freut sich seines Lebens.

Er fährt hinaus auf den Husvikveien und dann auf die
153, die anscheinend auch Osloveien heißt, wenn er die Land-
karte richtig deutet. Seine erste Markierung ist am Riksveg 23,
den sie bei ihrem jetzigen Tempo wohl in ungefähr dreißig
Minuten erreichen und der hoffentlich irgendwie gekenn-
zeichnet ist. Er beschließt, sich ein wenig zu entspannen und
diese fremde Gegend erst mal ein wenig auf sich einwirken
zu lassen.

So fremd kommt sie ihm allerdings gar nicht vor. Sie erinnert ihn nämlich an die Berkshires im westlichen Massachusetts, wo weiße Kirchtürme über Saltbox-Häusern mit ihren
schwarzen, blauen und grünen Fensterläden wachen, Schul-

kinder Blechbüchsen mit Zeichentrickfiguren für ihr Pausenbrot bei sich haben und Polizisten den Verkehr auf der Hauptstraße stoppen, damit Entenküken mit ihren orange Stummelbeinen und lustigen Gesichtchen die Straße überqueren können.

Zum letzten Mal war er 1962 in den Berkshires, Saul war damals zehn. Es war der perfekte Zeitpunkt, um der Familie die Pracht Neuenglands zu zeigen, die sich wie ein Teppich ausbreitete und sie in einen herbstlichen Zaubermantel hüllte, getränkt mit der Vorfreude auf Halloween.

Sie wohnten in einem Bed-and-Breakfast in der Nähe des Ortes, in dem Sheldon geboren war. Saul war die mit Teppich ausgelegte Treppe hinabgerannt, zu einer absurd frühen Uhrzeit, um ungestört den Frühstückstisch plündern zu können, Mabel und er hatten sich träge gefragt, wie es wohl gewesen wäre, wenn sie ein Mädchen gehabt hätten.

«Ruhiger», mutmaßte Sheldon.

«Für dich. Ich habe meiner Mutter ziemlich zugesetzt», sagte sie.

«Mütter und Töchter.»

«Genau.»

«Aber wir hätten länger schlafen können.»

«Vielleicht.»

«Ich kann ja runtergehen und ihm Gesellschaft leisten. Möchtest du noch ein bisschen im Bett bleiben?»

Mabel schlief also noch ein Stündchen, während Sheldon Saul dabei zusah, wie er das Doppelte seines Körpergewichts an Cranberry-Muffins, Blaubeerpfannkuchen, Kakao, Eiern, Frühstücksspeck, Ahornsirup und Butter verspeiste.

Es war Mitte Oktober, und Sheldon las im *Boston Globe* über die Kubakrise, die sich gerade zuspitzte. Die Sowjets versuchten, Raketen nach Kuba einzuschleusen, und Kennedy hatte eine Blockade errichtet, um sie daran zu hindern. Die Pattsituation führte beinahe zu einem Atomkrieg. Das hätte ihnen Halloween ziemlich versaut.

«Wenn es einen Atomkrieg gibt, weißt du ja, was du tun musst, oder?», sagte er zu Saul.

«Bucken und in Beckung behn.»

«Sprich nicht mit vollem Mund!»

Saul schluckte hinunter und sagte dann: «Ducken und in Deckung gehen.»

«Genau.»

Nachdem er seinen Elternpflichten nachgekommen war, schenkte Sheldon sich einen zweiten Kaffee ein und beschloss, dass heute ein prima Tag zur Apfelernte wäre. Und danach würde er eine Runde Golf spielen. Mabel konnte ein wenig mit dem Jungen lesen, und er hätte ein wenig Zeit für sich selbst. Konnte die gute Landluft seiner Heimat in vollen Zügen genießen und sich die New Yorker Autoabgase aus den Lungen pusten lassen.

Mabel trug ein rotes Oberteil und eine weiße Bluse darüber. Damals, so fiel ihm heute wieder ein, hatte er bewundernd festgestellt, wie schmal ihre Taille war, wie schlank ihre Waden. Wie sie ganz leicht in ihren Schuhen über den unebenen Grund spazierte. Er ging hinter ihr her und lächelte, als die Absätze das herabgefallene Laub aufspießten und ihr wie ein Stapel Rechnungen auf dem Dorn in seiner Reparaturwerkstatt folgten.

Wie schade, dass der Tag so verdorben wurde.

Mabel kam am Nachmittag mit leichten Kopfschmerzen nach unten, daher beschloss Sheldon, Saul auf den Golfplatz mitzunehmen, damit er lernte, wie man den Schläger richtig hielt. Welcher zehnjährige Junge zog nicht gern den Caddy für seinen Dad?

Es gab diesen alten Country-Club mit einem niedrigen, langgestreckten weißen Gebäude im Kolonialstil in der Mitte, dahinter erstreckte sich der Golfplatz wie eine smaragdfarbene Pfütze. Das Blau des Himmels strahlte überirdisch schön, und im Rahmen irgendeiner Feierlichkeit spielte ein Streichquartett auf der Terrasse. Ein herrlicher Ort.

Sheldon und Saul betraten die Lobby und lächelten dem Mann zu, der wie ein Maître d'hôtel hinter seinem Empfangstisch saß. Der Mann lächelte zurück.

«Hi. Mein Sohn und ich möchten gern eine Runde Golf spielen. Einfach die ersten neun Löcher. Er ist mein Golfjunge, wir halten also niemanden auf.»

«Ihr Name, bitte?»

«Ich bin Sheldon Horowitz, und dies ist mein Sohn, Saul.»

«Mr. Horowitz.»

«Genau. Also, wo kann ich zahlen, und wo bekomme ich Schläger?»

«Tut mir leid, Sir, aber der Club ist nur für Mitglieder.»

Sheldon zog die Brauen zusammen. «Sie sind der einzige Golfclub in der Stadt. Ich habe beim B&B gefragt. Dort hieß es, dass hier alle spielen können.»

«Oh, nein, nein. Da haben die sich geirrt. Der Club ist nur für Mitglieder.»

«Wie kann sich der Knabe geirrt haben? Er lebt hier und ist im Tourismusgeschäft.»

Der Mann verwendete die alte Technik, sich taub zu stellen und die Frage nicht zu beantworten, in der Hoffnung, dem Gesprächspartner dadurch zu verstehen zu geben, dass die Unterhaltung sinnlos war. An Sheldon hatte man bei der Erfindung dieser Technik nicht gedacht.

«Sie scheinen mich nicht gehört zu haben. Darf ich wiederholen, was ich gesagt habe: Wie kann der Typ sich geirrt haben? Er lebt hier und ist im Tourismusgeschäft.»

«Das kann ich Ihnen auch nicht sagen.»

«Schön. Ich komme ziemlich oft hierher. Wie viel kostet eine Mitgliedschaft?»

«Das ist sehr teuer. Und es gibt ein Aufnahmeverfahren. Sie müssen von einem Mitglied vorgeschlagen werden.»

Mit einer theatralischen Geste, die aus einer griechischen Tragödie stammen könnte, blickte sich Sheldon nach Zeugen für diesen Irrsinn um.

«Was ist denn das für eine Einstellung? Versuchen Sie, neue Mitglieder zu gewinnen oder zu verscheuchen?»

Aus Gewohnheit, die oft stärker ist als das Bedürfnis zu lernen, versuchte es der Mann erneut mit derselben Technik, woraufhin Sheldon entschied, dass der Kerl wohl nicht ganz richtig tickte. Also verlegte er sich darauf, ganz langsam mit ihm zu sprechen. Wie mit Ausländern oder Haustieren.

«Wollen Sie, dass Leute hier in Ihrem Club Mitglied werden, um auf Ihren grün glänzenden Rasenflächen mit kleinen weißen Bällen spielen zu können und anschließend in Ihrer Bar ein paar Bierchen zu zischen, oder wollen Sie das nicht?»

«Mr. *Horowitz*», sagte er mit Betonung. «Sie haben sicher Verständnis. Und Sie brauchen nicht zu schreien. Machen Sie bitte keine Szene.»

Sheldon, der immer noch nicht begriff, kniff die Augen zusammen, als er den Mann anstarrte. Dann, vielleicht um sich moralische Unterstützung zu holen oder sich das Antlitz der Normalität in Erinnerung zu rufen, blickte er auf seinen wohlgenährten zehnjährigen Sohn hinab. Und als er so zu seinem Sohn hinunterschaute, fiel sein Blick auf den goldenen Davidstern, den Mabels Schwester ihm letztes Jahr zu Hanukkah geschenkt hatte.

Dann wandte sich Sheldon wieder an den Mann.

«Wollen Sie sagen, Sie verkaufen mir keine Mitgliedschaft in Ihrem Country-Club, weil ich Jude bin?»

Der Mann schaute nach links und rechts und zischelte dann: «Sir, bitte, Sie brauchen nicht ausfallend zu werden.»

«Ausfallend?», brüllte Sheldon. «Ich bin US-Marine, Sie Würstchen. Ich möchte eine Runde Golf mit meinem Sohn spielen. Und Sie werden das jetzt *sofort* ermöglichen.»

Aber dazu kam es nicht mehr. Ein Wachmann, deutlich größer als Sheldon und mit grimmigerem Gesichtsausdruck, kam auf sie zu.

In diesem Augenblick sah Sheldon sich nach Saul um. Er hätte einfach gehen sollen. Er hätte akzeptieren sollen, dass die Welt nun mal groß war und der Wandel eben Zeit brauchte. Ganz ehrlich, er wollte nichts tun, was seinem Sohn Angst machen oder ihn womöglich sogar traumatisieren könnte. Er wollte nicht verhaftet werden und Mabel dadurch aufregen. Die Stimme der Vernunft war deutlich vernehmbar.

Aber sie klang nicht überzeugend. Denn das, was er auf dem Gesicht seines Sohnes sah, war Scham. Und da fällte Sheldon, der nun mal kein Intellektueller war, seine Entscheidung. Er traf sie im Hinblick darauf, was ihm die am wenigsten peinliche Art der Erwiderung zu sein schien – angesichts dessen, was er war und wozu sein Sohn einmal werden sollte. Für Sheldon war die Linie, die von diesem Augenblick zu Sauls Tod in Vietnam führte, unabänderlich und eindeutig.

Sobald der Wachmann in Reichweite war, machte Sheldon einen Satz nach vorn und verpasste dem Mann mit dem rechten Ellbogen einen Hieb auf den Unterkiefer, was ihn sofort zu Fall brachte. Zum Ausgleich schlug er dem anderen Typen die Nase ein und sah, wie er hinter dem Empfangstisch zusammensackte.

Und dann nahm Sheldon Saul bei der Hand und führte ihn hinaus, ganz sicher, dass er *nicht* verfolgt werden würde und *keine* Scherereien mit der Polizei bekam. Das Einzige, was für einen Antisemiten schlimmer ist als ein Jude, ist, von einem Juden zusammengeschlagen zu werden. Je weniger Leute davon wussten, desto besser.

Als sie gehörigen Abstand zu dem Country-Club hatten, fasste Sheldon Saul bei den Schultern, wedelte mit dem Zeigefinger und sagte Folgendes:

«Dieses Land ist das, was du daraus machst. Verstehst du, was ich meine? Es ist weder gut noch schlecht. Es ist einfach nur, was du daraus machst. Das bedeutet, dass du keine Entschuldigungen für die Scheiße findest, die Amerika baut. Das machen Nazis und Kommunisten. Vaterland. Mutterland. Amerika, das sind nicht deine Eltern. Amerika, das ist dein Kind. Und heute habe ich Amerika zu einem Ort gemacht, an dem du eins auf die Nase kriegst, wenn du einem Juden gegenüber behauptest, er könne nicht eine Runde Golf spielen. Der Einzige, der mir sagen darf, dass ich nicht Golf spielen kann, ist der Ball.»

Saul schaute ihn mit großen Augen an, ein Moment, den Sheldon nie vergaß.

Aber anders als die Kubakrise versaute der Moment den ganzen Tag.

12. KAPITEL

SEIT die Zeitungen etwas über den Mordfall gebracht haben, klingelt Sigrids Telefon ununterbrochen. Irgendwann hat sie sich ein Headset aufgesetzt, um wenigstens ein bisschen Arbeit gebacken zu bekommen. Diese Anrufe, findet sie, haben nichts mit ihrem Job zu tun.

In Norwegen ist die Bezirkspolizei sowohl der Staatsanwaltschaft als auch der Nationalen Polizeibehörde rechenschaftspflichtig, was dazu führt, dass Leute wie Sigrid gleichzeitig von links und rechts abgewatscht werden.

Die aktuelle Watsche kommt vom Polizeichef ihres Reviers. Sie nimmt sie mit geschlossenen Augen entgegen, als unterziehe sie sich einer Darmspiegelung.

«Wie läuft's?»

«Prima, danke.»

«Brauchen Sie Hilfe?»

«Nein. Es ist ja erst gestern geschehen. Ich glaube, wir sind auf gutem Weg.»

«Ziemlich politisch, das Ganze, was?»

«Ja, das nehme ich mal an.»

«Sie haben einen Verdächtigen, richtig? Diesen Typen aus Serbien.»

«Aus dem Kosovo. Und wir verdächtigen ihn, haben aber keine Beweise. Daher kann ich ihn auch nicht einkassieren. Im Augenblick kann ich ihn nicht einmal finden.»

«Ein Moslem, richtig?»

«Wahrscheinlich, aber ich glaube nicht, dass Religion etwas mit dem Fall zu tun hat. Nationalität vielleicht schon. Ich bin noch nicht sicher – es ist zu früh, um ein Motiv nachweisen zu können.»

«Gibt es weitere Verdächtige?»

Sigrid öffnet die Augen und blickt sich kurz um. Dann schließt sie sie wieder. Irgendwie tut es gut, bei diesem Gespräch eine Blinde zu spielen.

«Es gibt da jemanden, den wir als ‹schützenswerte Person› bezeichnen.»

«Was heißt denn das?»

«Es ist eine neue Kategorie, die ich mir ausgedacht habe.»

«Dürfen Sie das?»

«Ich denke schon.»

«Um wen handelt es sich?»

«Er heißt Sheldon Horowitz.»

«Albaner?»

«Jude.»

Am anderen Ende der Leitung entsteht eine sehr lange Pause.

Eine sehr. Lange. Pause.

Der Polizeichef flüstert: «Jude?»

«Jude», erwidert Sigrid, ohne zu flüstern.

«Ein israelischer Spion? Mossad?»

«Nein. Kein Israeli. Ein Jude. Er ist Amerikaner. Ein alter Marine, der möglicherweise an Alzheimer leidet. Oder an Traurigkeit. So was in der Art. Er ist über achtzig.»

«Die Israelis heuern jetzt schon alte amerikanische Ex-Marines an?»

«Das hat nichts mit Israel zu tun.»

«Sie sagten, es hätte nichts mit Religion zu tun, aber der Mann hat einen jüdischen Namen.»

«Ja, es ist ein jüdischer Name.»

«Sie sagten, Religion spiele keine Rolle, wohl aber Nationalität. Daher sagte ich Israel.»

«Er ist kein Israeli. Sondern Amerikaner. Ein amerikanischer Marine.»

«Aber ... Jude?»

«Und ... Jude.»

«Warum haben Juden jüdische Namen?»

Sigrid starrt auf die durchgebrannte Birne.

«Ist das eine Fangfrage?»

«Nein, was ich sagen will, ist ... Norweger haben keine lutherischen Namen; wir haben norwegische Namen. Und die Franzosen haben keine katholischen Namen; sie haben französische Namen. Und auch die Katholiken haben keine katholischen Namen, und die Moslems keine muslimischen. Zumindest soweit ich weiß. Obwohl ich vermute, dass Mohammed ein muslimischer Name ist. Also, weshalb haben Juden jüdische Namen?»

«Mohammed ist ein Vorname. Kein Nachname.»

«Da haben Sie vollkommen recht!»

«Ich rate mal ins Blaue hinein», sagt Sigrid und fragt sich, weshalb sie raten soll, wenn doch jemand anders die Antwort darauf genau kennt. «Ich denke mir, weil es die Juden als Volk bereits mindestens tausend Jahre vor den Norwegern, Franzosen und sämtlichen Katholiken gegeben hat. Vielleicht waren die Dinge damals etwas kompakter. Wie ... bei den Wikingern. Wenn es heute noch Wikinger gäbe, und zwar in unterschiedlichen Ländern, hätten sie vermutlich Wikinger-Namen.»

«Glauben Sie, es gab jüdische Wikinger?», fragt ihr Vorgesetzter.

«Ich nehme an, wenn es jüdische Wikinger gegeben hätte, dann wüssten wir das mittlerweile.»

«Sind die Palästinenser darin verstrickt?»

«Worin?»

«In den Mordfall.»

Sigrid schaut zur Decke, sie hat die Augen jetzt offen, und hält nach Gottes rettender Hand Ausschau. Stattdessen erblickt sie dünne, alte, abblätternde Farbe.

«Es sind keine Palästinenser in dieses Verbrechen verwickelt. Keine Israelis. Keine Araber. Nichts davon hat irgendwas mit dem Nahen Osten zu tun. Überhaupt nichts.»

«Aber es sind Juden!»

«Es gibt da einen einzigen, eigenbrötlerischen, alten, wahrscheinlich verwirrten und unzweifelhaft amerikanischen Juden. Der sich nichts hat zuschulden kommen lassen, wenn ich das bemerken darf.»

«Der Ihnen am Herzen liegt.»

«Der uns allen am Herzen liegt, wie es scheint.»

«Das geht über die Grenzen Oslos hinaus.»

«Schon klar.»

«Wenn Sie also Hilfe brauchen, melden Sie sich.»

«Ich habe Ihre Nummer hier direkt vor mir liegen.»

«Fangen Sie den Kerl, Sigrid.»

«Ja, Chef.»

Schließlich – und Sigrid kann nicht sagen, wann, denn sie hat nach ein paar Minuten die Orientierung verloren – endet das Gespräch.

Sigrid reibt sich die Augen, während sie hinüber in den Hauptraum geht. So hat sie sich diesen Morgen nicht vorgestellt. Gestern ist sie spät zu Bett gegangen, nachdem sie sich irgendein Fertiggericht reingezogen hat. Morgens musste sie dann feststellen, dass nur noch entkoffeinierter Instantkaffee im Fach über dem Kühlschrank stand, sie hatte aber einfach nicht die Kraft gehabt, drei Häuserblocks bis zu United Bakeries zu laufen, um sich dort zehn Minuten für einen siebenundzwanzig Kronen teuren Becher sorgsam designten Kaffees anzustellen, der, wie ihr der rollkragenpullitragende Elite-*barista* einmal erklärte, nur deshalb lauwarm serviert wird, «weil er dann besser schmeckt».

Versuchen Sie doch mal, Ihre Kunden entscheiden zu lassen, was ihnen besser schmeckt.

Vielleicht war das aber auch genau der Morgen, den sie verdiente. Obwohl es jedem, der mit diesem Fall zu tun hat, glasklar ist, dass die Frau von dem Kosovaren ermordet wurde, gibt es im Augenblick keinerlei Beweise, was sehr ärgerlich ist. An der Tür ist ein Fußabdruck, aber es gibt keine Fingerabdrücke. Die Frau wurde mit einem Seil erwürgt, das allerdings fehlte. Die Mordwaffe ist weg, und niemand hat etwas gesehen. Es sei denn, jemand war im Schrank und hat etwas mitbekommen.

Sigrid geht noch ein paar Schritte tiefer in den Raum, wo sie von den ganzen Kollegen ignoriert wird, die gerade alle überaus geschäftig und konzentriert tun.

Das ist beruhigend, denn auf sie trifft nichts von beidem zu.

Die Jagd auf den Killer ist natürlich im Gange, doch was Sigrid wirklich umtreibt, ist der Junge und vielleicht auch der alte Mann. Wenn der Junge im Schrank war und der Mörder sein eigener Vater, muss er irrsinnig traumatisiert sein. Am liebsten würde sie ihn in behördlicher Obhut sehen und dem Jugendamt übergeben, aber es gibt da ein zwar ziemlich unwahrscheinliches, aber dennoch nicht ganz zu vernachlässigendes Schlupfloch. Wenn wirklich keine Verbindung zwischen dem Vater des Jungen und dem Mord hergestellt werden kann, was sollte ihn dann davon abhalten, einfach reinspaziert zu kommen und nach dem Jungen zu verlangen?

Es muss Mittel und Wege geben, das zu verhindern. Es ist noch früh, und sie hat kein Koffein in der Blutbahn, weshalb ihr auch nicht einfällt, wie sie dieses Schlupfloch stopfen soll. Es erstaunt sie noch immer, dass ihr Vater sich morgens nach dem Aufwachen erst mal einen *akevitt* genehmigte, bevor er in den Stall zum Melken ging oder anderen Pflichten nachkam. Er war nie ein starker Trinker, aber die Zeiten haben sich geändert. Die intellektuellen Osloer pfeifen auf diese Art von Männlichkeit, mit der man der Kälte und Dunkelheit eines nordischen Morgens begegnete. Wahrscheinlich haben sie sogar recht. Trinken ist ungesund und aus der Mode; wir alle müssen mittlerweile besser für uns sorgen.

Oder wir sind vielleicht zu einer Weicheier-Nation verkommen.

«He du», sagt sie zu einem jungen Polizisten, den sie noch nie gesehen hat.

«Mats», sagt er, überrascht, dass sie ihn anspricht.

«Bring mir bitte einen Kaffee.»

Gib's doch zu. Wäre ein Schluck akevitt *jetzt nicht viel besser?*

«Und ihr anderen, hört mir mal gut zu. Setzt euch hierher zu mir. Holt euch einen Stuhl.»

Es dauert eine Minute, bis der Raum sich auf sie einstellt und die Bürostühle in Position rollen. Als sich der Kreis gebildet hat, hält Sigrid – jetzt sitzend, aber immer noch ohne Koffein – ihre Ansprache an die Truppe.

«Danke, dass ihr alle so hart arbeitet. Ich weiß, es war eine lange Nacht. Bislang haben wir noch immer keine direkte Spur zu dem Jungen, dem alten Mann oder dem Tatverdächtigen. Wir haben also, um es zusammenzufassen, kein brauchbares Material von einer Videoüberwachungskamera, keine Berichte von anderen Polizeirevieren oder Streifen, keine Spuren aus der Wohnung selbst, die uns irgendeine Richtung weisen könnten, und auch keine brauchbaren Theorien.»

Jetzt starren sie alle auf ihre Schuhe, was Sigrid als Bestätigung dafür deutet, dass ihre Zusammenfassung richtig war. Sieben sind es insgesamt. Sieben mutlose Zwerge. Und sie ist Schneewittchen, das gerade aus seinem langen Schlaf erwacht ist. Und noch nicht einmal ein Becherchen mit Kaffee findet. Nur einen Raum voll haariger Zwerge.

«Okay. Lasst uns mal etwas über den Tellerrand schauen. Was ist kürzlich in Oslo passiert, das wir kraft unserer Phantasie mit dem aktuellen Problem in Verbindung bringen können?»

Eine blonde Frau in den Zwanzigern hebt die Hand.

«Ihr müsst euch nicht melden. Redet einfach drauflos.»

«Ah so. Ein Paar wurde festgenommen, weil es nackt im Brunnen im Frogner Park badete.»

«Sonst noch jemand?»

«Nein, nur die beiden», sagte die junge Beamtin.

«Das meinte ich nicht.»

Ein anderer Polizist blättert durch seine Notizen und hebt die Hand. Sigrid deutet auf ihn.

«Ein Mann hat einen Einkaufswagen von einem Super-

markt gestohlen. Sein Freund schob ihn den Ullevåls-
veien hinab. Die hatten vierzig Stundenkilometer drauf.
Der zuständige Beamte hat ihnen einen Strafzettel wegen
Geschwindigkeitsübertretung verpasst.»

Sigrid schaut angesäuert.

«Ernstzunehmende Dinge, die in dieser Stadt passieren.»

«Zumindest nicht gestern», entgegnet der Beamte und
wünscht sich sofort, er hätte es nicht gesagt.

«Okay. Ich möchte, dass mir alles Ungewöhnliche sofort
berichtet wird. Egal was. So, wie Petter das macht. Verstanden?»

Sie schweigen, und Sigrid nickt.

Ein Mann in den Vierzigern meldet sich zu Wort. «Es wäre
leicht gewesen für den Verdächtigen, im Auto eines Freundes
zu verschwinden. Das kriegen wir nämlich nicht raus.»

«Nein», sagt Sigrid. «Daran habe ich auch gedacht. Weiß
jemand, ob dieser Enver ein Auto hat, das auf seinen Namen
registriert ist?»

«Er hat keins», erwidert derselbe Beamte.

Petter schaltet sich ein. «Ein Boot wurde vom Pier an der
Akerhusstranda gestohlen.»

«Was für ein Boot?»

«Ein kleines Boot.»

«Siehst du eine Verbindung.»

«Na ja, ich dachte an das, was Mr. Horowitz da auf den
Zettel geschrieben hatte, von wegen ‹Flussratten›, aber er ist
ein alter, gebrechlicher Mann. Wie soll er zusammen mit
einem kleinen Jungen ein Boot stehlen?»

Sigrid nickt. Es ist ebenso plausibel, zwischen den beiden
Ereignissen einen Zusammenhang zu vermuten wie ihn zu
leugnen. Aber sie hört auch die Stimme ihres Vaters, die eine

neue Sicht der Dinge ins Spiel bringt. Sie lauscht ihm und erklärt es dann den anderen.

«Man kann es aber auch so sehen: Ein ehemaliger US-Marine, der in Korea gekämpft hat, glaubt, er sei auf seiner letzten Mission unterwegs und soll einen kleinen Jungen beschützen, der ihn an seinen verstorbenen Sohn erinnert. Dieser Marine ist in einer fremden Umgebung erfolgreich jeder Falle aus dem Weg gegangen, die wir ihm in den letzten sechsunddreißig Stunden gestellt haben, und niemand – auch seine engsten Familienangehörigen nicht – hat eine Ahnung, wo er sein könnte. Lasst uns also mal ein anderes Raster an den Fall anlegen. Kann es sein, dass wir da keinen senilen alten Mann verfolgen, sondern einen gerissenen alten Fuchs, der für eine edle Sache kämpft? Und kann es nicht außerdem sein, dass wir nicht ungeschickt vorgehen – obwohl das ja zutrifft –, sondern dass wir uns sogar auf einen Wettstreit eingelassen haben, den er gerade zu gewinnen im Begriff ist?»

Sie denken schweigend darüber nach. Dann sagt Petter: «Warum bringt er den Jungen nicht zur Polizei? Er wäre doch in Sicherheit bei uns.»

«Ich weiß nicht. Vielleicht sieht er das nicht so. Vielleicht traut er uns nicht. Vielleicht hat er etwas gesehen, das ihn zu einer anderen Überzeugung kommen ließ. Ich weiß es nicht. Ich kann nur hoffen, dass er, wenn es ihm gelingt, uns zu entkommen, es auch schaffen wird, dem Tatverdächtigen und seinen Helfershelfern zu entkommen. Denn ich habe das Gefühl, dass der Vater seinen Jungen zurückhaben will.

«Sucht nach dem Boot», befiehlt Sigrid. «Weit können sie nicht gekommen sein.»

In der Åpent Bakeri, gegenüber vom Literaturhaus, spricht Kadri, den Mund voll Zimtschnecke, auf einen ehemaligen UÇK-Kumpan und einen jungen Rekruten ein, die beide kaum verstehen können, was er sagt.

Der eine zündet sich eine Zigarette an und kneift die Augen zusammen, damit er besser hören kann.

Kadri schluckt hinunter und sagt dann: «Mann, sind die köstlich!»

«Ich habe keinen Hunger», sagt der mit der Zigarette.

Kadri beißt erneut ab und sagt auf Albanisch: «Hungrig muss man dafür nicht sein.»

Der Zweite sagt: «Kadri, was sollen wir hier?»

Obwohl Enver ihn gebeten hat, das zu unterlassen, trägt Kadri goldene Ketten und hat ein schwarzes Hemd an, das einem Siebziger-Jahre-Disco-Devotionalien-Shop zu entstammen scheint. Kadris Handy liegt auf dem Tisch neben seinen Marlboros, er schlürft ein großes Glas Latte macchiato.

«Schmeckt euch nicht, Latte macchiato?», fragt er sie.

Sie schütteln den Kopf.

«Da rebelliert euer Bauch, oder was?»

Sie schütteln erneut den Kopf.

«Also, wir sind doch hier in Norwegen. Muss denn alles wie zu Hause sein? Dann geht nach Hause. Ihr wollt hier leben, dann nehmt euch doch auch das, was es hier so gibt. Hier haben sie Latte macchiato und Zimtschnecken, hübsche Mädels in Stiefeln mit Zottelfell und alte amerikanische Autos, mit denen sie im Sommer rumfahren. So schlecht ist das doch nicht!»

«Kadri, wir haben etwas zu erledigen. Können wir jetzt mal weitermachen?»

«Senka ist tot.»

«Wissen wir.»

«Der Junge ist verschwunden.»

Burim, der noch tiefer in seinem Sessel versunken ist als Gjon, sagt: «Wissen wir auch.»

«Enver sucht nach dem Jungen. Was bedeutet, dass ihr nach dem Jungen sucht.»

Burim zieht an seiner Zigarette. «Ich weiß nicht, wo der Junge ist.»

Kadri schluckt das weiche Innere der Zimtschnecke hinunter und sagt: «Die Mitte ist das Beste, ganz süß und klebrig. Ihr wisst nicht, was euch da entgeht. Ehrlich. Schau mal, du Vollidiot, wenn du wüsstest, wo er ist, würde ich zu dir sagen: ‹Hey, Vollidiot, wo ist der Junge?› Und du würdest sagen: ‹Oh, den habe ich hier in meiner Hosentasche, zusammen mit den Flusen und dem Kaugummi.› Aber du weißt es nicht, und ich weiß, dass du es nicht weißt, und deshalb sage ich, ihr werdet ihn suchen.»

Burim blickt finster drein. «Wenn Enver das Paar verfolgt, damit es ihn zu dem alten Mann bringt, und der Alte bei dem Jungen ist, was sollen wir da noch tun? Klingt so, als wäre die Sache erledigt.»

Kadri streckt den Zeigefinger in die Höhe und sagt: «Weil wir uns vielleicht täuschen. Vielleicht ist der Junge gar nicht bei dem alten Mann. Vielleicht hat der alte Mann gar nichts mit den Leuten zu tun, denen die Wohnung gehört. Vielleicht handelt es sich nur einen norwegischen Rentner, der auf der Straße stand und dem Auto nachsah, und den hat Enver eben gesehen. Vielleicht will der alte Mann das Paar gar nicht treffen. Vielleicht hat Senka den Kleinen irgendwo versteckt und hat uns an der Nase herumgeführt, indem sie in die andere Richtung rannte. Wir wissen es nicht. Wir sind ...» –

er steckt den Finger in den Mund, saugt daran und hält ihn dann feucht und glänzend in die leichte Brise – «... nur am Spekulieren.»

«Wenn nicht der alte Mann, wer dann?», sagt Gjon und nippt an einem stark gesüßten Espresso. «Der Junge ist ungefähr sieben. Der kann ja nicht allein bleiben. Vielleicht ist er bei der Polizei?»

Kadri wischt sich die Finger mit einer Serviette ab. «Vielleicht. Vielleicht auch nicht. Wenn sie eine Vermisstenanzeige in den Nachrichten bringen, weiß ich, dass noch Hoffnung ist.»

«Wer dann?»

Kadri sieht nicht auf. Er zuckt nur mit den Achseln und sagt beiläufig: «Vielleicht die Serben.»

Bei diesen Worten stöhnen Burim und Gjon leise auf und rutschen auf ihren Stühlen hin und her.

«Hört zu», sagt Kadri und leckt sich über die Lippen. «Senka war Serbin. Sie hat serbische Freunde. Sie wollte nicht, dass der Junge mit Enver in den Kosovo geht. Sie wusste, er würde kommen und ihn ihr wegnehmen. Der Kosovo ist jetzt frei. Ein neuer Staat. Ein neuer Anfang. Zeit, neu zu beginnen. Den Jungen wieder dorthin zu bringen, wo er hingehört. Die Früchte unserer harten Arbeit zu ernten. Seit Norwegen den Kosovo im März anerkannt hat, war die Sache für sie gelaufen – das Universum hatte sich gegen sie verschworen. Vielleicht versteckt sie den Jungen bei den Serben. Ist doch irgendwie nachvollziehbar, oder? Und vielleicht ist jetzt ein guter Zeitpunkt, um das Kästchen zurückzuholen, oder?»

«Warum fragen wir nicht einfach Zezake? Setzen ihn darauf an?»

Kadri wird sehr ernst. «Weil Zezake eine Killermaschine

ist. Er ist kein Columbo. Seid ihr überhaupt alt genug, um euch an Columbo zu erinnern? Na, egal. Jedenfalls benutzt man ein Messer, um jemanden zu erstechen. Wir aber brauchen jetzt eine Lupe, um Sherlock Holmes zu spielen. Das ist ganz was anderes. Eine Allzweckwaffe, das gibt's nicht. Hat mir mein Vater beigebracht.»

Burim und Gjon schauen einander fragend an. Schließlich meint Burim: «Okay. Klingt irgendwie logisch. Aber wie soll das gehen? Rufe ich einfach die Serben an und sage: ‹Hey, habt ihr den Jungen gesehen? Würde es euch was ausmachen, wenn er mit seinem Vater zurück in den Kosovo käme, jetzt, wo wir den Krieg gewonnen haben? Ach, und übrigens, tut mir leid wegen eurer Schwester.»»

«Die Welt ist klein», sagt Kadri. «Fragt einfach ein bisschen herum. Aber unauffällig, ist das klar?»

Burim und Gjon nicken beide. Dann sagt Gjon: «Wie?»

Kadri seufzt und reibt sich das Gesicht. «Muss ich es für euch buchstabieren?»

«Ich glaube schon, ja.»

«Romeo und Julia. Findet einen Jungen und ein Mädchen aus unterschiedlichen Lagern, die es miteinander treiben. Der Serbe oder die Serbin soll dann herausfinden, ob die serbische Gemeinde den Jungen beschützt. Zum Dank erzählen wir den Eltern nichts. Und die Eltern bringen sie oder ihn nicht um. Klingt doch schlüssig, oder?»

Gjon, der älter als Burim ist und sich gut an das alte Land erinnert, nimmt eine von Karims Zigaretten und zündet sie an. Er lehnt sich zurück und inhaliert tief. «Was ist mit mir?»

Kadri stochert in seinem Backenzahn. Er zieht den Finger wieder heraus, schaut ihn an, guckt enttäuscht. «Ich hätte nichts dagegen, an den Inhalt des Schmuckkästchens zu kommen.»

«Was ist denn drin?», fragt Gjon.

«Sachen, die Senka aus dem Kosovo mitgenommen hat. Sachen, an die wir nicht erinnert werden wollen. Es ist Zeit, zu vergeben und zu vergessen, wisst ihr. Man soll keine schlafenden Hunde wecken.»

«Das könnte uns ziemlich schnell über den Kopf wachsen», meint Gjon. «Wie du schon sagtest, die Welt ist klein.»

Kari nickt. «In den letzten zehn Jahren hat es vierhundert Mordfälle in Norwegen gegeben. Das sind vierzig oder fünfzig pro Jahr, in einem Land mit viereinhalb Millionen Einwohnern. Nicht gerade viel. Über 95 Prozent der Fälle haben die Bullen sofort gelöst. Bei über achtzig Prozent der Fälle handelte es sich um einen Mann zwischen dreißig und vierzig, der eine Frau mit einem Messer erstochen hat, und meistens kannten sie sich. Enver hat das Mädchen erdrosselt. Die Sache ist uns ohnehin schon entglitten. Und sie werden ihn fangen, wenn wir ihm nicht helfen. Wir müssen jetzt dafür sorgen, dass die Sache unauffällig zu Ende gebracht wird. Seht zu, dass ihr den Jungen findet. Bringt ihn über die Grenze. Nehmt ein privates Boot nach Estland. Von dort ist es dann so easy, wie in eine ukrainische Hure reinzuflutschen. Und wenn wir es geschickt und unauffällig anstellen, können wir schön hierbleiben.» Kadri lächelt. «Bei den Zimtschnecken. Und den Zottelstiefeln.»

Burim saugt die Luft ein. «Warum hat Enver sie umgebracht?», fragt er.

Kadris Gesicht erstarrt. Er hebt den Zeigefinger, und seine Augen blitzen wütend. «Enver ist eine Legende. Er macht, was er will. Da stellt man keine dummen Fragen. Man tut, was er sagt. Vergesst nie: Männern wie ihm haben wir es zu verdanken, dass wir jetzt ein eigenes Land haben. Ihr bleibt hier bei den Zottelstiefeln, wenn ihr wollt. Oder ihr geht zurück in den Kosovo. Aber dass ihr die Wahl habt, verdankt ihr Enver.

Außerdem habe ich euch schon mal erklärt, dass Senka zu lange gewartet hat. Sie hat den richtigen Moment verpasst, um zu verhandeln. Schicksal. Könnte uns allen passieren.»

Dann lehnt er sich wieder zurück und breitet die Hände aus.

«Ich will das hier in Ordnung bringen. Und klar liebe ich Enver, aber ich wäre nicht traurig, wenn er gehen würde. Kennt ihr die norwegische Polizei? Ein Haufen Schlappschwänze. Sie tragen keine Waffen, wie die Engländer. Aber sie bleiben einem jahrelang auf den Fersen, geben einfach keine Ruhe. Die sind wie Herpes. Du glaubst, du bist es los, und kaum hast du ein bisschen Stress, peng! Am Ende schnappen sie doch alle. Sie jagen ihre Beute so lange, bis sie sich ergibt.

Wir müssen also zusammenhalten. Wir sind doch Brüder, hm? Hab ich recht? In vierundzwanzig Stunden ist das alles hier vorbei.»

Kadri steckt den Finger noch tiefer in den Mund. Fast seine ganze Hand verschwindet darin. Endlich zieht er ein Stück Zahnseide heraus. Er hält es in die Höhe.

«Denn Sieg, Sieg ist etwas Wunderbares!»

Gjon nickt, aber Burim sagt nichts.

13. KAPITEL

BURIM verlässt die U-Bahn an der Haltestelle Tøyen und geht die paar Blocks bis zu seiner Wohnung zu Fuß durch das blendende Sonnenlicht. Er steigt die fünf Etagen nach oben, keucht ein wenig und stellt fest, dass die Musik, die er im Treppenhaus gehört hat, aus seiner eigenen Wohnung kommt.

Die Musik ist altmodisch und luftig-leicht, eine Frau singt mit opernhafter Stimme auf Englisch. Als er den Schlüssel umdreht und die Tür öffnet, weiß er: Das kann nur eins bedeuten.

Adrijana kommt auf den Flur gerauscht, barfuß und in etwas, das eine neue Bluse von Zara sein muss, und ruft auf Englisch: «Pink Martini kommen nach Oslo!»

Bevor Burim antworten kann, sagt sie: «Zieh die Schuhe aus!»

Sie küsst ihn auf die Wange und geht zurück in die Küche, wo sie Teewasser aufgesetzt hat.

Burim zieht die Schuhe aus und stellt sie unter das Schuhregal im Flur, er hängt seinen Rucksack an den Haken bei der Wohnungstür neben den Schirmen – auf dem einen sind lauter Smileys vor schwarzem Hintergrund, der andere ist vom WWF, in Grün, mit einem Pandabären drauf.

«Ist es nicht ein bisschen zu warm für Tee?», fragt Burim, sein Englisch hat einen leichten Akzent.

«Eistee. Du nimmst English Breakfast, rührst ein wenig Honig rein und stellst das Ganze in den Kühlschrank.»

Er setzt sich auf einen Fichtenholzstuhl von IKEA und sieht ihr dabei zu.

«Wir haben ein Problem», sagt er.

Nach vorne gebeugt und die Ellenbogen auf den Knien, betrachtet Burim sie von hinten, wie sie den Honig in den Tee rührt. Er kratzt sich an der Schulter und reibt sich das Gesicht.

Er holt tief Luft, hält den Atem kurz an, gibt sich einen Ruck und sagt: «Ich habe gerade Kadri getroffen.»

Als hätte er auf einen Knopf gedrückt, tut Adrijana genau das, was er erwartet hat.

Erst dreht sie sich um. Dann sagt sie: «Du hast doch versprochen, du gehst nicht mehr in seine Nähe.»

Worauf Burim nichts anderes erwidern kann als: «Sie haben mich angerufen. Da konnte ich nicht nein sagen.»

Dann erteilt sie ihm *Lektion Nr. 9*.

«Kadri ist gefährlich. Er gehört immer noch zu diesem Gesindel. Er ist ein Gangster, und er ist verrückt. Du hast mir versprochen, du hältst dich von all diesen Leuten fern. Das sind nicht deine Freunde. Und wenn du dich da jetzt wieder reinziehen lässt, ausgerechnet jetzt, fällst du in einen tiefen Brunnen, aus dem du nie wieder rauskommst. Und dann verlasse ich dich – das werde ich, ich schwör's dir.»

Ausgerechnet jetzt war neu.

«Was meinst du mit *ausgerechnet jetzt*?»

«Gute Frage. Mal sehen, ob ich die Antwort weiß.» Seit sie angefangen hat, Jura an der Universität Oslo zu studieren, ist aus Adrijana eine phantastische Staatsanwältin geworden. Schon immer hat sie Talent zum Argumentieren gehabt, doch das Studium hat ihr Potenzial zur vollen Entfaltung gebracht.

Sie hat gelernt, dass logische Argumentation eine machtvolle Waffe ist.

Mit offenem Mund steht sie da, als gehe ihr gerade ein Licht auf, und sie schwenkt zur Unterstreichung ihrer Worte den Teebeutel, der Burim bespritzt und sein T-Shirt besudelt.

«Oh, ich weiß es. Vielleicht deshalb, weil wir jetzt ja permanent zusammenleben, und da du der Mann in unserer Beziehung bist, musst du kleine Kompromisse eingehen, wie zum Beispiel ... hm, ich weiß nicht, ich mach die Wäsche, und du hältst dich zum Ausgleich von diesen heroinvertickenden Psychopathen und der toten Serbin fern, die drei Blocks von hier umgebracht wurde?»

«Damit habe ich nichts zu tun. Das weißt du.»

«Nein. Was ich weiß, ist, dass du gesagt hat, du hättest nichts damit zu tun, und ich beschlossen habe, dir zu glauben. So genau weiß ich ja nicht, was du tust und was du nicht tust.»

«Adrijana, du kennst mich.»

Ihr Ton wird sanfter, aber nur ein wenig.

«Und deine *Freunde* kenne ich auch. Außerdem lese ich die Zeitung. Bitte sag, dass sie nichts mit der ermordeten Frau zu tun haben. Bitte sag es!»

Burim breitet die Hände aus, und Adrijana sackt zusammen.

«Wir sollten zur Polizei gehen.»

«Enver ist mein Cousin. Und ich bin sicher, sie haben es sowieso schon rausbekommen.»

«Woher willst du das wissen? Du kannst nicht einmal Norwegisch lesen. Woher willst du wissen, was in den Zeitungen steht?»

«Es gibt eine englischsprachige Website. Ich habe nachgesehen.»

Adrijana schüttelt den Kopf. «Warum bist du hingegangen?»

«Ich habe Angst, okay? Ich muss wissen, was sie wissen.»

«Worüber?»

«Über uns!»

«Was ist mit uns?»

«Du bist aus Serbien!»

«Ich bin Norwegerin.»

«Ach bitte. Nicht schon wieder.»

Adrijana erhebt jetzt die Stimme, wie jedes Mal, wenn sie gezwungen ist, ihre Identität und die derjenigen zu verteidigen, mit denen sie sich identifiziert.

«Ich bin Norwegerin. Ich habe einen norwegischen Pass. Ich lebe hier, seit ich acht Jahre alt bin. Ich habe norwegische Eltern. Ich gehe auf die Universität. Es ist die Sprache, die ich am besten beherrsche. Ich bin keine Serbin!»

Auch Burim wird laut. Er kann einfach nicht glauben, dass sie nicht erkennt, wie unwichtig das alles ist.

«Du bist in Serbien geboren. Du trägst einen serbischen Namen. Du bist während des Krieges hierhergekommen und adoptiert worden. Deine Muttersprache ist Serbisch. Du hast serbisches Blut.»

«Na und?», brüllt sie zurück.

«Es kommt nicht darauf an, für wen du dich hältst», schreit Burim. «Es kommt drauf an, für wen *sie* dich halten!»

«Wer?»

«Alle!»

Auf einmal verstummen sie beide.

Pink Martini spielen einen glühenden Song über Melancholie und Gewissensbisse, und da schauen sie einander schließlich wieder in die Augen. Und – die Ironie ist einfach überdeutlich – müssen grinsen.

«Ich liebe dich», sagt sie.

Und er sagt: «Ich dich auch.»

«Du siehst das vielleicht nicht, aber ich bin wirklich Norwegerin. Ich vertraue ihnen. Wenn du das Gefühl hast, in Gefahr zu sein, weil es diesen Verrückten nicht in den Kram passt, dass wir zusammen sind, dann werde ich mich wehren. Ich sag's der Polizei. Weil die Norweger nämlich so etwas nicht dulden. Ich kann lieben, wen ich will. Du bist ein Chaot, du rauchst und bist immer so stoffelig.»

Burim runzelt die Stirn und sieht auf. «Aber.»

«Was aber?»

«Du musst alle meine schlechten Eigenschaften auflisten und dann ‹aber› sagen und alle Gründe aufzählen, weshalb du mich liebst.»

Adrijana macht einen Schmollmund. «Das hab ich noch nie gehört.»

Sie stellt den Tee in den Kühlschrank und heftet dann eine heruntergefallene Schwarzweißpostkarte mit einem Magneten zurück an die Tür.

«Ich mach mir wirklich Sorgen», sagt Burim. «Kadri hat da was gesagt, das klang, als ob er über uns Bescheid wüsste. Sie versuchen, einen kleinen Jungen zu finden.»

Er schaut sie wachsam an, während er das sagt.

Adrijana zeigt keine Regung: «Was für einen kleinen Jungen?»

«Der Sohn der Frau, die getötet wurde.»

«Warum suchen sie denn nach einem kleinen Jungen?»

«Ich habe keine Ahnung.» Er nimmt sich eine Zigarette,

die Adrijana sofort schnappt, unter den laufenden Wasserhahn hält und wegwirft. «Du weißt also nichts darüber?», fragt er.

«Wovon redest du?»

«Bist du sicher, dass deine Eltern mit unserer Beziehung einverstanden sind?»

«Nein. Sie glauben, ich hätte was Besseres verdient. Wie gesagt, du bist ein Chaot, du rauchst, deine Freunde sind scheiße, du brauchst einen besseren Job, und ich fänd's gut, wenn du auf die Uni gingst. Aber es ist ihnen egal, dass du aus dem Kosovo kommst, falls du das meinst.»

«Was ist damit, dass ich Moslem bin?»

«Du bist kein besonders guter Moslem.»

«Das meine ich nicht.»

«Das ist ihnen schnurz.»

«Weshalb?»

«Weil es ihnen nicht darauf ankommt, was du bist, Burim. Es kommt ihnen darauf an, wer du bist. Wenn du dich wie ein Arschloch aufführst, werden sie dich hassen. Wenn du dich wie ein Arschloch aufführst, weil du ein Moslem bist ... na ja ... deine Sache. Was ist jetzt mit dem kleinen Jungen?»

«Kann ich dir vertrauen?»

«Vertrauen? Was kommt denn jetzt?»

Sigrid erhält einen Anruf von der Reparaturwerkstatt, dass die Ersatzteile, die per Post angefordert wurden, leider nicht heil angekommen sind und sie den Wagen daher erst in drei Tagen abholen kann. Ob sie wohl einen Leihwagen braucht? Dann ruft der Boss zum zweiten Mal an und fragt, ob er ihr irgendwie helfen kann. Zu diesem Zeitpunkt ist die morgendliche Energie endgültig verpufft. Sigrid hat die

Schnauze voll und verkündet, vielleicht ein wenig zu laut, dass sie mal rausgehen und den Tatort – wo das Telefon nicht klingeln kann – inspizieren wird.

Irgendwas, Hauptsache, sie bekommt bessere Laune.

Sie verlässt das Gebäude durch die Vordertür und geht rechts ums Haus herum, bis sie zu dem Parkplatz hinter einem mit einer Kette verriegelten Zaun kommt. Drei Streifenwagen stehen da – ein Volvo S60, ein Saab 95, ein Passat – und eine BMW-Polizeimaschine. Eine seltsame Flotte …

Sigrid atmet tief die Vormittagsluft ein und spitzt die Ohren: kein Telefonklingeln, keine nervenden Vorgesetzten, keine aus einem dürren Haufen Fakten abgeleiteten Theorien, keine Journalisten, die fragen, wann die Polizei den Fall gelöst haben wird.

Gestern ist sie das tatsächlich gefragt worden, die Reporterin wollte ein Interview über Skype führen. Anscheinend genügt ein normales Telefongespräch nicht mehr.

Die Journalistin klang jung und austauschbar.

«Wenn wir die Ermittlungen abgeschlossen haben», hatte sie der liberal gesinnten jungen Dame vom *Dagbladet* so freundlich wie möglich gesagt.

«Und wann wird das sein?»

«Wenn der Fall gelöst ist.»

«Aber da beißt sich die Katze in den Schwanz. Sie gehen der Frage aus dem Weg», wagte der Grünschnabel tatsächlich zu sagen.

Manchmal war es hart, den Chef zu spielen. Nicht so sehr wegen der Regeln – zum Beispiel dass man Journalistinnen nicht bei den Ohren packen und wie unartige Kinder aus dem Haus zerren soll –, sondern eher weil man ein Vorbild für die anderen Beamten sein musste.

Mehr um sich selbst zu beruhigen, als etwas Brauchbares zu liefern, stellte Sigrid eine Rätselfrage, die sie als kleines Mädchen gehört hatte.

«Warum ist etwas, das du suchst, immer dort, wo du zuletzt nachsiehst?»

Dem Mädchen, Petter und den drei anderen Beamten, die nur so taten, als hörten sie nicht zu, war klar, dass sie sich sehr arrogant verhielt. Aber was blieb ihr anderes übrig? Sollte sie die Frage unbeantwortet lassen? Sigrid war nun mal der Boss.

«Ich weiß es nicht. Warum?»

«Weil du aufhörst zu suchen, sobald du es gefunden hast.»

Und dann – das Mädchen hatte schließlich auf Webcam bestanden, um einen *direkten Draht zu ihr* zu kriegen – zwinkerte Sigrid ihr zu.

Oh, wie gern sie sich jetzt ein Dienstmotorrad schnappen würde! Sie würde einen weißen Helm aufsetzen. Das Visier aufklappen. Den Duft von sommerlichen Kiefern und gemähtem Gras einatmen. Die großartige Einsamkeit spüren, den vorübergehenden Schritt in die Zeitlosigkeit tun.

Vielleicht sollte sie den Motorradführerschein machen. Reiten lernen. Ein neues Hobby suchen und sich allmählich mit der Tatsache abfinden, dass sie wohl nie einen Mann kennenlernen und bestimmt keine Familie gründen würde.

Die nötige Reife aufbringen und dem Leben, das sie nun einmal führt, ins Auge sehen.

Sie steigt in den Volvo. Er ist bequem und hat Ledersitze. Sie kurbelt das Fenster hoch und schaltet die Klimaanlage ein, dann fädelt sie sich in den für die Stadtmitte ungewöhnlich dichten Verkehr ein. Im Radio knistern ab und an die Nachrichten, doch ansonsten ist der Tag ruhig und schön. Immer noch kein Anzeichen von Regen – keine Wolken zwischen dem Volvo und der Ewigkeit. Sigrid wechselt den Sender und dreht das Radio lauter, um etwas Gesellschaft zu haben, während sie darauf wartet, dass der Verkehr sich lichtet.

Gerade läuft eine Sendung namens *Doktor*, in der Leute anrufen und Fragen zu ihrer Gesundheit stellen können. Es ist ein landesweites Programm, und es entführt Sigrid in die Welt außerhalb Oslos, zurück auf den Bauernhof. Sie lässt ihren Gedanken freien Lauf.

Ein Mann mit einem schrecklichen Husten ist am Telefon. Er ruft aus einem Dorf irgendwo in der Einöde an. Er ist allein und hat keine Familie. Er lebt mit drei Katzen zusammen, die er sehr liebt. Es sind seine einzigen Freunde. Er könne sich das Rauchen nicht abgewöhnen, erzählt er dem Arzt. Er wisse aber, dass das nötig sei. Seine Gesundheit verschlechtert sich, aber er hat einfach nicht die Energie. Seit kurzem hustet nun auch eine seiner Katzen. Er glaubt, es ist seine Schuld. Sigrid hört die vor Schuldbewusstsein und Reue brüchige Stimme, untermalt von schrecklicher Einsamkeit. Kann der Doktor diesen Leuten helfen?

Sigrid schaltet das Radio aus. Sie fährt mit den Händen übers Lenkrad. Streckt die Hand erneut nach dem Radio aus, schaltet es aber nicht mehr ein. Etliche Minuten sitzt sie einfach nur da, im dichten Verkehr, tut nichts.

Dann ruft sie ihren Vater an.

Das Telefon klingelt mindestens ein Dutzend Mal. Dann wird der Hörer – es ist ein alter, schwerer Apparat – von der Gabel genommen und prallt mehrmals auf eine Ablage, bis er das Ohr ihres Vaters erreicht. Bevor sie hallo sagen kann, fragt ihr Vater schon: «Sigrid. Was ist los?»

«Nichts. Ich wollte dich nur anrufen.»

«Hast du was auf dem Herzen?»

«Ich wollte nur hören, ob es dir gutgeht.»

«Meine Tochter. Wieder mal ganz sentimental.»

«Ich bin so hart, wie du mich gemacht hast.»

Ihr Vater lacht ein wenig, was sie zum Lächeln bringt, und dann hustet er ein wenig, und ihr Lächeln verschwindet.

«Wenn du nächstes Mal kommst, musst du mir ein paar schwere Arbeitshandschuhe mitbringen. Ich mag die nicht, die sie hier verkaufen. Geh zu Clas Ohlson. Die haben gute. Und ich bräuchte ein paar Bücher. Es gibt ein neues über die Geschichte der Chinesen, habe ich in der *Aftenposten* gelesen. Es wurde dieses Jahr aus dem Französischen übersetzt. Bring mir das mit.»

«Okay.»

Es herrscht eine Weile Schweigen in der Leitung, das keiner von beiden befremdlich findet. Schließlich sagt Herr Ødegård: «Hast du mittlerweile einen netten Mann kennengelernt?»

Sigrid nickt. «Wollte ich dir die ganze Zeit schon sagen. Ich habe geheiratet und bin Mutter von drei Söhnen.»

«Das sind ja wunderbare Neuigkeiten.»

«Huey, Dewey und Louie. Sie sind phantastisch, haben aber Schwierigkeiten beim Sprechen und ziemlich kurze Beine.»

«Das kann eine ziemlich harte Schulzeit werden.»

Wieder Schweigen. Sigrid setzt den Blinker und nähert sich dem Häuserblock, in dem sich der Mordfall ereignet hat.

«Wo bist du?», fragt er.

«Ich fahre zu einem Tatort.»

«Wer ist noch dabei?»

«Niemand. Es ist abgesperrt.»

«War da viel los bis jetzt? Am Tatort?»

«Ja, schon. Wir gehen ab und an noch mal hin, wenn wir irgendwas überprüfen müssen. Warum fragst du?»

«Hast du deine Waffe dabei?»

«Warum sollte ich eine Waffe brauchen?»

«Tu mir einen Gefallen. Nimm deinen Gummiknüppel mit.»

«Und wer von uns beiden ist jetzt der Sentimentale?»

«Bitte tu's trotzdem.»

«Warum?»

Herr Ødegård sagt: «Ein Reporter fragt einen Bankräuber: Warum hast du diese Bank ausgeraubt? Der Bankräuber antwortet: Tja, das ist nun mal der Ort, an dem das Geld liegt.»

«Willie Sutton hat geleugnet, das je gesagt zu haben.»

«Trotzdem stimmt es.»

«Tschüs, Papa.»

«Wiedersehen, Sigrid.»

Ein Stück weiter oben an der Straße, einen halben Block entfernt, findet Sigrid einen Parkplatz, holt den Knüppel aus dem Kofferraum und schließt den Wagen ab. Sie trägt den Knüppel locker und geht ohne Hast, damit niemand auf den Gedanken kommt, etwas könne nicht stimmen.

Sie öffnet die Vordertür des Gebäudes und geht an dem Stockwerk, wo sich das Verbrechen ereignet hat, vorbei, hinauf in die zweite Etage, wo die Frau mit ihrem Sohn wohnte. Sie schlüpft unter dem Absperrband hindurch, öffnet die Wohnungstür und geht hinein. Sigrid zieht ihre Schuhe aus, schaltet das Licht an und inspiziert jeden Raum, guckt, ob sie etwas Interessantes findet, irgendetwas, das in ihrem Bericht nicht erwähnt wurde.

Dem Immobilienmakler zufolge hat die Wohnung eine Fläche von siebenundsechzig Quadratmetern. Gleich hinter der Eingangstür befindet sich ein kleiner Flur, von dem ein Badezimmer abgeht. Links ist das Schlafzimmer, mit dem sie beginnt.

Die Wohnung ist offiziell versiegelt worden, da sie von zentraler Bedeutung für die Ermittlung ist, sie wurde bereits von Tomas und einer neuen Forensikspezialistin namens Hilde eingehend untersucht. Bisher hat Hilde gute Arbeit geleistet, obwohl sie einen nervösen Diensteifer an den Tag legt, der mit zu großem Respekt vor Autoritäten einhergeht; keine besonders gute Eigenschaft für eine Mitarbeiterin der Spurensicherung.

In einem Ordner hat Sigrid Abzüge der Fotos, die hier an Ort und Stelle aufgenommen wurden, und Zusammenfassungen der bereits abgeschlossenen Berichte, die sehr sorgfältig waren. Aber Sigrid möchte das Ganze trotzdem mit eigenen Augen sehen – um ein Gefühl für die Räume zu bekommen, in denen diese kleine Familie zusammenlebte, von alltäglichen Dingen sprach, die kleinen Freuden des Alltags genoss.

In dem mittelgroßen Schlafzimmer steht in eine Ecke gequetscht ein schmales Doppelbett. Das Bett ist ungemacht. Das Zimmer ist zwar nicht aufgeräumt, wirkt aber sehr ordentlich. Rechts vom Flur ist eine kleine Einbauküche, die mit Sicherheit seit den siebziger Jahren dort steht. Die Schränke sind billig, und hinten ist ein kleiner Tisch für zwei Personen, an dem, wie Sigrid sich vorstellt, Mutter und Sohn zusammen aßen und der Kleine von der Schule erzählte. In der Spüle stehen Teller, der Tisch ist wackelig, aber die Tischplatte ist sauber.

Die zweite Tür rechts führt ins Wohnzimmer.

Ihre Mitarbeiter scheinen gute Arbeit geleistet zu haben.

Sie kniet sich auf den Teppich, um zu überprüfen, ob da Fußabdrücke zu sehen sind, findet aber keine. Petter und die Jungs scheinen auch keinen Straßenschmutz eingeschleppt zu haben. Auf den Gegenständen rings im Raum kleben Nummern, alles sieht von den Fotos her vertraut aus.

Im Badezimmer stehen nur Utensilien für Frauen und Kinder. Die größeren Behälter – Shampoo, Schaumbad, Puder – sind eher Billigprodukte. Die kleineren sind hochwertige Pröbchen. In einem Korb finden sich zahlreiche Parfümproben, die aus Frauenmagazinen ausgerissen wurden.

Hinter der Toilette ist nur wenig Schmutz und Staub. Die Seifenschale ist nach dem letzten Gebrauch abgespült worden. Q-Tips in einem Plastikbehälter, dessen Deckel fehlt, eine Kinderzahnbürste in ziemlich neuem Zustand. Der Inhalt der Tube wurde immer schön von unten herausgedrückt.

In der Küche gibt es keine Süßigkeiten und nur eine Packung mit zuckrigen Cornflakes. Limonade gibt es auch nicht, aber ein paar Flaschen mit verschiedenen Fruchtsirups. Ein paar Nudeln und Tomatensoße. Im Eisfach liegen eine Packung Billigeis und ein Becher Häagen-Dazs Cookies & Cream.

Sigrid greift hinein und nimmt es heraus. Es ist beinahe voll. Eine erfahrene Hand hat fünf kleine Krater gegraben. Jemand, der dies wahnsinnig gern mag, es sich aber eigentlich nicht leisten kann und das Eis daher äußerst diszipliniert und heimlich nascht, während der Sohn das andere Eis isst.

Sie stellt den Becher wieder zurück.

Du warst eine gute Mutter, und du hast deinen Sohn geliebt. Daran besteht absolut kein Zweifel.

Sigrid zieht sich die Schuhe wieder an, schaltet das Licht

aus und macht die Tür hinter sich zu – obwohl sie das Gefühl hat, etwas vergessen zu haben.

Die Treppe ist aus Holz. Die Kanten haben Hunderte von Leuten abgewetzt, die hier Tausende Male auf und ab gegangen sind, seit das Gebäude 1962 saniert wurde und die ehemaligen Genossenschaftswohnungen scheibchenweise verkauft wurden.

Sie geht über den Treppenabsatz und dann die Stufen hinunter, die zum Ort des Verbrechens führen. Die Namen «Rhea Horowitz» und «Lars Bjørnson» stehen auf einem schwarzen Plastikschild über der Türklingel.

Das Polizeisiegel ist aufgebrochen. Sigrid zieht die Hand zurück und starrt auf den Türgriff. Sie starrt eine ganze Weile darauf.

Die Tür hätte versiegelt sein müssen. Wenn einer ihrer Beamten die Wohnung noch einmal betreten hätte, wäre sie darüber informiert worden.

Hatte sie nicht einen Wachposten für den Eingang geordert? Unten in einem Mannschaftswagen sind einige Polizisten, die die Umgebung beobachten, aber niemand ist direkt an der Tür. Wäre keine schlechte Idee gewesen, denkt sie jetzt.

Es gibt einige plausible Erklärungen dafür, dass die Tür offen ist.

Vielleicht ist der alte Mann zurückgekommen. Es ist ja anzunehmen, dass er einen Schlüssel hat. Oder vielleicht ist die ganze Familie zurückgekehrt. Das hätten sie zwar nicht tun sollen, aber die Leute handeln nun mal impulsiv. Es ist verboten, einen Tatort zu betreten, aber das bedeutet nicht, dass es nicht geschieht. In Anbetracht dessen, was ihnen allen gerade passiert ist, wäre es verständlich und wohl auch verzeihlich. Oder es war jemand anders in der Wohnung.

Oder es ist gerade jemand in der Wohnung.

Sie schüttelt den Kopf. Sie weiß ganz genau, dass ihr Vater das hier nicht gutheißen würde. Nicht nur was sie tut, sondern auch die Logik hinter dem, was sie tut.

Möglicherweise ist ja auch der Vermieter gerade in der Wohnung, in Damenunterwäsche. Oder ein Junkie, der Schmuck klaut. Oder eine Bootsladung kürzlich gelandeter chinesischer Immigranten, die zu Hause keinen Fernseher haben und sich hier das Eishockeyspiel Russland gegen Finnland anschauen und bei ein paar Bierchen Wetten abschließen.

Du kannst nicht wissen, was hinter der Tür ist. Und es bringt nichts, nur die Szenarien abzuwägen, die von deiner aktuellen Perspektive aus möglich erscheinen. Die Wirklichkeit speist sich aus allen Richtungen. Du kannst höchstens die Wahrscheinlichkeit abschätzen. Aber am Ende ist es keine Frage der logischen Herleitung. Es ist eine Frage der Tatsachen. Eine Kugel tötet dich, wenn du unvorsichtig bist oder Pech hast. Sei also zumindest nicht unvorsichtig.

Hätte ihr Vater gesagt.

Sigrid zieht das Funkgerät aus dem Gürtel und meldet den Einbruch. Sie tut dies sehr leise. Das Funkgerät knackt und verstummt schließlich.

Sigrid presst das Ohr an die Tür und lauscht.

Sie ist sich einfach nicht sicher. Ein paar Minuten steht sie vor der Tür, spielt mit Dingen an ihrem Dienstkoppel. Sie mochte es immer sehr, ihr Dienstkoppel. Obwohl ein ziemliches Gewicht dranhängt, liegt es angenehm auf den Hüften.

Der Knopf an dem Knüppel rastet mit einem kecken Klicken ein. Die Handschellen klappern nicht, sondern sitzen fest in dem schwarzen Beutel. Alles ist klug durchdacht. Das sind die kleinen Dinge, die Menschen erfinden, um die Welt ein wenig besser zu machen, für die sie aber niemals ein Dankeschön erhalten.

Besäße sie eine Schusswaffe, würde das die Balance durcheinanderbringen. Deshalb tragen Cowboys ihren Colt wohl am Oberschenkel.

«Gut. Dann mal los.»

Sigrid stößt die Tür weit auf, tritt aber nicht ein.

Die Szenerie des Verbrechens ist ihr vertraut. In all den in kümmerlicher Rechtschreibung verfassten Berichten, die sie bekommen hat, wurde sie dargestellt. Dutzende Fotos hat sie gesehen und einen Rundgang per Video angeschaut, wie es seit kurzem üblich ist. Ein diensteifriger Auszubildender hat den Clip sogar in einem CAD-Programm aufbereitet, sodass man durch die virtuellen Räume gehen und sich Szenarien vorstellen kann.

Dennoch hat sie die Wohnung noch nie selbst erkundet. Den Schauplatz des Mordes. Es gibt keine Erklärung dafür, weshalb wir Dinge anders einschätzen, wenn wir sie mit eigenen Augen sehen. Einmal war sie nach Florenz gereist. Sie schaute sich den David an, diese tausendmal auf Bildern gesehene Statue, und es machte sie sprachlos, als sie ihn endlich mit eigenen Augen sah.

Der Boden besteht aus breiten dänischen Bohlen. Wände sind herausgenommen worden, um eine geräumige, zusammenhängende Wohnküche zu schaffen, stilvoll mit Edelstahl und Ahornholz ausgestattet. Es gibt einen gewaltigen amerikanischen Kühlschrank und eine Kochinsel mit einem Grill. Der Herd ist mit Erdgas betrieben, eine Seltenheit in Oslo, denn die Stadt verfügt über keine entsprechenden

Leitungen. Lars muss wohl alle paar Monate eine neue blaue Kartusche besorgen.

Sigrid geht nicht hinein. Stattdessen tritt sie bei geöffneter Tür einen Schritt zurück und blickt durch den Spalt an den Angeln hindurch, um zu sehen, ob da jemand mit einem Messer hinter der Tür steht.

Sie schaut auf die Uhr. Acht Minuten lang hat sie im Hausflur gestanden. Müsste eigentlich reichen.

Sigrid betritt den Raum. Sie hat das Gefühl, von einem Flüstern der Toten und der Verheißung einer Entdeckung angezogen zu werden.

Sie zieht die Schuhe im Flur aus und tippt im Vorbeigehen rasch auf alle Lichtschalter, während sie den Raum im Blick behält. Er ist frisch und hell und scheint von Leuten bewohnt, die weltoffen und kosmopolitisch wirken. Und zugleich irgendwie fremd. Ein Weinregal mit etwa zwanzig Flaschen, die roten über den weißen gestapelt. Vier verschiedene Sorten Olivenöl stehen neben dem Herd. An einem magnetischen Metallstreifen neben der Spüle hängen diverse Küchenutensilien von IKEA und Spezialmesser aus Japan und Deutschland. Amerikanische Küchengeräte. In einer Schale türmen sich Äpfel, Birnen, Zitronen, außerdem ein paar bereits halb vertrocknete Limetten.

Neben der Spüle steht ein *Penthouse*-Kaffeebecher, nicht ausgewaschen, der sichtlich schon oft benutzt wurde.

Diese Wohnung ist viel größer als die darüber. Vielleicht hundertzwanzig Quadratmeter oder mehr. Rechts ist das Elternschlafzimmer, und zwischen diesem Durchgang und dem monumentalen Kühlschrank führt eine kleine Treppe in den Bereich, wo der alte Mann wohnt, und zu dem Schrank, in dem sie den Urinfleck fanden.

Sie öffnet den Aktenordner und nimmt die Fotos heraus. Sie geht zu den Stellen an, denen jedes einzelne aufgenommen wurde, und vergleicht, was sie sieht, mit dem, was die Kamera erst gestern Nacht gesehen hat. Sie fragt sich, ob irgendetwas nicht an seinem Platz steht und was jemand hier wohl getan haben mag.

Sigrid geht ins Badezimmer und stöbert ein wenig herum. Hier finden sich teurere Kosmetika als in der Wohnung oben, feine Düfte, Badeschwämme. Im Schränkchen unter dem Waschbecken stößt sie auf Sexspielzeug, und sie klappt die Türchen respektvoll, wenn auch ein wenig neidisch, wieder zu.

Es gibt ein paar Romane von Leuten, deren Namen sie noch nie gehört hat: Philip Roth, James Salter, Mark Helprin, Richard Ford. Ein paar Ausgaben einer Zeitschrift namens *Paris Review* liegen auch herum.

Eigentlich nichts hier ist seltsam, aber es gibt viele Dinge, die sie nicht begreift. Diese drei Menschen haben sich eine Existenz zurechtgezimmert, die auf keinen der drei wirklich zugeschnitten ist.

Die Mühe und selbst das Ergebnis sind bewundernswert.

Im Spiegel über dem Waschbecken sieht sie den Duschvorhang. Er ist zugezogen.

Sie dreht sich um und zückt den Knüppel. Der Vorhang hat sich bewegt, seit sie hereingekommen ist.

Ihre Verstärkung sollte unterwegs sein. Das Polizeirevier ist nicht weit.

Sigrid nimmt die Taschenlampe aus dem Gürtel, und anstatt den Vorhang beiseitezuschieben, geht sie zurück zur Badezimmertür, schaltet das Licht aus und knipst dann die Taschenlampe an.

Kein Schatten hinter dem Vorhang. Niemand versteckt sich in der Dusche.

Sie schaltet das Licht wieder ein, hebt den Duschvorhang an, nur um ganz sicher zu sein, und verlässt dann das Badezimmer, wobei sie das Licht hinter sich wieder löscht.

Ihre Leute haben darauf geachtet, das Wohnzimmer in seinem Zustand zu belassen. Überall finden sich Spuren des Kampfes. Die Bruchstücke zerbrechlicher Objekte häufen sich in unmittelbarer Nähe der Stelle, an der sich der Mord ereignete. Während ihrer letzten Augenblicke lag die Frau rücklings auf dem Couchtisch vor dem Sofa, um Luft ringend, ein Messer in der Brust. Ihr Blut tropfte an den Seiten herab und besudelte die weißen Dielenbretter.

Er hat sie im Klemmgriff gehalten. Sobald sie auf dem Rücken lag, presste er sie mit dem Knie nieder. Sein Hass war persönlich motiviert und erbarmungslos.

Der Raum die Treppe runter ist kein Keller, sondern ein weiteres Zimmer der Wohnung. Der Grundriss des Gebäudes ist an den leicht abfallenden Baugrund angepasst.

Das Zimmer ist aufgeräumt, das Bett gemacht. Über einem roten Sessel liegen ein schwarzer Anzug, ein weißes Hemd und eine graue Krawatte, als warteten sie darauf, von einem Trauernden angelegt zu werden. Sie zieht die Schubladen der hölzernen Kommode auf. Ein paar Pullover und Hosen, Unterwäsche.

Auf dem Nachttisch steht eine Lampe, daneben ein kleiner antiker Klappbilderrahmen aus Silber mit winzigen Scharnieren in der Mitte. Im linken Teil befindet sich ein vielleicht vor fünfzig Jahren aufgenommenes Schwarzweißfoto, das eine Frau fast in Sigrids Alter zeigt. Sie hat schwarzes Haar und die Art von Augen, die Frauen in den 1950ern hatten. Sie ist zierlich und sitzt auf einer Steinmauer, ein Bein angewinkelt. Ein weißer Sneaker ruht auf einer Parkbank unterhalb der Mauer, und sie lacht. Es könnte Herbst sein. Wahrscheinlich ist es seine Frau – die, die drüben in Amerika gestorben ist vor seinem Umzug hierher.

Rechts ist ein junger Mann zu sehen, vielleicht noch im Teenageralter. Er ist schlank und hat dieselben Augen wie die Frau. Eine Farbfotografie, leicht unscharf. Vielleicht wurde sie in Eile oder mit einer billigen Kamera aufgenommen, einer Polaroid oder sogar einer alten Minox. Er steht mit überkreuzten Armen und Beinen gegen einen babyblauen Ford Mustang gelehnt. Er lächelt, als hätte er ihn selbst entworfen und gebaut.

Der einzige andere Gegenstand auf dem Nachttisch ist ein Stück Stoff, das sorgfältig neben den Fotos am Fuß der Lampe drapiert ist. Es ist olivgrün mit einem dünnen roten Rand und sieht abgetragen aus. Es ist das Motto des U.S. Marine Corps.

Semper Fidelis.

Immer treu.

«Wo zum Teufel sind Sie hin, Mr. Horowitz?», sagt Sigrid laut zu sich selbst. «Warum sind Sie verschwunden, und was treiben Sie gerade?»

Sie will Sheldons Raum schon verlassen, geht aber noch einmal in die Knie und schaut unters Bett. Und entdeckt zum ersten Mal, seit sie hier ist, etwas, das hier nicht hinzugehören scheint.

Ein großes rosafarbenes Schmuckkästchen mit einem silbernen Schloss an der Vorderseite. Die Mittagssonne beleuchtet den Boden, das Kästchen ist gut zu sehen.

Sie streckt die Hand aus und zieht es hervor.

Immer noch kniend, fummelt sie an dem Schloss. Es lässt sich nicht öffnen. Mit ihrem Leatherman-Messer könnte sie es leicht aufbrechen, aber das eilt nicht.

Sigrid schaut noch einmal auf die Frau in dem Bilderrahmen – auf ihre weißen Sneakers, ihre schmale Armbanduhr, den weißen Kragen, der unter dem Pullover mit V-Ausschnitt hervorlugt. Sie hat ein breites Lächeln. Die Welt steht ihr offen. Das Foto muss in den späten 1950er Jahren aufgenommen worden sein. Sheldon war zurück aus Korea. Ihr Sohn war damals vermutlich fünf oder sechs Jahre alt. Sie hatte eine tolle Figur, eine natürliche Anmut. Die schlimmen Dinge in ihrem Leben hatten sich noch nicht ereignet.

Könnte dieses Kästchen ihr gehört haben?

Sigrid zückt einen kleinen schwarzen Notizblock und blättert rasch zu dem Verhör von Rhea und Lars.

Da. Ihr Mann war Uhrmacher und Antiquitätenhändler.

Sie schaut wieder auf das rosa Schmuckkästchen.

Auf keinen Fall.

Und dann fällt ihr ein, was sie oben übersehen hat. Sie hat vergessen, nach einem Gegenstand zu suchen, zu dem der Schlüssel passte, den Senka bei ihrem Tod in der Hosentasche hatte.

Hatten alle Kollegen vergessen, dies zu überprüfen? Falls dem so war, würde sie ihnen was erzählen ...

Wenn der zu dem Schlüssel passende Gegenstand hier in der Wohnung war, in der sie ermordet wurde, hatte sie ihn entweder mit heruntergenommen, oder er war bereits vorher für sie hier aufbewahrt worden. Das allerdings hätte bedeutet, dass Rhea und Lars sie angelogen hatten und die beiden Senka doch persönlich kannten. Aber das hielt sie für unwahrscheinlich. Vielmehr scheint Senka das Kästchen hierhergebracht zu haben, bevor sie getötet wurde. Sie hat es versteckt. Der Killer wollte es haben. Das Ding musste einer der Gründe sein dafür, dass sie ermordet wurde. Sie hatte versucht, sich und den Inhalt zu schützen. Sie kämpfte um ihr Leben, während ihr kleiner Junge sich ganz in seiner Nähe im Schrank versteckte.

Was immer sich darin befindet – es muss wichtig sein.

Das ist Sigrids letzter Gedanke, bevor ein harter Gegenstand sie am Kopf trifft und sie bewusstlos zur Seite kippt.

14. KAPITEL

KADRI hält seine riesige Maglite in der Hand und schaut auf die Polizistin hinunter, die er gerade niedergeschlagen hat. Er schlägt Frauen nicht gern, und diese hier hat es bestimmt nicht verdient. Aber richtig nahe geht ihm das nicht. Er braucht dieses Kästchen, und er ist sich ziemlich sicher, dass sie es nicht herausgerückt hätte, wenn er sie darum gebeten hätte.

«Du hättest im Schrank nachsehen sollen», sagt er zu ihr auf Englisch. «Du hast hinterm Duschvorhang nachgeguckt, aber nicht im Schrank. Wer würde sich in einer Dusche verstecken? Alle kommen sie in der Dusche um. Gehst du nie ins Kino? *Psycho.* Tod in der Dusche. Der Mexikaner in *No Country for Old Men.* Stirbt in der Dusche. Michelle Pfeiffer in *Schatten der Wahrheit* stirbt beinahe in der Dusche oder zumindest im Bad. Aber dann macht sie das mit der Zehe und kommt davon. Aber es ist immer die Dusche!»

Er schaut einen Augenblick auf seine Füße. Dann sagt er: «Glenn Close in *Eine verhängnisvolle Affäre.* Tot in der Dusche. John Travolta in *Pulp Fiction.* Sehr tot in der Dusche. Aber nie im Schrank. Mir fällt niemand ein, der im Schrank erschossen wurde. Deshalb verstecke ich mich in Schränken.»

Kadri kratzt sich am Bauch. «Also dann. Ich nehme die Schatulle und gehe Kaffee trinken. Gute Besserung!»

Kadri checkt ihren Puls, überzeugt sich, dass sie am

Leben ist, nimmt das Schmuckkästchen und spaziert durch die Wohnungstür hinaus. Er geht die Straße hinauf, an dem Polizeiwagen vorbei, steigt auf seine Vespa und fährt direkt zur nächstgelegenen *Kaffebrenneriet*, um sich ein Gebäckteilchen zu holen.

Gut, dass die Sache zu laufen scheint. Burim infiltriert die Serben mit mehr als nur seinem Penis und wird mit wertvoller Information zurückkehren. Gjon besorgt die Waffen, um die Enver gebeten hat. Das Schmuckkästchen – und was auch immer es enthalten mag – ist nun wieder in ihrem Besitz.

Die Sonne scheint, und die Luft ist trocken und erfrischend. Wenn man sie sich zufächelt, kann man den Sommer regelrecht einsaugen und seinen Frieden, seine Heiterkeit spüren. Genau das, was ein gestandener Mann braucht.

Und es ist friedlich. An diesem Ort gibt es keine Geschichte. Kein Gewicht. Kein Echo, kein Geraune von Tragik liegt in der leichten Brise. Schon komisch ist das. Denn wenn Kadri Oslo verlässt und Kollegen in anderen Städten trifft, um über Politik zu reden, Karten zu spielen, Drogen zu kaufen oder zu verkaufen und so, dann spürt er, wie sich ihm die Weite Skandinaviens offenbart – der endlose Himmel, die Leere des Landes. Es ist, als könnten die paar einsamen Menschen niemals diesen weiten Raum füllen. Er verhöhnt sie, konfrontiert sie mit ihrer eigenen Winzigkeit.

Sie sollten singen, wie auf dem Balkan. Und tanzen. Doch irgendetwas in ihnen hindert sie hier daran, die wenigen Worte zu sagen, die sie befreien, miteinander verbinden, sie mit sich selbst und dem Himmel aussöhnen könnten. Sie sollten das Leben einfach leben. Und den Tod auslachen.

Aber sie tun es nicht. Ihr protestantischer Deckmantel erstickt sie und raubt ihnen die Stimme.

Was auch immer der Auslöser dafür ist – die Geschichte ist es nicht. Hier gibt es keine nennenswerte Geschichte. Ein paar alte Boote und eine hölzerne Kirche – das hat nichts mit Geschichte zu tun. Dies hier ist ein Europa ohne Vergangenheit. Keine Römer. Keine Christen. Keine Kreuzzüge. Keine Religionskriege. Nur alte Götter und Trolle und blonde Recken mit Pelzbesatz. Was zum Teufel ist daran nur so deprimierend?

Wie ich doch unsere traurigen Lieder vermisse, die wir gemeinsam vor Freude gesungen haben!

Doch jetzt ist nicht die Zeit für Trauer. Oder Freude. Jetzt ist Zeit für einen Kaffee.

Kadri wippt ungeduldig auf den Zehenspitzen auf und ab, während das Mädchen – eine junge Schwedin, die wegen der höheren Löhne den Sommer über hier ist – vorsichtig die Milch in seinen Latte macchiato gießt, bis sich das florale Emblem des Cafés im Schaum abzeichnet.

Kadri knallt seine vierzig Kronen auf den Tisch und starrt dann auf den Kaffee.

Nach einer Weile schaut das Mädchen auch darauf.

Kadri sieht sie an und fragt: «Warum hast du eine Vagina in meinen Kaffee gezeichnet?»

«Bitte?»

«Vagina. In meinen Kaffee. In den Schaum.»

«Das ist ein Blatt.»

«Ein Blatt?»

«Genau. Ein Blatt.»

«Hast du schon mal ein Blatt gesehen, das so aussieht?»

Beide starren wieder auf die Zeichnung im Kaffeeschaum.

«Es ist mein erster Tag heute», sagt sie.

«Du hast versucht, ein Blatt zu zeichnen?»

«Ja.»

«Dann ist es ein Blatt.»

«Danke.»

«Behalte den Rest.»

Ein Paar in mittlerem Alter, das einen lindgrünen Kinderwagen bei sich hat, steht auf und verlässt einen der schmiedeeisernen Bistrotische, auf den Kadri sofort zustürzt. Er stößt ein glucksendes Lachen aus, als er auf dem Sitz hin und her rutscht.

Ach, das Leben. So viele Drehungen und Wendungen. So viel Unerwartetes, so viel Unabwendbares. Wir tun unser Bestes, um unsere Balance zu finden. Und um ruhig zu bleiben, flüchten wir uns in die kleinen Annehmlichkeiten des Alltags. Wie Kaffee und eine gute Zigarette.

Kadri zückt sein iPhone und tippt darauf herum, wartet, dass Envers Telefon klingelt.

Es klingelt ein paarmal öfter, als er erwartet hat. Verdammt, bei Enver weiß man wirklich nie, was er gerade tut. Außerdem erfüllt Kadri ja nur seine Pflicht, er spielt den braven, ehrerbietigen Soldaten. Aber er wird nicht so weit gehen und irgendetwas von all dem zu seinem eigenen Problem machen. Es ist nicht sein Junge. Kadri hat niemanden umgebracht. Zumindest nicht in Norwegen. Je früher das alles vorbei ist, umso besser. Schaltet Zezake ein, wenn es nötig ist. Kadri hat das Kästchen. Das reicht fürs Erste.

Endlich geht Enver ran. Er ist kurz angebunden und humorlos wie immer.

Sie sprechen Albanisch.

«Also, ich habe das Kästchen mit dem Zeugs drin.»

«Gab es irgendwelche Probleme?»

«Ich habe einer Polizistin eins übergebraten, aber sie ist

nur bewusstlos, und das Kästchen und ich sind jetzt hier. So, jetzt weißt du alles.»

Enver sagt eine Weile lang gar nichts. Das tut er, wenn er nachdenkt. Kadri zuckt dann immer innerlich zusammen. Wenn du eh schon eine Meinung hast, dann sprich sie doch auch aus!

«So etwas nehmen sie hier sehr ernst.»

«Schau, Enver. Ist doch egal, oder? Ich war hinter ihr. Peng. Sie weiß nichts. Darf ich die Schatulle öffnen? Ganz schön hässlich, das Ding. Ich würd sie gern loswerden.»

«Nein.»

«Nein? Nein was? Nein, ich darf sie nicht öffnen, oder nein, sie ist nicht hässlich? Weil, glaub mir, sie ist hässlich. Ganz pink und mit so Silberzeugs dran ...»

«Du darfst sie nicht öffnen. Ich möchte nicht, dass du irgendetwas verlierst. Wahrscheinlich ist sie abgeschlossen. Wehe, sie ist nicht mehr verschlossen, wenn du sie mir bringst!»

«Wo bist du?»

«Glåmlia.»

Kadri kratzt sich auf der Brust, wo sich sein Goldkettchen manchmal in den Haaren verhakt.

«Ist das zufällig in der Nähe von Paris? Ich würde gern nach Paris fahren.»

«Es ist in der Nähe der schwedischen Grenze. Schau doch auf deinem idiotischen Spielzeug nach, wo das ist.»

«Es gibt da etwas, das du wissen solltest.»

Enver sagt nichts.

«Das Schmuckkästchen war nicht in ihrer Wohnung. Das war in der Wohnung, wo sich die Sache abgespielt hat. Und ich hatte recht. Es lebt ein alter Mann dort. Und ich musste mich im Schrank verstecken. Wo es nicht gut roch. So als hätte jemand reingepinkelt. Vielleicht ein alter Mann. Vielleicht ein kleiner Junge. Ich glaube, er hat sich in die Hose gemacht, wegen dem, was da außerhalb des Schranks Schreckliches passiert ist. Wenn es ein kleiner Junge war, dann hat ihn der alte Mann vielleicht später da rausgeholt. Von daher glaube ich, dass ich recht hatte mit dem alten Mann. Ich glaube, er weiß was. Und vielleicht ist sogar der Junge bei ihm. Wir wissen noch nicht, wo wir suchen sollen. Aber wir wissen jetzt, wo wir nicht nachzusehen brauchen, verstehst du?»

Enver legt auf, ohne sich zu verabschieden.

Diese Anrufe sind so nervtötend. Niemals ein Dankeschön.

Geh doch zurück in den Kosovo. Du und dein miesepetriges Gesicht. Der Krieg ist vorbei.

Gerade als er den ersten Schluck Kaffee trinken will, spürt Kadri, wie ihm jemand auf die Schulter tippt.

Er sieht auf, und da steht ein Polizist in Uniform, er ist Mitte dreißig und trägt ein blaues Hemd und Krawatte.

«Was?», sagt Kadri auf Englisch.

«Sie sind verhaftet.»

«Wovon reden Sie? Ich trinke Kaffee hier im Coffee-Shop. Zum Rauchen gehe ich raus, wie alle.»

«Mögen Sie Filme?»

«Was meinen Sie damit, ob ich Filme mag?»

Petter hat sein Funkgerät in die Luft gehalten, und jetzt spricht er wieder direkt hinein und sagt auf Norwegisch:

«Ist das der Typ? Ist das seine Stimme?»

«Das ist er», knistert Sigrids Stimme aus dem Funkgerät.

Daraufhin teilt Petter Kadri mit, er sei verhaftet, doch Kadri fängt an zu lachen.

«Sie haben ja gar keine Knarre. Warum sollte ich mit Ihnen kommen? Weil Sie so nett fragen?»

«Die da haben welche.»

Petter deutet hinter Kadris Rücken, Kadri dreht sich um und sieht zwei sehr ernst dreinblickende Männer in schwarzen Westen, die Maschinenpistolen im Anschlag halten.

«Das sind die Beredskapstroppen.»

«Was?»

«So was wie die Delta Force.»

Petter sieht, wie Kadris selbstgefälliger Gesichtsausdruck dahinschmilzt.

Er beugt sich vor und flüstert: «Das sind die kleinen Helfer vom Nikolaus. Die wissen, ob Sie was angestellt haben oder brav waren. Und Sie haben ganz schön was angestellt.»

«Sie sind doch nicht ganz dicht!», erwidert Kadri.

Petter geht zurück zum Streifenwagen, zwängt sich hinters Steuer und schnallt sich an. Er stellt den Rückspiegel so ein, dass er Sigrid sehen kann, die mit leicht schmerzverzerrtem Gesicht auf der Rückbank liegt, einen Eisbeutel auf der Stirn.

«Ich sollte dich ins Krankenhaus fahren. Am Ende hast du eine Gehirnerschütterung.»

«Geht nicht. Ich muss weiterarbeiten!»

«Sei nicht so dickköpfig.»

«Ich bin nicht dickköpfig! Ich muss telefonieren und die Sache in trockene Tücher bringen. Wenn ich es dir erkläre, dauert's länger, als wenn ich es selbst erledigen würde.»

«Du solltest wohl deinen Vater anrufen, bevor er es aus der Zeitung erfährt.»

«O Gott. Muss das denn unbedingt an die Presse?»

Sigrid sieht Petter mit den Achseln zucken. «Angriff auf Hauptkommissarin in Verbindung mit einem Mordfall», sagt er. «Aber wahrscheinlich hast du recht. Lass uns einfach so tun, als wäre es nie passiert. Und selbst wenn es in den Berichten auftaucht, wird sich das *Dagbladet* vermutlich nicht besonders dafür interessieren.»

Sigrid stöhnt.

Und dann ruft auch noch ihr Vater an.

Sigrid schaut aufs Display. «Papa» blitzt auf. Es sind nicht nur Kopfschmerzen. Sie hat entsetzliche Schmerzen – ein pochendes, pulsierendes, klopfendes, erbarmungsloses Hämmern auf dem Cortex.

Sie kauert sich in Embryostellung auf den Rücksitz.

«Es ist mein Papa.»

Sie sieht, wie Petter den Kopf schüttelt. «Geh lieber ran. Er verlässt nie seinen Bauernhof, scheint aber immer alles genau zu wissen.»

«Irgendwie spürt er das. Geh mal für mich ran. Ich kann die Taste nicht finden.»

Er reicht ihr das Handy.

«Ja. Hallo, Papa.»

«Und?», sagt er.

«Was und?»

«Was ist passiert?»

Sigrid wird plötzlich bewusst, auch wenn ihr nicht klar ist, warum gerade jetzt, dass die Redewendung ‹Wer den Schaden hat, braucht für den Spott nicht zu sorgen› aus leidvoller persönlicher Erfahrung entstanden sein muss.

«Ich hab einen Schlag auf den Kopf bekommen.»

Am anderen Ende der Leitung herrscht erst einmal Schweigen.

Sie wartet darauf, dass es endet, aber seltsamerweise hält es an.

«Papa?»

«Ja?»

«Hast du nichts zu sagen?»

«Jetzt, wo du fragst … Warum hast du keine Waffe mitgenommen?»

«Ich hab dir doch gesagt, ich hab einen Schlag auf den Kopf bekommen. Ich brauchte keine Pistole. Sondern einen Helm.»

«Hm, dagegen lässt sich schwerlich etwas einwenden.»

«Können wir uns später noch mal darüber unterhalten, Papa? Wir haben gleich eine Besprechung auf dem Revier und müssen überlegen, wie wir jetzt vorgehen. Und außerdem muss ich mich mal übergeben.»

Die Suche nach dem verschwundenen Boot auf dem Oslofjord erforderte einen Hubschrauber, produzierte weiteren Papierkram und machte Telefonate nötig, zu denen Sigrid nicht in der Lage war, als sie aufs Revier zurückkehrte. Petter musste die Einsatzleitung übernehmen. Die meiste Energie verwandte sie darauf, dafür zu sorgen, dass sie nicht ins Krankenhaus musste.

Entweder hatte sie eine Gehirnerschütterung, oder sie hatte keine. Wenn sie eine hatte, durfte sie nicht schlafen. Also war es eindeutig besser für sie, wenn sie mit Gehirnerschütterung aufs Revier ging. Wenn sie keine hatte, brauchte sie auch nicht ins Krankenhaus. Ergo war sie mit Aspirin und einem Beutel voll Eiswürfel in ihrem Büro am besten aufgehoben.

Nachdem der Hubschrauber in der Luft war, erhielt sie regelmäßige Berichte. Am schwierigsten war die Frage gewesen, ob er direkt nach Süden, in Richtung Nesodden, fliegen sollte oder lieber in südwestlicher Richtung nach Drøbak und dann die Strecke weiter nach Dänemark.

Die Wahl fiel schließlich auf die Route nach Drøbak. Wenn sie die östlichere Strecke nahmen, würden sie nach Nesset und Umgebung gelangen, dann über Land in westliche Richtung fliegen, bis sie wieder auf die Küste stießen, dann weiter nach Süden und schließlich die ganze Strecke wieder zurück bis zum Helikopterlandeplatz im Norden. Das würde eine Menge teuren Treibstoffs verbrauchen, daher wollte man es auf der Seite von Drøbak versuchen. Sie würden so weit nach Süden fliegen, wie man es mit einem Boot vermutlich schaffte. Wenn sie nichts fanden, sollten sie über Land wieder in die Gegend von Nesset zurückkehren, um Kjøya, Nebba und die anderen kleinen Ortschaften in nördlicher Richtung anzusteuern. Die Motoren in dieser Art von Boot hatten meist einen Zwölf-Liter-Tank, was eine ziemlich genaue Vorhersage über die Reichweite ermöglichte.

Der Kopilot verständigte sich regelmäßig mit Petter, sobald dieser aus der Mittagspause zurückgekommen und seine Aufgabe, Sigrid wach zu halten, wiederaufgenommen hatte. Die Mission dauerte etliche Stunden, wegen der beträchtlichen Entfernung, der Sichtbehinderung durch die Bäume auf einem Großteil der Küstenstrecke und der verwirrenden Vielfalt von Sport- und Freizeitbooten auf dem Wasser. Zu beurteilen, ob ein Boot vor Anker lag, dahintrieb, ob es noch benutzt wurde oder schon aufgegeben war oder ob es überhaupt zu der Beschreibung passte, war eine mühsame und zeitaufwendige Aufgabe.

Gegen vier Uhr an jenem Nachmittag hatten sie es

schließlich ausfindig gemacht. Im Zuge des Gezeitenwechsels lag es nun mehr als eine Seemeile von dem kleinen blauen Haus entfernt. Als es schließlich von der Polizei vor Ort inspiziert wurde, fand sich kein Hinweis auf Sheldon oder den vermissten Jungen.

«Wo ist es?», fragt Sigrid.

«Es ist von Kaholmene abgetrieben. In der Nähe der Stelle, an der das deutsche Schiff gesunken ist.»

«Ich weiß, wo das ist, Petter. Jeder weiß, wo das ist.»

Petter macht sich zunehmend Sorgen um Sigrids Gesundheitszustand im Allgemeinen und ihren Blutdruck im Besonderen, hält es aber für klüger und vielleicht auch sicherer, nichts zu sagen.

«Ruf die Polizeidienststelle da an. Ich glaube, Johan ist noch immer der Chef. Sag ihm, wonach wir suchen. Vielleicht fällt ihm was ein.»

In Envers Hosentasche vibriert es erneut. Er steckt die Hand hinein und zieht das Handy heraus, um die SMS zu lesen.

«Beim Auto», heißt es da.

Es ist jetzt später Nachmittag. Enver betrachtet zum letzten Mal das Haus durchs Fernglas und beschließt dann, dass der Mann und die Frau es wohl nicht verlassen werden. Insgeheim freut er sich über die Aussicht, gleich aufstehen und sich die Füße vertreten zu können.

Doch er steht nicht auf. Er robbt auf dem Bauch, bis er hinter einen kleinen Buckel gekrochen ist, und huscht dann in geduckter Stellung weiter, damit er nicht von der Hütte aus gesehen werden kann.

Es dauert mehr als zwanzig Minuten, bis er durch den Wald zum Auto gelaufen ist, abseits der Straße, und dann bis zu der Biegung, an der er es versteckt hat, womit er allerdings nicht so erfolgreich war wie erhofft.

Gjon und Burim lehnen sich an den Wagen. Sie rauchen und unterhalten sich leise, als Enver auf der Bildfläche erscheint.

Die beiden blicken auf, als er auf den Feldweg tritt, sich den Staub von der Hose klopft und die Haare glatt streicht.

Als Enver nahe genug ist, flüstert Gjon: «Hast du das von Kadri gehört?»

«Was habt ihr zu essen mitgebracht?»

«Hm?»

«Was habt ihr zu essen dabei? Was habt ihr mitgebracht? Ein Sandwich? Was?»

Gjon und Burim tauschen einen Blick und schauen dann Enver an. «Wir haben nichts zu essen dabei. Warum sollten wir etwas zu essen dabeihaben?»

«Ihr solltet doch etwas zu essen mitbringen!»

«Kadri wurde festgenommen. Ich weiß nicht, was er getan hat», sagt Gjon, «aber er war ein paar Häuserblöcke von der Wohnung entfernt, als er geschnappt wurde.»

«Woher weißt du das?»

«Ich habe unten auf der Straße auf ihn gewartet», sagt Gjon. «Er ging rein, weil er das Kästchen holen wollte, und sagte, ich solle ...»

«Du sollst was?»

«Na ja ... Ich nehme mal an, ein paar Sandwiches besorgen.»

«Genau.»

«Ja. Aber dann habe ich sie gegessen.»

Enver sagt nichts. Er steht nur da und schaut die beiden an.

Der Impuls, sich aufrechter hinzustellen und nicht mehr gegen das Auto zu lehnen, überkommt Burim, doch er unterdrückt ihn.

«Ich wusste ja nicht, dass sie für dich waren. Ich dachte, eins wäre für Kadri und das andere für mich. Und dann ging die Polizei rein, und als er wieder rauskam, lief er direkt an mir vorbei. Daher habe ich beide gegessen.»

Enver sagt noch immer nichts.

«Ich hab ihn angerufen und durchgegeben, dass die Polizistin reingegangen ist», fügt Gjon hinzu.

«Wer von den anderen kommt sonst noch?», fragt Enver.

«Dann kam Kadri als Einziger wieder raus.»

«Verdammt, wer sonst noch kommt?»

Burim sagt zum ersten Mal etwas. «Niemand.»

«Gebt mir die Gewehre.»

Burim und Gjon schauen sich an und zögern, allerdings zu lange.

«Ihr habt keine Gewehre dabei. Die habt ihr auch nicht mitgebracht. Nichts zu essen. Keine Waffen. Keine Soldaten. Warum habt ihr euch überhaupt die Mühe gemacht herzukommen?»

«Enver, es ist nicht wie damals im Kosovo. Du findest nicht mal eben unter jedem Heuhaufen eine AK. 1997 haben wir Millionen, Milliarden von Patronen versteckt. Hier musst du sogar einen Waffenschein machen, um Enten schießen zu dürfen.»

«Es gibt Gewehre hinter der Theke bei Intersport auf der Hauptstraße.»

«Aber du brauchst einen Waffenschein, um sie anfassen zu dürfen. Und wenn man welche kauft, können sie deine Spur zurückverfolgen, weil man sich registrieren lassen muss.»

«Anstatt eure Aufgabe zu erfüllen, habt ihr also beschlossen, euch vor eventuellem Papierkram zu drücken. Und die Männer?»

«Du bist zu weit gegangen, Enver», sagt Gjon. «Du hast die Mutter deines Kindes getötet. Es gibt Leute, die sagen, du seist verflucht.»

«Und doch seid ihr hier», sagt Enver zu Burim.

Burim war hier, aber er hatte nicht kommen wollen. Er hatte Adrijana von dem vermissten Jungen und dem alten Mann erzählt, und sie hatte sehr aufmerksam zugehört. Sie wurde nicht laut und hielt ihm auch keinen weiteren komplizierten Vortrag. Sie hatte einfach nur zugehört, und als er fertig war, sagte sie: «Ich kann dazu nichts sagen. Wenn jemand, den ich kenne, sie bei sich aufgenommen hätte oder auch nur nach ihnen suchte, dann wüsste ich das.»

«Aber du wirst mit deinen Leuten darüber sprechen», hatte Burim gesagt.

Wenn Kadri tatsächlich ihre Beziehung publik zu machen drohte, dann wollte Burim, dass die Sache möglichst schnell vom Tisch war.

«Ich kann es nicht glauben, dass du das gerade gesagt hast. ‹Meine Leute›? Ist es wirklich schon so weit mit uns gekommen?»

«Wir sind in Gefahr.»

«Ich schau, was ich tun kann», hatte Adrijana gesagt.

Als Burim den Anruf von Kadri erhielt, wusste er, dass ihm keine andere Wahl blieb, als zu dem Treffen zu gehen und so zu tun, als sei alles in bester Ordnung. Zu zeigen, dass er keinen Verdacht hatte, dass man ihn verdächtigte.

Burim überlegte, dass es nur einen Ausweg aus dieser Sache gab. Enver musste das Land verlassen. Kadri war ein

Großmaul und vertickte Drogen, aber umgebracht hatte er, soweit Burim wusste, noch keinen. Obwohl, vielleicht doch? Es kursierten da Geschichten aus der alten Heimat, wie Blätter, die der Nordwind vor sich hertreibt. Sie breiteten sich aus wie Nebel. Es ließ sich nicht feststellen, wer sie in Umlauf gebracht hatte.

Dann bestand da natürlich die Möglichkeit, dass Enver festgenommen würde – dass er in den Knast wanderte, wo er hingehörte, und sie alle in Ruhe ließ. Aber sie würden nicht aufhören, ihn weiter um Gefälligkeiten zu bitten. Würden behaupten, dass Burims Familie ihnen etwas schuldete. Dass Burim ein Soldat sei und seinem Land dienen müsse.

Und dann gab es da diesen letzten Ausweg, obwohl er Angst hatte, sich das auszumalen. Enver könnte auch umkommen.

Burim fürchtete sich davor, diesen Gedanken auch nur zuzulassen. Das hatte er nie getan. Es war nur so, dass ein kleiner Gefallen, diese eine an sich bedeutungslose Bitte, sich zu immer größeren auswuchs. Immer größer wurden die Gefälligkeiten, bis er im letzten Jahr plötzlich ein halbes Kilo Heroin in einer Schachtel in den Händen hielt, die er auf den Küchentisch stellte und dann einfach anstarrte. Er war Zehntausende von Kronen wert, dieser braune Klumpen aus Afghanistan – ein Land, in dem ein Haufen armer Bauern Mohn auf weiten Feldern anbauten, während tagsüber Kampfhubschrauber auf sie feuerten und nachts die Taliban kamen und ihnen die Ernte abkauften. Und da lag es auf seinem Küchentisch, neben dem Salz- und dem Pfefferstreuer und einer niedlichen kleinen rosa-blauen Tasse, die Adrijana kurz zuvor in einem schicken Laden mit Küchenutensilien in der Stadt beim Bahnhof gekauft hatte.

Dann, ein paar Tage später, rief Kadri an und wollte es haben. Also brachte Burim es ihm in die Åpent Bakeri, in einem orange Jan-Sport-Rucksack, den Adrijana irgendwann vermisste. Sie fragte sich, wie sie so dumm gewesen sein konnte, ihn zu verlieren. Er übergab das Päckchen Kadri, und dann – als hätte man ihm einen bösartigen Tumor entfernt – war der braune Schreckensbatzen verschwunden.

Später waren die einzige Erinnerung daran die fünfzehntausend Kronen, die Kadri ihm gegeben hatte. Und so ging Burim zu Paléet und kaufte ein paar Bücher für Adrijana, registrierte sich für zwei Jahre zum Schnäppchenpreis bei eMusic.com, kaufte sich selbst eine neue Winterjacke und zahlte den Rest auf sein Sparbuch ein.

Er kann sich noch erinnern, wie er die Bank in der Nähe des Majorstuen an jenem Nachmittag verließ, den Arm voller Einkäufe, und sich fragte, was da gerade geschehen war. Er verstand es nicht ganz, aber irgendwo ahnte er, dass er gerade einen Deal mit Leuten geschlossen hatte, deren Wort keinen Pfifferling wert war. Und dieser Gedanke hatte ihm Angst gemacht.

Gjon geht auf dem trockenen Sandboden in die Hocke und öffnet einen kleinen grünen Rucksack. Er entnimmt ihm drei große Bowiemesser mit hölzernem Griff und Messingbeschlägen.

Enver redet in sein Telefon. Er sagt ihnen nicht, mit wem er telefoniert. Als er aufgelegt hat, schaut Enver den Mann an, der einmal sein Freund war.

Gjon reicht Burim und Enver je ein Messer. Beide blicken etwas verwirrt darauf, aus unterschiedlichen Gründen.

Enver stellt die Frage, die Burim ebenfalls auf der Seele brennt: «Was sollen wir denn damit anfangen?»

Gjon steht wieder auf, öffnet den Kofferraum des Mercedes und klemmt den Rucksack zwischen das Reserverad und den Eimer mit Reinigungsmitteln.

Dann hört Burim eine Antwort, die Gjon so noch nie gegeben hat.

«Was du willst, Enver, scheißegal. Das hier hast du dir eingebrockt! Ich will, dass das jetzt aus der Welt geschafft wird. Und dann will ich, dass du und dein Bastardsohn, dass ihr abhaut und nie mehr wiederkommt!»

Burim macht mit dem Messer in der Hand einen Schritt zurück.

Enver steht reglos da. Dann nickt er. Nickt einfach nur. Und bittet Gjon um eine Zigarette. Gjon lässt die Schultern ein wenig sinken und zieht ein fast leeres Soft-Pack Marlboros aus seiner Innentasche. Er schlägt es gegen das unterste Fingerglied seines Zeigefingers, damit eine Zigarette herausrutscht.

Amerikanische Soldaten, hat er gesehen, klopften den Tabak immer fest. Sie nahmen eine Zigarette heraus und schlugen den Filter auf eine Tischplatte, einen Felsen oder den Helm eines Freundes, damit sich der Tabak sammelte und das weiße Zigarettenpapier einen schmalen Trichter am Ende bildete, der hell aufglühte, bevor die Soldaten den ersten Zug nahmen.

Russische Soldaten taten genau das Gegenteil. Sie rollten die Zigaretten zwischen zwei Fingern und dem Daumen, bis sich die winzigen Blättchen voneinander lösten und zerkrümelten. Und immer formten sie eine Höhle mit der Hand zum Schutz für das Zündholz, damit die kostbare Flamme nicht erlosch, egal bei was für Wetter.

Er reicht Enver eine, und der steckt sie sich zwischen die Lippen.

«Zünd sie für mich an», sagt er.

Enver hält das Bowiemesser in der rechten Hand.

Gjon steckt die eigene Klinge in den Gürtel und holt die Schachtel mit den schwedischen Zündhölzern aus der Tasche seiner Jeans.

Er reibt ein Zündholz an der Seite des Päckchens entlang und hält sofort schützend die Hand darüber, wie ein Russe. Vorsichtig schirmt er die Flamme ab, als wäre es ein kleiner Vogel, den er gleich fliegen lassen will.

«Halte es mal höher», sagt Enver.

Gjon macht einen Schritt nach vorn und hebt die Hände näher an Envers Gesicht. So nah, dass sich die Flamme in Envers müden Augen spiegelt.

Als Enver sich vorbeugt, um die Zigarette in Gjons zusammengelegte Hände zu stecken, bemerkt Burim, dass die Spitze des Bowiemessers auf Gjons Rumpf zeigt.

Dann, als die Zigarette brennt, sieht er, dass die beiden Männer einander anblicken.

Wie oft haben sie Gespräche darüber geführt, was sie *Heimat* nennen. Wie es dort riecht. Wie das Essen schmeckt. Was Männern dort wichtig ist, was für Frauen es dort gibt. Gespräche über die, die von ihnen gegangen sind, und das, was sie den Toten schuldig sind. Was ihnen die Serben angetan haben. Wenn weder die Erinnerungen noch die sogenannten Tatsachen real sind, dann sind es am Ende zumindest die Emotionen, und die speisen sich aus Erinnerungen, die dem Leben entrissen wurden.

Er hatte sich die Geschichte seines Landes angeschaut, um herauszufinden, was Wirklichkeit und was Legende war. Er war mit Adrijana zusammen in die Bibliothek gegangen und hatte Stunden im Internet nach den Namen der Dörfer gesucht, über die er sie hatte reden hören. Bela Crkva. Meja. Velika Krusa. Djakovica. In jedem von ihnen hatte es ein serbisches Massaker gegeben. Doch Burim kennt keinen dieser Orte. Hat so etwas nie erlebt. Was er Enver im Besonderen und der Unabhängigkeit – und Würde – des Kosovo ganz allgemein schuldet, ist abstrakt, ist nicht zu greifen.

Hier, auf dieser baumbestandenen Landstraße, zweitausend Kilometer von den leise geraunten Geschichten und den noch lauteren Momenten des Schweigens entfernt, beobachtet Burim diese beiden Männer, die einander ansehen – und zum ersten Mal erkennt er, wie nah der Tod wirklich ist. Was das ist, das Adrijana solche Angst macht. Was sie an seiner Kleidung riecht, wenn er nachts nach Hause kommt. Und was er mit ins Bett nimmt. Was ihnen da nachstellt, ist die Geschichte selbst.

Enver zündet sich die Zigarette an und hebt dann den Kopf. Gjon öffnet die Hände und lässt das brennende Zündholz fallen. Es berührt kurz den Boden und verlöscht dann.

Gjon schaut nicht zu dem Messer hinab. Er macht auch keinen Schritt zurück. Er fragt lediglich: «Und jetzt?»

Enver zieht lange an seiner Zigarette und spürt, wie der Hunger nachlässt. Dann nickt er Gjon zu. «Gestern Nacht haben sie gemerkt, dass da etwas ist, aber sie haben mich nicht gesehen. Heute haben sie sich ausgeruht, und wir haben alle auf den alten Mann und den Jungen gewartet. Heute Nacht stürmen wir die Hütte.»

Gestern Nacht hat Rhea lange, lange in den Wald gestarrt. Dann ging sie zum Waldsaum hinüber. Sie konnte Enver nicht sehen, der sie durchs Fernglas beobachtete, sie musterte, ihre schwarze Lederhose beäugte, die schwarzen Stiefel, die

Lederjacke im Vintage-Look mit metallenen Reißverschlüssen, ihre hellblauen Augen und das sehr lange schwarze Haar. Der ihre Hüften begutachtete, als sie näher kam.

Sie hielt genügend Sicherheitsabstand, ging aber doch nahe genug heran, um genauer sehen zu können, bückte sich dann und sammelte ein paar kleine Steine auf. Auch ein paar größere. Die warf sie in den Wald. Sie zielte nicht direkt auf ihn, sondern warf sie in hohem Bogen zwischen die Bäume.

Doch es geschah nichts. Kein Vogelschwarm flog auf. Kein Reh brach aus dem Dickicht. Kein hinkender Hund kam hervorgekrochen, der gestreichelt werden wollte. Nur Stille.

Rhea drehte sich zu Lars um, zuckte mit den Achseln und ging zurück zu ihm. Sanft schlug sie ihm ein paarmal mit der flachen Hand auf die Brust. «Danke, dass du es mit mir aushältst.»

Und dann, Lars hatte überhaupt nicht damit gerechnet, begann sie zu weinen. Es dauerte nur einen kurzen Moment, dann wischte sie die Tränen weg, lächelte, lachte ein wenig und schlug ihm wieder auf die Brust.

«Was für ein Tag!», sagte sie.

Schweigend machte er ihr eine Portion Pasta mit Tomatensoße aus dem Glas. Nach dem Essen half er ihr beim Ausziehen und zog ihr einen gestreiften Pyjama über. Er holte eine Steppdecke heraus und breitete sie über ihr aus, während sie sich in Embryoposition zusammenkauerte. Er steckte die Enden um sie fest, damit die kühle Nachtluft ihr nichts anhaben konnte, und streichelte ihr übers Haar. Er las ihr eine Kurzgeschichte aus einer alten Ausgabe des *New Yorker* vor. Dann öffnete er das Fenster einen Spaltbreit, damit frische Luft ins Zimmer drang, schaltete das Licht aus und ging hinüber ins Wohnzimmer, um aufzuräumen und ein paar Skizzen für ein neues Videospiel zu machen, an dem er gerade saß – eins, bei dem man in einem Hollywoodstudio mit einer riesigen Knarre Zombieversionen von Schauspielern und anderen Berühmtheiten wegputzt.

Am Morgen hatte Rhea oben ohne im Bett gelegen, die Decke weggestrampelt. Die Sonne hatte begonnen, die Hütte aufzuheizen. Lars stand nackt auf, um Kaffee auf dem Herd aus Gusseisen zuzubereiten. Es gab im Umkreis von etlichen Kilometern keine Nachbarn, also ging er nach draußen und mahlte die Bohnen auf der Türschwelle, während er in den Wald schaute.

Lars konnte sich gut vorstellen, weshalb Rhea sich gegruselt hatte. Der Weg zum Haus führt durch einen halben Kilometer Dickicht, das Rhea an das Waldstück erinnert, das Ichabod Crane auf der Flucht vor dem kopflosen Reiter durchbricht. Doch Lars ist hier aufgewachsen. Er kennt diese Bäume, die Tiere, die Geräusche, die sie machen, kennt ihren Tages- und ihren Nachtrhythmus. Sie verändern sich im Jahreslauf, und die Jahreszeiten kommen, eine nach der anderen, jede bringt einmalige Freuden und Herausforderungen. Die Dinge an sich sind nicht gruselig, denkt Lars. Dafür braucht es uns.

Sie verbringen den Tag in aller Ruhe. Lars besteht darauf.

Du hattest eine Fehlgeburt. Und am Tag darauf wurde unsere Nachbarin in unserer Wohnung ermordet. Und dein Vater ist verschwunden.

Es ist mein Großvater.

Er könnte auch dein Vater sein.

Gewissermaßen.

Es gibt nichts, was wir tun können, außer warten und uns ausruhen. Du musst wieder zu Kräften kommen. Dich sammeln.

Wir können Scrabble auf Englisch spielen. Du kannst dir Worte ausdenken und mir weismachen, dass es sie wirklich gibt.

Warum geben die keine Vermisstenmeldung heraus? Warum ist sein Bild nicht überall in den Nachrichten?

Sigrid meinte, da ihr beide den gleichen Nachnamen habt und er an der Tür steht, könnte es sein, dass man die Killer auf seine Spur bringt, wenn man eine Vermisstenmeldung aufgibt. Vielleicht vermuten sie, dass er etwas gesehen hat. Und man würde sie darauf stoßen, dass er vielleicht einen kleinen Jungen bei sich hat. Wenn die Killer nach dem Jungen suchen und dann hören, dass Sheldon verschwunden ist, können sie schon denken, dass er nicht bei der Polizei ist.

Klingt alles etwas an den Haaren herbeigezogen.

Es ist wie beim Schach. Diese Beamtin ... Sigrid. Sie ist vorsichtig.

Glaubt sie, wir sind in Gefahr?

Nein. Man scheint das Verbrechen nicht mit uns in Verbindung bringen zu können. Und es ist ausgeschlossen, dass die Mörder von diesem Haus hier wissen. Außerdem ist die Polizei in Kongsvinger darüber informiert, dass wir hier sind. Wir dürften also in Sicherheit sein.

Den ganzen Tag über warten sie auf einen Anruf und versuchen, sich zu entspannen.

Um sechs Uhr abends, als der Tag noch einladend und warm ist, betritt Enver Bardhosh Berisha zusammen mit Burim und Gjon das Haus durch die Vordertür und marschiert schnurstracks auf den Kühlschrank zu.

TEIL III   NEW RIVER

I N Sheldons Zimmer, weit weg in Oslo, hängt ein norwegisches Gedicht in englischer Übersetzung. Rhea hat es in einem Antiquariat in New York gefunden, die Kraft der Worte und der für die Entstehungszeit ungewöhnliche Gebrauch freier Verse hatten sie in Erstaunen versetzt. Sorgsam fotografierte sie es, rahmte den Ausdruck und schenkte ihn Lars zum Hochzeitstag.

Es hängt über der Lampe auf Sheldons Nachttisch. Wenn er auf dem Bett sitzt und sein Blick auf die Fotos seiner verstorbenen Familie fällt, schaut er manchmal zur Seite. Und dann sieht er das Gedicht an der Wand.

Es ist um 1912 entstanden und wurde von einem Professor der University of Minnesota ins Englische übersetzt. Die Universität publizierte es in einer eigenartigen Sammlung verschiedener Werke mit dem Titel *Poems of Modern Scandinavia*, sieben Jahre nachdem Norwegen seine Unabhängigkeit von Schweden erklärt hatte.

> *Norwegen.* Eine Gabe
> an die wandernden Stämme, die immer weiter
> gen Norden drängten, zu donnernder Sturmmusik
> salziger Ufer und felsiger Erde,
> Heimstatt von Göttern, die längst vergessen.
> Wein verschüttend wie Kinder.

Ein Echo in leeren Hallen,
wartend auf Gäste, die niemals kommen,
Feuer und Gesang steigen, ruhig und hell,
zu ewig dunkler Nacht hinauf.
Ein Chor von Kerzen und Düften.
Wir ... sagen sie. Kinder der Nordlande,
unsere Väter ruhen hier in dieser Erde.
Erinnerung, zu einer einzigen Geschichte verdichtet.
Dies ... sagen sie.
Dies ist unser Land.

Und diese Welt umgibt ihn nun. Er hat sie noch nie mit eigenen Augen gesehen. Seit etlichen Stunden sind sie nun unterwegs. Vom Traktor aus hat er eine wunderbare Panoramaaussicht, und ihm kommen die Bilder in den Sinn, die das Gedicht in ihm ausgelöst hat. Er kann sich nicht an den exakten Wortlaut erinnern, aber er spürt die Stimmung der Verse. Jetzt, wo der Wind ihm ins Gesicht bläst, die Maschine unter ihm tuckert und er Paul auf dem Bootsanhänger hinter sich herzieht, kommt ihm das alles wieder in den Sinn. Dieses Land um ihn herum, das bislang so stumm gewesen ist, beginnt nun zu sprechen. Und allmählich wird ihm klar, dass auch Stille eine Art von Sprache ist. Es gibt noch etwas anderes außer Tod und Erinnerung. Mehr als die Stimmen der Verlorenen. Es liegt etwas in Europas Schweigen, das er bislang noch nicht wahrgenommen hat. Aber er wird wohl nicht mehr lange genug leben, um es ganz zu begreifen, weshalb er diese neue Einsicht so lose wie ein zufällig gefundenes Gedicht bei sich behält. Eins ohne Titel, ohne Autor, das einen tief berührt hat und das man seitdem nicht mehr wiederfinden kann.

Dem Alter und der Schwerkraft trotzend, steht er hoch aufgerichtet auf dem fahrenden Traktor und lässt die Welt unter sich vorüberziehen. Er sieht die Bäume näher rücken, erst langsam, dann rauschen sie vorbei.

Er fährt nach Husvikveien, dann nach Kirkeveien, schließlich nach Froensveien. Er biegt ab in Richtung Årungveien und Mosseveien und schließlich auf die Rv 23 und die E 18, wo es nichts gibt außer ihnen und der sanften Landschaft, die sich wiegt wie die See und Sheldon so viel erzählt, dass er es nicht begreifen kann.

Mario hatte gerade eine Binde um Sheldons Kopf gelegt, als er die Augen aufschlug.

«Donny, bist du okay?»

«Mir geht's nicht so gut.»

«Ein Sanitäter hat dir das Bein verbunden. Und einen Zettel auf dein Hemd gepinnt.»

«Was steht drauf?»

«Schusswunde, aber okay.»

«Klare Ansage.»

«Wie bist du hierhergekommen?», fragte Mario.

Donny dachte darüber nach. Er war im Wasser getroffen worden, als er sich der Strandmauer näherte. Er schoss zurück. Dann verlor er das Bewusstsein. Nun hatte er Kopfschmerzen. Konnte eine Verwundung im Körper wandern?

«Ich bin mit dem Boot gekommen.»

«Was für ein Boot? Ein Panzerlandungsschiff? Ich hab dich nicht gesehen.»

«Nein. Ein kleines Boot. Ein kleines Ruderboot. Ich habe es mir von den Aussies geborgt. Vermutlich wurde ich an Land gespült. Oder jemand hat mich gezogen. Wer weiß.»

«Bist du deshalb so nass?»

«Ja, Mario. Deshalb bin ich nass.»

«Kannst du aufstehen?»

«Ich denke schon.»

Donny war nicht sicher, wie viel Uhr und wie lange es her war, seit die Truppen die drei Strände gesichert hatten. T-34-Panzer standen zur Formation aufgereiht da, reglos in den Sand geduckt, langsam abkühlend und hungrig. Eine MASH-Einheit war bereits unterwegs. Er sah den koreanischen Leuchtturm von Palmi-do vor sich aufragen. Es war Flut, und die Sonne schimmerte auf den Landungsbooten. Männer standen herum und rauchten. Es war insgesamt ziemlich ruhig.

Mario half Donny auf, und dann standen sie einander einen Moment lang Auge in Auge gegenüber und lächelten beide.

«Schön, dich zu sehen», sagte Mario.

«Werd mal nicht sentimental.»

«Wir sollten ein Foto machen.»

«Wovon?»

«Von uns.»

«Weshalb?»

«Wir sind Waffenbrüder! Wir machen ein Foto und zeigen es eines Tages unseren Söhnen, damit sie stolz auf uns sind.»

«Glaubst du, wir werden tatsächlich Mädchen kennenlernen?»

«Ich schon. Du ... na ja, vielleicht eher eine hübsche Kuh. Oder eine Ente. Enten sind angeblich super im Bett.»

«Ach ja?»

«Definitiv», sagte Mario. «Und wenn du von ihnen genug hast, kannst du sie ja immer noch essen.»

«Wo ist die Kamera?»

Mario setzte den Rucksack ab und holte eine Leica IIIc heraus. Eine kleine Kamera aus rostfreiem Stahl mit schwarzer Sharkskin-Ummantelung. Er reichte sie Donny.

«Ich kann die nicht bedienen.»

Also brachte Mario Donny bei, wie man die Blende und den Blendenwert einstellte, den Weißabgleich durchführte und den Bildausschnitt wählte. Die ganze Zeit über hasteten amerikanische, kanadische und südkoreanische Soldaten vorüber, um die Überbleibsel der Schlacht an Strand und Wasser wegzuräumen. Sie zimmerten Versorgungsstände und schleiften schwere Teile über die Docks. Während die beiden jungen Männer über das intime Klicken und Klacken der Kamera sprachen, verwandelte sich Incheon hinter ihnen in eine nördliche Bastion gegen die kommunistischen Streitkräfte.

«Weißt du jetzt, wie's geht?», fragte Mario.

«Denke schon.»

«Mach mal erst eins von mir.»

In der Ferne waren ein paar Gewehrschüsse zu hören – ein vager Eindruck, dass hinter den Hügeln die Kämpfe um die letzten Widerstandsnester weitergingen. Mario lief zurück zu seiner Position. Donny hatte klebrige Hände vom Salzwasser, und er wischte sich die sandigen Finger an seinem nassen Revers ab, damit Marios Kamera keinen Schaden nahm.

Als Donny den Apparat ans Auge setzte, wurde ihm klar, dass er noch nie durch eine Kamera geblickt hatte. Vielleicht hatte er mal vor langer, langer Zeit zum Spaß mit einer herumhantiert, aber bewusst durchgeblickt hatte er noch nie. Die Sucher, durch die er normalerweise schaute, waren das Zielfernrohr eines Gewehrs. Das erste Mal war es in New River, North Carolina, wo er mit den Marines in der Nähe von Camp Lejeune Schießübungen machte; es juckte ihn immer in den Fingern abzudrücken, doch dem durfte er, wie er lernte, nicht nachgeben.

Dadurch verrätst du deine Position und wirst getötet. Klar?

Seine Schützenklasse bestand aus fünfzehn Freiwilligen. Fünf Wochen lang übten sie Zielen. Sie lernten, wie man das Gelände erforscht, patrouilliert, Landkarten liest, sich tarnt und wie man mit einem Zielfernrohr arbeitet. Sie lernten, wie man absolut stillhält, wie man Irrläufer vermeidet, wie man die Balance hält, Impulse unterdrückt, atmet, sich kontrolliert. Man brachte ihm bei, wie er seinen Herzschlag verlangsamt.

Sie lernten die Reichweite, den Wind und das Licht einschätzen. Sie sprachen über Gewehre, Munition, Waffentechnik und über Mädchen. Sie diskutierten über Jazz und Automotoren. Zankten sich um Zigaretten. Sie lernten das Fluchen, wie man die ethnische und religiöse Zugehörigkeit des jeweils anderen diffamierte, und entwickelten ein hochspezialisiertes Vokabular, um bestimmte Typen zu beschreiben.

Snarf: Ein Junge, der an den Fahrradsätteln von Mädchen schnüffelt.

Twerp: Jemand, der sich falsche Zähne zwischen die Arschbacken klemmt.

Sie übten das Töten von Menschen, zur Vorbereitung auf den Augenblick, in dem sich ein solches Wissen als nützlich erweisen würde.

Für einen Scharfschützen ist der Zeigefinger ein Instrument des Todes. Aber mit dieser Leica IIIc hier sollte er nun auf Bitten seines Freundes stillhalten und das Gelernte dafür einsetzen, ein schönes Motiv in dem zu finden, was er sah, und kein Ziel. Seinen Finger zu benutzen, um den Augenblick unsterblich werden zu lassen, nicht um ihn zu zerstören. Um einen Moment zum Leben zu erwecken, nicht um sein Ende zu bewirken.

Als er nun, bloß wenige Stunden nachdem er Männer im Morgengrauen am Ufersaum getötet hatte, die Kamera in den Händen hielt, fühlte Donny sich verwandelt.

Er empfand Staunen, Demut und schlicht Vergnügen, während er die Linse einstellte, um ein Foto zu machen. Mario hatte sich einmal mit ihm über die Wandlung in der Kirche unterhalten, wenn Oblate und Wein sich in den Leib und das Blut Christi verwandeln. Bis zu diesem Augenblick, in dem er die Kamera in Händen hielt, hatte er sich immer über Mario lustig gemacht, weil er es so absurd fand. Jetzt, als er auf die Trommel des Objektivs blickte, glaubte er plötzlich, dass so etwas doch möglich sein könnte.

Er lächelte Mario zu. «Lass uns ein richtig gutes machen!», rief er.

Dort, in der linken oberen Ecke dessen, was am Ende eine Schwarzweißfotografie sein würde, stand der Leuchtturm. Mario befand sich ein kleines Stück rechts unterhalb. Das Ufer und die dunkle See waren links, und ganz rechts kamen die Dünen, die sich bis zu jener Erhebung erstreckten, auf der Palmi-do lag. Alles passte, nur Marios Füße waren abgeschnitten, wodurch die Bildkomposition unvollkommen wirkte.

«Geh mal ein paar Schritte zurück», sagte Donny. «Ich will nicht, dass deine Füße abgeschnitten werden.»

Mario dachte keinen Moment darüber nach. Er zögerte nicht und wandte auch nicht ein, dass Sheldon ebenso gut selbst einen Schritt zurück machen könnte. Warum sollte er auch? Mario war ein gutherziger, freundlicher Mensch, der seine Freundschaft mit Donny nicht als Konkurrenzkampf ansah. Er war ein italienischer Junge an einer fremden Küste nach einer siegreichen Schlacht mit wenigen Toten, und hier hielt sein verloren geglaubter Freund seine noch intakte Lieblingskamera in Händen, um den Augenblick festzuhalten.

Sechzig Jahre lang wird Sheldon sich immer wieder dieselbe Frage stellen. Er wird es tun, während er Uhren repariert, während seiner Ausflüge in der Abenddämmerung mit der Flusspatrouille nach Sauls Tod. Er wird sie sich stellen, wenn Mabel sich im Restaurant die Nase pudern geht und er mit dem Besteck spielt. Es ist eine Frage, die er erst in diesem Augenblick beantworten kann, hier in Norwegen, als lang verborgene Erinnerungen an die Oberfläche kommen und ihren Charakter verändern. Erinnerungen, die aus geheimen Orten in einem Dielenschrank auftauchen und darauf drängen, ans Licht gebracht zu werden. Und all dies erinnert ihn daran, dass er sich all dem bald wird stellen müssen.

Die Frage, die er sich stellen wird, ist, warum er Mario aufgefordert hat, ein paar Schritte rückwärtszugehen, anstatt dies selbst zu tun.

Jemand musste ein Stück zurückgehen. Das war klar. Das Objektiv der Leica konnte nicht zoomen. 1950 gab es keine Teleobjektive. Er konnte nicht im Handumdrehen die Welt näher heranholen oder weiter wegrücken. Damals war die Beziehung, in der man zur Welt stand, genau festgelegt. Sie ließ sich so, wie sie eben war, durch ein 50-mm-Objektiv betrachten. Damals hielten wir fest, was wir soeben erfahren hatten. Wir standen der Gegenwart einen Schritt näher als heute.

Dieser Jemand musste jedoch nicht unbedingt Mario sein. Donny hätte ja selbst ein paar Schritte zurücktreten können. Wäre er derjenige gewesen, der den ersten Schritt tat, Mario wäre perfekt im Bild gewesen.

Warum also bat er Mario, ein Stück nach hinten zu gehen, anstatt es selbst zu tun?

Ich war verschwitzt, müde und gereizt und hatte eine Wunde am Bein, ich wollte mich nicht von der Stelle bewegen. Das war eine der möglichen Antworten. Er versuchte es jahrelang damit, aber so richtig überzeugt war er nicht. *Irgendwie war ich immer der Ältere von uns beiden. Spielte immer den Klügeren. Vielleicht war es Teil unseres Spiels, dass er derjenige war, der sich bewegen musste, dass er immer meine Anweisungen befolgte, anstatt dass ich ein Stück zurückgetreten wäre.*

All das stimmte. Aber nichts davon zählte. Vielleicht ließ es die Bitte verständlicher wirken, aber das war es nicht. Donny und Mario mussten sich gegenseitig nichts beweisen.

Der Leuchtturm in Palmi-do war klein, gedrungen und zeichnete sich weiß vor dem grauen, bewölkten Himmel ab. Ruhig und fest ragte er vor den hin und her wuselnden Ausländern auf, die eine neue Welt um ihn herum erschufen. Unverrückbar stand er in einer Welt des Wandels da. Er beruhigte ihn. Er war … wunderschön.

Donny wollte sich nicht vom Fleck rühren. Nichts sollte sich jemals ändern.

Die Schönheit dieses unsterblichen Augenblicks, die Donny durchströmte, kostete Mario das Leben.

Niemand weiß, worauf er trat. Wahrscheinlich Munition, die nicht explodiert war. Was immer es war, ein vorsichtiger Fußtritt genügte, und schon ging die Ladung hoch.

Die Explosion schleuderte Mario in die Luft. Ob es einfach Zufall war oder eine Folge der Druckwelle, wird er nie erfahren. Jedenfalls führte sie dazu, dass Donnys Finger genau in dem Augenblick der Explosion abdrückte und etwas Entsetzliches für immer festhielt.

1955 öffnete er Marios Kamera, nahm den Film heraus und entwickelte ihn. Es war das Jahr, in dem Sheldon mit seiner Leica zu einer Weltreise aufbrach. Es war nur ein Foto auf der Filmrolle. Es war kein Foto, das er jemals veröffentlicht hätte. Er zeigte es auch Mabel nie. Niemals deutete er an, dass es existierte oder erklärte, welche Macht es über ihn hatte – dass es bewirkt hatte, dass er nach Europa aufbrach, um die Hauptstädte zu besuchen und die Lager.

Rhea weiß es nicht, aber das Foto ist hier in Norwegen. Es liegt oben auf seinem Schrank in einer dicken alten Aktenmappe aus Manilakarton, zusammen mit vierzig oder fünfzig weiteren, die niemand je zu Gesicht bekommen hat. Die meisten zeigen Saul als Baby, als Kleinkind und im Vorschulalter. Auf ein paar Fotos ist Mabel zu sehen.

Eines aber, unter all den anderen, zeigt seinen alten Freund Mario, der in die Luft fliegt, seine Beine sind bereits vom Körper gerissen, in der Ecke ist ein weißer Leuchtturm, auf seinem Gesicht ist noch immer ein Lächeln.

16. KAPITEL

«OH Mist», sagt Sheldon.

Im linken Außenspiegel ist ein Polizeiwagen aufgetaucht, der harmloseste, den Sheldon je gesehen hat. Ein weißer Volvo Kombi mit je einem roten und einem blauen Streifen an der Seite. Er strahlt absolut nichts Unheilvolles aus. Er flößt so viel Respekt ein wie die Lehreraufsicht auf dem Pausenhof. Und doch sitzt ein Polizist mit einem Funkgerät drin.

Sheldon wägt seine Möglichkeiten ab. Er kann dem Polizisten nicht davonfahren. Er kann sich nicht verstecken. Kämpfen ist weder praktikabel noch angemessen.

Augenblicklich hört er die Stimme seines Ausbilders, der die unerschöpfliche Weisheit des United States Marine Corps vermittelte:

Wenn du nur eine Möglichkeit hast, dann hast du bereits einen Plan!

Die vermeintliche Bedrohung, die da aus dem Polizeiauto steigt, ist ein leicht übergewichtiger Herr Ende fünfzig mit einem freundlichen Gesicht und entspannter Körperhaltung. Er trägt keine Waffe und sieht auch nicht besonders alarmiert aus.

Sheldon hört, wie der Mann etwas Nettes zu Paul sagt, aber aus dieser Perspektive ist es nicht möglich, Paul zu sehen oder seine Antwort zu hören. Wahrscheinlich hat er sich noch mehr in dem Boot verkrochen, ohne etwas zu erwidern.

Sheldon holt tief Luft und wappnet sich für das Gespräch, als der Beamte seitlich neben seinem Traktor auftaucht.

Der Polizist spricht Norwegisch.

Sheldon nicht.

Er entscheidet sich allerdings auch gegen Englisch.

God ettermiddag, sagt der Beamte höflich.

Gutn tog!, erwidert Sheldon voller Begeisterung auf Jiddisch.

Er du fra Tyskland?, fragt der Polizist.

Jo! Dorem-mizrachdik, sagt Sheldon und hofft, dass dies immer noch «Südosten» bedeutet wie vor fünfzig Jahren, als er den Ausdruck zuletzt verwendet hat, und dass «Tyskland» auch tatsächlich «Deutschland» auf Norwegisch heißt.

Vil du snakke engelsk?, fragt der Polizeibeamte, der offenbar des Deutschen nicht mächtig ist, oder jener Sprache, die Sheldon als Deutsch ausgibt.

«I speak little English», sagt Sheldon und bemüht sich, nicht allzu sehr nach Wernher von Braun oder Henry Kissinger zu klingen.

«Ah, good. I speak a little English, too», sagt der Beamte. Dann fährt er unwissentlich in dem fort, was Sheldons ureigene Sprache ist. «Ich hatte Sie für einen Amerikaner gehalten.»

Amerikanisch?, redet Sheldon in stark akzentgeprägtem, irgendwie jiddisch klingendem Englisch weiter. «No, no, German. Und Swiss. In Norwegen mit meinem Enkelsohn. Spricht nur Schweizerdeutsch. Dummer Bengel.»

«Hat ja ein interessantes Outfit an», bemerkt der Polizeibeamte.

«Wikinger. Mag Norwegen sehr.»

«Verstehe», sagt der Beamte. «Aber ist ja seltsam, dass er einen großen Davidstern auf der Brust hat.»

«Ach, das. Juden und Wikinger kamen bei ihm in der Schule gleichzeitig dran, warum auch immer. Jetzt will er beides sein. Ich bin sein Großvater. Wie kann ich da nein sagen? Letzte Woche: Grieche. Nächste Woche vielleicht: Samurai. Haben Sie Enkelkinder?»

«Ich? Oh, ja. Sechs.»

«Sechs. Das wird ja Weihnachten verdammt teuer!»

«Da sagen Sie was! Die Mädchen wollen nur Sachen, die rosa sind, und nichts hat die passende Größe. Und wie viele Spielzeugautos kann man einem Jungen eigentlich kaufen?»

«Kaufen Sie dem Jungen eine Uhr. Dann wird er sich immer erinnern. An das Weihnachten und an Sie. Die Zeit ist gegen uns alte Männer. Da können wir ihr auch zuarbeiten.»

«Das ist eine gute Idee. Eine sehr gute Idee!»

Sheldon fragt: «Bin ich zu schnell gefahren?»

Der Beamte lächelt. «Nein, nicht zu schnell. Einen schönen Tag!»

«Danke. Ihnen auch!»

Als der Volvo davonfährt, legt Sheldon den Gang ein.

«Gut festhalten da hinten!», ruft er. «Wir suchen uns jetzt mal ein schönes Schlafplätzchen. Und wir müssen dieses Ungetüm hier loswerden!»

Saul kehrte von seinem ersten Einsatz in einem Pan-Am-Jet aus Saigon nach San Francisco zurück. Er war dreiundzwanzig Jahre alt. Achtzehn Stunden bevor er das Flugzeug in Zivilkleidung bestieg – einen Roman von Arthur C. Clarke in der Jackentasche –, hatte er einen Vietcong mit seiner M-16 in den Bauch geschossen. Der Mann gehörte zu einem Trupp von drei Männern – alle in Schwarz gekleidet – und war gerade dabei, einen Minenwerfer zu installieren. Saul hatte den Motor an seinem Boot ausgeschaltet, sie trieben dahin. Der Mönch sah sie als Erster und wies mit dem Kopf in ihre Richtung. Saul war kein Scharfschütze wie sein Vater, aber er war der Erste, der die Silhouetten der Männer deutlich zwischen den Schatten der Bäume und dem von oben einfallenden Licht ausmachte. Er feuerte drei Salven ab, und eine davon traf den Unbekannten in den Bauch. Die anderen Männer stoben davon. Danach gingen seine Männer an Land und packten den Minenwerfer ein. Sie fanden den Vietcong, den Saul erschossen hatte. Er bekam eine Kugel in den Kopf gejagt, aus nächster Nähe.

Das Boot tuckerte zurück zu seinem Ausgangspunkt. Es gab eine kleine Abschiedszeremonie für Saul mit Bier, Rockmusik und schmutzigen Witzen. Nachdem er Uniform und Gewehr zurückgegeben und einen Haufen Dokumente ausgefüllt hatte, schlüpfte er wieder in die Klamotten, in denen er nach Vietnam gekommen war, und wurde mit dem Bus zum Flughafen gebracht und nach Amerika befördert.

Oder in eine Art Amerika.

Er las während des Flugs und kämpfte gegen den Schlaf an. Er konnte keinen friedlichen Schlaf erwarten, denn er hatte zwei Jahre lang keinen friedvollen Schlaf gefunden. Zu oft hatte er Albträume von Dingen gehabt, die er gesehen und die er getan hatte. Er litt darunter, wie sein Verstand unermüdlich versuchte, einen Sinn in all dem zu finden. Das Brummen in der Kabine war verführerisch und lullte Saul in eine Träumerei – ein gefährlicher Ort. Denn Träumereien sind das Land, in dem Ungeheuer leben.

Im Flugzeug beobachtete er die anderen Männer, wie sie

Wodka und Cognac in sich reinkippten, die man gratis an sie ausgab. Er überlegte mitzutrinken, doch seine jüdische DNA machte ihm einen Strich durch die Rechnung. Der Alkohol würde ihn nur schläfrig machen, ohne ihm Erleichterung zu verschaffen.

Auf der Suche nach einem Gesprächspartner blickte Saul zu einem Mann auf der anderen Seite des Ganges hinüber. Er hatte einen muskulösen Oberkörper und einen dicken Hals, trug eine lange graue Hose und ein verknittertes blaues Hemd, das vor dem Einsteigen in den Flieger definitiv nicht gebügelt worden war. Vor ihm standen drei winzige Flaschen Gin, zu lesen hatte er nichts dabei. Er spürte, dass Saul ihn ansah, und schaute zurück. Ihre Blicke trafen sich kurz, doch dann sah er weg.

Das Amerika, in dem er landete, war das San Francisco von 1973, voll Farben und Musik, gemischtrassiger Paare und aufgedonnerter Schwuler. Niemand spuckte ihm vor die Füße oder nannte ihn einen Kindermörder. Doch als er mit seinem Bürstenhaarschnitt und dem Seesack an den Leuten vorbeiging und sie mit ihren langen Haaren und verspiegelten Sonnenbrillen wiederum an ihm vorbeigingen, schauten sie sich gegenseitig an, als wäre der jeweils andere ein exotisches Tier, so fremd und unbekannt wie ein Alien.

Eine einzige Erfahrung konnte er damit in Verbindung bringen, die Landung in Vietnam zwei Jahre zuvor. Er hatte die wild zusammengewürfelten Amerikaner im Ausbildungslager gesehen, doch das hatte ihn nicht auf die Schichten, Strukturen und Verwirrungen vorbereitet, die ihn in Vietnam erwarteten. Auf die ineinander verwobenen Geschichten und Motive, Launen und Erinnerungen all dieser Leute.

Die Navy war ihm ein Rätsel. Saigon war ihm ein Rätsel. Er verstand die schweigsamen Ladenbesitzer so wenig wie die tückischen Vietcong. Die Kommunisten und ihre buddhistischen Familien, das passte für ihn nicht zusammen.

Er versuchte, einen Abglanz von Vertrautheit in den Augen einer Frau – ein halbes Kind eigentlich – zu sehen, die einen Monat nach seiner Ankunft auf ihn geschossen hatte. Sie saß neben einer strohgedeckten Hütte in einem schlammigen Dorf auf dem Boden und sah ihn an, kurz bevor sie in einem Feuersturm aus dem Flammenwerfer, den der Mönch trug, bei lebendigem Leib verbrannte.

Natürlich musste sich Saul bei ihm dafür bedanken. Er öffnete den Mund, um etwas zu sagen, doch der Mönch wandte sich einfach ab.

Er verstand – zumindest im Groben, mittels bruchstückhafter Informationen, die er sich aus Zeitungen, beim Militär, bei Ehemaligen, aus Gerüchten und der Wochenschau zusammengebastelt hatte –, worum es in diesem Krieg ging. Aber er hatte keine Ahnung, wie diese Leute tickten. Irgendwie war der Krieg das Ergebnis dessen, was alle hier taten, wenn sie morgens aufwachten. Doch was sie taten, schien verrückt zu sein, und so wurde der Krieg – so nannten sie das Theaterstück, in dem er mitspielte – zu etwas Abstraktem, zugleich aber um so lebendiger und konkreter.

Unfähig, die großen Zusammenhänge zu verstehen, verlegte er sich auf die kleinen Handlungsstränge. Die Freundschaft zu einem Kumpel. Den Grund, weshalb der Colonel sich angeblich jede Nacht in den Schlaf heulte. Die Frage, was sein Vater von all dem wohl hielt.

Auf dem Flug nach Hause stellte er sich verschiedene Gespräche vor, die er über diese Dinge mit seinem Vater führen würde, der Jahre in Korea bei den Marines verbracht hatte. Sie würden mehr Vater und Sohn sein, wenn er wieder zu Hause war. Sie waren jetzt beide Veteranen von Auslandskriegen: amerikanische Kriegshelden, die dabei gewesen waren – Jungen, die die Welt hinter dem Spiegel betreten hatten. Alte, universale Stammesgesetze hatten sie verändert und erlaubten ihnen, auf neue Weise zu reden, sie verliehen ihnen eine Autorität, die denjenigen verwehrt blieb, die die Feuertaufe durch den Krieg nicht erfahren hatten.

Mit der Zeit hatte Saul gelernt, die Leute, denen er in Vietnam begegnete, einzuschätzen und sie in Kategorien einzuteilen. Die hier sind auf meiner Seite. Und die hier nicht. Mit denen kann ich vernünftig reden. Und mit denen nicht. Schließlich ergab sich eine Kategorie, in die er sich selbst packen konnte. Es war ein Kistchen, das sein Vater gebastelt hatte, und außen stand *Patriotischer Jude* drauf. Es lag jedoch ein Haufen Zeugs drin, an das keiner von beiden je gedacht hätte. Sheldon hatte es mit Ideen aus einem vergangenen Krieg und einer vergangenen Epoche gefüllt. Saul füllte es mit seinen Eindrücken und Albträumen.

Saul hatte nur eine Nacht in San Francisco verbracht, bevor er nach Osten weiterflog. Er ließ sich im Taxi zu einem billigen Motel in der Nähe des Flughafens fahren und schaute den ganzen Abend fern, während er Cola und Fanta aus der Minibar trank. Zwischen acht und elf schaute er *All in the Family*, die zweite Hälfte von *Notruf California*, *Oh Mary* und *The Bob Newhart Show* und schlief dann irgendwann während *Kobra, übernehmen Sie* ein. Er hatte mehrere Zeitzonen durchquert und erst zum zweiten Mal in seinem Leben einen Jetlag. Er schlief ein, ohne sich die Schuhe auszuziehen. Der Dreck aus Vietnam beschmutzte die Motelbettdecke.

Am nächsten Tag wurde er bei einem überraschend kurzen Besuch der Basis in Ehren entlassen, und ehe er sichs versah, war er wieder Zivilist, hatte nichts zu tun, war niemandem mehr Rechenschaft schuldig und saß in einem Flugzeug nach New York.

Als er an der Tür zur Wohnung seiner Eltern in Gramercy ankam, stand die Sonne hoch am Himmel, und die Stadt roch gut. Er schaute auf das Klingelschild, auf dem der Name seiner Eltern stand – der ja auch seiner war, was er kurz vergessen hatte –, und überlegte, ob er auf den Klingelknopf drücken sollte.

Ohne zu wissen, weshalb, oder den Impuls zu hinterfragen, wandte er sich um und ging weg.

«Er sollte eigentlich langsam mal kommen», hatte Sheldon zu Mabel gesagt, die mit überkreuzten Beinen auf einer Couch saß und die Sonntagsbeilage der *New York Times* las. Es war bereits sehr spät.

«Wir haben keine Zeit ausgemacht.»

«Wir haben den Tag festgelegt. Meiner perfekt in Schuss gehaltenen Armbanduhr zufolge ist dieser Tag in weniger als einer Stunde vorüber. Er ist definitiv zu spät dran!»

«Er hat eine Menge durchgemacht.»

«Ich weiß, was er durchgemacht hat.»

«Nein, Sheldon. Das weißt du nicht.»

«Woher weißt du bitte, was ich nicht weiß?»

«Vietnam ist nicht Korea.»

«Was ist daran nicht koreanisch?»

«Was ich sagen will, ist, dass du nicht behaupten kannst, du wüsstest, was er durchgemacht hat, nur weil er noch immer genauso aussieht wie immer, wenn er hereinkommt.»

«So hast du es aber bei mir gemacht.»

«Du warst ja nur in der Schreibstube.»

«Du weißt nicht, was ich im Krieg gemacht habe.»

Mabel schmiss die Sonntagsbeilage mitten auf den Boden des Wohnzimmers und erhob ihre Stimme.

«Na, was zum Teufel warst du denn dann? Heute mal dies, morgen dann das. Möchtest du meinen Respekt? Mein Mitgefühl? Möchtest du, dass ich verstehe, weshalb du nachts im Schlaf ‹Mario!› schreist? Dann erzähl es mir.»

«Ich habe getan, was man mir sagte. Mehr brauchst du nicht zu wissen.»

«Weil Männer nun mal so sind?»

«Du verstehst es ja doch nicht.»

«Ich geh jetzt schlafen.»

«Ich bleibe auf, bis er kommt.»

«Weshalb? Damit er aus dem Krieg heimkehrt und du ihn gleich mit ‹Du kommst aber spät!› begrüßen kannst?»

«Geh schlafen, Mabel.»

«Freust du dich nicht darauf, ihn zu sehen?»

«Ich weiß es nicht.»

Mabel war wütend und ging auf die Schlafzimmertür zu.

«Ich weiß überhaupt nicht, was das bedeutet, Sheldon. Wirklich nicht.»

«Ich auch nicht.»

Saul saß im letzten Zug der Linie 5 vom Union Square zur Beverly Avenue in Flatbush, Brooklyn, während seine Eltern sich stritten. Die ganze Fahrt über starrte er auf seine Hände.

Die Frau, die schließlich Rheas Mutter werden sollte, lebte im zweiten Stock ihres Elternhauses auf einem winzigen Grundstück, das so schmal war, dass die Bewohner in den Badezimmern der angrenzenden Gebäude sich, ohne aufzustehen, gegenseitig das Toilettenpapier hätten reichen können.

Sauls Klamotten waren ein wenig zu groß für ihn. Er hatte zwanzig Pfund verloren, dort am Fluss. Nun stand er vor dem dunklen Haus und blickte zum Fenster hinauf, wie damals als Teenager, als er sich Hoffnungen auf Sex machte. Sie hatten sich vor vier Jahren im Bus kennengelernt. Zwei unsichere, ungeschickte Heranwachsende, die sich weder richtig aufeinander einlassen noch sich loslassen konnten. Die Beziehung dauerte an, und sie waren unfähig, Nägel mit Köpfen zu machen oder einen Schlussstrich zu ziehen, weil das so ein *großer Schritt* war. Also blieben sie dabei. Sie betrogen einander und kehrten reumütig zurück. Dann ging er nach Vietnam.

Saul hob einen kleinen Kiesel auf und warf ihn gegen das Fenster. Es hätte ebenso gut eine Handgranate sein können. Dann hätte es eine Explosion im Fenster gegeben, und er wäre zum Boot zurückgekehrt. Aber es war keine Handgranate. Es war ein kleiner Kiesel.

Sofort öffnete sie das Fenster und schaute herunter.

Wahrscheinlich machen das alle Jungs so, dachte er.

Sie trug ein zerrissenes T-Shirt von einer Band, deren Name er noch nie gehört hatte, und das lose von ihrem Körper herabhing. Ihr Gesicht sah äußerst blass aus. Im Licht der Straßenlaterne konnte er die Konturen ihrer Brüste erkennen.

«Du bist also wieder da», sagte sie.

«Was auch immer das heißt.»

«Was willst du?»

«Dich sehen.»

«Mich bumsen, meinst du. Tapferer Soldat kehrt mit Riesenständer aus dem Krieg zurück. Richtig?»

«Baby, ich weiß erst, was ich will, wenn's vorbei ist.»

Irgendwie entlockte ihr das ein Lächeln.

«Komm hintenrum rein.»

Genau das tat er.

Als er auf ihr lag und in ihr war und als seine Hände ihre Schenkel umfassten und er die Augen geschlossen hatte, hörte er sie sagen: «Wenn ich schwanger werde, ist es von dir, verstanden?»

In diesem Moment glaubte er, sie meinte, das Baby sei seins und nicht das von einem anderen. Dass sie in letzter Zeit mit keinem anderen Mann zusammen gewesen sei. Dass da noch etwas war zwischen ihnen. Dass die Vergangenheit auf sicherem Boden stand.

Ein paar Monate später, als das Baby größer wurde, war Saul schon tot. Er sollte nie wissen, dass sie nicht über die Vergangenheit gesprochen hatte. Sie hatte die Zukunft gemeint.

Der alte Uhrmacher saß in seinem Sessel im Wohnzimmer und schlief, als Saul am nächsten Morgen um halb acht hereinkam. Sie hatte ihn früh am Morgen vor die Tür gesetzt, damit ihre Eltern nicht erfuhren, dass er bei ihr gewesen war. Sie bestand darauf, dass sie, da sie Miete bezahlte, im oberen Stockwerk tun und lassen konnte, was sie wollte, doch ihr Vater bediente sich einer Sprache aus einer anderen Zeit. Er sprach davon, dass immer noch er bestimme, was unter seinem Dach getrieben werde, dass sie der Familie Schande bereite und dass *das* nicht seine Tochter sei.

Zum Zeitgeist von 1973 passte diese Sprache nun gar nicht, und so spielten sie das Spiel und redeten aneinander vorbei – und hofften, dass sie mit den Konsequenzen schon klarkämen. Mit der Schwangerschaft änderte sich das dann grundlegend. Nichts ließ sich mehr so einfach regeln. Hätte Rhea mehr von all dem gewusst, es hätte ihr möglicherweise geholfen zu verstehen, was sie selbst so umtrieb. Aber sie sollte es nie erfahren. Ihre Mutter, diese rätselhafte Frau, war für Saul immer eine Fremde geblieben und sollte es für Rhea bis zuletzt bleiben.

Leise, um niemanden zu wecken, betrat Saul die Wohnung. Er trug seinen grünen Army-Seesack über der linken Schulter, während er – wie früher – den Schlüssel wieder herauszuziehen versuchte. Der Trick war, ihn im Uhrzeigersinn ein wenig nach rechts zu drehen und dabei leicht zu rütteln.

Während er an dem Schloss hantierte, kroch ihm der Geruch des Hauses in die Nase, und ihm wurde plötzlich übel. Ein Gedanke, den er bislang noch nicht formuliert hatte, stürmte auf ihn ein, so heftig wie die Gerüche seiner Kindheit.

Ich kann das jetzt nicht.

Gerade als sein Verstand die Empfindung in Worte fasste, sagt sein Vater: «Willkommen zu Hause.»

Saul zog den Schlüssel ab und schloss die Eingangstür. Er trat nach rechts und schaute ins Wohnzimmer, in dem sich absolut nichts geändert hatte, seit er es zum letzten Mal betreten hatte. Sein Vater trug unförmige farblose Kleidung, sein Gesicht wirkte abgespannt und müde.

Saul setzte den Seesack neben dem Schirmständer ab und reckte die Schultern. Er holte tief Luft, sog die Vergangenheit in die Lungen ein, wo sie nicht hingehörte.

«Danke.»

Sein Vater stand nicht auf.

«Du siehst okay aus», sagte er.

«Hm, ja», sagte Saul. «Tu ich wohl.»

«Hast du Hunger? Magst du einen Kaffee?»

«Nein, ich glaube nicht.»

«Du glaubst nicht oder nein?»

«Was ist der Unterschied?»

«Setz dich.» Sheldon deutete aufs Sofa, wo Mabel vorhin noch mit der Sonntagsbeilage gelegen hatte.

Die Gelassenheit seines Vaters war beruhigend, es war, als würde er verstehen, was dort drüben passiert war. Saul selbst hatte nie genau verstanden, was sein Vater in Korea getan hatte. Er hatte ihn schon früher danach gefragt und immer nur die eine nicht sehr hilfreiche Antwort bekommen: «Ich habe getan, was man von mir verlangte.» Jetzt war es wichtig geworden herauszufinden, was sie gemeinsam hatten. Was sein Vater verstand. Was überhaupt verstanden werden konnte.

«Wie geht es dir?», fragte Sheldon.

Saul ließ sich in die voluminösen Kissen sinken und zuckte mit den Achseln.

«Ich weiß es nicht. Ich bin noch nicht richtig angekommen.»

Sheldon nickte.

«Ich hab angefangen zu fotografieren, als ich wieder zu Hause war. Du wirst wohl auch irgendetwas tun müssen.»

«Kann sein.»

«Hast du dir da schon Gedanken gemacht?»

«Nein, habe ich nicht.» Er machte eine Pause, dann fragte er: «Was denkst du darüber?»

«Ich denke nicht darüber nach.»

«Darüber kann man nicht nicht nachdenken, Dad. Ich

habe Sachen gesehen. Ich hab Sachen getan. Das kann ich nicht so unter den Teppich kehren. Da muss ich mit klarkommen.»

«Du hast getan, was du getan hast, und du hast gesehen, was du gesehen hast. Du hast deine Pflicht erfüllt. Du hast getan, was Männer eben tun. Und jetzt ist es vorbei. Versuch wieder ein normales Leben zu führen. Mehr musst du nicht tun.»

«Ich weiß, wie es riecht, wenn Menschen verbrennen.»

«Und jetzt ist es vorbei.»

«Der Geruch hängt noch in meinen Klamotten.»

«Dann wasch sie.»

«Darum geht es nicht.»

«Darum muss es aber gehen. Weißt du, was da draußen vor sich geht? Es gibt nicht viele von deiner Sorte. Du musst Vietnam hinter dir lassen und dich auf Amerika einlassen, du musst deine Rolle finden.»

«Es gibt Zigtausende von meiner Sorte!»

«Aber keine Juden.»

«Verdammt, das ist doch vollkommen egal!»

«Es ist das Einzige, worauf es ankommt. Wir haben wie die Irren im Zweiten Weltkrieg gekämpft. Wir sind einander auf die Füße getreten vor der Rekrutierungsstelle. In Korea waren es schon weniger. Und heute? Jeder Jude ist auf dem College. Heute protestieren sie gegen den Krieg. Bürgerrechte, Rock 'n' Roll und Haschisch. Anstatt unseren Beitrag zu leisten, lassen wir uns die Butter vom Brot nehmen. Wir verlieren den Boden, den wir mühsam gewonnen hatten.»

«Und was zum Teufel, glaubst du, geht da draußen ab?» Saul reibt sich das Gesicht.

«Was da abgeht? Amerika ist im Krieg. Und anstatt dass wir uns auf die Seite unseres Landes stellen, reden wir hier wie die Kommunisten.»

«Dad, dieses Land ist in einem saumäßigen Zustand. Man muss versuchen, es irgendwie besser zu machen. Und außerdem müssen wir niemandem mehr etwas beweisen. Ich bin hier geboren. Du bist hier geboren. Deine Eltern sind hier geboren. Wie amerikanisch sollen wir denn noch werden?»

«Es gibt immer noch Firmen an der Wall Street, die uns nicht einstellen würden. Es gibt Anwaltskanzleien, die uns nicht wollen.»

«Im Süden töten sie noch immer unschuldige Schwarze.»

«Dieses Land hat noch jede Menge zu tun. Das weiß ich doch. Aber wir haben auch noch jede Menge zu erledigen. Uns auf uns selbst zu besinnen zum Beispiel.»

«Was hast du in Korea gemacht?»

«Ich habe getan, was man mir sagte.»

«Mom meint, du wärst in der Schreibstube gewesen.»

«Mom sagt genau das, was ich möchte, dass sie sagt.»

«Du findest also, dass Männer über so etwas nicht reden. Mit wem redest du dann? Was ist mit Bill?»

«Bill war auch dabei.»

«Aber nicht bei dir.»

«Nein. Er war bei einer Panzerdivision. Er war irgendwo anders. Wir haben uns erst danach kennengelernt. Auf der Straße. In der Nähe der Läden.»

«Sprichst du mit Bill?»

«Jeden Tag. Ich krieg ihn gar nicht raus aus meinem Laden. Ich muss abschließen. Und wenn ich das tue, dann ruft er mich eben an.»

«Vielleicht ist er ein bisschen verknallt in dich.»

Sheldon schnaubte entrüstet. «Was ihr heutzutage für ein Zeug daherredet!»

«Alles schon vorgekommen.»

«Ihr dreht und wendet die Dinge, wie sie euch in den Kram passen, und dann besteht ihr darauf, recht zu haben, und behauptet, alle anderen seien blind. Das ist genau das, was die Kommunisten machen!»

«Ich weiß nicht, wer die Kommunisten sind, Dad.»

«Das waren die, die auf dich geschossen haben. Die dich versklaven wollen, indem sie dich mit ihrer Ideologie infiltrieren. Die Leute in den Gulag stecken, nur weil sie wie freie Menschen leben wollten.»

«Alle haben auf mich geschossen. Ich weiß nicht, weshalb.»

«Du klingst wie Mario.»

«Wer ist Mario?»

«Spielt keine Rolle.»

«Wer ist Mario?»

«Ein Freund.»

«Jemand, den ich kenne?»

«Er starb, bevor du geboren wurdest.»

«Ich habe viel gesehen, Dad. Ich habe viel getan.»

«Ich weiß. Hast du Hunger? Möchtest du Kaffee?»

«Ich glaube, ich möchte dir erzählen, was ich getan habe.»

«Ich will es nicht wissen.»

«Weshalb nicht?»

«Weil du mein Sohn bist, deshalb.»

«Und ich möchte es dir erzählen, weil du mein Vater bist und es vielleicht verstehen kannst.»

«Dein Land ist dir dankbar, allein darauf kommt es an.»

«Mein Land ist mir nicht dankbar, und es kommt überhaupt nicht darauf an. Ich muss mir jetzt überlegen, was ich hier mache.»

«Du brauchst eine Ablenkung.»

«Uhren reparieren vielleicht?»

«Was ist daran so schlimm?»

«Du kannst die Zeit nicht anhalten, Dad.»

«Du solltest etwas essen. Dünn bist du geworden! Und kränklich siehst du aus.»

«Ich bin kränklich.»

Sheldon sagte nichts.

«Wo ist Mom?»

«Schläft.»

Saul hievte sich aus den Sofakissen und ging die Treppe hinauf, immer zwei Stufen auf einmal. Sheldon rührte sich nicht. Zehn Minuten lang saß er da und wartete darauf, dass Saul wiederkam. Er nahm an, dass Saul bei seiner Mutter war. Erst Jahre später erfuhr er, dass Saul nach oben gegangen war und einfach nur dagesessen hatte. Durchs Geländer gestarrt hatte, wie damals als kleiner Junge, als er sehen wollte, wer an der Tür geklingelt hatte oder in welcher Stimmung Dad war, wenn er von der Arbeit nach Hause kam.

Nachdem er wieder heruntergekommen war, setzte er sich seinem Vater gegenüber in den Ohrensessel, in dem seine Mutter oft mit einem Buch oder vor dem Fernseher saß.

«Und wie ist es dir gegangen?», fragte er seinen Vater.

«Mir? Ich habe hart gearbeitet. Hab meine Sache durch-gezogen. Versucht, mich aus allem rauszuhalten.»

«Ja, ja, aber wie ist es dir gegangen?»

«Habe ich dir doch gerade gesagt.»

«Was hast du gedacht, als du aus dem Krieg in Korea zurückgekommen bist?»

«Warum fragst du?»

«Weil auch ich gerade aus einem Krieg nach Hause zurückkomme und gerne wüsste, was du dir so gedacht hast. Ob es vielleicht dasselbe ist.»

«Als ich aus Korea zurückkam, dachte ich über Korea nach. Als ich dann darüber nachdachte, dass ich über Korea nachdachte, stellte ich fest, dass das Zeitverschwendung ist. Also habe ich damit aufgehört.»

«Wie lange hat das gedauert?»

«Sei kein Weichei, Saul!»

«Du hast dir eine Kamera geschnappt und bist nach Europa gegangen.»

«Ja.»

«Was hast du dort gefunden?»

«Das war neun Jahre nach dem Zweiten Weltkrieg. Du weißt, was ich dort gefunden habe.»

«Du bist doch nicht extra dahin gefahren, um lustige Fotos von denen zu machen, oder?»

«O doch! Und ich war gut darin.»

«Du hast sie gehasst, oder? Jeden einzelnen Antisemiten, nicht wahr? Du hast in ihre Seelen geblickt, um dich selbst davon zu überzeugen. Um es zu dokumentieren, weil du sie nicht vor einen Gewehrlauf bekommen konntest, um sie zu erschießen.»

«Woher hast du diesen Unsinn?»

«Ich hatte Zeit zum Nachdenken auf dem Boot.»

«Willst du wissen, was ich in Europa gefunden habe? Schweigen. Ein grässliches, entsetzliches Schweigen. Es war keine einzige jüdische Stimme übrig. Nur noch ein paar mickrige Kriegsneurotiker und Trittbrettfahrer, die übersehen worden waren. Und Europa schloss die Wunde einfach.

Füllte das Schweigen mit den Vespas und VWs und Croissants, als wäre nichts geschehen. Dir ist nach Psychologie zumute? Okay. Wahrscheinlich haben sie sich saumäßig geärgert, als sie gemerkt haben, dass es mich noch gab. Dass sie von mir eine Reaktion bekamen.»

«Und was hatte das mit Korea zu tun?»

«Alles! Es machte mich stolz. Stolz darauf, Amerikaner zu sein. Es machte mich stolz, für mein Land gekämpft zu haben. Mir wurde dadurch klar, dass die Stämme Europas eben immer bloß Stämme bleiben werden. Nationen nennst du das? Nur zu. Aber es ist nichts als ein Haufen läppischer Stämme. Amerika ist kein Stamm. Es ist eine Idee! Und ich bin Teil dieser Idee. Und für dich gilt das auch. Wie es mir gegangen ist? Ich war stolz darauf, dass du für dein Land gekämpft hast. Dass du den Traum verteidigst. Mein Sohn verteidigt den Traum. Mein Sohn ist Amerikaner. Mein Sohn hat ein Gewehr in der Hand und stellt sich dem Feind. So ist es mir gegangen.»

Saul antwortete nicht gleich. Sheldon schwieg ebenfalls.

«Wo sind die Fotos?», fragte Saul schließlich.

«Welche Fotos?»

«Alle Fotos, die du geschossen hast.»

«Die sind in dem Buch.»

«Das sind bloß die, die du ausgewählt hast. Wo ist der Rest?»

Saul bemerkte, dass sein Vater zögerte, bevor er antwortete, dass er eine winzig kleine Pause machte. Normalerweise kamen seine Erwiderungen wie aus der Pistole geschossen. Diesmal hatte Saul ihn überrumpelt.

Ja, es gibt noch mehr Fotos. Fotos, die nie weit weg von mir sind.

«Ich bin der Fotograf. Ich entscheide, was ein Bild ist und was nicht.»

«Wenn es kein Bild ist, was ist es dann?»

«Hast du auf dem Boot irgendwas gearbeitet?»

«Ich möchte die anderen Fotos sehen.»

«Nein.»

«Vielleicht irgendwann einmal?»

«Ich habe nie behauptet, dass es da noch mehr gibt.»

«Hat Mom sie gesehen?»

«Sie hat noch nicht lange genug in einem Boot gesessen, um solche Fragen auszubrüten.»

«Was hat dich dazu gebracht, wieder zurückzukommen?»

«Du warst es doch, der weg war. Warum stellst du mir all diese Fragen? Ich komm mir vor wie in der Dick Cavett Show!»

«Du hast Tausende von Fotos in einem halben Dutzend Ländern gemacht. Dann, eines Tages, kommst du wieder nach Hause. Warum?»

«Willst du wissen, warum?»

«Ja, das will ich.»

«Weil der Krieg vorbei war und weil alle tot waren. Ich konnte nicht zurück in den Krieg, und meine Freunde kamen nicht wieder. Also wurde ich erwachsen und schaute, dass es irgendwie weiterging.»

«Welcher Krieg?»

«Bitte, Saul, es reicht.»

Saul versuchte, sich das Ungesagte vorzustellen, das sein Vater nicht nennen wollte oder konnte. «Sie kamen nicht aus Korea zurück», begann er. «Aber du meinst auch diejenigen, die 1941 in den Krieg gezogen sind. Die dich in Amerika zurückließen. Du hast das alles mitbekommen, damals, als

Kind. Die älteren Brüder deiner Freunde. Dein Cousin Abe. Du warst der Jüngste, und du musstest zu Hause bleiben. Und deshalb hast du dich dann für den Koreakrieg gemeldet.»

«Saul», sagte Sheldon etwas sanfter. «Ich bin nicht in den falschen Krieg gezogen. Sondern in den nächsten, und der war auch richtig. Die Kommunisten haben Millionen getötet. Millionen und Abermillionen von Menschen. Als ich mich freiwillig meldete, stand Stalin an der Spitze der Sowjetunion und entwickelte nukleare Waffen, die auf uns gerichtet werden sollten. Der einzige Grund, weshalb wir ihn nicht genauso gehasst haben wie Hitler, war die massive Propaganda während des Kriegs, die uns eingetrichtert hat, dass ‹Uncle Joe› ein Held war, weil er uns eine zweite Front verschaffte. Doch Uncle Joe hatte einen Geheimpakt mit Hitler unterzeichnet, und Russland war nur deshalb auf unserer Seite, weil Deutschland es angriffen hatte. Es war nicht unsere östliche Front. Wir waren seine westliche Front!»

«Mom sagte, du hättest manchmal geweint, wenn sie mich im Arm hielt, als ich ein Baby war.»

«Jetzt gehst du wirklich zu weit.»

«Warum?»

«Wer hat dir beigebracht, so zu reden?»

«So reden die Leute in meinem Alter nun mal. Sag einfach nur, warum.»

«Weil ich, als ich deine Mutter so sah, hier in Amerika, an all die Frauen in Polen denken musste, die ihre eigenen Kinder in den Gaskammern an ihre nackte Brust pressten und ihnen einschärften, tief einzuatmen, damit sie nicht zu leiden hätten. An Babys, die ihre Henker noch anlächelten. Die dem eigenen Tod die Finger entgegenreckten. Und das erfüllte mich mit Wut.»

«Du bist aus Europa zurückgekehrt, weil es dort nichts gab, was du hättest tun können», sagte Saul.

Sheldon nickte.

«Was soll ich jetzt tun, Dad?»

«Wir sind am Leben, weil das hier unser Land ist. Sein ganzer Irrsinn. Seine Geschichte. Seine Probleme. Es ist unsere Zukunft. Wir verdanken ihm unser Leben. Daher bewahren wir es vor Schaden und helfen ihm, ordentlich erwachsen zu werden.»

«Ich weiß», sagte Saul.

«Und dieses Land ist im Krieg.»

«Ich weiß.»

«Ich bin nicht sicher, wie wir unsere Toten ehren sollen, wenn wir den einzigen Ort, der uns Zuflucht geboten hat, nicht schützen. Wenn wir nicht daran arbeiten, einen besseren Ort daraus zu machen.»

«Ich gehe jetzt auf mein Zimmer.»

«Okay.»

«Ich liebe dich, Dad.»

Sheldon nickte nur.

Weniger als eine Woche später war Saul fort, und kurz darauf war er tot. Er hatte eine kurze Nachricht auf dem Küchentisch hinterlassen, darin stand, er habe sich erneut freiwillig gemeldet und werde derselben Einheit zugewiesen. Er werde bald schreiben und es sei wunderbar gewesen, sie beide gesehen zu haben. Dass er sie liebe. Dass er hoffe, seinen Vater stolz zu machen und sich schon auf den Tag freue, an dem der Krieg vorbei sein werde.

17. KAPITEL

«ICH habe meinen Sohn getötet, Bill. Er ist tot, weil er mich liebte.»

«Er hat dich sehr geliebt.»

«Unser Gespräch an dem Morgen ist mir als Streit in Erinnerung geblieben. Aber wahrscheinlich war es das gar nicht.»

«Nein. Er wollte keinen Streit. Er hatte ja keine Position zu verteidigen.»

«Ich kann nicht reden, ohne zu streiten.»

«Das macht deinen Charme aus.»

«Was hätte ich denn tun sollen?»

«Du meinst, als er hereinkam? Und begann, dir Fragen zu stellen?»

«Ja, genau.»

«Du hättest ihn umarmen können und ihm sagen, was du empfindest.»

«Ich habe ihm gesagt, was ich empfinde!»

«Hast du nicht.»

«Was weißt du schon?»

«Was glaubst du, mit wem du hier sprichst?»

«Was habe ich denn empfunden?»

«Liebe und Erleichterung. Du liebtest ihn so sehr, dass du auf Abstand gehen musstest.»

«Du redest wie ein Mädchen.»

«Dieses Gefühl – in deinen Händen. Das manchmal dazu

führt, dass du die Hände zusammenballst. Weißt du, was das ist?»

«Arthritis.»

«Du hast ihn nicht berührt. Bei dieser letzten Begegnung. In deinem Wohnzimmer. Er stand direkt vor dir. Und du hast ihn nicht in den Arm genommen. Hast seine Hände nicht berührt. Ihm nicht die Hand auf die Wange gelegt, wie du es bei ihm als Baby getan hast. Du hast deine Wange nicht an die seine gepresst. Das wolltest du doch eigentlich! Was für ein wunderschöner Junge. Erinnerst du dich? Er strahlte etwas Überirdisches aus. Und du hast ihn nicht berührt. Und jetzt wirst du das Gefühl in deinen Fingern nicht mehr los.»

«Was für ein Gefühl?»

«Die Leere. Du hast ihm von dem Schweigen erzählt. Von der Leere hast du nichts gesagt.»

«Du bist ein richtiger Miesmacher, Bill. Weißt du das?»

«Gleich kommt der See. Jetzt hast du die Chance, den Traktor zu verstecken.»

«*Jup.*»

Sie haben fünfzig Kilometer zurückgelegt. Auf der linken Seite taucht allmählich der Rødenessjøen auf, ein kleiner See bei Akershus, den Sheldon zum Etappenziel bestimmt hat. Seit Stunden sind sie unterwegs. Der Junge hat vermutlich Hunger, und ganz bestimmt müssen sie beide pinkeln.

Was Sheldon vorhat, sollte man am besten bei Nacht erledigen, im Schutz der Dunkelheit. Das ist die richtige Zeit, um verrückte Ideen noch einmal zu überdenken. Der Moment, in dem man sie plötzlich sehr viel besser findet als noch ein paar Stunden zuvor.

Mit schmerzendem Rücken und steifen Fingern fährt Sheldon den Traktor an den Rand einer ruhigen, waldgesäumten Straße und schaltet den Motor aus. Er wartet eine geschlagene Minute, dann klettert er vorsichtig den vollen Meter vom Trittbrett zum Boden hinab.

Paul liegt im Schlauchboot und schläft. Er hat den Wikingerhelm nicht abgenommen, mit der rechten Hand umklammert er den langen Holzlöffel. Die Haarkugel hat er fürsorglich unter eine der Bänke gestopft. Sheldon lächelt und beschließt, ihn nicht zu wecken.

Als er den Traktor so vor sich stehen sieht, fällt ihm auf, wie groß er tatsächlich ist. Gut zwei Meter hoch. Die Reifen allein reichen ihm bereits bis zur Mitte der Brust. Nicht gerade leicht, dieses Monstrum zu verstecken – man kann nicht einfach eine orangefarbene Plane drüberwerfen und hoffen, dass es keinem auffällt.

Hier ist Bauernland. Er weiß nichts über seine Bewohner, hat keine Ahnung von ihrer Art, ihrem Alltag. Aber die Gegend strahlt etwas Harmonisches aus, sie kommt ihm weniger fremd vor als die Sprache der Leute. Die Menschen hier kennen sich vermutlich. Wahrscheinlich gibt es nur ein paar Schulen und nur wenige Klassen mit Schülern ganz unterschiedlichen Alters. Familien kennen sicherlich auch die Kinder anderer Familien. Man kennt hier die Autos und vielleicht sogar das Vieh der anderen.

Sie sind nicht weit von Oslo entfernt, und es ist auch nicht die komplette Einöde. Trotzdem halten die Menschen hier enger zusammen.

Es wäre klug, alles im Dunkeln zu erledigen. Denn das hier ist eindeutig eine Gegend, in der den Menschen ein Traktor auffällt, der nicht hierhergehört. Es ist vermutlich auch die Art von Ort, an der sie davon berichten würden, wenn jemand einen Traktor im See versenkt.

Wieder einmal, wie schon so oft in Sheldons Leben, scheint es da mehr als nur einen möglichen Fortgang der Handlung zu geben. Paul ist immer noch im Schlauchboot, und Donny betrachtet grübelnd dieses amphibische Freizeitfahrzeug. Am wichtigsten ist im Augenblick die Tatsache, dass er von einem Polizisten aus der Gegend angehalten wurde. Der ihn gefragt hat, ob er Amerikaner sei. Es gibt ein paar gute Erklärungen dafür. Eine wäre – aber daran glaubt er keine Sekunde –, dass sein gespielter schweizerdeutscher Akzent nicht gut genug gewesen ist, um diesen Provinzbullen zu täuschen. Nie und nimmer hätte er erraten können, dass Sheldon aus New England stammte.

Ausgeschlossen.

Die andere Erklärung ist weit beunruhigender und weit plausibler.

Er hat Paul zuliebe den Fernseher nicht eingeschaltet, weiß daher also nicht mit Sicherheit, ob die Polizei eine Vermisstenmeldung aufgegeben hat – sofern es so etwas hier überhaupt gibt. Aber es ist möglich, dass sie es getan haben und dass Rhea dahintersteckt. Selbst wenn dem nicht so ist, wird sie mit Sicherheit irgendwelchen Polizeibeamten von ihm und dem Jungen erzählt haben. Möglicherweise wurde er ja angehalten, weil eine bestimmte Beschreibung auf ihn passte.

Zum Beispiel: «Alter Mann, Ausländer, mit kleinem Jungen.»

Aber vielleicht hatte er auch Glück. Vielleicht hieß es ja: «Alter Amerikaner und kleiner Junge vermisst.» In diesem Fall waren Paul und er aus dem Schneider.

Wie auch immer, alles lief auf ein und dieselbe Schlussfolgerung hinaus: Dieser Traktor bedeutete Ärger und musste
im Orkus verschwinden.

Er geht wieder zurück zum Schlauchboot, bindet es vom
Anhänger los und prüft sorgfältig, ob es auch wirklich nicht
mehr mit dem Hänger verbunden ist. Dann startet er den
Motor erneut. Hustend und keuchend setzt sich das Monstrum in Bewegung, sodass Paul aufwacht. Sheldon bemerkt
es, denn er sieht im Rückspiegel die Wikingerhörner auftauchen. Er dreht sich um und winkt. Zu seiner Freude winkt
Paul zurück.

Er fährt wieder an, aber ganz langsam, er bleibt im ersten
Gang, sucht nach einem anderen Weg, der parallel zu dieser
Straße am See entlangführt. Kurze Zeit später hat er ihn
gefunden.

Da das Gefährt keine Servolenkung hat, muss er sich
hart ins Steuerrad legen wie ein Busfahrer im Innenstadtver-
kehr. Der Traktor folgt seiner Bewegung, und gleich darauf
tuckern sie auch schon an der Westseite des kleinen Sees entlang.

Nach fünf Minuten tut sich eine hübsche Lichtung auf,
und Sheldon vollführt einen schwungvollen Schlenker nach
links, um gleich darauf das Steuer scharf rechts einzuschla-
gen, sodass der Traktor – dies ist Stufe II der Operation «Unser
Traktor muss verschwinden» – im rechten Winkel zum See-
ufer zum Stehen kommt.

Alles klappt ganz wunderbar. Nun muss er nur noch
schnurstracks in den See fahren. Wenn er tief genug ist
und der Traktor lange genug durchhält, wird er unter der
Wasseroberfläche verschwinden, wo er hingehört, und das
Schlauchboot wird sanft vom Anhänger auf das klare, helle

Wasser gleiten, wo Paul dann den Motor anlassen und allein in die Ferne entschwinden kann, denn Sheldon wird am Steuerrad des Traktors unter Wasser sein Leben aushauchen.

Allerdings ist das kein besonders ausgefeilter Plan.

Ein Stock würde genügen. Er könnte ihn unter dem Sitz verkeilen, sodass er aufs Pedal drückt. Das würde vermutlich funktionieren.

Das Dumme daran ist nur, dass er ein zweiundachtzigjähriger Mann ist. Wie, bitte schön, soll er in das davontreibende Gummiboot klettern? Soll er ein kleines Wettschwimmen veranstalten? Daraufhechten, wenn es vorbeizischt? Soll er Paul bitten, ihm den angewinkelten Arm hinzuhalten, damit er sich wie ein Cowboy beim Rodeo hochhieven kann?

Fünf Minuten lang steht Sheldon da und redet auf Paul ein, den Wikingerjuden aus dem Balkan, der im Gummiboot steht. Beide haben die Hände in die Hüften gestützt. Sheldon deutet und gestikuliert. Er erklärt und zeichnet Bilder in seine Handfläche. Er macht ein zweifelndes Gesicht und erläutert ihre Möglichkeiten.

Paul nickt.

Sheldon lächelt.

Es wird alles gutgehen.

Schließlich lässt er den Motor an, klemmt den Stock unter den Sitz – wäre er Christ gewesen, er hätte er ein Kreuz geschlagen oder eins geküsst –, und schon setzt sich der Traktor in Bewegung.

Es kann auch alles schiefgehen. Jemand könnte es sehen und glauben, es habe sich ein Unfall ereignet. Helikopter und Fernsehteams würden ihrem Unterfangen schaden. Sheldon könnte dem Boot hinterherschwimmen und – da er seit dreißig Jahren aus der Übung ist – ertrinken. Nichts von alldem wäre wirklich ideal.

Wenn Bill auf der Bildfläche erschiene, könnte der vielleicht den Traktor fahren. Aber Bill taucht nicht auf. Dieser kapriziöse Mensch hat ein ziemlich egoistisches Timing!

Wie sich herausstellt, geht es nicht schief. Es geht sogar überraschend gut.

Zunächst einmal lacht Paul und gibt somit den ersten Laut seit dem Tod seiner Mutter von sich, und als das Boot sich vom Anhänger löst, schwimmt es sogar ein Stück *rückwärts*, was an den Wellen liegt, die der Traktor verursacht. Sheldon watet ins Wasser, bis es ihm an die Knie reicht, packt die Schleppleine und zieht das Boot wieder aufs Ufer zu, wo er – unter nur geringer Anstrengung – ein Bein über das Boot schwingt und sich hineinhievt.

Der Traktor wehrt sich gegen sein wässriges Grab, doch vergebens. Dampf steigt vom See auf, der gurgelt und blubbert, schließlich aber die Mahlzeit in einem Happs verschlingt.

Keuchend liegt Sheldon am Boden des Boots. Als er in den Himmel blickt, ist er erschrocken, wie erschöpft er ist. Was hat er denn gerade getan? Nicht viel nach den Maßstäben eines jungen Mannes, doch offensichtlich mehr als das Übliche für ihn selbst.

«Alte Leute sollten wirklich fitter sein», befindet er.

Sheldon setzt sich auf und schaut sich um. Wirklich schön hier. Es erinnert ihn an einen kleinen See in Maine in der Nähe von Waterville, wo Rhea in den frühen Achtzigern immer ins Ferienlager ging. Wie bei Rødenessjøen war die charakteristische Eigenschaft des East Lake seine schlichte, fast triviale Ruhe. Er war nicht überwältigend oder einzigartig. Es war kein Ort, für den man einen Umweg in Kauf nahm. Es war ein Zufluchtsort. Und genau das brauchen Paul und er heute Abend, mehr als alles andere – sie müssen zur nordwestlichen Ecke gelangen und einen ruhigen, sicheren Platz finden, an dem sie für die Nacht zusammenrollen können. Das wird ihr ganz persönliches Jackson's Island, wo Huck und Jim sich erstmals begegneten und gemeinsam aufbrachen, als die Welt sich gegen sie verschwor.

Das ist der Plan. Obwohl es noch früh ist, möchte er so weit wie möglich von dem Traktor entfernt das Lager aufschlagen, für den Fall, dass jemand gesehen haben sollte, wie er ihn beseitigt hat. Sie werden den mitgebrachten Proviant verzehren und in den Wald pinkeln, Sheldon wird seine Socken trocknen und versuchen, es ihnen so gemütlich wie möglich zu machen. Erstaunlich, wie bequem es mit ein bisschen Know-how in einem trockenen Wald sein kann. Es ist besonders schön, wenn keine Koreaner im Unterholz herumschleichen. Zum ersten Mal seit geraumer Zeit scheint es da eine vernünftige Gewissheit zu geben. Wenn sie ihn hier aufspüren, dann soll das vermutlich so sein.

Morgen früh werden sie den Rest des Weges per Anhalter zurücklegen. Es ist ein wenig riskant, aber man kann sie jetzt nicht mehr mit Oslo in Verbindung bringen. Sofern also nicht eine landesweite Jagd auf sie ausgerufen wurde, werden sie vermutlich für die letzten neunzig Kilometer eine Mitfahrgelegenheit bekommen.

Paul ist in ganz anderer Stimmung als Sheldon. Er trägt noch volles Ornat und sprudelt nur so vor Energie. Seine kleinen Füße tappen in dem Boot hin und her, er schaut über Bord auf den plumpen Traktor, deutet darauf und lächelt.

Schade, dass er hier keine Großeltern hat, die ihn so sehen können. Die hätten einen Spaß!

Großeltern wären auch nützlich, wenn man einen Elternteil verloren hat und der andere sich als nutzlos erweist, wie in Rheas Fall.

Rhea erfuhr natürlich unweigerlich, dass es eine Generation von Menschen zwischen ihr und ihren Großeltern gab, und in ihren Zwanzigern machte sie sich auf die Suche nach ihrer Mutter. Gerade frisch vom College kommend – aufsässig, vorschnell und leicht reizbar –, redete sie ständig davon, die Wahrheit herausfinden zu wollen. Die Suche nach ihrer Mutter sei ihre Mission und sie sei nun dafür alt genug.

Er versuchte, es ihr auszureden. Leute, erklärte er ihr, gehen nicht so einfach verloren wie Socken. Sie klemmen nicht hinter Türen, in der Hoffnung, dass sie jemand dort finden möge. Sie verstecken sich. Und nicht vor jedem. Sie verstecken sich vor bestimmten Leuten. In diesem Fall vor ihr. Er hatte ihr erklärt, dass sein Uhrenladen, seit er ihn eröffnet hatte, kein einziges Mal umgezogen war und dass ihre Mutter also lediglich einen Brief zu schicken oder anzurufen brauchte. Ein Anruf, und die Verbindung zwischen Mutter und Tochter wäre wiederhergestellt. Doch nur eine Seite hatte Zugriff auf den Geheimcode, um das Gespräch anzustoßen, und Rhea war es nicht.

Das wusste er, bevor sie alt genug war, um es zu verstehen. Ihre Erwartungen zu dämpfen war das Schonendste, was er tun konnte. Doch das College und die Schulbildung pflanzen auch den Allerintelligentesten oft krude Ideen ins Hirn, und Rhea machte sich daran, die ihren in die Wirklichkeit umzusetzen.

Die Sache ging so schief, wie Sheldon befürchtet hatte, vielleicht etwas mehr noch, als Mabel vorausgesagt hatte, und sie brachte Rhea in eine Lage, die sie sich bis dahin nicht hatte vorstellen können.

Es war unerheblich, wo Rhea sie fand. Es spielte keine Rolle, was sie anhatte oder womit sie gerade beschäftigt war. Was eine Rolle spielte, war der Ausdruck grenzenloser Entrüstung auf dem wettergegerbten, freudlosen Gesicht, als sie die Tür öffnete und sich ihrer erwachsenen Tochter gegenübersah. Die Erinnerung an jenen Moment – was sie in den Händen hielten, wie sie standen, was für ein Geruch am deutlichsten unter den anderen hervortrat – löste sich auf der Stelle in Einzelteile auf. Und die Worte ihrer Mutter löschten den Rest aus. Ihre Worte waren so deutlich, so klar und präzise, dass sie Rhea bis ins Mark trafen und jeden Traum zerplatzen ließen, jede Erklärung, jede Illusion, die sie zwanzig Jahre lang gehegt und gepflegt hatte, sodass nichts übrig blieb von der Gegenwart oder der Vergangenheit – mit Ausnahme der Realität dieser neuen Welt.

Mit dir bin ich schon lange fertig!

Und da drehte Rhea sich um und fuhr nach New York zurück, um wieder bei Sheldon und ihrer Großmutter zu wohnen.

Lange Zeit sprach sie nicht darüber. Nach vier Monaten schnitt Sheldon das Thema schließlich mit einem ungelenken «Irgendwas nicht in Ordnung?» an.

Der Uhrmacher- und Antikladen hatte sich in den Neunzigern mit dem Geschmack jener Zeit gewandelt. Sheldon hatte auf Lager, was die Leute mochten, und hielt dies für eine ziemlich unschlagbare Geschäftsstrategie. Während der Clinton-Jahre, als die Grundstückspreise stiegen und Sex auf einmal zum nationalen Dauerthema wurde, fanden die Leute wieder Gefallen an Designklassikern. Sheldon tauchte bei jeder Haushaltsauflösung auf und sicherte sich so manches Schnäppchen bei Auktionen. Als Rhea Anfang zwanzig war, quoll der Laden über: Max-Gottschalk-Ledersessel, Poul Kjærholms fragile Holz- und Stahlgebilde und Liegen von Eames. Die Wall Street boomte, und Retro war wieder auf der Agenda.

Rhea saß in einem eiförmigen dänischen Sessel, der an einer Kette von der Decke herabhing. Was immer sie auf dem Herzen hatte, gleich würde sie damit herausrücken.

«Warum fand Dad sie attraktiv?», fragte sie schließlich.

«Oh, Rhea, das ist eine Frage für deine Großmutter, nicht für mich.»

«Ich frag sie nachher. Aber bis dahin ...»

Sheldon zuckte mit den Achseln. Es gab nichts mehr, vor dem er sie hätte beschützen können – außer vor Lügen.

«Ich glaube, er fand sie nicht attraktiv. Sie hatten nur eine kurze Affäre, und gleich darauf ging er wieder in den Krieg. Sie hatte steile Kurven, war lustig drauf und ein guter Kumpel. Sie passte so offensichtlich nicht zu ihm, dass es auch schon egal war. Übrigens war sie wohl kaum das einzige Mädchen, mit dem er was hatte. Als er zurückkam, steuerte er vermutlich einfach erst mal den sichersten Hafen an, wenn man das so sagen will. Warum sie und keine andere, das weiß ich nicht. Dinge geraten in Vergessenheit. Geschichten verblassen.»

«Ich bin also kein Kind der Liebe.»

«Diese Frage trieft zu sehr vor Selbstmitleid, als dass sie deiner würdig wäre. Du weißt nur zu gut, dass deine Großmutter und ich dich anbeten. Meiner bescheidenen Meinung nach ist es besser, in Gleichgültigkeit gezeugt, dafür aber in Liebe erzogen zu werden als umgekehrt. Tut mir leid, dass diese Frau dich enttäuscht hat. Aber du hast nichts verpasst, weil es nichts zu verpassen gab!»

«Ich will niemals Kinder haben!», verkündete sie.

Sheldon setzte die Tudor-Submariner-Taucheruhr ab, an der er gerade arbeitete, und runzelte die Stirn.

«Warum sagst du so was?»

«Was, wenn ich sie nicht liebe? Scheint ja vorzukommen.»

«Dir würde das nicht passieren.»

«Woher willst du das wissen? Vielleicht hat es was mit Hormonen und so zu tun. Es heißt, alles ändert sich, wenn man Kinder hat.»

Sheldon klang traurig, als er ihr widersprach.

«Nicht alles ändert sich, wenn du welche bekommst. Alles ändert sich, wenn du sie verlierst.»

Rhea wippte in dem Stuhl auf und ab, und als Sheldon «Wackle nicht mit dem Stuhl rum» sagte, hörte sie auf.

Ganz unvermittelt, zumindest kam es Sheldon so vor, fragte sie:

«Warum gehst du nicht mehr in die Synagoge?»

Sheldon lehnte sich in seinem eigenen Stuhl zurück und rieb sich das Gesicht.

«Warum quälst du mich?»

«Tu ich nicht. Ich will es wirklich wissen.»

«Es ist nicht so, dass ich dich gezwungen hätte, sie zu suchen. Ich bin vollkommen fair.»

«Ich möchte wissen, weshalb. Ist es wegen Dad?»

«Ja.»

«Du hast aufgehört, an Gott zu glauben, als er starb?»

«Das trifft es nicht ganz.»

«Was dann?»

Wie viele ihrer Gespräche hatten genau hier stattgefunden? Hier an diesem Ort, über einen Zeitraum von zwanzig Jahren? Alle? So kam es ihm vor. Es war, als gäbe es oben gar keine Wohnung. Keine Küche. Keine Rumpelkammer, kein Schlafzimmer. Sheldon saß einfach nur da, Jahr um Jahr, und wurde von diversen Frauen befragt. Die Antiquitäten wechselten, die Frauen wurden älter, doch Sheldon blieb, reparierte Uhren, beantwortete Fragen. Das einzige Gespräch in der Wohnung, das ihm in Erinnerung geblieben ist, war das mit Saul.

«Weißt du, was Yom Kippur ist?», hatte er geantwortet.

«Der Tag der Sühne.»

«Weißt du, was da vor sich geht?»

«Man bittet um Vergebung.»

«Man bittet um zwei Arten von Vergebung», erklärte Sheldon. «Man bittet Gott, einem seine Verfehlungen gegen ihn zu vergeben. Aber man bittet auch andere Menschen, ihnen die Verfehlungen gegen sie zu vergeben. Das Zweite tut man nach jüdischer Sitte, weil es unserer Philosophie zufolge nur eines gibt, was Gott nicht kann. Er kann dir nicht vergeben, was du anderen Menschen angetan hast. Du musst sie direkt um Verzeihung bitten.»

«Was der Grund ist, weshalb einem Mord nicht vergeben wird. Weil man die Toten nicht um Vergebung bitten kann.»

«Genau.»

«Warum hast du aufgehört, in die Synagoge zu gehen, Papa?»

«Weil ich dich 1976, in dem Jahr, als du auf meiner Türschwelle aufgetaucht bist und im Radio ständig ein Lied über ein sinkendes Schiff lief, an Yom Kippur in den Tem-

pel mitnahm und darauf wartete, dass Gott sich für das entschuldigt, was er deinem Vater angetan hat. Aber er hat es
nicht getan.

18. KAPITEL

E S war eine schöne Nacht. Sie fanden ein trockenes, abgelegenes Fleckchen ein Stück vom Ufer entfernt und außer Sichtweite der Straße und der nahegelegenen Häuser. Ein Feuerchen zu machen hielt Sheldon immer noch für zu riskant. Das war schade, aber sie kamen auch so klar.

Paul ließ sich dazu überreden, die Hörner abzunehmen, doch das ungewöhnlichste Kreuzfahrer-Outfit der Welt wollte er partout nicht ablegen. Aber nach all den Verrücktheiten des Tages erschien das Sheldon als eine geradezu normale Marotte.

«Weck mich, wenn du irgendein verdächtiges Geräusch hörst», flüsterte er dem Jungen zu, als sie dicht nebeneinanderlagen. Dann fielen beide in einen herrlichen, erholsamen Schlaf.

Um sechs Uhr morgens stand die Sonne so hoch am Himmel, dass ihre Wärme sie wach kitzelte. Die frische Luft war vermutlich für beide eine Wohltat, aber der Boden hatte es mit Sheldon nicht gut gemeint. Er war steif, hatte Schmerzen und war brummelig. Es kam ihm vor, als wollte sein Körper schon mal die Totenstarre testen. Und was noch schlimmer war: Nirgendwo gab es auch nur ein Tröpfchen Kaffee.

Es dauerte nicht lange, bis sie ihr Lager abgebrochen hatten, viel gab es ja nicht aufzusammeln, und sie hatten kaum Fußspuren im Wald hinterlassen. Schließlich wurden sie ja auch nicht verfolgt, und da sie die Nacht überstanden hatten, ohne von Suchscheinwerfern aufgeschreckt zu werden, hatte vermutlich auch niemand die letzten Augenblicke im Leben des Traktors mitbekommen.

Binnen einer Stunde haben sie sich durch das dichte Unterholz zu einer ziemlich breiten Straße durchgeschlagen, auf der hoffentlich bald ein paar Fahrzeuge vorbeikommen werden. Nach ungefähr zwanzig Minuten Marsch über den Asphalt fühlt Sheldon sich völlig erschöpft.

«Halt mal eben, wart mal 'ne Sekunde. Ich brauch 'ne kurze Pause.» Sheldon lässt sich vorsichtig ins hohe Gras am Straßenrand sinken. Paul, der vorausgegangen ist, kommt wieder zu ihm zurück.

«Werd bloß nicht alt», sagt er zu Paul. «Wenn du Peter Pan begegnest, schließ dich ihm an.»

Paul steht mit seinem hölzernen Kochlöffel, dem Haarball und der Wollmütze vor ihm. Er sieht gut aus. So, wie kleine Jungs aussehen sollen.

Sheldon sieht auf die Uhr. Sie hat weiße Zeiger und beharrt darauf, dass es erst acht Uhr morgens ist.

«Komm her», sagt Sheldon.

Er winkt ihn zu sich, und der Junge folgt ihm. «Mach mal so.» Sheldon streckt den Daumen raus, wie es Anhalter tun.

Paul versteht es nicht ganz, und sein Daumen zeigt eher nach Deutschland, zusammen mit dem ausgestreckten Zeigefinger. «Du musst ihn mehr ... Richtung Finnland halten. So.» Er nimmt Pauls Hand, optimiert das Finger-Arrangement und richtet das Ganze seitlich zum Straßenrand aus. «Gut. Hoffen wir mal, dass das in diesem Land nicht als obszöne Geste gilt.»

Paul steht ein paar Minuten da und blickt die Straße

hinab, doch nichts passiert. In der Zwischenzeit kommt Sheldon wieder zu Atem und richtet sich auf. Er geht hinüber zu Paul und sagt: «So, und jetzt gehen wir rückwärts. Wenn wir Glück haben, gehen wir auch rückwärts in der Zeit, noch hinter gestern und vorgestern. Bevor du geboren wurdest, den ganzen Weg bis mindestens 1952, als Saul geboren wurde.

Wir könnten 1977 eine Mittagspause einlegen. 1977, da kenne ich einen ausgezeichneten Sandwichladen!»

Sie legen etliche Kilometer auf einer Straße zurück, die sich nach Norden windet. Es gibt hier nur wenige Hinweise auf die Zivilisation außer dem perfekten Asphaltband, das sich neben dem grünen Grasstreifen am Waldrand entlangschlängelt.

Sheldon hat zwei Stifte zwischen die Lippen gesteckt, er sei ein Walross, behauptet er. Um Paul aufzuheitern, watschelt er auch wie eines. Kurz darauf bleibt er jedoch stehen.

«Großes Walross hat Durst. Kleines Walross auch? Großes Walross muss außerdem pinkeln. Großes Walross zweiundachtzig Jahre alt, Blase groß wie Limabohne.»

Sheldon macht die weltweit verständliche Geste eines Mannes, der ein Bier zischt.

Paul begreift intuitiv und nickt. Ja, auch er wäre gern wie ein alter Mann, der ein Bier zischt.

«Schön. Dann sollten wir jetzt mal eine Mitfahrgelegenheit auftun. Genug rumgealbert! Hör zu, wir machen Folgendes. Ich zähle von zehn abwärts, und wenn ich fertig bin, kommt hier ein Auto vorbei und bringt uns an einen Ort, wo es eiskalte Cola gibt, okay?»

Sheldon nickt für beide.

«Gut. Dann mal los!» Er bleibt stehen, schaut die Straße entlang und beginnt zu zählen.

«Zehn.»

Paul bleibt stehen und schaut ihn an.

«Neun.»

Nichts geschieht.

«Acht.»

Ein Vogel kackt Sheldon genau vor die Füße, was Paul zum Lachen bringt, doch Sheldon hebt den Zeigefinger und sagt: «Konzentration!»

«Sieben.»

Die kühle Brise bläst vom Fluss her, in Begleitung einer kühlen Wolke, die Sheldon nur einen Augenblick lang die Augen schließen und selig träumen lässt.

«Sechs.»

Nichts.

«Fünf.»

Sheldon reckt den Daumen höher, mit größerer Zuversicht.

«Vier.»

Er schließt erneut die Augen und konzentriert sich. Fokussiert nun tatsächlich seine mentalen Energien. Worauf, da ist er sich nicht ganz sicher. Er versucht sich vorzustellen, wie das schwedische Frauen-Volleyballteam die Fahrt verlangsamt und ihn nach dem Weg in den Himmel fragt. Gut möglich, dass Bill ihm diese Vision eingepflanzt hat.

«Drei.»

Ein Nickerchen wäre jetzt etwas Großartiges! Wer wird dem Jungen erklären, dass seine Mutter tot ist? Wie lange soll er noch warten, bis er zur Polizei geht?

«Zwei.»

Könnte es sein, dass der Mörder irgendwie von der Existenz des Sommerhauses erfahren hat? Bestimmt war ihm etwas entgangen. *Ist mir etwas entgangen?*

«Eineinhalb.»

Werden sie es noch einmal mit einem Baby versuchen? Oder war es das? Das Ende der kleinen Familie?

«Eins.»

Und dann, wenn auch nicht ganz pünktlich, aber doch höchst willkommen, kommt ein Pick-up mit sechs Jägern und ihren Gewehren um die Ecke und bleibt stehen.

Ein schmuddeliger Mann Anfang vierzig in einem T-Shirt hängt sich aus dem Fenster. In freundlichem Ton sagt er etwas auf Norwegisch. Paul – so scheint es – will schon etwas erwidern, als Sheldon die Stifte aus dem Mund nimmt und pathetisch und auf Englisch ausruft: «Mann, bin ich froh, dass ich euch sehe, Jungs. Unser Wagen ist ein paar Kilometer von hier liegengeblieben, und mein Enkel und ich versuchen, zu einer Hütte in der Nähe von Kongsvinger zu gelangen. Ihr könntet uns nicht zufällig ein Stück mitnehmen, oder?»

Der Mann will gerade etwas antworten, als Sheldon sich mit einem Taschentuch über die Stirn wischt und sagt: «O ja. Ein paar nette kalte Bierchen, etwas gutgekühlter Weißwein und ein ordentlicher Batzen Schweinefleisch. Genau das könnten wir heute Nachmittag gebrauchen. Tatsache ist, ich muss noch zum Weinmonopol in der Stadt, bevor wir da zur Hütte fahren. Ich könnte euch wohl nicht zu einem kleinen Barbecue überreden, bevor ihr wieder in den Wald fahrt, um Hasen zu schießen, was? Da fällt mir ein, ich sehe ja gar kein Wild in eurem Wagen. Habt ihr gar nichts erlegt?»

Ein Großer auf der Rückbank rutscht unruhig hin und

her und macht ein düsteres Gesicht. Sein Freund neben ihm auf der Bank sticht ihm den Finger in die Seite. «Tormod hat danebengeschossen.»

Tormod nickt. «Ich hab danebengeschossen.»

«Armer Tormod. Viel Glück beim nächsten Mal. Und, wie schaut's aus?»

Heute ist der vierte Tag. Was passiert ist, ist passiert, und dann sind sie geflohen. Sie haben im Hotel übernachtet, sind dann aufs Wasser umgestiegen, haben in dem blauen Haus bei dem Fjord geschlafen, das Land per Traktor und Bootsanhänger durchpflügt und schließlich ihr Lager auf Jackson's Island aufgeschlagen. Nun sind sie wieder unterwegs und schaffen das letzte Stückchen hoffentlich auch noch.

Eine ganz schöne Weile, die er schon mit dem Jungen unterwegs ist. Und jeden Augenblick kann das Kartenhaus in Pauls Kopf zusammenbrechen, kann ihm das ganze Ausmaß des Schrecklichen bewusst werden. Wenn er jetzt anfängt, sich damit auseinanderzusetzen, kann ihm das den Boden unter den Füßen wegreißen. Und was soll Sheldon dann machen? Paul wäre nicht mehr sein Gefährte, sondern seine Geisel. Und so etwas tun Freunde einander nicht an.

Per Anhalter zu fahren ist gefährlich. Aber eine Strategie ändert sich entsprechend den Umständen. Und jetzt ist es die richtige Zeit, hier mal ein Stück mitzufahren und zu hoffen, dass die Polizei bei ihrer Jagd nach dem Mörder schon etwas weitergekommen ist.

Sheldon hat es sich auf irgendjemandes Seesack auf der Ladefläche des Ford F 15 bequem gemacht. Sie fahren auf der gepflegten Landstraße an winzigen Seen und Tümpeln vorbei, die ins Blickfeld geraten und wieder daraus verschwinden. Gewelltes Hügelland erstreckt sich vor ihnen. Die Straße schlängelt sich, dann führt sie schnurgerade durch lange Abschnitte mit Weideland und Waldstücken. Sheldon atmet tief den Duft von gemähtem Gras und Kiefern ein.

«Ich hätte mehr Zeit im Freien verbringen sollen», sagt er zu dem jungen Mann in Jagdweste neben Tormod.

Als Sheldon letzten Monat hierherzog, hatte Lars ihm erzählt, dass die norwegischen Berge über das Meer hinweg eine Linie mit den schottischen und irischen Gebirgszügen und den amerikanischen Appalachen bilden, die direkt durch die Berkshires in Massachusetts verlaufen. Sie bilden eine Bergkette quer durch die Meere und Ozeane seit der Zeit, als die Welt noch aus einem Stück bestand und die Kontinente miteinander verbunden waren. Das Land hieß Pangäa.

Sheldon war nicht sicher, ob das stimmte, aber er lächelte, weil Lars es so nett erzählt hatte.

Nun sitzt er neben einem jungen Mann namens Mads. Mads strengt sich tierisch an, eine Zigarette anzuzünden. Sheldon sieht ihm dabei zu, wie er hartnäckig acht, zehn Zündhölzer ergebnislos anreißt, um sich dann aufrecht hinzusetzen, mit aufgerissenen Augen und um Fassung ringend.

Sheldon lächelt vor sich hin und schnippt dann mit den Fingern, um Mads Aufmerksamkeit auf sich zu lenken. Dann deutet er auf eine Stelle direkt hinter dem Führerhaus.

«Setz dich dorthin.»

«Weshalb?»

«Die Luft fließt über das Dach der Fahrerkabine hinweg, und bei dieser Geschwindigkeit schafft sie ein Vakuum dahinter. Dort gibt es also keine Turbulenzen. Da kannst du dir eine Zigarette anzünden, als stündest du in deiner eigenen Küche.»

Mads ist vielleicht dreiundzwanzig oder vierundzwanzig,

obwohl diese hellhäutigen Burschen manchmal älter sind, als sie wirken. Er ist etwas magerer als die anderen vier Männer und hat einen verkorksten Charme, der Sheldon für ihn einnimmt. Er ist die Art von jungem Mann, der entweder auf ewig furchtbar unzufrieden bleibt oder zum Anführer vieler Menschen wird, je nachdem, was das Schicksal mit ihm im Sinn hat.

Mads schaut auf die Stelle hinter der Kabine, hechtet rüber und setzt sich hin. Er streicht das Zündholz über die Zündfläche und lächelt, als es aufflammt und die Kippe in Brand setzt.

«Cool», sagt Mads. «Woher weißt du das? Bist du Ingenieur?»

Während ihn die warme Brise umweht, blickt Sheldon ihn an und sagt im erhabenen Ton eines Hinterwäldler-Gurus: «Von 1961 bis 1979 habe ich die Rettungsflugzeuge für die Canadian Mounties entworfen. Hast du je vom Wrack der Edmund Fitzgerald gehört?»

«Nein.»

«Schön. Lake Gitche Gumee. Zumindest heißt er so bei den Chippewa-Indianern. Es war November, die Zeit der Stürme. Das Schiff hatte 26 000 Tonnen Eisenerz geladen, mehr als das gute Schiff im Leerzustand auf die Waage brachte. Ein Westwind mit Hurrikanstärke kam auf, und das Schiff geriet in Not. Dann ... dann war da etwas mit Wisconsin und Cleveland, an das ich mich nicht mehr genau erinnere. Also flogen wir von der Whitefish Bay aus los, doch die Böen waren zu stark, außerdem gab es Eisregen. Hätte die Fitzgerald 15 Meilen mehr draufgehabt, hätten wir diese zwanzig Männer retten können. Doch es hat nicht sollen sein. Nein, Sir, es hat nicht sollen sein.»

Mads nickt und zieht an seiner Zigarette. Danach sitzt er schweigend da.

Sheldon reibt sich die Hände. Ihm ist nicht kalt, aber Durchblutung ist etwas, das in seinem Alter nicht unbedingt von der Temperatur abhängig ist. Eine sitzende Position genügt bereits, und alles wird taub.

The Wreck of the Edmund Fitzgerald war ein Lied von jemandem namens Gordon Lightfoot. Es wurde im August 1976, einen Monat nachdem Rhea zu ihnen gekommen war, ununterbrochen gespielt. Die gleichen vier Akkorde wiederholten sich unablässig, trunken und monoton. Tatsächlich war 1975 ein Frachtschiff auf dem Lake Superior gesunken, 29 Männer kamen ums Leben. Ein Jahr später schaffte es der Song auf Platz zwei in den Charts. Währenddessen starben 50 000 Amerikaner im Dschungel, darunter sein Sohn und Eli Johnson, doch Sheldon fand während der Zweihundertjahrfeier nicht mal einen Autoaufkleber in den Straßen New Yorks zu ihrem Andenken.

Doch dieser gottverdammte Song wurde rauf und runter gespielt, und die Teenager heulten dazu.

Nach dem Schlag auf den Kopf gestern hat Sigrid sich doch untersuchen lassen, einer Einweisung ins Krankenhaus hat sie sich aber erfolgreich widersetzt. Stattdessen hat sie in die Toilette des Polizeireviers gekotzt, sich den Mund ausgespült und sich – nachdem sie ihn irgendwann gefunden hat – mit würdiger Pose an ihren Schreibtisch gesetzt.

Sie hat im Büro geschlafen, ein Kompromiss, den sie mit den Ärzten ausgehandelt hat, für den Fall, dass sie umgehend Hilfe braucht. Auf dem Revier war die ganze Nacht über

Betrieb, und es war in jeder Schicht jemand damit beauftragt, ab und zu nach ihr zu sehen.

Heute sind Sheldon und Paul bereits mehrere Stunden unterwegs, als Sigrid sich endlich von ihrem Sofa erhebt, vor dem irgendetwas Großes, Formloses aufgetaucht ist, das widerliche, gutturale Töne von sich gibt, welche einfach nicht aufhören wollen.

Sigrid watet wie durch einen See aus Sirup zu ihrem Schreibtisch, nimmt ein Stück salzige Lakritze aus der Schublade und steckt es in den Mund.

Mit jedem Herzschlag wummert ein Sattelschlepper gegen ihren Hinterkopf, den eine alte Frau fährt. Die sich beharrlich weigert, weitere Fahrstunden zu nehmen.

«Ist er immer noch hinter Gittern?», fragt sie in den Raum.

«Dein Angreifer? Ja. Noch immer hier.»

«Ist er der Mörder?»

«Glauben wir nicht.»

«Darf ich ihm in dem Fall eins mit dem Feuerlöscher über die Rübe ziehen?»

«Leider nicht», antwortet die unförmige Masse mit einer Stimme, die sehr an die von Petter erinnert.

«Wir haben ihn auch nicht versehentlich erschossen, oder?»

«Leider auch das nicht.»

«Wir sollten ihn verhören.»

«Wir sollten das Kästchen öffnen.»

«Was für ein Kästchen?»

«Das rosafarbene. Das auf deinem Schreibtisch. Das, von dem du glaubst, es gehöre der Toten.»

«Ja. Gute Idee. Ich kann es mit meiner Pistole aufschießen. Wo ist meine Pistole?»

«Nein», sagt jemand, der eindeutig Petter ist. «Wir nehmen lieber den Schlüssel. Wir wollen ja die Schatulle nicht nur öffnen. Wir wollen auch wissen, ob sie der Frau gehört hat. Da nehmen wir doch lieber den Schlüssel.»

«Richtig. Und wenn der Schlüssel ins Schloss des Kästchens passt, stellt er die Verbindung zwischen dem Kästchen und der Frau her.»

«Das ist der Gedanke dahinter.»

«Und er wird möglicherweise Rückschlüsse auf den Mörder zulassen.»

«Ja, vielleicht. Wir hoffen, dass er uns ein rechtswirksames Motiv liefert, um den Vater verhaften zu können.»

«Rechtswirksam.»

«Wir halten uns an die Gesetze.»

«Und so bekämpfen wir das Verbrechen.»

Petter lächelt. «Dir geht's wieder besser.»

«Burn after Reading.»

«Eigentlich hat keiner hier vor, irgendwas zu verbrennen.»

«George Clooney erschießt Brad Pitt in *Burn after Reading*. In einem Schrank. Ich wusste, dass der Knabe unrecht hatte.»

«Den hat er vermutlich nicht gesehen.»

«Das norwegische Gesetz ist nicht gut genug. Nicht für diesen Fall», sagt sie, abrupt das Thema wechselnd.

«Was meinst du?»

«Zwischen zwei Kopfschmerzanfällen gestern Nacht habe ich mir die Akten angesehen. Keiner von denen, nicht ein Einziger, ist in der Schengener Datenbank.»

«Nicht sehr überraschend. Wenn es kein Vorstrafenregister gibt ...»

«Na ja, siehst du, das ist eben die Sache mit Kriegsverbrechen. Keine funktionierenden Gerichte in einem vom Krieg gebeutelten Land, das bedeutet eben keine Prozesse und daher auch keinen Eintrag ins Schengener Informationssystem, was die Aberkennung des Immigrantenstatus so gut wie unmöglich macht. Der Internationale Gerichtshof für Ex-Jugoslawien sollte diese Lücke zum Teil füllen, aber es ist eben eine ziemlich große Lücke!»

«Es gibt viele Dinge, die man auf dieser Welt in Ordnung bringen müsste. Können wir das Kästchen jetzt bitte öffnen?»

«Welches Kästchen?»

«Hier ist der Schlüssel.»

Petter reicht ihr einen winzigen silbernen Schlüssel. Er ist weniger als zwei Zentimeter lang und hat einen schmalen, einfach eingekerbten Bart. Ein simples Schlüsselchen, nur dazu bestimmt, Geschwister und Eltern von persönlichen Geheimnissen fernzuhalten. So ein Schloss leistet einem Eindringling gerade so lange Widerstand, bis sein schlechtes Gewissen ihn von seinem Vorhaben abbringt.

Sigrid nimmt den Schlüssel.

«Das Problem ist, dass alles, was in Europa nicht irgendwo ordentlich vertäut ist, von unserem kleinen norwegischen Boot an Bord gehievt wird. Unsere Politiker waren so begeistert von dem Gedanken eines geeinten Europa, dass sie das kleine Boot vom Stapel gelassen haben, noch bevor sein Rumpf ordentlich geteert und seetüchtig war. Natürlich dringt da gleich Wasser ein, und wir sinken, bevor wir noch richtig abgelegt haben. Und wir sinken wegen des unbegründeten Optimismus einiger Leute, die wir gewählt haben, die wir nicht loswerden, nicht erziehen, nicht zur Verantwortung ziehen, die eine Wohlfühlpolitik machen, die uns so lange alle Probleme an Deck spült, bis wir sinken. Und wer muss die Suppe auslöffeln? Wir. Die Polizei. Willst du wissen, was schiefläuft in Norwegen? Frag uns. Wir können es dir sagen.»

«Exzellente Analyse. Können wir jetzt bitte mal das Kästchen öffnen?»

Sigrid hält den Schlüssel in die Höhe und führt ihn dann zu dem Schloss.

«Er ist furchtbar klein.»

«Ich mach das.»

Petter nimmt ihr den Schlüssel ab und dreht das Kästchen zu sich. Er steckt ihn ins Schloss, schaut Sigrid an und dreht ihn dann.

Es öffnet sich.

«So, dann wollen wir mal sehen.»

Petter klappt den Deckel hoch und schaut hinein.

«Was ist das?», fragt er.

Sigrid ist nicht sicher.

Sie zieht ihre Schreibtischschublade heraus und streift ein paar Latexhandschuhe über. Dann nimmt sie den Inhalt aus dem Schmuckkästchen.

«Briefe und Fotos.»

«Wovon?»

Sie weiß es nicht. Die Briefe sind in einer fremden Sprache. Serbokroatisch vielleicht – als das noch eine gemeinsame Sprache war. Vielleicht auch Albanisch. Die Fotos zeigen ein Dorf. Oder das, was davon übrig geblieben ist.

Sie sind sorgfältig geordnet. Auf jedem Foto liegt ein kleiner Zettel mit dem Namen der Person, einem Ort und weiteren Informationen, die sie nicht deuten kann. Das obere Foto zeigt die Person in einer alltäglichen Situation. Am Tisch, jemandem zuwinkend. Im Auto, mit Einkaufstüten.

Beim Hochheben eines Kindes. Beim Zusammenrechen von Blättern. Alles typische Szenen, wie sie auf 35-mm-Film gebannt und normalerweise in Alben geklebt werden, damit wir uns erinnern, wer wir und unsere Lieben einmal waren.

Unter jedem dieser Fotos ist eins, auf dem die jeweilige Person ermordet zu sehen ist.

Die Bilder sind entsetzlich. Einige Menschen wurden erschossen. Andere aufgeschlitzt. Oder ihnen wurde die Kehle durchgeschnitten. Kindern hat man in den Hinterkopf geschossen. Einige wurden von vorn erschossen. Kinder, noch zu jung, um Angst vor ihren Mördern zu haben.

Sigrid hält das Zeugnis eines Massakers in Händen, das jemand mutig dokumentiert und versteckt hat. Und möglicherweise hat dieser Jemand das mit dem Leben bezahlt.

«Wir müssen Interpol, Europol, das Außenministerium und das Justiz- und das Polizeiministerium kontaktieren. Wir müssen das augenblicklich abfotografieren, damit es von allem eine Kopie gibt. So langsam verstehe ich, was da passiert ist», sagt sie. «Wir müssen alle zusammentrommeln. Ich möchte gebrieft werden, was gestern in Oslo und Umgebung passiert ist. Alles, was irgendwie ungewöhnlich ist. Wir müssen diese Leute unbedingt finden.»

Als sie wieder alle im Kreis sitzen, nippt Sigrid an einer Tasse Kaffee, entgegen den Anweisungen ihres Arztes, der Kaffee für dehydrierend und damit schädlich hält.

Offensichtlich hat er unrecht.

«Ich will alles wissen», sagt sie. «Jede Kleinigkeit. Hat sich jemand gemeldet?»

Ein paar Anrufe – häusliche Gewalt, Betrunkene, ein Vergewaltigungsversuch. Nichts, was wirklich etwas mit der Sache zu tun zu haben scheint.

«Ihr wollt mir also weismachen, dass wir keinen Anruf bezüglich eines Amerikaners bekommen haben, der in Begleitung eines kleinen Jungen vom Balkan unterwegs ist. Wir haben eine eindeutige Beschreibung rausgegeben. Ich will nur sichergehen, dass ich das richtig verstanden habe,

Schön. Dann hängt euch mal ans Telefon. Wenn die Information nicht zu uns kommt, müssen wir sie uns eben holen.»

Als Sigrid wieder in ihrem Büro ist, kommt ein Polizist mit einer jungen Frau in Zivil herein.

«Inspektor, ich glaube, Sie sollten sich das hier anhören», sagt der Beamte.

«Was anhören?»

«Inspektor Ødegård? Mein Name ist Adrijana Rasmussen.» Sie zögert und fügt dann hinzu: «Aber ursprünglich heiße ich Adriana Stojkovi. Ich wurde in Serbien geboren. Ein paar ganz miese Typen suchen nach einem kleinen Jungen und einem alten Mann. Ich glaube, die beiden sind in ernsten Schwierigkeiten.»

Adrijana spricht Norwegisch mit einem Upper-Class-, West-End-Akzent. Alles an ihr, abgesehen von ihren slawischen Gesichtszügen, wirkt original norwegisch. Sie ist stilbewusst gekleidet, aber mit einem leichten Understatement, das andere Frauen davon abhält, eifersüchtig auf ihr Aussehen zu werden. Ihr Haar ist sorgfältig frisiert, um natürlich zu wirken. Sie hat nicht das betont Modisch-Rebellische der Leute aus Grünerløkka, aber sie ist auch nicht mit Uhren und Schmuck behängt wie der alte Geldadel aus Frogner.

Vielleicht kommt sie aus Skøyen oder St. Hanshaugen. Vielleicht aus einer hübschen Ecke von Bislett.

Die junge Frau redet rasch und selbstbewusst. Sie strahlt

Integrität und Zielstrebigkeit aus, aber auch ein gewisses Maß an jugendlicher Unreife.

«Er ist kein schlechter Mensch», sagt sie zu Sigrid. «Er ist ein guter Mensch. Er ist einfach nur dumm. Dumm wie Stroh. Dumm, dumm, dumm ...»

«Okay, ich verstehe. Was hat er getan?»

«Also, gestern Abend kam er nicht nach Hause, das ist schon mal das eine. Er fragte mich wegen dieses alten Mannes und des kleinen Jungen, und ich wusste nicht, was er meinte, und bat ihn, es zu erklären. Aber das wollte er nicht und sagte, ich solle ‹bei meinen Leuten› rumfragen ... was auch immer das heißen soll, na ja ... also, ich wurde halt wütend und sagte ihm, die Serben seien ebenso wenig ‹meine Leute› wie die Japaner, und da plusterte er sich vor mir auf, als hätte er einen ganz tiefen Einblick in die menschliche Seele und ...»

«Wo ist er jetzt?», fragt Petter, um sich ins Gespräch einzuklinken.

«Jetzt? Sie meinen, jetzt im Augenblick? Ich habe keine Ahnung. Er ist verschwunden. Daher nehme ich an, er ist bei seinen gefährlichen Freunden. Gjon, Enver, Kadri ...»

«Enver Bardhosh Berisha? Kadri ...»

«Ja, ja, genau die. Kennen Sie die?»

«Ja. Wo sind sie?»

«Ich weiß es nicht. Aber Burim sagte, sie suchen nach dem alten Mann und dem Jungen. Ich glaube, die beiden haben etwas gesehen. Vermutlich versteckt sich der alte Mann mit dem Jungen. Sie müssen sie finden!»

«Können Sie bitte noch ein paar Minuten hierbleiben?»

«Ich habe doch nichts verbrochen!»

«Nein, nein, darum geht es nicht. Wir sind Ihnen sehr

dankbar. Ein paar meiner Kollegen müssen Ihnen nur ein paar Detailfragen stellen.»

«Ich liebe ihn», sagt Adrijana. «Er ist bescheuert, aber er ist lieb, und er ist gut zu mir, aber er ist ein Trottel und benimmt sich wie ein verzogener Welpe, aber ...»

«Ich verstehe», sagt Sigrid. «Bleiben Sie bitte hier.»

Draußen im Gemeinschaftsbüro winkt sie, um die Aufmerksamkeit ihrer Kollegen zu bekommen. Als sie das Gefühl hat, dass alle ihr zuhören, ruft sie laut:

«Alles über Horowitz. Ich brauche jede noch so unwichtige Information. Her damit!»

Ein stiller Mann namens Jørgen hebt die Hand. Sigrid breitet die Handflächen aus, um zu signalisieren, dass sie bereit ist, mit allem vorliebzunehmen.

«Ich habe mit einem Beamten aus Trøgstad gesprochen. Er sagte, er habe gestern einen alten Deutschen angehalten. Er fuhr einen Traktor mit einem Bootsanhänger. Sein Enkel war bei ihm.»

«Ein alter Deutscher und ein kleiner Junge.»

«Genau. Er sagt, er kann sich genau daran erinnern, weil der Junge als jüdischer Wikinger verkleidet war.»

«Als jüdischer Wikinger.»

«Genau. Er hatte einen großen Davidstern auf der Brust und Hörner auf dem Kopf.»

«Ein alter Deutscher fährt einen Traktor spazieren und hat einen jüdischen Wikinger auf einem Bootsanhänger dabei, und niemand von euch hält es für wichtig, mir das mitzuteilen?»

«In der Meldung, die wir rausgegeben haben, war von einem alten Amerikaner die Rede. Da der Mann Deutscher war, hielten wir es nicht für wichtig.»

Sigrid setzt sich auf den nächstbesten Stuhl. So langsam ist sie nicht mehr sicher, woher ihre Kopfschmerzen kommen. Heute Morgen war sie überzeugt davon, dass die Schmerzen von außerhalb ihres Schädels kamen. Jetzt ist sie da nicht mehr so sicher.

Petter steht noch immer. Er sagt: «Scheint so, als hätte diese Frau recht.»

«Welche Frau?»

«Ms. Horowitz. Sie sagte, es ist von Bedeutung, dass er Jude ist. Vielleicht hätten wir es in der Suchmeldung erwähnen sollen.»

«Glaubst du?» Sie schüttelt den Kopf und fragt: «Sind wir das naivste Volk in ganz Europa?»

«Also, es hat da vor kurzem eine Untersuchung gegeben ...»

«Ich will's gar nicht wissen.»

«Wenn wir die Fundstelle des Bootes berücksichtigen und dann eine Linie zu der Stelle ziehen, an der der Traktor gesichtet wurde, können wir davon ausgehen, dass sie sich in nordöstlicher Richtung von Drøbak wegbewegen.»

«In Richtung Sommerhaus.»

«Mehr oder weniger.»

«Ist der Traktor noch mal gesehen worden?»

Jørgen schüttelt den Kopf.

«Ruft jede Einheit zwischen Trøgstad und Kongsvinger an und sagt ihnen, sie sollen Streifen aussenden und danach suchen. Und fangt mit den Einheiten im Norden an, nicht im Süden, okay? Wir versuchen, ihnen den Weg von Norden abzuschneiden.»

Petter legt Sigrid die Hand auf die Schulter.

Sigrid sieht zu Petter auf. Sie grinst selbstzufrieden.

«Du musst zugeben, dass uns der alte Fuchs ganz schön hinters Licht führt», sagt Petter.

«Ich zieh meinen Hut vor ihm, wenn wir den Jungen heil zurückbringen.»

«Er hätte das Kind doch zu uns bringen können.»

Sigrid schüttelt den Kopf. «Ich glaube nicht, dass dieser Mann großes Vertrauen zu irgendjemandem hat», sagt sie.

19. KAPITEL

SIGRID sitzt auf dem Beifahrersitz des Volvo V60, der sich mit hoher Geschwindigkeit Richtung Norden bewegt. Das Blaulicht blinkt, und Petters Gesicht wirkt angespannt. Sie haben Rhea und Lars angerufen. Keiner ist rangegangen.

Der Polizeifunk ist an, die örtliche Bereitschaftspolizei informiert. Die Beredskapstroppen kommen von drei unterschiedlichen Orten her zum Sommerhaus, schwer bewaffnet und gut gebrieft. Sigrid hat das Kommando über die Operation übernommen. Erst wenn sie das Zeichen gibt, wird eingegriffen.

«Wir lehnen uns ganz schön weit aus dem Fenster», sagt Petter nach halbstündigem Schweigen auf der Überlandstraße. «Wenn wir uns irren, stehen wir ziemlich blöd da.»

«Ich bin mir sicher, dass wir recht haben. Der alte Mann ist zusammen mit dem Jungen unterwegs zum Sommerhaus, und ich wette um einen Whiskey mit dir, dass Enver und sein Clan bereits dort warten, um ihm den Jungen abzunehmen. Wenn sie es nicht schon getan haben.»

«Das sind alles nur Vermutungen.»

Die Übelkeit ist immer noch da, aber sie kann wieder klar sehen. Sigrid ist wütend, und der Ärger heilt sie. Petter hat nicht unrecht, aber er hat auch nicht recht.

«Der Mann und der Junge leben im selben Haus», sagt sie. «Das Schmuckkästchen der Mutter war unter dem Bett des

Alten. Sie kam herunter, um sich zusammen mit ihrem Sohn dort zu verstecken. Horowitz hat gleich verstanden, dass seine Nachbarin sich in Gefahr befindet, und machte die Tür auf, um zu helfen. Doch dann geschah etwas. Bardhosh trat die Tür ein, und Horowitz und der Junge versteckten sich im Schrank. Der Junge machte sich vor Angst in die Hosen, aber irgendwie schafften die beiden es nach draußen. Bardhosh und seine Gang haben davon erfahren und sich auf die Jagd nach den beiden gemacht. Horowitz war uns allen immer einen Schritt voraus. Wahrscheinlich glaubt er, dass die anderen nichts von dem Sommerhaus wissen. Und vielleicht stimmt das sogar. Vielleicht aber auch nicht. Schließlich hat sich unser Cineast ja gezielt im Zimmer des alten Mannes umgesehen. Und wenn sie von der Existenz des Sommerhauses wissen, haben sie mit Sicherheit jemanden hingeschickt, damit er sich dort mal umsieht.

Ich kriege Rhea und Lars nicht ans Telefon. Darum nehme ich mal an, dass sie es nicht abnehmen *können*. Wenn ich mich irre, jagen wir ihnen also mit unserem Großaufgebot einen riesigen Schrecken ein, und ich mache mich ein paar Wochen lang zum Gespött sämtlicher Kollegen. Wenn ich recht habe, sind wir gut ausgerüstet zur Stelle und können den Kampf aufnehmen. Es sei denn», fügt sie hinzu, «der Kampf ist bereits vorüber.»

Die Geschwindigkeitsbegrenzung auf diesem Straßenabschnitt beträgt achtzig Kilometer pro Stunde, und Petter fährt hundertdreißig. In vierzig oder fünfzig Minuten sind sie am Ziel, wenn weiterhin so wenig Verkehr herrscht.

Sie nimmt einen Schlüssel, der um ihren Hals hängt, öffnet das Handschuhfach und holt eine Glock-17-Pistole heraus. Sie nimmt das Magazin raus und legt die Pistole in ihren Schoß. Dann drückt sie mit dem Finger fest auf die Patronen, um zu prüfen, ob das Magazin voll ist. Sie klemmt sich das Magazin zwischen die Knie und nimmt die Pistole wieder auf, schiebt den Schlitten ganz nach hinten, bis er sich mit einem Klicken öffnet, und schaut dann in die Kammer, um sicherzugehen, dass sie leer ist. Sie überprüft, ob in der Magazinhalterung noch irgendwelche Ablagerungen oder Fussel sind. Zufrieden steckt sie das Magazin wieder in die Waffe. Dann schnippt sie mit dem Daumen auf die Halterung der Feder, die den Schlitten wieder nach vorn gleiten lässt und die erste «American Style»-Patrone in der Kammer einschließt.

Sie sichert die Waffe und steckt sie ins Holster.

Petter sieht zu ihr herüber, und sie erwidert seinen Blick.

Sie dreht den Kopf ganz zu ihm herum und fragt: «Was?»

«Nichts», sagt Petter.

Aus dem Radio dringen Knistergeräusche. Sigrid stellt sich die Einsatzzentrale im Polizeirevier vor und malt sich aus, wie auf den Bildschirmen die Routen aller Einsatzfahrzeuge zu sehen sind, die auf das Sommerhaus zusteuern.

Es ist eine überstürzte Aktion, das ist ihr klar, aber die Beredskaptroppen stehen bereit. Auch sie haben die Satellitenaufnahmen des Geländes um die Hütte gesehen und bemerkt, dass es nur eine Zufahrtsstraße gibt. Sie haben den Sonnenstand in Bezug auf die natürlichen Verstecke überprüft, um Scharfschützen und Eingreiftruppen positionieren zu können. Höchstwahrscheinlich sind die Kosovaren bewaffnet. Im ganzen Land gibt es eine Menge unregistrierter Waffen, und die Kriminellen nutzen diese Schwäche schneller aus, als der Staat dem entgegenwirken kann. Vielleicht haben sie auch die beiden Jagdgewehre gefunden, die auf Lars Bjørnson zugelassen sind. Es sei denn, Lars war noch vor ihnen da. Oder Horowitz. Was bedeutet, dass alle bewaffnet sind und die Situation leicht kippen kann.

Sigrid trommelt nervös mit den Fingern auf den Knien und schaut, wie schnell Lars fährt.

«Können wir nicht noch ein bisschen schneller fahren?»

«Doch, aber das sollten wir nicht.»

Sie trommelt schneller und schaut wieder zum Fenster hinaus.

Flussratten. Der Brief des alten Mannes war ein Zitat aus *Huckleberry Finn*, dem Roman, in dem Mark Twain gegen die Sklaverei in Amerika anschreibt. Huck brennt darin zusammen mit dem Sklaven Jim durch, sie fahren den Mississippi entlang und versuchen, ihrer Gefangennahme zu entgehen, obwohl sie gar nichts verbrochen haben. Sigrid hatte es im Internet eingegeben, und gleich darauf hatte sie die Stelle, mit exakt den Schreibfehlern wie auf dem Zettel.

Sie trommelt mit den Fingern auf die Ablage.

Es war vermutlich aus Mitleid, dass die Jäger Sheldon und Paul den ganzen Weg nach Glåmlia brachten. Sicher lag es nicht auf ihrer Strecke, auch wenn sie nach Norden unterwegs waren. Nach einer Pinkelpause hatte sich Sheldon in die Fahrerkabine gesetzt. Seine Knochen waren ganz steif von der Fahrt auf der Ladefläche. Fast eine Stunde waren sie unterwegs, aber jetzt sind sie am Ziel. Und Sheldon erblickt in einiger Entfernung genau das am Wegesrand, was seine größte Befürchtung war.

Der Ford-Pick-up nähert sich einem weißen Mercedes 190 E, der direkt an dem Feldweg hinter einem gelben Toyota Corolla Baujahr schätzungsweise 1995 geparkt hat.

«Halten Sie an», sagt Sheldon zu dem Fahrer.

Knirschend kommt der Pick-up hinter dem Mercedes zum Stehen. Der Wagen, nur einen Meter entfernt, sieht aus wie ein schlafender weißer Panther, der darauf wartet, dass man ihn am Schwanz zieht.

«Ist das hier die richtige Abzweigung?», fragt der Fahrer.

Eine gute Frage. Sheldon schaut die Straße entlang. Er war selbst noch nie hier – er kennt nur das Foto.

«Sehen Sie einen weißen Mercedes?», fragt Sheldon den Fahrer.

Er ist ungefähr 35 Jahre alt und hat einen Blondschopf über seinem sonnengebräunten Gesicht. Er ist Raucher und viel draußen in der freien Natur. Die Frage irritiert ihn nicht. Er schaut einfach zum Wagen und dann wieder zu Sheldon hinüber. Solche Fragen sind ihm vermutlich von seinem eigenen Großvater vertraut. Er antwortet freundlich.

«Ja, sehe ich.»

Seit Wochen hat Sheldon keine Koreaner mehr gesehen. Keinen einzigen in den Schatten. Und jetzt steht hier das weiße Auto vor dem Sommerhaus seiner Enkelin. Nach allem, was war. Sie wussten nicht nur, wo sie ihn finden würden. Sie sind auch noch als Erste da.

Ich kann ihm keinen Schutz mehr bieten. Ich muss den Jungen abgeben.

«Das ist so was von enttäuschend, mir fehlen die Worte!»

«Kann ich noch irgendwas für Sie tun?»

Das fragt Sheldon sich auch. Der Fahrer sieht aus wie ein richtiger Naturbursche. Seine wettergegerbte Haut und seine grobhäutigen Hände hat er von friedlichen Aktivitäten. Weil er auch im Winter keine Handschuhe trägt, damit das Gewehr besser in der Hand liegt. Oder weil er sich auf die harschige Schneedecke legt, um mit einer Taschenlampe zwischen den Zähnen nach dem Haken zu suchen, mit dem er das Auto eines Freundes aus dem Graben ziehen kann. Vom Barfußlaufen in der Sauna. Oder weil er beim Segeln ein Seil zu früh loslässt und sich die Handflächen daran verbrennt.

Als hätte er auf Sheldon gewartet, taucht sein Freund Bill am Wagenfenster auf.

Bill lehnt sich zum Fenster herein.

«Worüber denkst du gerade nach, Sheldon?», fragt er.

«Darüber, dass ich den Weg ab jetzt allein gehen muss.»

Sheldon klettert aus dem Führerhaus und stützt sich an dem kalten Stahl des Pick-ups ab, als er auf dessen Rückseite geht. Paul sitzt im Schneidersitz auf dem Boden, Mads und Tormod zu beiden Seiten. Da sind noch zwei andere Männer, mit denen Sheldon sich nicht richtig bekannt gemacht hat und die auf ihrer Jagdausrüstung sitzen.

«Habt ihr Freundinnen?», fragt Sheldon.

Einer der beiden Männer, die Sheldon nicht kennt, hebt eher zögerlich die Hand.

«Gut so. Habt jede Menge Sex. Also, und nun hört mal gut zu: Ihr könnt nicht mit ins Haus kommen. Warum, kann ich euch nicht sagen. Aber es hat mit dem weißen Wagen zu tun. Ihr Jungs müsst den kleinen Paul hier zur Polizeiwache in der Stadt bringen. Aber ihr dürft auf keinen Fall unterwegs anhalten. Nicht einmal um einen trinken zu gehen. Nicht einmal um zu pinkeln. Haltet nicht an, wenn einer von euch aus dem Wagen purzelt. Bringt ihn einfach zur Polizei, und gebt denen das hier.» Sheldon reicht dem einen, der keine Freundin hat, einen Zettel mit dem Kennzeichen des Mercedes, außerdem seinen Führerschein.

«Sagt ihnen, dass ihr dieses Auto hier gesehen habt. Und

dass ihr mich gesehen habt. Sagt ihnen, dies ist der Sohn der Frau, die in Oslo ermordet wurde.»

Schweigen.

«Habt ihr das alles verstanden? Ich kann nicht sagen, wann ihr Norweger Information verarbeitet und wann nicht. Ihr glotzt einen immer nur an. Ich muss aber wissen, ob ihr das verstanden habt. Ja oder nein?»

«Okay.»

Das sagt der große, füllige Kerl, der den Hasen verfehlt hat.

«Was okay? Wiederhol das.»

Er wird mit dem Jungen und dem Zettel mit dem Kennzeichen und dem Führerschein des alten Mannes zur Polizei gehen und sagen, dass dies der Sohn der Frau ist, die in Oslo ermordet wurde.

«Und dann sagt ihr ihnen noch, sie sollen herkommen. Bewaffnet. Ach, da fällt mir ein, ich brauche ein Gewehr.»

Keiner rührt sich oder antwortet.

«Gewehre, das sind diese Stöcke, mit denen ihr eure Karnickel in die Flucht schlagt. Ich brauche eins. Mit einem Zielfernrohr dran. Meine Augen sind nicht mehr so gut. Und Patronen. Vergesst die Patronen nicht!»

Keine Regung, kein Laut.

«Okay, Jungs, was ist los?»

«Wir können Ihnen kein Gewehr geben.»

«Zum Teufel, warum denn nicht? Ihr habt sie doch haufenweise!»

Niemand sagt etwas.

«Ihr haltet mich für verrückt.»

«Na ja, es verstößt gegen das Gesetz, und wir sind fertig mit der Jagd.»

«Und was denkst du selbst?», sagt Sheldon.

Ohne zu fragen, öffnet er dann einen der Rucksäcke der Jäger und kramt darin.

Er holt Munition heraus, die er nicht gebrauchen kann, und wirft sie beiseite. Er fördert Taschenlampen zutage, Trillerpfeifen, ein Paar Schnürsenkel und eine Wollmütze. Er schiebt alles beiseite. Dann findet er ein Fernglas und steckt es in seinen Tornister.

«Ähm, Moment mal ...»

«Ich brauch das dringender als ihr! Ich geb es euch zurück, wenn ich überlebe, okay?»

Der Mann nickt nur. Was bleibt ihm auch anderes übrig? Vielleicht hätte er anders gehandelt, wenn Sheldon vierzig Jahre jünger wäre und noch bei Verstand. Aber es war keine andere Erwiderung möglich. Sie haben bereits ihr Bestes getan, indem sie ihm das Gewehr verweigert haben.

«Geht jemand von euch angeln?», fragt Sheldon.

Der andere Jäger, der neben ihm sitzt, hebt die Hand. Allerdings sehr zögerlich – er hängt offenbar an seiner Angel.

«Gib mir die Angelschnur. Und zwar fix! So, und wer hat ein Messer?»

Wieder keine Antwort.

«Jeder von euch Waschlappen hat ein Messer, das weiß ich! Na los, gebt mir eins!»

Mit sichtbar vorgereckter Unterlippe greift Tormod so tief in seine Jackentasche, dass man beinahe glaubt, er wolle sich ein Organ ausreißen. Zum Vorschein kommt ein einfaches Klappmesser mit Holzgriff. Sheldon nimmt es, wiegt es in der Hand und öffnet es dann. Er fährt mit dem Daumen über die Klinge, schaut dann Tormod an und runzelt die Stirn.

«Du solltest dich schämen, so was überhaupt zu besitzen, geschweige denn, es einem alten Mann andrehen zu wollen. Und jetzt gib mir dein richtiges, na komm schon.»

Was der dann bekommt, ist ein wunderschönes Hattori-Messer von Seki Japan mit einem Mahagonigriff, Messingbeschlägen, einer scharfen, gut zehn Zentimeter langen Klinge aus AUS-8-Messerstahl und einem durchgehenden Erl.

Sheldon nickt. «So ist's recht», sagt er.

Zum Schluss schnappt er sich einen großen grünen Seesack und kippt den gesamten Inhalt auf den Boden.

«Ach, komm schon. Bitte! Wir haben dich doch auch mitgenommen, oder?»

Sheldon nimmt den Seesack und ein großes Fischnetz, das er darin findet. Ihr Gejammer überhört er einfach.

«Ich brauche Nadel und Faden. Wer hat eine Nadel? Ihr fahrt nicht, bevor ihr mir eine gegeben habt.»

Mit seinen neuen Besitztümern, die den Jägern ziemlich wahllos vorkommen, nimmt Sheldon den Männern nochmals das Versprechen ab, Paul, den Zettel mit dem Kennzeichen und seinen Führerschein zur Polizei zu bringen.

Er schaut Paul an, der noch auf der Ladefläche zwischen Mads und Tormod sitzt.

Sheldon hebt die Hand, um auf Wiedersehen zu sagen.

Paul versteht nicht und beginnt zu heulen.

Sheldon versucht, nicht auch zu heulen.

Er bringt es nicht übers Herz, dem Pick-up nachzusehen. Er könnte sich nicht konzentrieren, wenn er mit ansehen müsste, wie Paul ihn von der Ladefläche aus anschaut, weinend und immer kleiner werdend.

Nicht hinzusehen macht keinen Unterschied. Wie sich nicht kratzen. Das Ergebnis ist das Gleiche.

Ein paar Augenblicke später ist das Geräusch des Dieselmotors verklungen, und Sheldon steht allein an der Abzweigung, wo der Feldweg an den geparkten Autos vorbei in einem Bogen weiterführt. Der Zugang zum Sommerhaus liegt direkt zu seiner Rechten, ein dunkler mittelalterlicher Pfad, der zur Höhle des Drachen führt.

«Was machen wir jetzt, Donny?», fragt Bill.

«Bist du immer noch da?»

Bill zuckt mit den Achseln. «Ich bin immer da.»

«Das lässt deine Untätigkeit nur noch verwerflicher erscheinen.»

«Irgendwann wird die Polizei kommen. Bist du sicher, dass du da reingehen willst? Ich meine, was erwartest du? Du bist ein alter Mann. Was kannst du denn schon ausrichten?»

Sheldon seufzt und geht nicht weiter darauf ein. Er weiß, dass Bill recht hat. Er ist hungrig und müde. Sein Kopf schmerzt. Seine Arthritis verschlimmert sich, und das einzige Mittel, das dagegen hilft – in Gin eingelegte Rosinen –, ist im Moment nicht in Griffweite.

Sheldon lässt Bill an der Abzweigung stehen und geht zurück zu den am Straßenrand geparkten Autos, dem Mercedes und dem Toyota. Er bückt sich ein wenig und betrachtet die Fahrzeuge eingehend aus ein paar Meter Entfernung.

«Was machst du da?», fragt Bill, diesmal etwas lauter.

«Halt's Maul, Bill.»

Mit der leisen Hoffnung, dass er schon irgendwie wieder hochkommen wird, lässt Sheldon sich auf alle viere sinken.

«Donny, jetzt mal ganz im Ernst ...»

«Halt endlich die Klappe, Bill!»

Er krabbelt langsam auf das Auto zu und hält inne, als er auf den ersten Fußabdruck stößt. Er stammt wohl von einem

Turnschuh, der als Markenlogo einen seltsamen Haken über einer Art kleinem Apfel hat. Es ist in der Mitte der Schuhsohle angebracht und lässt sich gut von den anderen Fußabdrücken unterscheiden, die hier noch zu finden sind.

Auf der Beifahrerseite des Toyota findet er den Abdruck eines Arbeiterstiefels mit charakteristisch gerilltem Profil und erhöhtem Absatz. Sheldon nennt ihn den Holzfäller.

Der Apfel und der Holzfäller kamen aus dem Toyota und standen eindeutig erst mal eine Weile rum. Die Fußspuren ziehen sich um das gesamte Fahrzeug und gehen in jede Richtung. Vielleicht warteten sie auf etwas. Beide sind zu groß für den Fußabdruck einer Frau. Beide sind zu klein, als dass sie von Lars hätten stammen können.

Auf der Fahrerseite des Mercedes sind auch ganz deutlich Spuren zu sehen. Und zwar die von Springerstiefeln mit den typischen rechteckigen Noppen und einem dicken hohen Absatz. Sie könnten aus Armeebeständen stammen oder aus einem Secondhandladen mit Militärklamotten. Letzteres ist wohl eher nicht der Fall, wie Sheldon befürchtet.

«Was machst du da, Donny?»

«Ich analysiere. Ich bin ein alter Hund auf allen vieren, und von mir aus bin ich auch durchgeknallt, aber ich bin immer noch in der Lage, eine Situation zu analysieren.» Er dreht sich vorsichtig in eine Sitzposition mitten auf der Straße und wischt sich die Hände ab.

«Drei Männer: Mr. Apple, der Holzfäller und Luzifer. Luzifer war als Erster hier. Stieg aus dem Wagen und ging in den Wald. Irgendwann kam er zurück und stieß zu den beiden anderen. Dann gingen sie alle drei in den Wald.»

«Woher weißt du, dass er zu den anderen gestoßen ist?»

«Hier.» Sheldon deutet flüchtig auf die Stelle hinter dem

Toyota. «Seine Fußabdrücke überlagern die des Holzfällers. Der Abdruck seines Stiefels ist unversehrt, aber die Kante vom Abdruck des Holzfällers ist es nicht mehr. Das bedeutet, dass er nach diesem hinterlassen wurde.»

«Du hast einen weiten Weg mit dem Jungen hinter dich gebracht, um dich so einfach von ihm zu verabschieden.»

«Es war nicht einfach. Es war notwendig. Und nun hilf mir hoch.»

«Kann nicht.»

«Warum nicht? Zu beschäftigt?»

«Du weißt, warum.»

«Verstehe.»

Sheldon zieht das Messer aus der Scheide und sticht die beiden Reifen auf seiner Seite des Wagens auf. Dann gibt er sich einen Ruck und versucht, wieder auf die Füße zu kommen.

Er hangelt sich an der Wagentür des Mercedes hoch, versucht sie zu öffnen, aber sie ist verschlossen. Innen sieht er alte Sitze aus blauem Kunstleder und den Knauf eines Schaltknüppels, dessen Prägung vom vielen Gebrauch unleserlich geworden ist.

Vorsichtig geht er zu dem Toyota und schlitzt auch dessen Reifen auf.

Niemand wird hier wegfahren. Es wird hier zu Ende gehen.

Als er mit seiner Arbeit zufrieden ist, steckt er das Messer wieder ein und verstaut es im Tornister. Er geht zurück zur Mitte des Feldwegs und sammelt die Gegenstände ein, die er den Jägern abgenommen hat, dann schlüpft er in den Wald.

Die Bäume stehen dicht hier, der Boden ist uneben. Es gibt kleine Erhebungen und flache Senken, in denen eiszeitliche Endmoränen vom Regen und Wind der Jahrhunderte stumm glatt geschliffen wurden. Eine willkommene kühle Brise, deren Ursprung in der sibirischen Tundra liegt, hebt leicht und erfrischend unter dem dicken Baldachin der Pappeln und majestätischen Eichen an.

Sheldon bewegt sich so leise wie möglich und steuert auf einen felsigen Abschnitt zu, der von den beiden Wegen aus nicht einsehbar ist. So rasch er es mit seinen geschundenen Händen und müden Augen vermag, beginnt er mit der Arbeit.

Er holt das Messer wieder hervor und sticht es kurz über dem Boden des Seesacks ein, schlitzt ihn seitlich auf, als würde er eine Beute ausweiden. Dann legt er ihn auf den Boden. Er nimmt das Netz, breitet es über den Seesack, zupft es so zurecht, dass es locker darüberfällt, und schneidet das überflüssige Maschengewebe weg.

Sheldon atmet die kühle Luft ein und behält sie in den Lungen, bis sie zu schmerzen beginnen. Erst dann atmet er aus.

In New River, 1951, verbrachte er Stunde um Stunde im Schießstand. Der Stand war nicht mit einem dieser länglichen Wetterdächer ausgestattet, wie sie auf einem Golfplatz den Spielern Schutz bieten, während sie ihre Bälle tief ins Fairway schlagen. Auf dem Marine-Schießplatz feuerten die Männer von einer kleinen Erhebung aus, sie lagen im Dreck, im Staub, im Matsch, je nach Laune von Mutter Natur. Wenn es heiß war, schwitzten sie, und alles begann schrecklich zu jucken. Wenn es nass war, juckte es sie noch mehr. Wenn sie zuckten oder stöhnten, riskierten sie, dass der Ausbilder – ein völlig humorloser Bursche – ihnen mit dem Gewehrkolben auf die Rückseite des Helms schlug.

Einfach nur atmen.

Sie liefen zehn Meilen am Tag, um ihre Körper zu stählen und ihren Stoffwechsel zu verlangsamen. Sie verzichteten weitgehend auf Zucker und Kaffee. Auf alles, was das Herz hätte ermuntern können, schneller zu schlagen. Langsam, ganz langsam tickt ein Metronom. Weniger Luft, weniger Atem, weniger Leben. Alles, um den Scharfschützen ruhig zu halten, den Kundschafter in Bewegung, im Beobachtungsmodus.

Das ist achtundfünfzig Jahre her.

Die Erinnerung daran ist heute klarer als jemals zuvor. Rhea würde sagen, das seien die lebhaften Trugbilder eines alternden Verstandes. Er hält es aber für wahrscheinlicher, dass es eine Klarheit ist, die durch das Altern kommt – wenn der Verstand davon befreit wird, sich Szenarien für die Zukunft ausmalen zu müssen, und er der Gegenwart und Vergangenheit ihren rechtmäßigen Platz im Zentrum unserer Aufmerksamkeit zugesteht.

Sheldon kann die Vergangenheit jetzt mit Händen greifen, so wie junge Menschen dies mit der Zukunft können. Es ist entweder ein kurzer Fluch oder ein Geschenk vor dem Vergessen.

Einfach nur atmen.

Einmal, an einem besonders regnerischen Tag, hatte Hank Bishop, der links von Sheldon im Schießstand lag, versucht, ein zweihundert Meter weit entferntes Ziel in leichtem Nebel zu treffen.

Hank Bishop, Gott hab ihn selig, war nicht sehr helle.

«Ich weiß nicht, ob ich getroffen habe», sagte er nach jedem Schuss.

«Du hast nicht getroffen», sagte Donny.

«Ich weiß nicht, ob ich getroffen habe», sagte er.

«Du hast nicht getroffen», sagte Donny.

«Ich weiß nicht, ob ich getroffen habe», sagte er.

«Du hast nicht getroffen», sagte Donny.

Nachdem dieses Hin und Her – an dem Sheldon großen Gefallen fand – noch eine Weile so weitergegangen war, folgte ein unerklärliches und wunderbares Ereignis. Irgendwie hatte Hank über seine eigenen Handlungen nachgedacht und so den Kreis durchbrochen und eine Frage gestellt.

«Weshalb bist du so sicher, dass ich nicht getroffen habe, Donny?»

«Weil du auf mein Ziel schießt, Hank. Deins ist da drüben. Hier – ich ziel mal für dich.»

In dem immer heftigeren Regen öffnete Donny schweigend den Reißverschluss seiner Brusttasche und holte eine Patrone mit roter Spitze heraus. Er ließ das Magazin herausschnappen und legte es neben sich. Dann reinigte er die Kammer und steckte das Leuchtspurgeschoss hinein.

Er holte kurz Luft, ließ sie wieder ein wenig heraus und drückte auf den Abzug.

Die rote phosphoreszierende Kugel schoss durch den Nebel wie eine brennende Taube durch einen Alpentunnel und bohrte sich dann in Hanks hölzernes Ziel. Es traf beinahe ins Schwarze, und die aufgereihten Marines johlten und klatschten, was wiederum den Ausbilder veranlasste, jedem einzelnen der aufgereihten Marines einen Schlag mit dem Gewehrkolben auf den Helm zu verpassen.

Leuchtspurgeschosse sind nicht unbedingt dazu geeignet, ein Ziel zu durchschlagen. Das brennende Geschoss blieb in der hölzernen Zielscheibe stecken, die auf der Stelle zu glimmen, zu zischen und vom Zentrum her zu brennen begann.

«Horowitz, du verdammter Trottel. Was zum Teufel sollte das?»

«Das war nicht ich, Sir.»

«Also, das war ja wohl nicht Bishop!»

«Na schön, ich war's. Aber Hank hat sein Ziel nie erwischt, Sir, und meins hab ich schon ein paarmal um die Ecke gebracht.»

Genau diese Schützenhände benutzt Sheldon nun zum Nähen. Er arbeitet, so rasch er kann. Er fädelt die Angelschnur durch die Nadel und benutzt den Messergriff als Fingerhut, um sie durch den Seesackstoff zu stechen und das Fischnetz aufzunähen.

Er weiß, dass die Zeit drängt, zwingt sich aber, nicht daran zu denken, was sich gerade im Sommerhaus abspielen könnte.

Es braucht mehr als dreißig Minuten vollster Konzentration. Er fürchtet, die Nadel könne zu dünn sein, um die Belastung durchzustehen. Der Seesack ist aus dicker Baumwolle, aber zum Glück ist das Gewebe recht lose.

Als er fertig ist, betrachtet er sein Werk. Gar nicht so schlecht in Anbetracht der kümmerlichen Materialien, die ihm zur Verfügung standen. Jetzt muss er seinen Tarnanzug noch mit Gestrüpp, Zweigen und Erde aus seiner Umgebung komplettieren. Dazu inspiziert er erneut den Wald. Er möchte nicht nur Material aus seiner unmittelbaren Umgebung verwenden, sondern die Tarnung soll ein möglichst breites Spektrum der umliegenden Vegetation repräsentieren. Er möchte eins werden mit dem Wald – seine Tarnmontur soll ein tatsächlicher, lebendiger Bestandteil der Welt um ihn her sein.

Als er fertig ist, gräbt er ein wenig an einer feuchten

Stelle im weichen Boden herum und reibt sich das Gesicht und die bleichen Handrücken mit Erde ein. Er schmiert sie über seine Schuhe und reibt die immer noch grünen Teile des Rucksacks damit ein. Als er zufrieden ist, zieht er sich die Seesack-Netz-Montur über, der Boden liegt wie eine Kapuze auf seinem Kopf, sein Gesicht schaut durch den seitlich freigeschnittenen Bereich. Auf Höhe der Schultern sticht er Löcher in den Stoff, um die Arme hindurchstecken zu können. Der Tarnanzug sitzt wie das Kettenhemd eines Ritters. Er ist also kampfbereit.

«Und jetzt?», fragt Bill.

«Das ist genau die Frage», lautet Sheldons Antwort.

20. KAPITEL

E S war immer das Beste, die Zahl der Leute, die an einer Aktion beteiligt waren, auf ein Mindestmaß zu reduzieren. In Serbien hatte Enver ständig das Problem gehabt, dass die Leute zu viel quatschten. Pläne, die in stundenlangen Diskussionen in abdunkelten Räumen ausgeheckt worden waren, wurden einfach leichtfertig ausgeplaudert.

Damals, als junger Mann Anfang zwanzig, schockierte ihn das alles. Die Fähigkeit der Serben zu entsetzlicher Gewalt entflammte nicht nur seinen Zorn, sie ... sie verwirrte ihn auch. Wie konnten Menschen einander so sehr hassen? Enver hatte sich nie ganz davon anstecken lassen, und darauf war er stolz. Seine Milizen griffen nur diejenigen an, die mit den Verbrechen gegen sein Volk zu tun hatten. Er hatte nur eines im Sinn: die Toten zu rächen und die Ehre seines Volkes wiederherzustellen. Er hing keiner irrsinnigen Ideologie an, und er tötete auch nicht im Namen Gottes. Er war mit sich im Reinen, was die Rechtfertigung seiner Handlungen anging.

Das Problem, zumindest gegen Ende, war, dass beinahe jeder Serbe ein Mörder war und seine Frau eine Hyäne, die mit ihren teuflischen Einflüsterungen sein kaltes Blut in Wallung brachte. Wie hätte es auch anders sein können? Menschen töten, weil sie es wollen. Und irgendetwas bringt sie dazu, es zu wollen. Aber sie haben immer eine Wahl, und in dieser Wahl liegt ihr Schicksal begründet.

Der Mann, den Enver anrief, war in der UÇK wohlbekannt. Kadri kannte ihn. Es war ein unscheinbarer Mann mittlerer Größe mit keiner hervorstechenden Eigenschaft. Er hatte nichts auffällig Bösartiges an sich, keine besondere Grausamkeit oder Gier. Weder trank er übermäßig viel, noch brüstete er sich mit seinen Taten oder verklärte sie. Er erging sich auch nicht in populären Verschwörungstheorien.

Diejenigen, die ihn kannten, sprachen nicht viel mit ihm, denn es gab nur wenig zu sagen und noch weniger zu hören. Wurde über ihn geredet, war man sich in einem vollkommen einig. Alle glaubten, dass er keine Seele mehr habe. Er war ein lebender Toter. Man nannte ihn *Zezake*: den Schwarzen.

Der Schwarze beschützt Enver. Er ist sein Bodyguard. Sein Soldat. Er wurde nach Norwegen geschickt, um dafür zu sorgen, dass Enver von den Serben unentdeckt bleibt. Um ihm beizustehen. Um sein Schatten zu werden.

Der Schwarze lebt als musterhafter Bürger in Oslo. Er wartet an der Ampel, bis es grün wird. Er blinkt vor dem Abbiegen. Er hält Frauen mit Kinderwagen die Ladentür auf. Nie beschwert er sich, wenn die Schlange vorm Weinmonopol wieder mal sehr lang ist.

Die Serben wissen, dass er hier ist. Es ist allerdings unwahrscheinlich, dass es auch die Norweger wissen. Er reist unauffällig, mit falschen Papieren. Er mietet ein Zimmer und zieht dann weiter. Er lässt nie etwas zurück. Er ist ein Geist und versteht es, sich in Europa zu bewegen, wie es nur Kriminelle können.

Die Kosovaren und die Albaner sind gut organisiert in Oslo. Sie stellen keinen großen Bevölkerungsanteil, und viele kennen sich untereinander. Sie geben aufeinander acht, und sie achten auf den Schwarzen, damit der Schwarze auf Enver aufpassen kann.

Jetzt aber hat er einen Auftrag. Enver hat den Schwarzen angerufen, und der macht sich nun daran, das zu erledigen, was Burim und Gjon nicht gelungen ist. Er wird sich den Jungen schnappen, aus dem einfachen Grund, dass dies seine Aufgabe ist. Denn das ist es, was er tut – Anweisungen befolgen. Auf dem Schwarzmarkt hat er sich einen in die Jahre gekommenen, aber voll funktionstüchtigen Colt M1911 und · eine alte Winchester mit Holzschaft besorgt. In den Schaft hat der frühere Besitzer ein Hakenkreuz geritzt. Der Schwarze hat sich nicht aus politischen Neigungen für das Gewehr entschieden, sondern wegen des günstigen Preises und weil der Besitzer sicher kein Interesse daran hatte, sich an den Kauf zu erinnern.

Das Gewehr verfügt über ein eisernes Zielfernrohr, sein Magazin fasst fünf Patronen. Der Schwarze hat es in den Hügeln in der Umgebung von Oslo getestet und für zuverlässig und zielgenau befunden.

Man hat ihm aufgetragen, die Waffen mitzunehmen und allein zum Sommerhaus zu kommen. Enver hat ihm die Adresse mitgeteilt. Den Weg dorthin findet er selbst.

Der Schwarze weiß nicht, dass die jungen Jäger den Jungen mitgenommen haben. Was er allerdings weiß, ist, wie der Junge aussieht und wie sein richtiger Name ist.

Bei seinem Training für spezielle Einsätze hat er gelernt, dass man einen Wagen kurz vor dem Erreichen des Ziels einer Mission unbedingt noch einmal auftanken sollte, damit einem nicht der Sprit ausgeht, wenn man schnell den Rückzug antreten muss. Als er die Esso-Tankstelle in Kongsvinger ansteuert, sieht er zu seiner Überraschung durchs Wagenfenster den Jungen. Er hält ein Stückchen Elch-Trocken-fleisch in der Hand und steht bei fünf jungen Norwegern.

Der Schwarze fährt langsam an dem kleinen Supermarkt vorbei, vor dem der Junge mit dem Elchfleisch steht. Er öffnet das Handschuhfach und entnimmt ihm eine hellrote Plastikmappe. Darin ist eine Reihe von Fotos, die den Jungen zeigen. Sein Passbild. Ein paar Fotos von Überwachungskameras. Fotos mit und ohne seine Mutter. Mal mit kürzerem, mal mit längerem Haar. Mit einer Eiswaffel.

Der Schwarze hält die Fotos in der Hand und vergleicht sie mit dem Jungen. Der Junge bemerkt, dass der Mann in dem kleinen Auto ihn ansieht und starrt zurück. Es gibt kein Zeichen des Erkennens. Sie sind einander nie begegnet.

Auf der Stelle wird dem Schwarzen klar, dass sich durch ihre zufällige Begegnung der Plan ändert. Die Figuren auf dem Schachbrett stehen plötzlich ganz anders. Der Überfall auf das Sommerhaus hätte einem einzigen Zweck gedient: den Jungen zu finden. Jetzt, wo der Junge gefunden wurde, ist das nicht mehr notwendig.

Sein Gesicht bleibt vollkommen regungslos bei diesen Überlegungen.

Schließlich zückt er sein Handy und ruft Enver an. Er weiß, dass die Verbindungen zurückverfolgt werden können, deshalb benutzt er nur Prepaid-Karten. Er weiß, dass sein eigenes Telefon seine Koordinaten verraten und von der Polizei sogar als Mikrophon benutzt werden kann, es ist nämlich technisch möglich, das Telefon zu aktivieren, ohne dass er es bemerkt – weshalb er die Karten jedes Mal, nachdem er mit Enver telefoniert hat, wegwirft.

Das Telefon klingelt.

«Was ist los?», fragt Enver.

«Ich habe den Jungen gefunden.»

Kurze Zeit herrscht Stille.

«Hast du ihn?»

«Nein. Aber bald.»

«Was ist mit dem alten Mann?»

«Ich sehe keinen alten Mann.»

«Wer ist bei dem Jungen? Die Polizei?»

«Nein. Irgendwelche Urlauber. Jäger. Vielleicht auch Angler.»

«Schnapp dir den Jungen.»

«Soll ich ihn zu dem Haus bringen?»

Enver seufzt leise ins Telefon. Wenn dieser Anruf doch gestern gekommen wäre, hätte die Antwort «Nein» gelautet. Enver, Gjon und Burim wären mit ihren Autos zu irgendeinem Ort gefahren, um dort den Schwarzen zu treffen und die Wagen zu tauschen, und dann hätte Enver auf einer unbewachten Nebenstraße, auf der norwegische Schwarzhändler Alkohol und Zigaretten verkaufen, zur schwedischen Grenze fahren können.

Doch gestern Abend gab es keinen solchen Anruf. Er kommt erst jetzt.

«Ja. Es wurde schon das Nötige in die Wege geleitet. Bring ihn hierher. Und vergiss die Waffen nicht. Es wird nicht lang dauern.»

Es sind fünf Männer und dazu der Junge. Die Männer sind alle Ende zwanzig, Anfang dreißig. Er sieht, wie sie mit Lebensmitteln aus dem Supermarkt kommen. Jeder hat eine Tragetasche, der Junge geht ein kleines Stück hinter ihnen. Was für ein seltsames Kind, dieser Sohn von Enver. Es hieß, er lebe bei seiner Mutter und die sei seltsam drauf – eine plapperhafte Lügnerin, die für die Miete wohl auch auf den

Strich ging. Allerdings tat sie das alles nur für ihren Sohn. Schwer zu sagen, warum Enver mit einem Mal beschloss, den Jungen außer Landes zu bringen. Doch die Gründe, die Leute zu ihrem Tun motivierten, interessierten den Schwarzen schon lange nicht mehr.

Hier ist er nun und folgt schweigend einer Gruppe von Männern, über die er gar nichts weiß. Warum ist der Junge ohne den Alten hier? Ihm fällt keine Erklärung ein. Der alte Mann muss noch drinnen sein, vielleicht kauft er etwas oder pinkelt gerade. Das tun alte Männer doch ständig. Er beschließt zu warten, bis der Rentner herauskommt.

Doch er kommt nicht. Stattdessen steigen alle fünf Männer und der Junge in den Pick-up und lassen den Motor an. Dann fahren sie los.

Der Schwarze folgt dem Wagen von der Esso-Tankstelle zu einer Nebenstraße. Sie ist asphaltiert und ruhig. Es sind Autos unterwegs, aber nur wenige. Umso besser für ihn.

Die Bewaldung hier am Stadtrand wird spärlicher. Braune und gelbe Gräser stehen am Straßenrand und wuchern in alten Schlaglöchern und Rissen. Das Wetter ist schön. Die Straßenoberfläche ist trocken.

Der Schwarze schaltet in den dritten Gang und überholt den Pick-up. Der Fahrer schaut ihn an, als die beiden Wagen einen Augenblick lang gleichauf sind. Dann ist der Moment vorbei. Als der Fiat fünf Autolängen vor dem Pick-up ist, tritt der Schwarze abrupt auf die Bremse und wirbelt das Heck des Wagens mit der Handbremse herum.

Der Pick-up bremst ebenfalls abrupt und kommt ganz knapp vor dem Fiat mit quietschenden Reifen zum Stehen. Der Schwarze öffnet die Tür. Die Fahrerseite ist die dem Pick-up abgewandte Seite. Er steigt aus und schaut über das silberne, rostige Dach seines Wagens zum Pick-up hinüber. Mit einer präzisen Geste, wie um keine Zeit zu verschwenden, entsichert er die Winchester und zielt auf den Fahrer.

Der Junge ist nicht im Führerhaus. Er sitzt mit drei Männern auf der Ladefläche. Der Schwarze hat sie beobachtet, als er hinter ihnen herfuhr.

Das ist besser und erleichtert ihm die Aufgabe.

Der Schwarze feuert durch das Seitenfenster und trifft den Fahrer ins Gesicht. Blut spritzt quer über die Windschutzscheibe. Der Beifahrer ist vor Schreck erstarrt wie die Tiere, die er vermutlich selbst erlegt. Offensichtlich versteht er nichts vom Krieg und den Reaktionen, die er einfordert. Der Schwarze zielt, lädt erneut durch und tötet ihn.

Jetzt ist Geschrei von der Ladefläche des Pick-ups zu hören. Eine allgemeine Erregung, dann Schritte auf Stahlplatten. Er kauert sich auf den Boden und späht zwischen den Rädern beider Fahrzeuge hindurch, um zu sehen, ob sie herabgesprungen sind und davonzulaufen versuchen. Er weiß aus Erfahrung, dass er sie, sollten sie in direkter Linie von dem Pick-up weglaufen, nicht sehen kann und nach links oder rechts rücken muss, um wieder die erforderliche Sichtlinie zu gewinnen.

Er sieht keine Füße, ist aber sicher, dass er das gleich tun wird.

Als er sich wieder aufrichtet, um über das Wagendach zu dem Pick-up hinüberzuschauen, sieht er einen leicht pummeligen Mann mit schmutzig blondem Haar, der ein Gewehr auf dem Dach des Führerhauses abstützt. Seine Arme zittern. Bevor der Schwarze zielen kann, schießt der Mann.

Die Kugel saust so nahe am Kopf des Schwarzen vorbei,

dass er den Luftzug spürt, und hinterlässt ein schreckliches Pfeifen in seinem Ohr.

Sofort legt er wieder an und schießt auf den Mann. Er hat nicht genau genug gezielt, denn die Kugel scheint den Mann tiefer im Gesicht getroffen zu haben als geplant. Doch er ist zu Boden gesunken, und das ist alles, worauf es ihm im Augenblick ankommt.

Er kauert sich wieder hin, und diesmal sieht er ihre Füße.

Die kleineren Füße des Jungen sind rechts zu sehen, sie rennen zusammen mit einem der Männer weg. Der andere Mann läuft auf den Wald zu seiner Linken zu. Er könnte es schaffen, denn der Schwarze muss nun eine Entscheidung treffen. Wenn er sich nach rechts bewegt, um den Mann mit dem Jungen ins Visier zu bekommen, wird er sich die Sicht auf den anderen Mann verstellen, der auf den Wald zurennt. Wenn er sich allerdings den vorknöpft, wird er die anderen aus dem Blick verlieren und müsste seiner eigentlichen Beute anschließend hinterherjagen. Und er möchte seine Beute nicht jagen müssen.

Der Schwarze bewegt sich geschmeidig und mit sicheren Schritten zum Fiat, sieht den Mann mit dem Jungen davon-rennen und schafft es, ihn zu treffen. Aber der Schuss ist zu niedrig angesetzt und erwischt ihn im Kreuz. Der Mann krümmt sich schreiend am Boden. Der Junge bleibt stehen und dreht sich um, blickt dem Schwarzen ins Gesicht.

Er weint, glücklicherweise jedoch stumm. Wenn Leute weinen, bringt das den Schwarzen aus dem Konzept, weshalb er sich für gewöhnlich bewusst von Kindern fernhält. Es ist das einzige Geräusch – abgesehen von hungrig miauenden Katzen in der Nacht –, das noch eine menschliche Regung in ihm hervorruft.

Er sprintet um den Pick-up herum, damit er freie Sicht auf die Straße hat. Der andere Mann ist tatsächlich im Wald verschwunden. In seiner Jugend hätte er vermutlich die Pistole gezückt und wahllos in den Wald gefeuert, doch so etwas hat er mittlerweile aufgegeben.

Der Schwarze geht jetzt ziemlich langsam. Es besteht kein Grund zur Eile. Er fürchtet nur, dass der Überlebende ein Mobiltelefon haben könnte und die Polizei anruft. Was ziemlich wahrscheinlich ist. In Skandinavien hat jeder ein Handy.

Er steht neben dem Jungen und schaut zu ihm hinab. Reibt ihm den Daumen unters Auge, wischt eine Träne ab. Die beiden blicken sich an. Der Schwarze muss dabei ein wenig an das denken, was er nicht mehr sieht, wenn er in den Spiegel schaut.

Derjenige, der in den Rücken geschossen wurde, ist Mads. Er lebt noch, obwohl sein Blick bereits leer ist. Man muss ihm nicht mehr in den Hinterkopf schießen. Entweder stirbt er schnell genug oder eben nicht. So oder so, sein Leben ist bedeutungslos im Vergleich zu dem des Mannes, der in den Wald geflohen ist.

Von Bedeutung ist dagegen das Geräusch von dem Pick-up hinter ihm.

Der Schwarze dreht sich um und muss zu seiner Überraschung sehen, dass der Fette ein Gewehr hält und auf ihn zielt. Er hat einen Teil seines Gesichts eingebüßt, doch die Kugel ist nicht bis in den Schädel gedrungen. Er ist offensichtlich noch in der Lage, ein Gewehr zu halten.

Der Schwarze legt die Winchester beiseite und zieht die Pistole. Doch als er zielt, fühlt er einen plötzlichen Schmerz im Knie. Er dreht sich um und sieht, dass der Junge ihm eine

Art Stock mit einem zusammengeknoteten Taschentuch am einen Ende mit voller Wucht gegen die Kniescheibe gerammt hat.

Und in dem Augenblick ertönt ein Schuss.

Tormods Kugel trifft den Schwarzen in den Oberschenkel und reißt ihm ein Stück Fleisch weg, doch er hat die Arterie nicht getroffen – ein Glück, denn sonst hätte er ihn getötet. Es war, in Anbetracht von Tormods Zustand, eine tapfere Anstrengung. Zugleich ist es seine letzte, denn jetzt feuert der Schwarze zurück. Die Kugeln, die er gerade nicht blindlings in den Wald gefeuert hat, töten nun Tormod.

Der Schwarze sagt auf Albanisch zu dem Jungen: «Komm mit», doch der Junge rührt sich nicht. Noch seltsamer ist, dass der Junge überhaupt keine Reaktion zeigt. So als würde er überhaupt kein Albanisch sprechen. Der Schwarze wiederholt den Satz also, diesmal auf Englisch, aber wieder bleibt der Junge regungslos und stumm. Konsterniert, aber dennoch unbeirrt packt der Schwarze den Kleinen am Hemd und zerrt ihn zurück zum Auto.

Er humpelt zum Fiat hinüber und packt dabei das am Boden liegende Gewehr. Sein Bein blutet. Er öffnet den Kofferraum und nimmt den Verbandskasten heraus. Nadel und Faden hat er bereits zurechtgelegt. Nachdem er die Wunde genäht hat, bandagiert er sein Bein und nimmt einen großen Schluck aus einer Feldflasche. Die Tränen des Jungen sind verebbt. Vielleicht ist es jetzt ein Schock. Es spielt kaum eine Rolle.

Es stimmt, der Schwarze kann nicht verstehen, wann und wieso Gefühle beginnen und enden, von einem zum anderen Zustand mutieren. Es gibt keine Geheimnisse mehr, wenn die Seele tot ist. Nur noch Probleme.

Als Enver rangeht, ist der Bericht des Schwarzen ganz knapp.

«Ich habe den Jungen. Die Polizei wird sicher beim Sommerhaus auftauchen. Ich werde bald dort sein. Ich bin verletzt. Stell dich darauf ein, gleich loszufahren.»

«Wir sind bereit», sagt Enver.

Der Schwarze entfernt die Simkarte aus seinem Mobiltelefon, zerbricht sie und setzt eine neue ein.

Zufriedengestellt, schließt er die Fahrertür und lässt den Motor an. In weniger als zehn Minuten sollte er auf der Zufahrtsstraße zum Sommerhaus sein.

21. KAPITEL

LAUTLOS und mit kleinen Schritten geht Donny tiefer in den Wald hinein. Seine Balance ist nicht mehr so wie früher, daher fällt es ihm schwerer, auf einem Fuß zu stehen, während er mit dem anderen nach dem richtigen Halt tastet. Er ist immer noch weit genug von der Straße weg und hält es für unproblematisch, aufrecht zu gehen, aber er wird über den Boden robben und mit dem Untergrund eins werden müssen, sobald er näher kommt.

Abrupt bleibt er stehen.

Direkt am Rand des kleinen Wegs, der zu den Stallungen und damit zu dem Haus selbst führt, sieht er etwas Metallenes im Graben glänzen. Aber anstatt hinzugehen und nachzusehen, was das sein könnte, läuft er ein Stück zurück bis zu einer kleinen Anhöhe und legt sich bäuchlings hin.

Mit sparsamen Bewegungen zieht er das Fernglas aus seiner Halterung am Gürtel und blickt hindurch. Aus Gewohnheit justiert er die Schärfe nicht mit dem Finger, mit dem er abdrückt – aus Furcht, es könne sich womöglich ein Splitter des Rädchens hineinbohren.

Sheldon versteht nicht viel von Motorrädern, aber das kreisrunde Logo auf dem Tank sagt ihm etwas. Es ist das unverkennbare weiß-blaue Emblem einer BMW, und der hellgelbe Kraftstoffbehälter bedeutet: Es ist das Motorrad von Lars.

Es ist im Straßengraben gelandet, der zur Hauptstraße und vom Haus wegführt, offenbar hat jemand versucht, auf ihm das Grundstück zu verlassen.

Er sieht keine Leute in der Nähe. Keine Toten, keine Verletzten. Die Räder stehen still. Er hört kein Knattern oder Aufheulen des Motors.

Es hat also schon angefangen.

Nicht die Kraftanstrengung ist es, die ihn mit seinen zweiundachtzig Jahren umbringen wird, sondern das Adrenalin. Sein Herz schlägt schneller, und auf seiner Stirn hat sich bereits eine dünne Schicht kalter Schweiß gebildet, die zu einer Erkältung, Lungenentzündung oder gar zum Tod führen kann. Die kühle Brise, die er noch vor wenigen Augenblicken als so wohltuend empfunden hat, läuft auf eine Zukunft ohne ihn hinaus.

Sheldon hält das Fernglas an die Augen gepresst und schwenkt es langsam nach links. Der Wald und das Licht verschwimmen, bis er etwas Rotes erspäht. Ein Rot, das einmal so grell wie ein Rennauto oder ein glühender Sonnenuntergang gewesen sein muss. Jetzt ist es verblasst und angenehm fürs Auge. Das Sommerhaus wird eins mit dem schützenden Wald und hebt sich doch von ihm ab.

Von hier aus kann er keine Fenster erkennen. Er kann die Sauna nicht sehen, wo Moses und Aaron versteckt sind.

Überzeugt, dass er allein ist, bewegt er sich nun rascher. Er weiß, dass das menschliche Auge vor allem auf Bewegung reagiert und erst dann Farben registriert. Wir sind Beute. Keine Jäger. Wir wurden als Beute entworfen, und unsere Sinne kontrollieren uns wie ein Beutetier. Sein Ausbilder nahm da kein Blatt vor den Mund:

Wenn wir eine Bewegung wahrnehmen, weiten sich unsere

Augen, und wir starren wie Idioten dorthin. Unser Adrenalin peitscht den Kreislauf hoch. Wir geraten in Panik und machen uns zur Flucht bereit, aber wir fliehen nicht. Warum? Weil wir nicht schnell genug sind und weil wir keine nennenswert gefährlichen Zähne haben, keine Klauen, weil wir nicht gut schwimmen können, weil wir im Klettern Nieten und vor allem nicht halb so klug sind, wie wir glauben. Wir sind Futter für die anderen. Aber mein Job ist es, euch von Futter in Marines zu verwandeln! Ihr habt ja nicht die blasseste Ahnung, wie anstrengend mein Job ist. Man könnte genauso gut versuchen, Blei in Gold zu verwandeln! Oder meine Frau in Rita Hayworth! Der einzige Grund, weshalb ich mich diesen ebenso nutzlosen wie ehrbaren Tätigkeiten nicht widme, ist, dass das U.S. Marine Corps mich nicht dafür bezahlt. Sie zahlen mir 12 Cent pro Woche, damit ich euch von Beute in Jäger verwandele! Und wisst ihr, wie eine flüchtende, in Panik geratene Beute zum Jäger wird? Nein? Ich sag's euch. Indem sie sich umdreht. Und beschließt zu töten. Ich werde euch jetzt zeigen, wie das geht. Du da! Horowitz! Was habe ich gerade gesagt?

Sir! Fressen oder gefressen werden, Sir!

Er muss zur Sauna gelangen, aber ohne dass der Feind ihn erspäht. Er hat so etwas schon einmal geschafft. Aber das ist sechzig Jahre her.

Zweiundachtzig Jahre alt. Seine Augen lassen nur noch ein Viertel von dem ein, was ein junger Mann sehen kann.

Ein Sturz, und er bricht sich alle Knochen.

Die höheren Frequenzen der Klänge, nur noch Erinnerung.

Was kann er denn noch hören? Das Rascheln eines Blattes unter dem Schritt eines Feindes? Eine Waffe, deren Hahn gespannt wird? Einen flüchtenden Vogel, der ihm verrät, dass er nicht allein ist?

Er ist jetzt kein Jäger. Er ist ein Träumer. Ein aussterbendes Exemplar. Ein nutzloser Mensch.

«Ich sehe aus wie ein Busch.»

«Ja, das ist wahr, Donny. War das nicht deine Absicht?»

«Und wen will ich damit verarschen? Oder doch bloß mich selbst?»

«Bist du sicher, dass du mal Scharfschütze warst? Und nicht bloß einer aus der Schreibstube, wie du Mabel erzählt hast?»

«Woher hätte ich denn dann gewusst, wie man einen Tarnanzug bastelt?»

«Du bist sehr clever, Sheldon. Vielleicht hast du es dir zusammengereimt.»

«Es ist mehr als das. Meine Muskeln wussten noch genau, was sie zu tun hatten. Ich weiß, wie ich mich bewegen muss. Wie ich aussehen muss. Diese Erinnerungen sind ein Teil von mir. Und sie reichen noch weiter. Es geht nicht nur um das, woran ich mich erinnere. Es geht auch um das, woran ich mich nicht erinnern kann.»

«Was heißt das?»

«Ich kann mich nicht erinnern, auch nur ein Dokument abgelegt zu haben.»

«Wie auch immer, Sheldon, jetzt bist du hier. Und was wirst du machen? Das ist die einzige Frage, die dir das Leben ständig stellt.»

«Ich werde die beiden Gewehre holen.»

«Na, wenn das so sein soll, dann lass dich nicht aufhalten!»

Das Land fällt zu einer langen, schmalen Senke ab und steigt dann bis zum Sommerhaus hin wieder an. Der Boden ist kühler hier. Es ist trocken unter den Blättern. Das Gehen fällt leichter, die Füße finden besseren Halt. Das Licht ist noch stark, die nordische Sonne steht hoch und wirft nur kurze Schatten. Er erkennt, dass sich dieses Tal vor Jahrmillionen im Zuge einer Überschwemmung oder eines Gletschers gebildet hat. Das ist eine hilfreiche Erkenntnis, denn das bedeutet, dass das Tal sich in zwei Richtungen erstreckt, und er kann das Wissen um die geographischen Gegebenheiten sicherlich später gebrauchen. Es bedeutet, dass die Sauna nicht dort ist, wo sich das Schmelzwasser im Frühjahr ansammelt. Sie ist weder hier noch auf der anderen Seite der Stallungen. Sie liegt erhöht. Wo es trockener ist. Hinter dem Haus.

Ich werde einen weiten Bogen machen.

Ein jüngerer Mann hätte vielleicht einen direkteren Weg zum Haus eingeschlagen, auf das er nun von links und Hunderte Meter im Wald versteckt zuschleicht. Ein jüngerer Mann hätte sich vielleicht solche Sorgen um Rhea gemacht, dass ihm ein kleines Messer als Waffe gereicht hätte. Doch Sheldon ist kein jüngerer Mann. Er kann niemanden mehr niederringen. Im Sitzen kann er gerade mal das Messer durch die Baumwollwand eines Seesacks stechen.

Wenn wir in einen Wald schauen, um die Quelle eines Geräuschs zu finden, schauen wir in die Zwischenräume. Zwischen die Bäume, dorthin, wo das Licht durchscheint. Zwischen die Zweige, um ein Fetzchen blauen Himmel zu erhaschen oder die grauen und silbernen Linien des Firmaments. Unsere Augen suchen das Licht und ersehnen etwas, das uns von der Dunkelheit der Wildnis wegführt.

Sheldon bewegt sich also im Schatten. Er presst sich an Baumstämme. Er legt sich eine Weile flach hin, wenn der Untergrund uneben ist, und wird zum Waldboden. Er benutzt seine Knie und Ellbogen, um sich wieder aufzurichten, denn er hat nicht mehr genügend Kraft in den Brustmuskeln, um sich damit abzustützen.

Wie viel Zeit mag vergangen sein?

Ungefähr eine Stunde. Vierzig Minuten hat er für den Tarnanzug gebraucht, und jetzt ist er seit zwanzig Minuten unterwegs. Ist das möglich? Es kommt ihm viel länger vor.

Er würde sich erkälten, wäre es unter der Tarnmontur nicht so warm. Er hätte Handschuhe anziehen sollen. Das hatten sie ihm immer eingeschärft. Am besten aus Leder. Rennfahrer und Jockeys tragen Handschuhe, die den Schweiß aufsaugen, damit sie die Zügel besser im Griff haben. Metallarbeiter und Waldarbeiter tragen welche. Gärtner und Freizeitkletterer.

Was für weiche Hände, hatte Mabel damals geflüstert.

Jetzt nicht mehr. Sie sind ganz schwielig und voller Narben. Sie sind blutig und einsam. Sie berühren einander nur noch selten. Sie haben sich entwöhnt. Es gibt nicht mehr so viel zu beklatschen.

Die meisten Männer in seiner Einheit schnitten den Zeigefinger ihrer Handschuhe ab und streiften ihn anschließend wieder über. So konnte man ihn zwar verlieren und einen kalten Finger bekommen, was auch – wenn auch selten – passierte. Aber Handschuhe zu tragen war wichtig, alle Männer wussten es. Es war die beste Möglichkeit, seine Finger geschmeidig und warm zu halten. Die Scharfschützen schützten ihre Hände wie Chirurgen. Wie Geiger oder Pianisten, die niemals heiße Gerichte aus dem Ofen nehmen.

Sie streiften den Lederfinger erst im letzten Augenblick vor dem Töten ab.

Sheldon blickt sich um und betrachtet die Wegstrecke, die er zurückgelegt hat. Er ist stolz auf sich. Kleider machen eben doch Leute. Ein Soldat sieht aufrechter aus in Uniform. Ein Arzt hat mehr Autorität in seinem weißen Kittel. Der Scharfschütze kriecht flacher. Ist listiger. Wagt sich näher ran.

Das rote Haus bewegt sich wie die Sonne über den Horizont. Er hat es über seinen ganzen waldbestandenen Himmel verfolgt, und nun ist es zu seiner äußersten Rechten zum Stehen gekommen. Es ist größer, als er erwartet hat. Er hat sich immer eine aus einem einzigen Raum bestehende Hütte aus grobem Kiefernholz mit einem steilen Dach vorgestellt. Eine Art Schuppen oder eine Hundehütte auf einer schneeverwehten Tundra, die auch im Sommer nie auftaut. Ein kleines Foto am Kühlschrank auf dem Weg zu seinem Eiskaffee.

In Wirklichkeit ist es viel größer, Wohnraum, zwei Schlafzimmer und ausgebautes Dachgeschoss vielleicht. Es steht leicht erhöht auf kleinen Pfählen, sodass man unter dem Haus hindurchkriechen könnte. Vermutlich soll es dadurch trocken gehalten werden und nach Regen und Schneeschmelze Wasser abfließen können.

Zwei Stufen führen direkt zu der geschlossenen Tür. Er ist viel zu weit entfernt, um Fußspuren zu erkennen, aber die Situation ist auch so eindeutig. Lucifers Schritte führten vom Wald zurück zum Auto, aber Mr. Apple und der Holzfäller haben die Szenerie nur einmal verlassen.

Sie können nirgendwo anders hingegangen sein. Sie sind im Haus.

Nachdem er das Motorrad im Graben hat liegen sehen, kann Sheldon nur hoffen, dass Rhea und Lars auch da sind.

Ein Stück weiter und ... ist es das? Er checkt die Stelle mit dem Fernglas. Eine gerade Kante. Eindeutig von Menschenhand geschaffen. Ein Gebäude, hundert Meter vom Haupthaus entfernt. Sheldon kriecht über Heidelbeergestrüpp und herabgefallenes Birkengeäst. Er macht einen Bogen um einen toten Dachs, dankbar, dass keine Krähen in der Nähe sind, die auffliegen und seinen Aufenthaltsort hätten verraten können.

Ja, hier ist es. Das ist die Sauna, so wie er sie sich vorgestellt hat. Ein einzelner Raum mit einem Dach – groß genug für ein halbes Dutzend Leute. Ein Holzlöffel, um die Steine mit Wasser zu übergießen und so Dampf zu erzeugen. Wo schöne Körper schließlich feuerrot glänzen, wie die Wangen einer Hure nach einer heftigen Nummer.

Sheldon nähert sich der Sauna von der Rückseite her, sodass das Haupthaus vorübergehend nicht sichtbar ist. Zum ersten Mal richtet er sich wieder voll auf, und sofort schießt ihm der Schmerz in den Rücken.

Die Tür ist auf der anderen Seite zum Haupthaus hin gelegen, aber durch ein kleines Fenster in der Rückwand kann er hineinsehen, wenn er sich gerade hinstellt.

Drinnen ist es dunkel, aber nicht stockfinster. In die Tür ist auch ein rundes Fenster eingelassen, durch das genügend Licht fällt, um den Raum zu erhellen. Eine Bank läuft an den Wänden entlang, nur in der Tür ist eine Aussparung, und an der linken Wand befindet sich eine zweite, höhere Bank. Die Sitzfläche weist Gebrauchsspuren auf, und obwohl kein Feuer brennt, kann er das Holz riechen. Es erinnert ihn daran, wie er noch jung war und voll im Saft stand. Ein Gefühl überkommt ihn, eine ungewollte Ablenkung. Er versucht sofort, es zu unterdrücken, doch Erinnerungen, die mit Gerüchen verknüpft sind, lassen sich am schwersten vertreiben.

Ist das ein Ort, an dem ein Mann Waffen lagern würde? Sicher nicht. Munition geht zwar bei den noch relativ moderaten Temperaturen, bei denen Menschen sich hier backen, nicht gleich in die Luft – sonst wäre der Nahe Osten nicht bewaffnet. Aber ein Holzschaft könnte sich verziehen und Metall gerade so viel weiten, dass die Präzision des Instruments dahin ist.

Wo sind sie also?

Sheldon steht da und schaut weiterhin angestrengt hinein, aber es will ihm nicht einfallen.

«Wie läuft's?»

«Bill?»

«Yeah.»

«Ich kann die Gewehre nicht finden.»

«Wo hast du gesucht?»

«Na, hier drin, indem ich durchs Fenster geschaut habe.»

«Hm, klingt vernünftig. Dann kannst du ja jetzt einpacken.»

«Prima, Herzchen, hast du sonst noch einen Vorschlag?»

«Also, es ist ja deine Idee. Wenn die Sauna zu heiß ist, dann sind sie eben nicht in der Sauna.»

«Also sind sie außerhalb der Sauna.»

«Kluges Kerlchen.»

Sie sind beim Brennholz!

Sheldon geht nach links und blickt vorsichtig um die Ecke. Er kann das Haus sehen, ist sich aber ziemlich sicher, dass man ihn vom Haus aus nicht sehen kann. Und da entdeckt er sie – eine zweite, kleine Hütte. Sie hat keine Fenster, ist etwa zweieinhalb Meter hoch, kaum zwei Meter breit und einen Meter tief. Eher ein Schrank als ein Schuppen. In dieser Gegend kann es sich – da dies hier ja kein Bauernhof ist – eigentlich nur um einen Holz- und Geräteschuppen handeln. Ein absolut unbedeutender Ort, auf den niemand achtet.

Aber ein guter Ort, um dort Waffen aufzubewahren,

denkt sich Sheldon. Es könnte kalt darin werden, aber der Schaden für die Gewehre ist geringer als das Risiko, dass sie im Haupthaus gestohlen werden könnten. Natürlich könnte es auch zu einem Unfall kommen. Deshalb besaß Sheldon nach seiner Rückkehr aus Korea auch nie ein Gewehr, mal abgesehen von der alten Piratenpistole, mit der Saul immer in seinem Laden spielte.

Bill hatte übrigens eine ausrangierte Muskete, und wenn die beiden damit zugange waren, verging die Zeit wie im Flug.

Die Tür zum Schuppen ist mit einem altmodischen Bügelschloss mit roter Gummihülle gesichert. Ein lausiges Ding. Es gab einmal eine Fernsehwerbung, in der gezeigt wurde, wie jemand auf das Schloss eine Kugel abfeuerte. In Nahaufnahme sah man das zerschossene Schloss, aber siehe da, es ließ sich noch immer nicht öffnen. Sheldon hatte immer die Vermutung, dass er selbst dazu in der Lage wäre, hatte aber nie Gelegenheit bekommen, es zu beweisen.

Unter anderen Umständen wäre dies hier nun eine exzellente Gelegenheit gewesen – hätte sich nur das Gewehr, das er zur Widerlegung der Theorie brauchte, nicht hinter dem Schloss befunden, das er testen wollte.

Eine Überlegung, die aber im Augenblick zu gar nichts führt.

Da ist es schon von größerem Nutzen, dass das Schloss, als er es prüft, offen ist! Der Bügel ist einfach nicht richtig eingerastet. Warum das so ist, spielt jetzt keine Rolle. Sheldon hofft bloß, dass ihm nicht schon jemand zuvorgekommen ist und sich genommen hat, was er braucht.

Er betritt den Schuppen und schließt die Tür hinter sich. Drinnen ist es dunkel und warm. Der Raum ist so eng, dass

Sheldon sich zum ersten Mal riechen kann. Sein Körper stinkt, er ist mit Erde und Pilzen beschmiert, mit Vogel- und Wurmexkrementen. Mit jeder Faser ist er Teil der Erde, des Erdbodens geworden – mit Ausnahme seiner blauen Augen, die noch immer die scharfen Lichtstrahlen aufnehmen, die durch die Ritzen im Dach dringen.

Da ist ein Rechen, daneben drei unterschiedlich große Schaufeln. Ein nicht ausgewaschener, steifer Malerpinsel und ein zusammengerolltes, brüchiges Tau. Utensilien zum Bogenschießen, Angelzeug. Und dort, über ihm, ein wenig über das Regal hinausragend, ein schmaler Lederkoffer von der Hälfte einer Gewehrlänge.

Sheldon zerrt an dem Koffer und bemüht sich, ihn nicht zu verkratzen, als er ihn herunterhievt. Das Ding ist schwerer als gedacht . Oder ist er selber schwächer geworden?

Er möchte sofort raus aus dem Verschlag, weiß aber, dass ein Gewehr ohne Munition ihm nichts nützt. Wenn er hier erwischt wird, könnte man ihn kampflos töten. Es ist aber ein zu großes Risiko, jetzt zu gehen und das Gewehr zusammenzubauen, nur um später noch mal wiederkehren zu müssen. Es muss hier geschehen.

Er versucht, nichts umzustoßen, als er den Koffer vorsichtig auf den staubigen Boden legt und dabei aufmerksam auf Geräusche von draußen achtet. Noch immer ist nichts zu hören. Der Gewehrkoffer ist alt und hat ein Zahlenschloss mit drei Ziffern, die man per Daumen einstellen kann. In den 1960er Jahren verwendete man oft 007, zu Ehren von Sean Connery, und Sheldon versucht es, doch ohne Erfolg. Die Werkseinstellung ist in den meisten Fällen 000, und er versucht auch diese Kombination, ebenfalls erfolglos.

«Das kann ja den ganzen Tag so weitergehen», sagt Bill.

«Warum ist es immer Bill? Warum nicht Mabel? Oder Saul? Oder Mario? Oder jemand, an dem ich auf der Autobahn vorbeigefahren bin. Warum kommst du hierher, angezogen wie der besoffene irische Pfandleiher von nebenan?»

«Ich dachte, du mochtest ihn gern.»

«Ja, ich mochte ihn, und ich vermisse ihn. Und deshalb nehme ich es dir übel, dass du in seinem Aufzug hier auftauchst. Ist die Sache mit dem brennenden Dornbusch jetzt passé? Machst du jetzt lieber einen auf Ire?»

«Es ist lange her, dass wir ein ernsthaftes Gespräch geführt haben. Mir fehlen unsere Unterhaltungen.»

«Ich habe dir nicht mehr zu sagen als vorher. Wenn überhaupt, dann bist du mir jetzt mal eine Erklärung schuldig. Also verpiss dich, ich habe zu tun.»

Sheldon dreht den Koffer behutsam um, damit er die Messingscharniere untersuchen kann. Er schiebt die Klinge des Messers unter das erste Scharnier. Dann klemmt er einen kleinen Stein unter die Klinge und schafft so einen Hebelpunkt. Ein kräftiger Druck, und das Scharnier bricht auf.

Ebenso verfährt er mit dem zweiten Scharnier.

Er sieht auf die Uhr. Es ist noch mehr Zeit vergangen. Mehr fällt ihm dazu nicht ein.

Er weiß, dass es leicht knarren wird, und hebt daher den Deckel ganz vorsichtig an. Zu seiner Überraschung ist nur ein Gewehr drin.

«Welches der beiden bist du? Moses oder Aaron? Hast du einen Makel, oder bist du der Bruder, der es ins Gelobte Land geschafft hat?»

Behutsam nimmt Sheldon den Lauf aus dem Koffer und wiegt ihn in der Hand. Seit Jahrzehnten hat er keine Waffe mehr in der Hand gehalten. Und wollte auch nie mehr eine halten müssen. Doch hier, in seinem improvisierten Tarnanzug, auf dem Boden des staubigen Geräteschuppens, wird ihm wieder bewusst, wer er vor so langer Zeit einmal gewesen ist, mit einer Zuversicht und Klarheit, die er seit Jahren vermisst hat.

Es ist eine Remington Model Seven mit einem 20-Zoll-Lauf, das, wie Donny findet, auch gern einen 22-Zoll hätte haben können, nur so wegen der größeren Genauigkeit. Munition soll an einem separaten Ort aufbewahrt werden, aber Lars scheint dem Versteck und dem verschlossenen Koffer zu trauen. Es sind fünf .308er Winchester-Patronen da, die er nur zu gut kennt, weil sie in etwa die gleiche Größe wie die 7.62-mm-NATO haben. Sie sehen aus wie ein Flaschenhals ohne Rand, 100 bis 300 pro Tag hat er seinerzeit verfeuert – damals am New River.

Die Remington ist jedoch eine Einzelschusswaffe mit Kammerverschluss. Die Art von Gewehr, die ein Vater und sein Sohn besitzen würden. Nichts Ausgefallenes. Einfach eine gute Jagdwaffe mit einem Schaft aus festem Walnussholz und einem altbewährten Zielfernrohr von Bausch & Lomb.

Donny setzt den Lauf in den Schaft und montiert die Waffe, öffnet den Verschluss und schiebt ihn beiseite. Es ist leichtgängig und gut geölt. Mit dem Finger überprüft er die Kammer, um sicherzugehen, dass sie leer ist, dann steckt er eine Patrone hinein und lässt mit einer festen, ruhigen Bewegung den Verschluss wieder in seiner Nut einrasten.

Nachdem die Waffe gesichert ist, nimmt er die verbleibenden vier Patronen aus dem Koffer und steckt drei davon in die Brusttasche seiner Jacke unter dem Tarnanzug. Die letzte steckt er sich hinter das rechte Ohr.

Noch einmal kontrolliert Sheldon den Schuppen, um zu sehen, ob er etwas übersehen hat – einen Hinweis oder auch das andere Gewehr. Da sind Zielscheiben aus Papier, Lockvögel, Schneeschuhe und ein Paar Ski, ein paar seltsame Schnüre mit grell gefärbten Enden, die von einem Haken herabbaumeln, eine leere Pappröhre, wie die, in denen man Baupläne transportiert, und zwei alte, stark abgenutzte Tennisschläger, mit denen wahrscheinlich gerade an Tagen wie diesem viel gespielt worden ist.

Er überlegt, ob er den Koffer wieder zumachen und wegpacken soll, und beschließt, dass es die paar Sekunden, die er dazu braucht, wert sind. Er ist es nicht gewohnt, in so einer Krisensituation zu agieren. Ist nicht auf den Druck vorbereitet, den eine Geiselnahme produziert. Als Scharfschütze hat er allein gearbeitet oder zusammen mit einem Spotter. Er wurde irgendwo abgeladen, machte sich dann auf die Suche nach seinem Ziel und ging in Position. Dabei konnte er zumeist ganz seinem eigenen Rhythmus folgen. Er rannte nicht herum wie ein nervoser Polizist, der sich fragt, was er als Nächstes tun soll.

In seinem Tarnanzug und jetzt endlich auch bewaffnet, beginnt sich Donnys Haltung zu verändern. Er hört auf zu schwitzen, und auch den stechenden Schmerz im Kreuz spürt er nicht mehr. Sogar seine Hände fühlen sich lockerer an.

Doch dann ändert sich sein Ziel.

Als er sich vom Schuppen kommend dem Haus nähert, sieht er zwei Gestalten, die von den Stallungen her auf die Eingangstür zugehen.

Eine große und eine kleine. Der Große zieht den Kleinen hinter sich her. Sie sind mehr als hundertfünfzig Meter weit entfernt, hinter Bäumen und Büschen.

Wann hat er zum letzten Mal einen Schluck Wasser getrunken? Heute Morgen? Nein, es war im Pick-up.

In geduckter Haltung huscht er den Pfad zum Haus hinauf.

Es ist ein schlechter Winkel. Ein schrecklicher Winkel. Einer der schlimmsten Winkel überhaupt. Er bewegt sich senkrecht auf ein mögliches Ziel zu, was diesem die längstmögliche Zeit gibt, ihn zu entdecken. Sie steuern denselben Punkt an. Sheldon ist näher dran und schafft es vielleicht früher zum Haus, aber er wird keine Zeit haben, sich in Stellung zu bringen. Er wird völlig exponiert sein. Und er hat keine Ahnung, wer das da ist.

Doch dann kommt ein kleines Geschenk. Oben von Lappland weht eine Brise herab, die den Duft von Wacholder und Schnee mit sich trägt. Die Brise versetzt die Bäume, zwischen denen sich Sheldon bewegt, in Bewegung. Um ihn herum rascheln und zittern die Blätter und geben ihm Schutz.

Nur fünfzig Meter vom Haus entfernt dünnt die Vegetation aus, und er weiß: Es muss hier und jetzt geschehen. Er lässt sich auf den Bauch fallen und rutscht ein paar Meter nach links, wo der Boden ein wenig ausgewaschen ist: Die Erde ist dort nicht so festgetreten wie auf dem Pfad. Er legt sich flach hin und zupft den Tarnanzug zurecht.

Nachdem er den Wind und den Lichteinfall überprüft hat, geht er in Schussposition.

Donny legt das Gewehr an und überprüft die Sicht.

Es wäre gut, jetzt einen Spotter zur Verfügung zu haben. Ein großer Schütze war zwar nie aus Hank geworden, doch als er zum Spotter wurde, erwies er sich als überraschend effizient. Es lag zum Teil daran, dass er so gutmütig und leichtgläubig war und genau das tat, was man von ihm verlangte. Zum Teil lag es aber auch daran, dass er – im Unterschied zu Mario – unfähig war, das, was er tat, auch zu hinterfragen. Er war gut darin, die richtige Entfernung zum Ziel auszumachen und hilfreiche Tipps zu geben, wo der Schütze sich platzieren sollte. Und obwohl er ein ziemlicher Trottel war, verhielt er sich bei der Arbeit mucksmäuschenstill.

Doch Hank ist jetzt nicht hier, und Donny muss selbst entscheiden, wie er schießen will.

Der Große ist ein unauffälliger Mann in einer schwarzen Lederjacke, der einen Unterhebelrepetierer am Balancepunkt direkt vor dem Griffstück trägt.

Und der Kleine ist Paul.

Sheldon kneift die Augen zusammen. So fest, dass das Raster aus Zapfen und Stäbchen ein Mosaik auf seine Retina wirft und ihn so wieder zur Vernunft bringt.

Er blinzelt, immer wieder, um ganz sicher zu sein. Doch, der Junge ist immer noch da.

Nun gut.

Er hat also die Wahl, und wie er sich auch entscheidet, er wird scheitern. Wenn er den Fremden erschießt, könnte er, wenn er ganz viel Glück hat, den Jungen ins Dickicht ziehen und unter seiner Tarnmontur so lange verbergen, bis die Polizei kommt. Aber wenn er das tut, opfert er seine Enkelin und Lars denjenigen, die mit im Haus sind. Sie werden den Schuss hören. Sie werden die Leiche finden. Sie werden sich rächen.

Sheldon mustert Paul durch den Sucher und studiert seinen Gesichtsausdruck. Er hat geheult, sein Gesicht ist rot und geschwollen. Die Gummistiefel heben sich hellblau gegen das kühle Gelb des Sommergrases ab. Paul hat den Helm und die Hörner nicht mehr auf. Sein Davidstern wirkt jetzt weniger wie ein ironischer Kommentar, sondern eher wie eine Zielmarkierung, eine Provokation. Seine Schritte haben etwas Widerspenstiges, sein Gesicht zeigt Gefühlsregungen, wo bislang keine waren. Der Junge wurde bis an seine Grenzen getrieben. Und noch immer weiß er nicht, dass seine Mutter tot ist.

Sheldon kann nur ahnen, was mit den Jägern ist.

Der Schuss scheint nun doch einfacher zu sein. Sie kommen auf ihn zu. Auf das Haus. Donny entsichert die Waffe und nimmt die Augen des Mannes ins Fadenkreuz. In seinem Blick ist nichts Hasserfülltes. Er spricht nicht, und Pauls widerborstige Haltung scheint ihn nicht interessieren. Er ist viel größer als Paul und zieht diesen, wohin er will.

Donny senkt den Blick auf die Mitte der Brust des Mannes. Die Waffe ist ihm nicht vertraut. Er weiß nicht, wie die Munition reagiert, wie genau das Zielfernrohr justiert ist und ob der Lauf gereinigt wurde. Das Beste wird wohl sein, auf den Masseschwerpunkt zu zielen und zu hoffen, dass seine Hände nicht zucken, dass das Gewehr reagiert und dass Paul zu ihm kommen wird, wenn er ihn ruft.

Genauer gesagt hofft er, dass Paul in den Wald gelaufen kommt, wenn ein Name, der nicht seiner ist, in einer Sprache, die er nicht spricht, von einem Mann gerufen wird, der ein Gewehr in der Hand hält und wie ein Busch aussieht.

Kein guter Plan.

Er atmet ein. Lässt die Luft tief in seine Lungen fließen und dann langsam wieder entweichen. Dann atmet er erneut, diesmal flacher als beim ersten Mal, und lässt den Atem nur zur Hälfte entweichen. Ohne Hanks Hilfe überprüft er den Wind ein letztes Mal. Er studiert den Gang seines Zielobjekts und schätzt die Entfernung ab und die Zeit, bis die Kugel diese Distanz überwunden hat und den Mann genau im richtigen Augenblick ins Herz trifft.

Achtundfünfzig Jahre ist es her, seit Sheldon Horowitz zum letzten Mal auf einen Feind gezielt hat.

Als Sheldon die Balance und seine Position gefunden hat, tritt Ewigkeit an die Stelle der Zeit.

Indem er seine Form findet, gewinnt er an Gelassenheit.

Ein Augenblick der Ruhe setzt ein.

In diesem Augenblick der Ruhe drückt Donny ab.

22. KAPITEL

«DU fährst wie eine alte Frau», sagt Sigrid zu Petter, als er in der Ortsmitte von Kongsvinger an der Esso-Tankstelle vorbeifährt. Sie hat die Hand an die Stirn gelegt und starrt auf die Straße, als wolle sie ihr zu verstehen geben, sie möge doch bitte schneller unter den Rädern ihres Volvos vorbeiziehen.

Sie haben bereits die Meldung über Funk gehört: Auf einer kleinen Seitenstraße in der Umgebung der Tankstelle wurden Schüsse abgegeben.

«Ich fahre, so schnell ich kann. Normalerweise tu ich so was nicht.»

«Du musstest doch einen Test absolvieren.»

«Ja, aber der wird ja nie wiederholt.»

«Das muss ich in meinen Bericht aufnehmen.»

«Kein Grund, gleich unverschämt zu werden!»

«Ich bin halt extrem nervös gerade.»

«Zumindest hast du recht behalten», sagt Petter.

Es ist ein seltsamer Kommentar und nicht gerade ein Trost. Die Streifenwagen sind erst vor fünf Minuten am Tatort eingetroffen. Es gab einen Überlebenden mit einer Schusswunde im Kreuz, dessen Zustand kritisch ist und der per Rettungshubschrauber nach Oslo gebracht wurde. Eine vorbeifahrende Motorradfahrerin hatte angehalten, und als sie ihren Schock überwunden hatte, machte sie sofort Meldung bei der örtlichen Polizei. Es dauerte nur wenige Augenblicke, bis Sigrid informiert war.

Sie zieht eine blaue Flasche mit Farris-Mineralwasser unterm Sitz hervor und nimmt einen langen Zug, während Petter den Wagen durch schmale Straßen und den Kleinstadtverkehr bugsiert. Sie stellt sich das Sommerhaus und das umliegende Land vor – den Feldweg, von dem der kleine Pfad zum Haus abzweigt, und das weite Feld, das sich davor erstreckt.

«Wie kommen die anderen?», fragt sie Petter.

«Die Eingreiftruppe?»

«Kommen die geflogen?»

«Sie sind mit dem Helikopter so nah ran, dass man sie nicht hören konnte. Den Rest gehen sie zu Fuß.»

«Wo sind sie jetzt?»

Petter schaut nicht zu ihr hinüber. Seine Augen sind auf die Straße geheftet, falls plötzlich Kinder hinter einem Ball hergerannt kommen oder Autos auf die Kreuzung fahren, während die Fahrer wie Idioten auf ihre Handys glotzen.

«Ganz nah», sagt er.

Ein Klicken – ein entferntes, aber vertrautes Klicken. Der Klang eines Gewehrs, das einen Leerschuss abgibt. Der Schwarze hat das Geräusch schon oft gehört. Wenn man es zu oft wiederholt, kann der Schlagbolzen Schaden nehmen. Doch im Lauf so vieler Jahre und insbesondere heute, wo es so viele unerfahrene junge Männer gibt, die ihre Waffe behandeln, als wäre es ein Spielzeug, hat er das Geräusch viele Male zu hören bekommen.

Das Geräusch kam aus dem Wald. Es ist nicht das Knacken eines Astes. Es ist anders als das langgezogene Rascheln eines Blattes oder das gedämpfte Klicken eines Knochens. Es ist anders. Metallisch. Schneidend.

Es ist ein kriegerischer Laut.

Er bleibt stehen und hält den Jungen fest. Angst hat er nicht. Er ist nicht vor Furcht gelähmt. Vielmehr versucht er, das Geräusch zu orten. Er würde es gern noch einmal hören, um herauszufinden, von wo genau es kommt.

Er ist nur zwanzig Meter von den beiden zu dem hellroten Haus führenden Stufen entfernt, das sich so deutlich von den erdfarbenen Tönen der spätsommerlichen Umgebung abhebt.

Als er stehen bleibt, bleibt auch der Junge stehen. Er macht ein finsteres Gesicht und zerrt in die andere Richtung, aber nur zum Ausdruck des Protests, so wie ein Tier plötzlich und ohne ersichtlichen Grund an seiner Kette zerrt und mit leisem Knurren darauf herumkaut. Dem Jungen ist es egal, weshalb sie stehen geblieben sind. Er möchte frei sein und davonlaufen.

Es gibt Geräusche, gesprochene Worte oder andere, die laut werden, wenn sich die Gewissheit ausbreitet, dass alles unwiederbringlich verloren ist. Die Ahnung vom Tod eines nahestehenden Menschen produziert so einen Laut.

Der Klang eines Schlagbolzens, der eine Kugel nur streift und nicht aus dem Lauf katapultiert, auch.

Es ist der Laut verlorener Hoffnung. Einer Geschichte, die zu Ende ist.

Für jeden anderen ist das Geräusch von Sheldons Rohrkrepierer ein dünnes, scharfes Klicken. Sheldon dagegen kommt es so laut vor, als habe er mitten in der Nacht eine Münze in einen leeren Swimmingpool geworfen. Ein Geräusch, das meilenweit zu hören ist. Das der Welt mitteilt, wo er sich befindet. Was er tut und weshalb.

Sein Zielobjekt hat aufgehört, sich zu bewegen. Eindeutig hat der Mann das gehört. Der Junge weiß erkennbar nicht, was das Geräusch zu bedeuten hat, doch der Mann kennt es. Man sieht es an seinem Gesicht. Es spiegelt sich keine Beunruhigung darin. Er hat sich ihm zugewandt und blickt in den Wald.

Donny sollte still sein. Er sollte sich nicht bewegen. Denn so überlebt der Schütze, wenn Weglaufen unmöglich ist. Er sollte seiner Stellung, seiner Tarnung vertrauen. Er sollte warten, bis sein Zielobjekt weitergeht. Das gottverdammte Gewehr ist offensichtlich kaputt.

Moses. *Der Versehrte.*

Sheldon hält sich aber nicht an die Vorschriften.

So leise er kann, öffnet er den Verschluss und schiebt ihn zurück, bis er die Reibung des Projektils spürt. Wenn er zu heftig zieht, wird die Patrone ausgeworfen und landet rechts von ihm in den Blättern und verursacht nur noch mehr Geräusche. Daher hält er die Linke über den Verschluss und schiebt ihn vorsichtig zurück, bis die Spitze des Projektils herausgeschoben wird.

Er legt den Rohrkrepierer auf den Boden, nimmt die Patrone, die er hinters Ohr gesteckt hat, und lädt die Waffe erneut. Verschluss verriegeln. Nicht sichern. Wieder zielt er und – ohne Pause, ohne Erinnerung, ohne Zweifel – drückt ab.

Und da ist es wieder. Das deutliche Klicken eines Bolzens, der ergebnislos auf einen Zünder schlägt. Was für ein seltsames Geräusch. Spielt da jemand mit ihm? Der Schwarze schaut wieder in den Wald. Nun dringt sein Blick tiefer. Bis zu den Bäumen, wo sich ein Scharfschütze verbergen könnte. Unten am Fuß der Bäume. Er hat das bereits vorhin getan. Aber er sieht niemanden. Da draußen ist niemand.

Er hört auch keine Vögel.

«Wir gehen weiter», sagt er auf Englisch.

Er zerrt den Jungen auf das Haus zu, geht rasch die beiden Stufen zur Tür hoch. Er klopft nicht an. Er drückt auf die Klinke und betritt die dunkle Diele, wo er ein vertrautes Gesicht entdeckt, als sich seine Augen an das Licht gewöhnt haben.

«Wir sind nicht allein», sagt Enver.

Daraufhin zieht der Schwarze den Jungen ganz ins Haus und schließt die Tür.

So schnell ist Sheldon also wieder allein. Jeder, der ihm am Herzen liegt, ist in dem roten Haus dort vor ihm. Es ist so unzugänglich wie eine alte Festung. Er dagegen ist so schlaff und nutzlos wie ein alter, dreckbeschmierter Jude, der auf der harten christlichen Erde liegt, in einem Land, das weder ihn noch seine Träume kennt, das nie seine Lieder gehört hat.

Diese Hände, dieser Körper, sie sind zu nichts mehr nutze. Dienen keinem Zweck. Erfüllen keine Funktion.

Ich habe mir selbst etwas vorgemacht in meinem letzten Akt.

Er muss daran denken, wie das kalte Wasser des Gelben Meeres, das gelb ist vom goldenen Flugsand aus der Wüste Gobi, in das Ruderboot drang, während er mit der Kraft eines hellenischen Kriegers paddelte. Er muss an seine damalige Entschlossenheit denken, einer Sache zu dienen, die größer war als er selbst. Den Erfolg, den er einst spürte, und die stille Genugtuung, eine Medaille von seinem Land zu empfangen. Jetzt aber, an diesem Sommertag, hat er seine Liebsten Mördern ausgeliefert. Seine Enkelin und ihren netten Ehemann. Seine Nachbarin. Ihren Sohn.

Was für ein Narr ich doch war zu glauben, ich könnte etwas ausrichten. Zu glauben, ich könnte mein Schicksal beeinflussen.

Genau das ist es, was meinen Sohn getötet hat! Ich habe immer so getan, als wäre ich ein Mann der Tat. Dabei bin ich ein Träumer.

Es gibt da diesen Witz. Ein rechtschaffener Jude stirbt und sieht Gott. Er tritt auf ihn zu und sagt: «Darf ich dich was fragen?» Gott sieht die Verwirrung auf dem Gesicht des Mannes, bekommt Mitleid. «Ja.» Der Mann fragt also: «Ist es wahr, dass die Juden Gottes auserwähltes Volk sind?» Gott überlegt ein wenig und sagt dann: «Ja. Das ist wahr.» Der Mann denkt darüber nach und nickt. Dann breitet er die Arme aus und sagt: «Würde es dir etwas ausmachen, zur Abwechslung mal jemand anderen auszuwählen?»

Ich bin ein verrückter alter Mann und habe nichts als Leid verursacht. Ich bereue es so sehr. Ich werde nie sagen können, wie sehr ich es bereue.

«Redest du da gerade mit mir?», fragt Bill.

«Warum sollte ich mit dir reden?»

«Dachte nur so.»

«Ich möchte nicht mit dir reden. Ich habe dir nichts zu sagen. Es sind andere, denen ich etwas schuldig bin, nicht dir.»

«Okay.»

«Ich finde es nicht gut, dass Gott als Ire daherkommt.»

«Da bist du nicht der Erste, der das so sieht.»

«Ich möchte nicht alleine sterben.»

«Das wirst du nicht, Sheldon.»

Sheldon kriecht auf allen vieren den Weg zum Haus hinüber. An der Ecke des Gebäudes steht er auf. Es fühlt sich gut an, wieder auf beiden Beinen zu stehen. Verdreckt und verlottert schlurft er zur Eingangstür, durch die Paul und sein Entführer verschwunden sind. Mit der rechten Hand zückt er das Messer und hält es fest umklammert. Er hat keine Angst mehr. Er weiß: Hinter dieser Tür wartet sein eigener

Tod auf ihn. Drinnen ist der Rest seiner Familie. Drinnen ist diese fabelhafte Frau, die doch gerade eben ein Baby in ihrem Bauch trug, das seiner Familie neues Leben versprach. An jenem Tag saß er wie ein König auf seinem Thron in seinem nordischen Königreich und plapperte sinnlos über längst vergangene Tage.

Es wird Demenz genannt, hatte Mabel zu ihm gesagt.

Ja, so ist es, meine Königin. Genauso ist es.

Sheldon steht am Eingang und lächelt sein letztes Lächeln. Er steht so aufrecht und gerade, wie er nur kann.

Mit einem tiefen Atemzug drückt Sheldon Horowitz auf die Klinke und stößt die Tür auf.

«Hier, bieg hier ab», sagt Sigrid. Ihr Kopf brennt jetzt, pocht aber nicht mehr.

Petter schlägt das Steuer scharf ein und biegt auf den kleinen Weg ab, auf dem wenige Stunden zuvor die Jäger mit ihrem Pick-up gefahren sind und mit dem alten Mann über Angelschnüre und eine Nadel verhandelt haben.

«Schalt das Licht aus», flüstert sie, als könne ihre Stimme den Dieselmotor übertönen. «Fahr da rüber zum Mercedes.»

Sie funkt ihre Position ans Revier. Sie weiß, dass alle dort auf Nachrichten warten. Aber es gibt keine. Also gibt es auch nichts zu sagen.

«Soll ich die Straße blockieren?»

«Ich möchte, dass du diesen Feldweg da hinauffährst, so weit du es mit dem Auto schaffst.»

«Es ist kein Vierradantrieb.»

«Natürlich nicht. Warum sollte es auch?»

«Ich glaube nicht, dass wir als Erste dort eintreffen sollten», sagt Petter.

«Ich glaube, jemand sollte jetzt dort sein», sagt Sigrid. «Fahr den Wagen den Feldweg hoch, bis es keinen Feldweg mehr gibt – oder kein Auto. Das ist ein Befehl!»

Petter fährt den Feldweg hoch, für den Lars aus guten Gründen nur sein Motorrad benutzt. Er legt einen niedrigen Gang ein und brettert hinauf. Das Auto wackelt und hüpft und kämpft sich voran. Beide denken dasselbe. Sigrid spricht es als Erste aus.

«Wenn sich jetzt gleich die verdammten Airbags in diesem Volvo aufblasen, sind die Schweden geliefert, das schwöre ich dir!»

«Dort. Dort oben. Da ist das Feld, das wir auf der Karte gesehen haben.»

«Da scheint gar nichts im Gange zu sein. Siehst du, ob da irgendetwas abgeht? Wo sind denn diese Männer?»

«Hier ist ein Funkloch. Zwischen den Bäumen habe ich keinen Empfang.»

«So, das wär's. Wir müssen zu Fuß weiter.»

Es ist dunkel drinnen im Haus. Sheldon hat das kaputte Gewehr wie ein britischer Earl die Schrotflinte nach einer guten Entenjagd unter den linken Arm geklemmt. Mit der rechten Hand hält er das Messer. In der Diele sind Stiefel, Schals, Mützen und Jacken. Da sind Angelruten und ein Karton mit Kerzen. Mehr als das kann er nicht erkennen. Es spielt aber auch keine Rolle. Die physische Umgebung ist nicht mehr von Bedeutung. Er ist nicht mehr Donny, der junge Soldat von den grünen Hügeln des westlichen Massachusetts, der zum New Yorker, zum Ehemann und gescheiterten Vater werden sollte. Er ist nicht mehr der Mann, der er im Krieg war. Der Mann, der darum kämpfte, seinen Platz zu finden.

Hier und jetzt, verkleidet wie ein Narr unter den Verrückten, wird er zu dem Mann, der er immer sein wollte.

Er späht in die Dunkelheit, das Gewehr unterm Arm, und ruft so laut und klar, dass niemand im Haus auch nur irgendeinen Zweifel an dem haben kann, was gesagt wird: «Hier spricht General Henrik Horowitz Ibsen. Und ihr seid umstellt!»

23. KAPITEL

IM Wohnzimmer, gleich neben der Küche, mit offenem Zugang zur Diele, bekommt Gjon die Pistole des Schwarzen in die Hand gedrückt, als der General sich ankündigt. Burim schwitzt und hält das Messer in der verkrampften Faust. Ungläubig schaut Enver in die Küche.

«Du sagtest, wir wären nicht allein», sagt er auf Albanisch zu Zezake.

«Ich hatte recht.»

Enver brummt etwas. Der Schwarze hält immer noch sein eigenes Gewehr. Enver hat sein Messer im Gürtel stecken.

«Soll ich ihn mir vorknöpfen?», fragt der Schwarze.

«Bleib bei dem Mädchen. Wir brauchen sie vielleicht als Druckmittel.»

«Was sollen wir tun?»

«Ich gehe mit meinem Sohn nach Schweden. Du», sagt er, «und du und du, ihr haltet mir den Rücken frei und sorgt dafür, dass das auch passiert!»

Burim läuft der Schweiß mittlerweile in die Augen, und als Enver das sagt, möchte er wie ein kleines Kind an Adrijanas Halsbeuge weinen und alles rückgängig machen, jeden Streit, jedes dumme Widerwort, das er je von sich gegeben hat. Möchte ihr sagen, dass sie in allem recht hatte. Dass alles furchtbar schiefgelaufen ist und er nie begriffen hat, dass das hier zu keiner Zeit ein Spiel war. Es hatte nur so ... surreal gewirkt. Wie ein Traum oder eine Halluzination. Er war in einem Universum umhergetappt, das er nicht verstand, und er hatte nie gewollt, dass irgendetwas von all dem hier je geschah. Dass es überhaupt so weit kommen würde.

«Ich gehe!», ruft Burim, und bevor einer der drei Männer etwas sagen kann, ist er schon in die Küche gesprungen.

Mit fünf Sätzen hat er den Küchentisch umrundet, und als er Sheldon sieht, lässt er sich vor ihm auf die Knie fallen, schaut zu ihm auf und bettelt auf Englisch: «Lassen Sie mich gehen. Bitte! Lassen Sie mich gehen.»

«Gib mir deine Waffe.»

«Ich habe keine.»

«Geht es dem Mädchen gut?»

«Ja. Bitte lassen Sie mich gehen!»

«Wo ist sie?»

«Pssst. Sie ist im Wohnzimmer. Bitte! Lassen Sie mich gehen.»

«Okay.»

Sheldon tritt zur Seite.

Burim rappelt sich wieder auf und wirft einen Blick über die Schulter. Er war lange in der Hütte. Seine Augen haben sich an das Dämmerlicht gewöhnt. Er sieht mehr als Schatten. Er sieht das Böse in Person dort um die Ecke. Jetzt wird er nach Hause gehen. Und sich für alles entschuldigen, was er angerichtet hat.

Er stößt die Tür auf, springt über die zwei Stufen hinab und beginnt zu rennen. Er rennt mit jedem Funken Energie, der in seinem jungen Körper steckt. Er rennt vor Furcht, hat ein Ziel. Er sprintet zu dem Feldweg am Ende der Stallungen, wo sie den Norweger und die Amerikanerin gestern Abend vom Motorrad gestoßen haben, als sie zu fliehen versuchten.

Er wird bis in die Stadtmitte rennen und sich der Polizei stellen. Er wird um Vergebung betteln und seine Strafe entgegennehmen – und versuchen, zu dem Mann zu werden, den Adrijana sich immer gewünscht hat.

Sigrid und Petter sind ausgestiegen und gehen zu Fuß auf das Haus zu, als sie einen einzelnen jungen Mann sehen, der ein großes Messer umklammert hält und mit wilder Entschlossenheit auf sie zugerannt kommt. Er kommt rasch näher. Sigrid hebt die Glock und zielt.

Sie ruft auf Norwegisch: «Halt, oder ich schieße!»

Doch Burim spricht kein Norwegisch.

«Halt, oder ich schieße!», warnt sie ihn ein zweites Mal.

Doch Burim hat zu große Angst anzuhalten und rennt weiter. Er weiß nicht einmal, dass er ein Messer in der Hand hält, daher kommt ihm auch gar nicht in den Sinn, es fallen zu lassen. Ihm ist nicht einmal klar, dass er hier ist.

Sigrid feuert, und Burim fällt zu Boden.

Aus keinem bestimmten Grund sieht Sheldon auf die Armbanduhr, als er den Schuss draußen hört. Es ist zwanzig nach zwei am Nachmittag. Für ihn hat das absolut keine Bedeutung. Was für eine Rolle spielt das schon?

Er hatte diesen Gedanken bereits einmal, als Saul zwölf Jahre war. Es war mitten im Sommer, sie waren in New York. Etwas Aufregendes – nicht für Sheldon, aber für Saul und seine Freunde – sollte sich gleich auf dem Union Square ereignen, und er musste *unbedingt sofort* nach draußen gehen.

Aber etwas erregte Sheldons Aufmerksamkeit. Es war ungefähr zwanzig nach fünf, und Mabel bereitete schon das Abendessen vor, während Sheldon sämtliche schwarzen Schuhe im Haus putzte.

Das, was seine Aufmerksamkeit fesselte, war eine Armbanduhr an Sauls Handgelenk, das nicht das Handgelenk war, an dem diese Uhr hätte prangen sollen. Wenn er jetzt daran zurückdenkt, als er um die Ecke biegt und ins Wohnzimmer des Sommerhauses geht, um nach seiner Enkelin zu schauen, dann weiß er nicht mehr, welche Uhr das war. Eigentlich erstaunlich, wenn man bedenkt, was er damals für ein Trara veranstaltete.

«Hey – wo willst du hin?», hatte er Saul gefragt.

Saul bremste scharf ab und ließ eine derartige Suada vom Stapel, dass, was immer er da sagte, einfach wahr sein musste und Sheldon auf der Stelle bedauerte, gefragt zu haben, denn mal ehrlich, was für eine Rolle spielte es denn schon?

Er unterbrach ihn, indem er die Hand hochhielt und sagte: «Okay, okay. Aber was trägst du da an deinem Handgelenk?»

Saul schaute es an, als wäre das eine Fangfrage.

«Eine Armbanduhr.»

«*Meine* Armbanduhr.»

«Ja, stimmt. Na und? Ich trage sie die ganze Zeit.»

«Trotzdem musst du fragen.»

«Ich trage sie die ganze Zeit! Ich frage dich immer, und du sagst immer ‹Ja›. Kann ich jetzt gehen?»

«Nicht so hastig. Fragen ist wichtig. Jeden Abend nach dem Essen frage ich deine Mutter, ob ich abwaschen soll. Und jedes Mal sagt sie ‹Ja›, aber ich frage trotzdem.»

«Das ist was anderes, oder?»

«Weshalb?»

«Ich weiß nicht. Ist halt so. Kann ich jetzt gehen?»

Saul. Mein Sohn. Trickst mich im Alter von zwölf Jahren aus. Aber es ist ihm nicht gelungen, als es am meisten darauf ankam.

Sheldon betritt das Wohnzimmer.

Sie warten auf ihn. Drei Männer – der, den zu erschießen er versucht hat, einer, den er noch nie gesehen hat, und der Kerl aus dem weißen Mercedes. Sheldon schaut auf ihre Schuhe.

«Meine Männer haben euch umzingelt. Gebt auf. Lasst das Mädchen und den Jungen frei. Vielleicht kommt ihr dann mit dem Leben davon.»

Enver mustert eingehend sein Gesicht. Sheldon spürt, dass er versucht, seinen starren Blick zu durchbrechen. Er versucht, eine Verbindung jenseits der Schichten aus Tarnzeug, Blattwerk und Tapferkeit herzustellen. Und obwohl Sheldon seine Rolle gut spielt, eine Eigenschaft kann er nicht maskieren: sein Alter.

Er ist eben doch ein alter Mann.

«Ich erkenne dich wieder», sagt Enver.

«Und ich habe dich erkannt, bevor du überhaupt geboren wurdest.»

Erst da traut Rhea ihren Ohren, und nur ihren Ohren. Denn obwohl er direkt vor ihr steht, hatte sie ihn nicht am Aussehen erkannt. Und das hätte sie auch nicht, wenn er in Morgenmantel und Pantoffeln mit seinem Kaffeebecher in der Hand vor ihr gestanden hätte, denn er kann unmöglich hier sein. Er kann unmöglich existieren, in dieser Welt, in diesem Augenblick.

«Papa?»

«Rhea», sagt er.

Lars ist nicht hier, und Sheldon hat das dumpfe Gefühl, er muss tot sein.

Der Junge – körperlich unversehrt – steht in der Ecke. Er ist zu traumatisiert, um sprechen zu können.

«Papa!», schreit sie.

Enver wird jetzt mit dem Jungen aufbrechen. Und zuvor wird er den alten Mann töten.

Sheldon taumelt rückwärts, als Enver näher kommt. Er lässt das Gewehr fallen und zückt das Messer zu einem letzten Angriff. Er will die Klinge Enver in die Kehle rammen, aber er hat keine Kraft mehr. Die willkürlichen Gesetze der Zeit haben ihm die letzte Energie geraubt.

Todesmutig springt er mit dem Messer auf Enver zu. Doch er verfehlt ihn.

Envers Stich ist ebenso heftig wie präzise. Er zieht sich von Sheldons linker Halsschlagader bis hinunter zur Brust.

Sheldon presst die rechte Hand auf die Kehle, torkelt dann rückwärts in die Küche und stößt gegen den Tisch.

Nachdem das erledigt ist, packt Enver den Jungen – der jetzt laut schreit – und schleift ihn durch die Hintertür nach draußen. Die Schreie des Jungen sind ohrenbetäubend, und Enver brüllt ihn auf Albanisch an, er soll den Mund halten. Sonst werde er ihn schlagen. Doch der Junge hört nicht auf.

Er hört auch dann nicht auf, als Enver ihn zu dem Quadrunner auf der Rückseite des Hauses führt, der darauf wartet, sie nach Schweden zu bringen.

Er hört nicht auf zu schreien, als in seinem Augenwinkel ein schwarz uniformierter Mann mit einem kleinen kurzen Gewehr erscheint.

Und er hört nicht auf zu schreien, als er Lars Bjørnsson sieht, der wie ein Gespenst hinter einer mächtigen Buche mit einem Compoundbogen auftaucht und einen Karbon-Komposit-Pfeil direkt ins Herz des Monsters schießt.

Sheldon kann sich nicht mehr sicher sein, was er als Nächstes sehen oder hören wird.

Das Leben – was immer das sein mag – sickert aus ihm heraus. Vielleicht ist Rhea aufgesprungen und hat den Mann, den Sheldon zu erschießen versucht hat, zum Fenster hingestoßen, und vielleicht ist, als sie dies tat, irgendwie seine Brust explodiert, als ob stumme Kugeln von außerhalb des Fensters ihm den Brustkorb zertrümmert hätten. Und ohne ein Geräusch von sich zu geben, fällt auch der letzte Mann, der mit seiner Pistole schweigend in einer Ecke gestanden hatte, leblos zu Boden.

Vielleicht ist sie zu Sheldon hinübergelaufen und hat ihn gestützt, ihn zur Eingangstür hinübergezogen, während sie «Papa, Papa!» rief.

Vielleicht stolperten sie zusammen zur Vordertür hinaus, stürzten auf den kühlen Boden, vielleicht sickerte sein Blut in die Erde.

Eins war jedoch sicher: Das Licht um ihn herum war strahlend hell und wunderbar.

Eine Frau erscheint. Sie trägt Uniform und hat ein freundliches Gesicht. Eine Krankenschwester, nimmt er an. Er sieht schwarz gekleidete Männer, die an ihm vorbeihasten. Vielleicht sind es Krankenpfleger. Diese Krankenschwester da lächelt ihn an. Es ist das warmherzige, liebevolle Lächeln eines Menschen, der gute Neuigkeiten hat.

Mabel hat das Kind zur Welt gebracht. Es jetzt alles vorüber.

Sheldon streckt die Hand aus und berührt Sigrids Wange.

«Mein Sohn. Ist er gesund? Geht es ihm gut?»

«Ihrem Sohn geht es gut, Mr. Horowitz. Es ist alles in Ordnung mit ihm.»

DANKSAGUNG

Dieses Buch wurde 2008 in Genf, Oslo und Fornalutx geschrieben. Das Ende entstand kurz vor der Geburt meines Sohnes Julian im April jenes Jahres.

Ich bin nicht sicher, wie viel von diesem Buch von mir stammt und wie viel Sheldon selbst dazu beigetragen hat. Ich beziehe ihn daher für seine gesamte Unterstützung in meinen Dank ein. Was nicht bedeutet, dass es einfach gewesen wäre, mit ihm zusammenzuarbeiten ...

Die Definitionen von «Snarf» und «Twerp» stammen aus einem Interview mit Kurt Vonnegut in der *Paris Review* von 1977. Ich nehme mal an, er hätte Spaß daran.

Der Leuchtturm von Palmi-do auf Incheon wurde 1903 erbaut. 2006 wurde er durch einen modernen ersetzt. Doch der nur acht Meter hohe Turm steht immer noch da, nun im Schatten seines großen Bruders.

Ungewöhnlicherweise erschien dieses Buch 2011 zuerst in Norwegen, auf Norwegisch, obwohl es auf Englisch geschrieben wurde. Seitdem hat der Roman etliche Modifikationen erfahren. Die englischsprachige Veröffentlichung betrachte ich als die definitive.

2012, siebenundsechzig Jahre nach dem Ende des Zweiten Weltkriegs, hat sich die norwegische Regierung offiziell beim jüdischen Volk für ihre Handlungen während der Besatzung entschuldigt.

Mein besonderer Dank geht an Henry Rosenbloom und Lauren Wein für ihre Arbeit an diesem Text.

Der größte Dank aber gilt meiner Frau Camilla, die mir alles erst möglich und bedeutungsvoll macht. Und meiner Tochter Clara: Du bist schon jetzt eine wunderbare Inspiration.